यह पुस्तक मेरे

चाचाजी **स्वर्गीय दयानंद शर्माजी**

समर्पित

जिन्होंने मुझमें गंभीर अध्ययन की आदत डाली।

इस किताब की जरूरत क्यों?

अगर मैं यह कहूँ कि इस किताब को लिखने की प्रेरणा अमिताभ बच्चन से जुड़ी है तो आप चौंक जाएँगे, लेकिन यह सच है। यह 2010 का वाकया है, जब अमिताभ बच्चन के ब्लॉग्स रोज टी.वी., अखबार की खबरें बना करते थे। वेलेंटाइन डे की पूर्व रात्रि को अमिताभ बच्चन ने अपने ब्लॉग में जब यह लिखा कि 14 फरवरी को भगत सिंह, राजगुरु और सुखदेव को फाँसी लगी थी और हम लोग वेलेंटाइन डे मनाते हैं, तो मेरा चौंकना लाजिमी था कि जब इतना पढ़ने-लिखने वाला एक जागरूक सुपरस्टार इतनी बड़ी गलती कर सकता है, तो सोशल मीडिया पर इतिहास से जुड़े अधकचरे, झूठे मैसेजों को आम जनता कितना गंभीरता से लेती होगी? उस वक्त तो अमिताभ बच्चन को मैंने एस.एम. एस. भेजकर उन्हें बता दिया और उन्होंने उसमें करेक्शन करके, मुझे ब्लॉग में धन्यवाद भी लिख दिया। यह प्रसंग आप भगत सिंह और वेलेंटाइन डे वाले लेख में इसी किताब में पूरा पढ़ सकेंगे। लेकिन फिर मेरी आदत बन गई, जिस किसी भी परिचित की पोस्ट में सोशल मीडिया पर ऐतिहासिक गलतियाँ होतीं, उनको दुरुस्त करना मेरा काम बन गया।

एक बार देश के वित्तमंत्री रहते अरुण जेटली ने सुभाष चंद्र बोस को विमान दुर्घटना वाले दिन श्रद्धांजलि दे दी, एक बार यही काम पर्यटन एंव संस्कृति मंत्री महेश शर्मा के ट्विटर एकाउंट पर हुई। कभी कोई परिचित मिलता तो उसे बता देते, कभी खबर भी बना देते। कुछ लोगों के एजेंडे भी चलते देखे, त्रिपुरा में लेनिन की प्रतिमा गिरा दी गई तो हर कोई यह बताने लगा कि भगत सिंह जेल में बस लेनिन की किताबें पढ़ते थे, उनको लिखकर ही बताना पड़ा कि वह सावरकर की किताबें भी पढ़ते थे, तिलक की भी पढ़ते थे। कभी-कभी कोई राष्ट्रीय नेता किसी ऐतिहासिक घटना का उल्लेख कर देता था, तो लेख लिखकर उस घटना की विस्तार से जानकारी देना भी एक आदत सी बन गई।

इस काम में कुछ मित्र भी मदद करने लगे। यू.पी. में हाथरस और अलीगढ़ के बीच में स्थित मेरे छोटे से कस्बे सासनी के डॉक्टर मित्र साकेत गुप्ता, मेरी छोटी बहन के श्वसुर वाराणसी के श्री एन.के. शर्मा, वाराणसी के ही मित्र डॉ. उमेश शुक्ला, मशहूर

फिल्म पी.आर.ओ. हरीश शर्मा, वेब पत्रकार मानस मिश्रा, मशहूर कार्टूनिस्ट अनुपम सिन्हा की पत्नी जॉली सिन्हा, मशहूर ऑर्थोपेडीशियन डॉ. सुभाष शल्य, हलद्वानी जेल के डिप्टी जेलर पवन कोठारी, समाचार-मीडिया के संपादक छोटे भाई अभिषेक मेहरोत्रा, नेहरू नगर, गाजियाबाद में मेरे कजिन पवन शर्मा, एटा के मयंक भट्ट, बरेली के शशांक शर्मा आदि लोगों को कभी कोई भी इतिहास से जुड़ा मैसेज मिलता तो कंफर्मेशन के लिए मुझे भेजते और मैं जाँच करके उनकी शंका का समाधान करता। ये सिलसिला बनता चला गया। पद्मावती और राजस्थान के इतिहास को लेकर उदयपुर में अपने साढ़ू भाई दिनेश भट्ट से काफी चर्चा भी हुई, मेवाड़-मारवाड़ और गुजरात के कई ऐतिहासिक स्थलों की हमने यात्रा भी साथ की। मेरे एक छोटे भाई शशि शेखर के जरिए एकता कपूर की नेताजी बॉस पर वेब सीरीज और ऑपरेशन 'सन डाउन' पर एक वेब सीरीज में भी अप्रत्यक्ष सहयोग देने का मौका मिला, उनकी क्रिएटिव प्रोडयूसर ज्योति दास कपूर से भी कई ऐतिहासिक मुद्दों पर चर्चा हुई। जब मैंने अपने ब्लॉग में अकबर के राम सिया के सिक्के की बात लिखी तो वो मुद्दा कुछ ही दिनों में ए.बी.पी. के शो 'वायरल सच' में आ गया।

जाहिर है, इन सब बातों से लगातार लगता गया कि इतिहास से जुड़े मुद्दों पर लोगों को कम जानकारी है, उसका फायदा एजेंडा चलाने वाले या अधकचरा पढ़नेवाले सोशल मीडिया के जरिए उठाते आए हैं। लेकिन इतना सारा इतिहास बारीकी के साथ पढ़ने का समय और हिम्मत लोगों में नहीं है, तो लगा कि हर मुद्दे को तो अलग-अलग समझाया जा सकता है। आई-टी.वी. डिजिटल (न्यूज एक्स, इंडिया न्यूज) के सी.ई.ओ. संदीप अमर एक नया कांसेप्ट लेकर आए कि ऐसे सभी मुद्दों को तीन या चार मिनट के वीडियो में बताया जाए, इतना समय तो पब्लिक दे सकती है। तो यू-ट्यूब और डेली मोशन पर चैनल शुरू किए गए Inkhabar History के नाम से, जिसमें उनकी वीडियो टीम के प्रिया लाल और सतविंदर सिंह की प्रमुख भूमिका रही। आप इतिहास की तमाम शंकाओं का समाधान इस यू-ट्यूब चैनल पर भी कर सकते हैं। दिलचस्प बात है कि इसमें बॉलीवुड से जुड़े इतिहास की भी दिलचस्प कहानियाँ आप काफी कम समय में देख सकेंगे। लाखों लोग इन वीडियोज को देख भी चुके हैं।

ए.बी.पी. न्यूज की एंकर चित्रा त्रिपाठी ने भी कई बार मेरी इतिहास से जुड़ी पोस्ट्स को शेयर किया, क्रॉस क्वेश्चंस भी किए। उनकी तगड़ी फैनफॉलोइंग के चलते पोस्ट ज्यादा लोगों तक पहुँची। इस काम में नेताजी बोस पर अपनी रिसर्च और किताबों के लिए मशहूर अनुज धर ने भी काफी सहयोग दिया। आगरा के मेरे टीचर्स, प्रो. अनिल वर्मा और डॉ. वी.डी. शुक्ला से तो समय-समय पर सलाह मिलती ही रहती है।

मैं इतिहास से जुड़े ऐसे सभी मुद्दों को एक फाइल में लिखता चला गया, जिनके

बारे में मुझे लगा कि इनका सच लोगों को पता होना चाहिए। कुछ मित्रों ने भी मुझे इतिहास से जुड़े ऐसे विवाद लिख भेजे, जो उनकी सही जानकारी चाहते थे। छोटे भाई यतेंद्र को भी धन्यवाद, पहली किताब को कुछ सही लोगों तक पहुँचाने के लिए।

इनमें से कुछ वायरस मैसेज हर एक के पास आए होंगे। कुल 200 ऐसे मैसेज मैं इकट्ठे कर चुका था। फिर उनमें से करीब 100 मुद्दों को ऊपर रखकर उन पर रिसर्च शुरू की, जिनमें से इस किताब में केवल 50 ही हैं। बाकी पर या तो काम चल रहा है, जो हो सकता है अगली किसी किताब में या इसी किताब के संशोधित संस्करण में आएँ। इतिहास में यह दिक्कत भी होती है कि नए तथ्य सामने आते ही आप इतिहास की नए सिरे से व्याख्या कर सकते हैं। तो, ऐसी किताब लिखने में यह दिक्कत तो हो ही सकती है, लेकिन ऐसा तो इतिहास की हर किताब के साथ है। इसलिए कोशिश भी की है कि ज्यादातर संदर्भ या तथ्य जिस किसी प्राइमरी या सेकेंडरी सोर्स से लिये गए हैं, उनके बारे में जानकारी दी जाए। फिर भी, पाठकों के सुझावों का स्वागत रहेगा, कोशिश करेंगे कि उसको जाँच कर अगले एडीशन में उसको सुधारा जाए।

फिर एक बार ऑफिस से बचे वक्त में से समय देने के लिए परिवार को धन्यवाद। पत्नी पूजा इस किताब को अंग्रेजी में लाने की कोशिश कर रही हैं, शायद जल्दी आपको उपलब्ध होगी। बच्चों रितिशा, विराज को कम समय दिया, इसलिए बतौर रिश्वत उन्हें राजघाट, तीन मूर्ति भवन, शास्त्रीजी मेमोरियल, इंदिरा गांधी मेमोरियल, चित्तौड़ किला, जैसलमेर किला आदि ऐतिहासिक इमारतों का टुअर मिलता रहा।

अनुक्रम

क्या वाकई में किसी जाट योद्धा ने कर दिया था मुगल बादशाह अकबर का दाह संस्कार?

जब भी जाटों का कोई आंदोलन चलता है या फिर हिंदू-मुसलिम मुद्दा उठता है तो सोशल मीडिया पर कई हिंदू वीरों की कहानियाँ तैरने लगती हैं, जिनमें जाटों से जुड़े वेब पेज भी कई नामों की चर्चा करने लगते हैं। अलीगढ़ मुसलिम यूनिवर्सिटी में जब जिन्ना की तसवीर को लेकर विवाद उठा था, तब भी जाटों ने राजा महेंद्र प्रताप की चर्चा की थी जैसे हाथरस के राजा ने ए.एम.यू. की स्थापना के लिए अपनी जमीन दान दी थी। हल्दी घाटी के युद्ध को लेकर भी तमाम पोस्ट्स आईं, जिनमें कुछ लोगों ने जाट क्षत्रप राजाराम की भी बात की और लिखा कि उसने औरंगजेब के अत्याचारों का बदला अकबर से ले लिया। ऐसे में जाहिर था लोगों को हैरत ही हुई, कुछ लोगों को ये झूठ लगा। हो भी क्यों न, अकबर का बेटा जहाँगीर और जहाँगीर का बेटा शाहजहाँ और शाहजहाँ था—औरंगजेब का पिता, यानी अकबर औरंगजेब का पड़दादा था और दोनों ने कभी एक-दूसरे को देखा तक नहीं था। औरंगजेब के जन्म लेने से 13 साल पहले ही अकबर की मौत हो गई थी। ऐसे में ये कैसे हो सकता है कि कोई औरंगजेब के अत्याचारों का बदला अकबर से ले ले। लेकिन भारतीय इतिहास में ऐसा ही हुआ है, इसलिए ये कहानी काफी दिलचस्प है। वो बदला इस तरह से लिया गया कि अकबर के मकबरे को खोदकर उसमें से अकबर की हड्डियाँ निकालकर उनमें आग लगा दी गई, एक तरह से हिंदू रीति से कर दिया अकबर का दाह संस्कार।

इस बदले को अंजाम दिया था—जाट नेता राजाराम ने, जिसे औरंगजेब की अधीनता पसंद नहीं थी। वो अपने कुल और रियासत के गोकुल जाट का बदला लेना चाहता था, गोकुल जाट को औरंगजेब ने बड़ी दर्दनाक मौत दी थी।[1] पंद्रह सालों बाद जब वो सीधे औरंगजेब से न टकरा सका और न ही उसके पास इतनी बड़ी सेना थी, तो उसने औरंगजेब के कई अधिकारियों को सीधे युद्ध में हराया और गुस्से में आगरा के बाहरी इलाके में बने अकबर के मकबरे सिकंदरा पर धावा बोल दिया, उसको लूटा और अकबर की हड्डियों

को खोदकर उनमें आग लगा दी। इस घटना से ही आप समझ सकते हैं कि वो कमजोर जरूर था, लेकिन बदले की भयानक आग उसके सीने में जल रही थी।

राजाराम भरतपुर जिले की रियासत सिनसिनी का रहनेवाला था। भरतपुर का किला बनने से पहले सिनसिनी में ही दुर्ग हुआ करता था। मिर्जा राजा जयसिंह से युद्ध में जब गोकुल जाट का भाई मारा गया तो उसने अपनी राजधानी मथुरा के पास महावन में बना ली। 1669 में उसने मथुरा और सादाबाद छावनी जैसे इलाकों पर कब्जा कर लिया, मुगल फौजदार अब्दुल नवी मारा गया। पाँच महीने तक गोकुल जाट ने मुगलों की राजधानी आगरा के इतने करीब के इलाकों में अपनी बादशाहत क़ायम कर ली, जो औरंगजेब को गवारा न हुआ। उसने मथुरा में नया फौजदार ज्यादा सेना के साथ भेजा, नाम था हसन अली। आगरा के फौजदार अमानुल्ला को भी उसकी मदद के लिए लगाया। ब्रह्मदेव सिसौदिया को भी मदद के लिए भेजा गया, इतना ही नहीं उन दिनों औरंगजेब भी दिल्ली से जाट विद्रोह को दबाने के लिए खुद बड़ी सेना के साथ चल पड़ा। तिलपत के युद्ध में गोकुल की हार हुई, वो बंदी बना लिया गया। 1 जनवरी, 1670 को आगरा कोतावली में गोकुल जाट और उदय सिंह को फाँसी पर लटका दिया गया।

लेकिन जाटों के बीच अपमान की आग और बदले की ख्वाहिश दोनों धीरे-धीरे भड़कती रही। जरूरत थी एक बहादुर सरदार की, जो मिला पंद्रह साल बाद राजाराम के रूप में। राजाराम ने आस-पास के कई हिंदू जमींदारों से दोस्ती करनी शुरू की, इधर औरंगजेब कई सालों से मराठों के चलते दक्षिण के राज्यों में ही फँसा हुआ था। आगरा में उसके अधिकारी ही उसकी राजधानी सँभाल रहे थे। मौका अच्छा था, राजाराम ने फायदा उठाया। राजाराम का साथ दिया सोगरिया जाटों के रामकी चाहर ने। उन्होंने बंदूकें इकट्ठी करनी शुरू कीं, कई छावनियाँ जंगलों में बनाईं, कच्चे दुर्ग भी बनाने शुरू कर दिए। शिवाजी की तरह उन्होंने मुगलों को परेशान करना शुरू कर दिया। वे मुगलों की छोटी टुकड़ियों पर आक्रमण करने लगे, गौरिल्ला पद्धति से अटैक करके वे जंगल में गायब हो जाते थे। मुगलों का उन्होंने कई बार खजाना लूट लिया और उससे अपनी फौज खड़ी करने में मदद मिली।[2]

उन्होंने पूरे आगरा, मथुरा और भरतपुर इलाके में बीच-बीच में अपनी पोस्ट्स इस तरह से बनाईं कि कोई भी मुगल कारवाँ सुरक्षित न निकल सके, उनकी जद में रहे। एक बार तो वे धौलपुर के पास तक मुगल फौजदार खान बहादुर पर चढ़ बैठे, उसके दामाद समेत 80 सैनिकों को मारा और सैकड़ों घोड़ों को छुड़ा लाए। दक्षिण में फँसे औरंगजेब ने 1686 में जफर जंग कोकलताश की अगुवाई में मुगल फौज जाटों को कुचलने के लिए भेजी, लेकिन जाटों ने उन्हें जबरदस्त शिकस्त दी। 1687 में औरंगजेब ने फिर अपने शहजादे आजम के बेटे बीदर बख्त की अगुवाई में एक और फौज भेजी, साथ

में खानजहाँ को भी भेजा, लेकिन जाटों का वो भी कुछ नहीं बिगाड़ पाई। उससे पहले उसने आजम को ही भेजा था, लेकिन गोलकुंडा में जरूरत के चलते उसे बुरहानपुर से ही वापस बुला लिया था।

राजाराम ने उल्टे मीर इब्राहीम यानी महावत खान के कैंप पर हमला बोलकर करीब 200 मुगल सैनिकों को मौत के घाट उतार दिया। आगरा के फौजदार शाइस्ता खान को हराकर आगरा पर एक तरह से कब्जा कर लिया। लेकिन राजाराम टिकने वाला नहीं था, वो ये संदेश देना चाहता था कि उसने गोकुल जाट की मौत का बदला ले लिया है। इसके लिए उसे मुगल खानदान से ही कोई चाहिए था, जिसका वो अपमान कर पाता, जब उसको कोई मिला नहीं तो गुस्से में राजाराम ने अकबर के मकबरे पर ही हमला बोल दिया। ये मकबरा आगरा दिल्ली हाईवे पर शहर के बाहरी इलाके में मौजूद है। अलग-अलग इतिहासकार इस घटना के बारे में लिखते हैं, किसी ने लिखा है कि उसने वहाँ लगे हीरे जवाहरात भी लूट लिये, तोड़-फोड़ भी की। किसी ने लिखा है कि उसने उन्हें हाथ तक नहीं लगाया। लेकिन सब एक बात पर सहमत हैं कि उसने अकबर की कब्र खोदकर उसकी हड्डियाँ निकालीं और उनमें आग लगा दी। शायद हिंदुओं की तरह अंतिम संस्कार करके गुस्सा दिखाने का भाव रहा होगा। जो भी हो, लेकिन भारतीय इतिहास में बदले की ये बड़ी ही अजीब दास्तान है।[3]

इस घटना के बाद औरंगजेब ने काबुल में मौजूद राज रामसिंह को राजाराम को मटियामेट करने का आदेश भिजवाया, लेकिन मथुरा आने से पहले ही उसकी मौत हो गई। इधर राजाराम चौहान और शेखावतों के युद्ध में भी कूद गया। चौहानों ने राजाराम से मदद माँगी और राजाराम शेखावतों के खिलाफ हो गया। मुगल उस वक्त मौका देख रहे थे। आजम के बेटे बीदर बख्त ने बूँदी के राव राजा अनिरुद्ध सिंह और महाराव किशोर सिंह हाडा के साथ शेखावतों से हाथ मिला लिया। बीजल के युद्ध में अनिरुद्ध सिंह तो हताश होकर मैदान छोड़ने की तैयारी करने लगा, राजाराम की सेना कई बार मुगलों को मात दे चुकी थी, इसलिए ज्यादा जोश से लबालब थी। लेकिन एक पेड़ के पीछे एक मुगल सैनिक ने एक गोली चलाई जो सीधे राजाराम के सीने में उतर गई। ये 4 जुलाई, 1688 की बात है, राजाराम की मौत हो गई। लेकिन उसके सिर को काटकर दक्षिण में औरंगजेब के पास भेजा गया, इधर आगरा में भीड़ के सामने ही खुले में जाटों के दूसरे बड़े नेता रामकी चाहर को भी फाँसी दे दी गई। ये मुगल साम्राज्य के खिलाफ आवाज उठाने वालों के लिए चेतावनी थी।

आज भी जाटों के बीच जितनी इज्जत के साथ राजा सूरजमल का नाम लिया जाता है, उतनी ही इज्जत के साथ गोकुल जाट, राजाराम और रामकी चाहर का नाम भी लिया जाता है। लेकिन राजाराम ने जो अकबर के साथ किया, वो वाकई में भारतीय इतिहास में

काफी अनोखे ढंग का बदला था, ऐसा और कोई वाकया दूसरा नहीं मिलता। ये अलग बात है राजाराम के बाद मोर्चा सँभाला उसके छोटे भाई चूड़ामन ने, जो कई सालों तक औरंगजेब और उसके बाद उसके वंशजों को भी छकाता रहा।[4] उसने भी एक बड़ी सेना बनाई, हाथरस के जाट जमींदार नंदराम से हाथ मिलाया। पूरे इलाके के जाटों को एक किया और अरसे तक मुगलों से लोहा लेता रहा, यहाँ तक कि सिनसिनी दुर्ग पर भी फिर से कब्जा कर लिया था।

संदर्भ—

1. हिस्टरी ऑफ औरंगजेब, 1689–1707, लेखक जदुनाथ सरकार, पृष्ठ 243
2. हिस्टरी एंड कल्चर ऑफ द इंडियन पीपुल : द मुगल एंपायर, लेख रमेश चंद्र मजूमदार, पृष्ठ 291
3. द कैंब्रिज शॉर्टर हिस्टरी ऑफ इंडिया, दूसरा खंड, 1526 से 1919, पृष्ठ 448
4. मराठाज एंड पानीपत, लेखक हरि राम गुप्ता, पृष्ठ 43

□

क्यों जोड़ा जाता है नेहरू परिवार का नाम गियासुद्दीन गाजी से?

जब भी नेहरू परिवार के बारे में आप इंटरनेट पर सर्च करेंगे तो सैकड़ों लेखों में इंदिरा के परदादा और मोतीलाल नेहरू के पिता का नाम गियासुद्दीन गाजी लिखा मिलेगा। सोशल मीडिया पर भी अकसर इस तरह के मैसेज आप सभी को मिले होंगे। नेहरू परिवार के मुसलिम धर्म से धर्मांतरण की कहानियाँ तमाम लोग कहते आए हैं, आखिर इसकी वजह क्या है? इसको जानने के लिए आपको नेहरू-इंदिरा परिवार की जड़ में जाना होगा।

ये अलग बात है कि नेहरू परिवार की जड़ों में जाने के लिए आपको पूरी तरह पं. नेहरू की बायोग्राफी पर ही निर्भर रहना पड़ेगा, क्योंकि बाकी सभी जितने भी इतिहासकारों या लेखकों ने उनके परिवार के बारे में लिखा है तो वे उनकी बायोग्राफी में से ही लिया है। उनकी बायोग्राफी के चैप्टर 'Descent From kashmir' में उन्होंने अपने परिवार की जड़ों के बारे में लिखा है। सबसे पुराने सदस्य के बारे पं. नेहरू ने लिखा है, वो नाम है—राज कौल। जवाहर लाल नेहरू की किताबों में ही नहीं इंदिरा की बायोग्राफी में भी उन्हीं का नाम मिलता है। नेहरू के मुताबिक वो कश्मीरी पंडित थे, कश्मीर में ही रहते थे और वहाँ संस्कृत और फारसी के जाने माने विद्वान् थे। परिवार का दावा है कि जब मुगल बादशाह फर्रुखसियर कश्मीर दौरे पर आया तो वो राज कौल की प्रतिभा से काफी खुश हुआ, और उन्हें दिल्ली में रहने के लिए आमंत्रित किया। राज कौल को दिल्ली में किसी नहर के पास एक घर बादशाह की तरफ से रहने के लिए दिया गया, एक जागीर भी दी गई। नहर किनारे रहने की वजह से उन्हें नेहरू कहा जाने लगा, धीरे-धीरे कौल उन लोगों ने अपने नाम से हटा लिया और नेहरू नाम उनके परिवार का नाम हो गया।[1]

चूँकि मुगल बादशाह फर्रुखसियर 1713 से लेकर 1719 तक केवल 6 साल ही दिल्ली का बादशाह रहा, नेहरूजी ने अपनी बायोग्राफी में लिखा है कि वे 1716 में दिल्ली आए। इधर तीन साल के अंदर फर्रुखसियर को गद्दी से हटाकर अंधा कर दिया गया, बाद में मार दिया गया। उसके बाद राज कौल के ठीक 140 साल बाद वो अपने

खानदान के एक व्यक्ति का नाम लेते हैं, जो थे—लक्ष्मी नारायण नेहरू, जो भारत के शुरुआती वकीलों में से थे। उनको पं. नेहरू ने ईस्ट इंडिया कंपनी के वकील के रूप में बताया है, जबकि उनके बेटे गंगाधर नेहरू मुगल सेवा में थे। उस वक्त दिल्ली के कोतवाल की कमिश्नर जैसी ही हैसियत होती थी, वैसी ही हैसियत उनकी थी। परिवार का दावा है कि ये 1857 में दिल्ली के कोतवाल थे। इनकी एक ही तसवीर मिलती है, जो एक मिनिएचर पेंटिंग के तौर पर है, जिसमें उनके घनी लंबी दाढ़ी मूँछें हैं, और सिर पर एक मुसलिम टोपी लगाए हुए हैं। नेहरू की बायोग्राफी में ही नहीं, आपको इंदिरा गांधी के सफदरजंग मेमोरियल और तीन मूर्ति भवन में भी उनकी ये मिनिएचर पेंटिंग दीवार पर लगी हुई मिल जाएगी।[2]

हालाँकि परिवार के पास राज कौल या लक्ष्मी नारायण नेहरू की कोई तसवीर या पेंटिंग नहीं है, केवल गंगाधर नेहरू की ही है। गंगाधर नेहरू के वक्त ही 1857 की क्रांति हुई, चूँकि वे मुगल सेवा में कोतवाल थे। ऐसे में जाहिर है मुगल बादशाह के विद्रोही सिपाहियों से हाथ मिला लेने के बाद अंग्रेजों के विरोधी हो गए होंगे, हालाँकि बहुत जल्द ब्रिटिश फौज ने वापस दिल्ली पर कब्जा कर लिया, दोनों मुगल शहजादों को गोली मार दी गई और बहादुर शाह जफर को रंगून ले जाकर नजरबंद कर दिया गया। ऐसे में पं. नेहरू लिखते हैं कि वे ऐसे प्रतिकूल हालात में परिवार सहित यानी दो बेटों और पत्नी को लेकर जान बचाकर आगरा भाग गए। ये 1858 की बात रही होगी, हालाँकि पं. नेहरू गंगाधर नेहरू के पिता का 1857 की क्रांति में क्या हुआ, ये नहीं बताते, जबकि वे ईस्ट इंडिया कंपनी के वकील थे, तो उनकी ब्रिटिश प्रशासन में पैठ रही होगी। दूसरे जैसा कि पं. नेहरू लिखते हैं कि गंगाधर नेहरू की मौत 34 साल की उम्र में ही हो गई थी, तो 1857 में वे मुश्किल से 30 साल के ही रहे होंगे।[3]

पं. नेहरू ये भी नहीं बताते कि अगले तीन साल परिवार ने, खास तौर पर उनके परिवार के मुखिया ने क्या किया? परिवार का खर्च कैसे चलाया। शायद उन्हें खुद जानकारी न रही हो। उस वक्त गंगाधर नेहरू के दो बेटे थे—बंशीधर और नंदलाल। तीन

साल बाद यानी 1961 में ही अचानक गंगाधर नेहरू की मौत हो गई, जबकि उनकी पत्नी जियोरानी या इंदिरा रानी गर्भ से थीं, गंगाधर नेहरू की मौत के तीन महीने बाद एक बच्चा पैदा हुआ, उसका नाम रखा गया—मोतीलाल नेहरू। बाद में अपनी माँ इंदिरा रानी के नाम पर ही मोतीलाल नेहरू ने अपनी नातिन इंदिरा का ये नाम रखा था। जबकि उनके जवाहर लाल ने प्रियदर्शिनी कहा, ऐसे इंदिरा का नाम बना था—इंदिरा प्रियदर्शिनी नेहरू।[4]

परिवार के मुताबिक गंगाधर नेहरू के बड़े बेटे बंशीधर नेहरू ब्रिटिश सरकार की न्यायिक सेवा में थे और एक शहर से दूसरे शहर उनका तबादला होता रहा। वे मुख्य परिवार के साथ नहीं रह पाए तो दूसरे नंदलाल नेहरू कभी राजस्थान की खेतड़ी रियासत के दीवान रहे, वकालत भी करते थे। उन्होंने ही मोतीलाल नेहरू को पाला, पढ़ाया। लेकिन बहुत जल्द उनकी भी मौत हो जाने के बाद पूरे परिवार का बोझ युवा मोतीलाल नेहरू के कंधों पर आ गया। इलाहाबाद यूनिवर्सिटी से पढ़ाई करने के बाद मोतीलाल पहले कानपुर में और फिर इलाहाबाद में वकालत करने लगे थे, आगरा से हाईकोर्ट को इलाहाबाद कर दिया गया था। वहीं वे बड़े वकील बन गए, कांग्रेस से जुड़ गए, उसी शहर में जवाहर लाल और फिर इंदिरा पैदा हुए, पले-बढ़े।

अब सवाल उठता है कि गियासुद्दीन गाजी कौन है, जिसका रिश्ता नेहरू परिवार से जोड़ा जाता रहा है। आपको सोशल मीडिया यानी फेसबुक, ट्विटर और यू-ट्यूब पर ही नहीं इंटरनेट की दुनिया में भी गूगल करेंगे तो सैकड़ों वेबसाइट्स पर ये नाम मोतीलाल नेहरू के पिता के नाम पर लिखा मिलता है। आखिर इसकी वजह क्या है? कई लोगों ने दावा किया कि कभी भी दिल्ली में हिंदू कोतवाल नहीं रहा है। कई लोगों ने पुराने रिकॉर्ड्स खँगाले, उस वक्त की किताबों में अलग-अलग कोतवालों के नाम मिलते हैं, वे सारे के सारे मुसलिम थे। 29 अगस्त, 1997 को इंडियन एक्सप्रेस में के.एन. राव के कुछ और तथ्यों के साथ ये बताया कि 1857 में दिल्ली का कोतवाल गियासुद्दीन गाजी था, न कि गंगाधर नेहरू। उन्होंने 1857 में केवल दो हिंदू पुलिस अधिकारियों के नाम बताए, नायाब कोतवाल भाव सिंह और लाहौरी गेट थाने का थानेदार काशीनाथ। ये सारे तथ्य एम.के. अग्रवाल ने अपनी किताब 'From Bharat to India: The Rape of Chrysee' में शामिल किए हैं।[5]

इस किताब में एक और दिलचस्प बात ये भी है कि के.एन. राव ने इस लेख में ये भी लिखा था कि दिल्ली पुलिस की वेबसाइट पर भी 1857 में दिल्ली के कोतवाल का नाम गियासुद्दीन गाजी मिलता है, जिसका अर्थ होता है—काफिर कातिल। जाहिर है ये लेख अखबार में होगा, तो उन दिनों लोगों ने जाँच भी की होगी। झूठ होता तो उसी वक्त सवाल उठते। यही सारे तथ्य एम.के. अग्रवाल ने इसी लेख के हवाले से अपनी किताब में दिल्ली पुलिस की वेबसाइट की बात भी दर्ज की है। लेकिन जब हमने इस लेख को लिखते

वक्त दिल्ली पुलिस की वेबसाइट पर जाकर जाँच की तो उस पर 1857 के कोतवाल के बारे में ये जानकारी दी हुई है, "The last Kotwal of Delhi, appointed just before the eruption of the first war of freedom, was Gangadhar Nehru, father of Pandit Motilal Nehru and grand father of Pandit Jawaharlal Nehru, India's first Prime Minister."[6]

यानी अब ये और काफी मुश्किल हो जाता है, क्योंकि 1997 के लेख के मुताबिक दिल्ली पुलिस की वेबसाइट में इस 1857 विद्रोह के दौरान दिल्ली के कोतवाल का नाम गियासुद्दीन गाजी था और 25 मार्च, 2017 को जब ये लेख लिखा जा रहा है, यानी 20 साल बाद उसमें न केवल गंगाधर नेहरू का नाम लिखा आता है, वरन् उनके पूरे खानदान या बेटे मोतीलाल नेहरू और नाती यानी देश के पहले पी.एम. जवाहर लाल नेहरू का भी जिक्र है। 1997 में केंद्र और दिल्ली राज्य दोनों जगह कांग्रेस या कांग्रेस समर्थित सरकारें थीं। उसके बाद भी इन बीस सालों में कई बार केंद्र और राज्य सरकारें अरसे तक कांग्रेस की ही रही हैं। अगर उस लेख के लेखक के.एन. राव और इस किताब के लेखक एम.के. अग्रवाल का दावा सही है तो दिल्ली पुलिस की वेबसाइट पर इसी दौरान ये नाम बदला गया होगा। हालाँकि के.एन. राव नेहरू परिवार की आलोचना में ऐसे कई दावे अपनी किताब 'The Nehru Dynasty: Astro-political Portraits of Nehru, Indira, Sanjay & Rajiv' में भी कर चुके हैं।

दिल्ली पुलिस से कोई भी आर.टी.आई. डाल कर ये पूछकर उनके लिए दिक्कत पैदा कर सकता है कि आपने 1857 में कोतवाल के तौर पर गंगाधर नेहरू का नाम कब शामिल किया, किस आधार पर शामिल किया? क्योंकि किसी भी ऐतिहासिक रिकॉर्ड में उनका नाम नहीं मिलता। अगर केवल पं. नेहरू की बायोग्राफी के आधार पर ही शामिल किया गया है तो उस पर सवाल उठने बनते हैं, जो कि बीच-बीच में सोशल मीडिया पर उठते भी रहे हैं। यानी नेहरू परिवार से जुड़ा ये सवाल जल्द खत्म होने वाला नहीं है।

संदर्भ—

1. जवाहरलाल नेहरू, आत्मकथा, लेखक जवाहरलाल नेहरू, अध्याय डिसेंट फ्रॉम कश्मीर, पृष्ठ 1
2. जवाहरलाल नेहरू, लेखक—फ्रेंक मोरेस, पृष्ठ 18
3. स्ट्रगल फॉर इंडिपेंडेंस : मोतीलाल नेहरू, श्रीराम बख्शी, पृष्ठ 4
4. इंदिरा प्रियदर्शिनी, लेखिका मनोरमा जफा, पृष्ठ 1
5. फ्रॉम भारत टू इंडिया : द रेप क्रिसी, लेखक एम.के. अग्रवाल, पृष्ठ 459
6. http://www.delhipolice.nic.in/mobile/history.html.

□

भगत सिंह और सावरकर को लेकर सोशल मीडिया में खिंचती रहती हैं तलवारें, जानिए दोनों के रिश्तों का सच

जब भी भगत सिंह या सावरकर की जयंती या पुण्यतिथि जैसे मौके आते हैं, तमाम बीजेपी या संघ विरोधी लोग सावरकर और भगत सिंह की तुलना करना शुरू कर देते हैं। उनका मकसद ये बताना होता है कि सावरकर के मुकाबले भगत सिंह कितने महान् थे। जबकि भगत सिंह का कद इतिहासकारों ने इतना कद्दावर बना दिया है कि सावरकर को पसंद करनेवाले लोग उनके समर्थन में भगत सिंह की आलोचना भी नहीं कर पाते। जो लोग ये तुलना करते हैं, या तो उन्हें पता नहीं है या फिर जानने बूझने के बावजूद वे इस बात पर चर्चा नहीं करना चाहते कि भगत सिंह और सावरकर के बीच क्या रिश्ता था? क्या वे भी ऐसे ही लड़ते थे जैसे उनके चाहने वाले लड़ते हैं?

जाहिर है आप इतिहास खँगालेंगे तो न आपको भगत सिंह का कोई बयान सावरकर के विरोध में नजर आएगा और न ही सावरकर का कोई बयान भगत सिंह के विरोध में नजर आएगा। दूसरे नजरिए से देखा जाए तो गांधीजी के तौर तरीकों के खिलाफ दोनों की सोच एक जैसी ही थी, दोनों ने ही अलग-अलग तरीकों से गांधीजी की नीतियों से असहमति जताई थी। दोनों के समर्थकों का मानना है कि न गांधीजी ने भगत सिंह की फाँसी रुकवाने की कोई कोशिश की थी और न ही सावरकर के काला पानी की सजा रुकवाने या कम करने के लिए कुछ किया था। सावरकर को भी फाँसी हो जाती तो शायद ये तुलना भी नहीं होती। जेल से आने के बाद सावरकर का ज्यादातर काम हिंदुत्व के लिए लगा, 'हिंदुत्व' शब्द भी उन्हीं का दिया गया था, और ये एक बड़ी वजह बन गई, जिसके चलते लोग आजादी के लिए उनके संघर्ष की बजाय उनकी हिंदुत्व विचारधारा पर चर्चा करते हैं और गाहे बगाहे सावरकर के मुकाबले भगत सिंह को खड़ा कर देते हैं।

एक और वजह थी, हिंदू महासभा के एक और अध्यक्ष पंडित मदनमोहन मालवीय

गाधीजी के करीबी थे, बनारस हिंदू विश्वविद्यालय खोलने के बावजूद, हिंदू महासभा का राष्ट्रीय अध्यक्ष बनने के बावजूद न तब और न अब लोगों ने कभी उन्हें निशाने पर नहीं लिया, लेकिन चूँकि हैदराबाद में 90 फीसदी हिंदुओं के होते हुए भी सरकारी नौकरियों की 85 फीसदी सीटों पर मुसलमान काबिज थे, इसके खिलाफ सावरकर के आंदोलन को गांधीजी ने समर्थन नहीं किया था, इसलिए उनकी गांधीजी से बिगड़ गई पहले से भी मतभेद थे। वैसे भी सावरकर आजादी के बाद किसी राजनीतिक पार्टी में शामिल होने के पक्ष में नहीं थे, कांग्रेस से ही नहीं जनसंघ से भी दूर रहे, मालवीयजी की तरह गांधीजी के करीब भी नहीं रहे। ये भी बड़ी वजहें हैं कि सावरकर को भगत सिंह के मुकाबले कमतर दिखाया जाता रहा।

जबकि हकीकत में इन दोनों शख्सियतों का आपस में कभी कोई विवाद रहा ही नहीं। बल्कि उल्टे भगत सिंह ने वीर सावरकर की प्रथम स्वतंत्रता संग्राम पर लिखी किताब '1857 का स्वातंत्र्य समर' का तीसरा एडीशन छपवाया और संगठन के लिए धन इकट्ठा करने के लिए उसकी कीमत भी ज्यादा रखी। इसके लिए उन्होंने बाकायदा रत्नागिरी में जाकर वीर सावरकर से मुलाकात की और उनसे उनकी पुस्तक को छापने की अनुमति ली। उससे भी ज्यादा चौंकाने वाला तथ्य ये है कि सावरकर की लिखी यही पुस्तक भगत सिंह की बायोग्राफी में जिन पुस्तकों को उन्होंने जेल या जेल से बाहर पढ़कर प्रेरणा ली, उन पुस्तकों में भी शामिल हैं। लेकिन आपको हर कोर्स किताब या भगत सिंह से जुड़ी फिल्मों, सीरियल्स में बताया जाएगा कि फाँसी वाले दिन भगत सिंह लेनिन की जीवनी पढ़ रहे थे। तो बाकी किताबें भगत सिंह की आधिकारिक सूची में क्या कर रही थीं, और भगत सिंह ने पढ़ी भी थीं, तो उनके बारे में क्यों नहीं बताया जाता? भगत सिंह ने अलग-अलग भाषाओं की जो देसी या विदेशी पुस्तकें पढ़ी थीं, उनकी सूची आप लुधियाना की शहीद भगत सिंह रिसर्च कमेटी के वेब पेज http://www.shahidbhagatsingh.org/index.asp?linkid=32 पर भी पढ़ सकते हैं और तस्दीक कर सकते हैं कि भगत सिंह खाली लेनिन की ही किताब नहीं पढ़ रहे थे, बल्कि तिलक की 'गीता रहस्य,' राजा महेंद्र प्रताप की जीवनी, सचींद्रनाथ सान्याल की 'बंदी जीवन' के साथ वीर सावरकर की '1857 का स्वातंत्र्य समर' भी पढ़ रहे थे।[1]

आजादी से पहले के तौर में पंजाबी की एक मशहूर पत्रिका थी 'कीर्ति', जिसमें खुद भगत सिंह भी लिखा करते थे। 18 अप्रैल, 1928 को इस पत्रिका में एक लेख छपा था—'The Significance of May 10th' यानी 10 मई की महत्ता। 10 मई यानी 1857 का प्रथम स्वतंत्रता संग्राम का पहला दिन, इस लेख में 10 मई के बहाने 1857 के प्रथम स्वतंत्रता संग्राम की बात की गई थी। इसे लोग सिपाही विद्रोह या मुगलों का सत्ता पाने की छटपटाहट या राजाओं की बगावत बताते रहे, वो सावरकर ही थे, जिन्होंने उसे

भारत की आजादी की पहली लड़ाई बताया और क्यों थी, वो आजादी की पहली लड़ाई इसको साबित करने के लिए कई तथ्यों को अपनी किताब में बारीकी से पिरोया भी। इस लेख में साफ-साफ लिखा था कि भगत सिंह और उनके साथियों ने इस किताब को और सावरकर के बारे में विस्तार से पढ़ा था।[2]

सावरकर की इस किताब के प्रति भगत सिंह के लगाव की कहानी उनके एक करीबी सहयोगी राजाराम शास्त्री ने विस्तार से 'अमर शहीदों के संस्मरण' में लिखी है, वे लिखते हैं, "वीर सावरकर द्वारा लिखित '1857 का स्वातंत्र्य समर' पुस्तक ने भगत सिंह को बहुत अधिक प्रभावित किया था। यह पुस्तक भारत सरकार द्वारा जब्त कर ली गई थी। मैंने इस पुस्तक की प्रशंसा सुनी थी और इसे पढ़ने का बहुत ही इच्छुक था। पता नहीं कहाँ से भगत सिंह को ये पुस्तक प्राप्त हो गई थी। वह एक दिन इसे मेरे पास ले आए। जिससे ली है, उसे देनी होगी, इसलिए वे मेरे बहुत कहने पर भी देने को तैयार नहीं हो रहे थे। जब मैंने इसे जल्द-से-जल्द पढ़कर उसे अवश्य लौटा देने का वायदा किया तो तब उन्होंने वो पुस्तक मुझे बस 36 घंटे के लिए पढ़ने के लिए दी।" जैसे-तैसे जल्दी पढ़कर राजाराम शास्त्री ने ये किताब जब भगत सिंह को वापस कर दी तो एक दिन भगत सिंह उनसे बोले, "यदि तुम कुछ परिश्रम करने के लिए तैयार हो जाओ और थोड़ी मदद करने के लिए तैयार हो जाओ तो इस पुस्तक को गुप्त रूप से प्रकाशित करने का उपाय सोचा जाए।"

राजाराम शास्त्री लिखते हैं कि वे फौरन राजी हो गए थे, वे आगे लिखते हैं, "भगत सिंह ने किसी प्रेस में प्रबंध कर दिया था। वह प्रतिदिन रात को कुछ मैटर मुझे प्रूफ देखने के लिए दे जाते थे। मैं रात में उसे देखकर प्रूफ ठीक करके रख छोड़ता था। दूसरे दिन भगत सिंह उसे ले जाते थे। कुछ दिनों तक बराबर यह सिलसिला चलता रहा। इस पुस्तक को दो खंडों में प्रकाशित किया गया, प्रत्येक खंड की कीमत आठ आना रखी गई, फिर गुप्त रूप से इसे बेचने का प्रबंध किया गया। मुझे याद है इस पुस्तक को सबसे पहले मैंने राजर्षि पुरुषोत्तम दास टंडन के हाथ बेचा था। इसके प्रकाशन से टंडन जी बहुत प्रसन्न हुए थे। इसके बेचने में सुखदेव ने बहुत अधिक परिश्रम किया था।[3] इतना ही नहीं भगत सिंह ने इस संस्करण की दो कॉपियाँ वीर सावरकर को भी भेजी थीं।"[4]

बाद में लालकृष्ण आडवाणी ने 10 मई, 2007 को इंडियन एक्सप्रेस में एक लेख लिखा, '150 Years of Heroism, Via Kala Pani'। उसमें भी लगभग उन्हीं तथ्यों के बारे में लिखा गया, इस लेख का भी हवाला दिया गया। दरअसल ये वो दौर था, जब भारतीयों के पास पढ़ने के लिए अपना ज्यादा साहित्य था ही नहीं। बख्तियार खिलजी के नालंदा लाइब्रेरी में लाखों किताबों के जलाकर नष्ट कर देने के बाद जो किताबें कहीं कहीं थीं भी तो आम लोगों की पहुँच में नहीं थीं। यहाँ तक कि चाणक्य का अर्थशास्त्र भी 1909 में जाकर मैसूर की एक लाइब्रेरी में मिला था। ऐसे में 1907 में आईं तिलक की 'गीता

रहस्य' और सावरकर की '1857 का स्वातंत्र्य समर' के साथ-साथ आनंद मठ जैसी गिनती की किताबें थीं, जो युवाओं में देश और संस्कृति के प्रति जोश का भाव भर सकती थीं। भगत सिंह जैसे ज्यादातर युवा ऐसे में काफी विदेशी साहित्य पढ़ते थे, रूस की क्रांति के नायकों से प्रेरणा लेते थे।

जब अमेरिका में गदर पार्टी बनाई गई तो उसका उद्देश्य रखा गया, भारत की अलग-अलग छावनियों में विद्रोह करवाकर 1857 जैसा गदर करना और देश को आजाद करना। ऐसे में 1857 की जंग से युवा प्रेरणा ले सकें, उसके लिए यूनिवर्सिटी ऑफ केलीफोर्निया, बर्कले के प्रोफेसर लाला हरदयाल ने तय किया कि वीर सावरकर की किताब को अमेरिका में पब्लिश करवाया जाएगा। उनको ये आइडिया सावरकर के संगठन में महाराष्ट्र में काम कर चुके विष्णु गणेश पिंगले ने दिया था, जो उन दिनों अमेरिका में गदर पार्टी के प्रमुख नेताओं में से थे। गदर पार्टी के प्रमुख सदस्यों के सामने इस प्रस्ताव को रखा गया, सबने हामी भर दी, इन नेताओं में सोहन सिंह भाखना, करतार सिंह सराभा, भाई परमानंद, तारनाथ दास और विष्णु गणेश पिंगले भी थे।

बड़े पैमाने पर अमेरिका और कई देशों में गदर क्रांतिकारियों के बीच सावरकर की किताब का ये दूसरा एडीशन बाँटा गया और उससे युवाओं को प्रेरणा मिली कि इस बार फिर से गदर क्रांति हो सकती है। ये अलग बात है कि एक गद्दार के चलते गदर योजना फेल हो गई। अमेरिका से भारत में छावनियों में विद्रोह करने आए करतार सिंह सराभा और विष्णु गणेश पिंगले को फाँसी दे दी गई, रास बिहारी बोस को जापान भागना पड़ा। अब जानिए कौन है करतार सिंह सराभा, जो सावरकर से मिल कभी नहीं पाया; क्योंकि वे काला पानी की सजा काट रहे थे, लेकिन विष्णु गणेश पिंगले के जरिए उनकी कई कहानियाँ सुनी थीं। उनकी किताब करतार ने भी पढ़ी थी, अमेरिका में पढ़ने गया करतार देश के लिए फाँसी चढ़ गया और इन्हीं करतार सिंह को भगत सिंह अपना गुरु मानते थे।[5] भगत सिंह की जेब में करतार सिंह सराभा का फोटो हर वक्त रहता था। जिस दिन करतार सिंह को फाँसी दी जा रही थी, उस दिन क्रांतिकारियों ने जो गीत गाया था, उसे भगत सिंह अकसर गुनगुनाया करते थे, उस गीत की कुछ पंक्तियाँ ये हैं—

"फख्र है भारत को ऐ करतार तू जाता है आज
जगत् औ पिंगले को भी साथ ले जाता है आज
हम तुम्हारे मिशन को पूरा करेंगे संगियो कसम
हर हिंदी तुम्हारे खून की खाता है आज।"

इस गीत में उस पिंगले का भी जिक्र है, जिसने सावरकर के संगठन के साथ महाराष्ट्र में काफी काम किया था। करतार भी उनसे काफी प्रभावित थे। भगत सिंह सावरकर से जुड़े जिस तीसरे व्यक्ति से प्रेरणा लेते थे, वे थे मदनलाल धींगरा। मदनलाल धींगरा ने भारत

सचिव के राजनीतिक सलाहकार कर्नल वाइली की लंदन में हत्या कर दी थी। 1909 में इस घटना के बाद उन्हें वहीं फाँसी पर चढ़ा दिया गया था। वे शुरुआती क्रांतिकारी थे, जिनको फाँसी पर चढ़ाया गया, पंजाब की धरती के लाल थे, सो करतार और धींगरा दोनों की भगत सिंह काफी इज्जत करते थे और इस मदनलाल धींगरा के लंदन में संरक्षक थे सावरकर, उनको इंडिया-हाउस, लंदन में आश्रय देने से लेकर पिस्तौल चलाने की ट्रेनिंग देने तक का काम सावरकर ने किया था। कर्नल वाइली की हत्या की गाज सावरकर पर भी गिरी, लंदन हाउस सीज कर दिया गया गांधीजी भी सावरकर से इसी को लेकर नाराज हो गए थे और नासिक कलैक्टर जैक्सन की हत्या के बाद सावरकर को गिरफ्तार करके काला पानी भेज दिया गया।

एक तरह से धींगरा, करतार, पिंगले भगत सिंह से एक पीढ़ी पहले के क्रांतिकारी थे, और भगत सिंह इनके सम्मान में अलग-अलग अखबारों में लेख लिखा करते थे। 'कीर्ति' पत्रिका में उन्होंने 'आजादी की भेंट शहादतें' शीर्षक से एक लेखमाला भी लिखी थी। जिसमें ऐसे कई क्रांतिकारियों के जीवन के बारे में उन्होंने लिखा था। मदनलाल ढींगरा पर लिखे लेख में तो उन्होंने पश्चिम बंगाल के मशहूर कवि नजरूल इसलाम की प्रसिद्ध कविता 'विद्रोही' की ये लाइनें भी लिखीं—

"बोलो वीर-चिर उन्नत मम शीर
शिर नेहारी आमारि नत शिर ओई शिखर हिमाद्रीर।"

यानी कहो वीर चिर उन्नत मेरा मस्तक, नत है वह हिमालय की चोटी, देखकर मेरा उन्नत मस्तक। इस लेख में भगत सिंह ने साफ लिखा है कि मदनलाल धींगरा को मातृभूमि पर जान देने की प्रेरणा सावरकर ने दी थी। कहने का मतलब ये है कि जो व्यक्ति सावरकर को मानने वालों को गुरु मानता हो, वो सावरकर का विरोधी नहीं हो सकता था। आज तक भगत सिंह का सावरकर के बारे में कोई विरोधी बयान नहीं मिला है।

उन दिनों भगत सिंह कई किताबों को भी छपवा रहे थे, उन्होंने आयरलैंड के क्रांतिकारी डान ब्रीड की बायोग्राफी का हिंदी में अनुवाद करके छपवाया, तो सचींद्रनाथ सान्याल की किताब 'बंदी जीवन' को पंजाबी में ट्रांसलेट करके प्रकाशित किया। इसके दो उद्देश्य होते थे, हिंदुस्तान रिपब्लिकन एसोसिएशन (एच.आर.ए.) के लिए पैसा इकट्ठा करना और युवाओं के बीच आजादी की प्रेरणा देने वाली किताबें पहुँचाना। इसी कड़ी में उन्होंने 1928 में रत्नागिरी में वीर सावरकर से मुलाकात की, तब वे जेल से बाहर आ चुके थे। भगत सिंह ने उनसे उनकी किताब के तीसरे एडीशन को छापने की इजाजत भी माँगी और उस एडीशन को थोड़ा महँगा भी बेचा। बाद में उसके पंजाबी और उर्दू संस्करण (गदर की गूँज) भी लाए गए। इस किताब में से भगत सिंह ने कई प्रेरणादायी लाइनें अपनी जेल नोट बुक में भी दर्ज की थीं।

खुद सावरकर की बायोग्राफी और सावरकर ट्रस्ट की वेबसाइट पर जिक्र है कि कैसे भगत सिंह ने उनसे उनकी किताब को छापने की इजाजत माँगी थी। दिलचस्प बात है कि सावरकर की किताब का पाँचवाँ एडीशन सुभाष चंद्र बोस और रास बिहारी बोस ने आजाद हिंद फौज के सैनिकों में प्रेरणा भरने के लिए छपवाया था। बोस ने उसका तमिल अनुवाद करके भी तमिल संस्करण निकाला, सिंगापुर में आजाद हिंद फौज के सिपाहियों में तमिल सैनिकों की संख्या भी काफी थी। वैसे भी आजाद हिंद फौज के सैनिक अब तक अंग्रेजों की चाकरी करते आ रहे थे, उनमें देशभक्ति का भाव लाना आसान नहीं था। सावरकर की किताब ने इसमें काफी मदद की थी।

वीर सावरकर की एक और किताब थी, जिससे कई उद्धरण भगत सिंह ने अपनी जेल नोटबुक में लिये हैं, उस किताब का नाम था 'हिंदू पदपादशाही'। अब जो उद्धरण इस किताब से भगत सिंह ने लिये हैं, उनको पढ़िए—

1. बलिदान तभी पूज्यनीय है, जब सफलता के लिए प्रत्यक्ष या अप्रत्यक्ष, लेकिन तार्किक रूप से इसकी अनिवार्यता सिद्ध होती हो। जो बलिदान अंत में सफलता की ओर अग्रसर नहीं करता, वो आत्महत्या है और मराठा युद्धनीति में इसकी कोई जगह नहीं थी।
2. अप्रतिरोधी शहादत जो करने में विफल रहती है, न्याय परायण या प्रतिरोधी शक्ति उसे कर डालती है तथा अत्याचारों को और अधिक हानि करने योग्य नहीं रहने देती।
3. धर्मांतरित होने की बजाय मार डाले जाओ...(उस समय हिंदुओं के बीच यही पुकार प्रचलित थी) लेकिन रामदास उठ खड़े हुए और कहा, "नहीं-नहीं, ऐसे नहीं, धर्मांतरित होने से बेहतर है कि मार डाले जाओ," काफी है, लेकिन इससे भी अच्छा ये प्रयास करना है कि न तो मारे ही जाओ और न ही धर्मांतरित हो, बल्कि स्वंय हिंसक शक्तियों को मार डालो। यदि मृत्यु अनिवार्य हो...मारे जाओ, लेकिन जीत हासिल करने के लिए मारते हुए मरो, धर्म के लिए जीत हासिल करो।"
4. हमारे युग की सबसे निराशाजनक बात ये है कि हमें बिना इतिहास बनाए इसे लिखना पड़ रहा है, बिना साहसिक क्षमता और अवसरों के उन वीरतापूर्ण गीतों को गाना पड़ रहा है, जिन्हें हम जीवन में कभी वास्तविक नहीं बना सके।[6]

इतना ही नहीं भगत सिंह ने सावरकर की पुस्तक के दूसरे भाग की शुरुआत में दी गई थॉमस मूर की कविता 'गो वेयर ग्लोरी वेट्स दी' से कुछ छंद लिये हैं। सावरकर ने इस कविता में कुछ त्रुटियाँ कर दी थीं, वही त्रुटियाँ भगत सिंह ने भी अपनी नोट बुक में कर दीं, क्योंकि उनका स्रोत सावरकर थे। कविता की शुरुआत में ही 'नो' की जगह 'गो' हो गया है।

जिस वक्त भगत सिंह को फाँसी दी गई, तो ब्रिटिश सरकार की चिंता थी कि उसकी प्रतिक्रिया क्या होगी? पहली प्रतिक्रिया आम जनता की तरफ से हो सकती है, तो उन्होंने गांधीजी से बात की, गांधीजी ने सलाह दी कि शांतिपूर्ण शोकसभाओं को न रोकें, बल प्रयोग न करें तो स्थिति नियंत्रण में रहेगी। दूसरी प्रतिक्रिया क्रांतिकारियों की तरफ से होनी

थी, तो पंजाब पुलिस की एक टीम रत्नागिरी में रह रहे वीर सावरकर के पास भी गई कि वे तो कुछ नहीं करने जा रहे हैं। वीर सावरकर ने अपना वही राइटिंग पैड उस पुलिस टीम के मुखिया को दिया, जिसमें उन्होंने भगत सिंह की फाँसी के बाद एक लेख और भगत सिंह की शान में एक कविता लिख रखी थी, लेकिन वो ऑफिसर उसे देख नहीं पाया था।[7]

सो जो लोग सावरकर और भगत सिंह की तुलना करते हैं, भगत सिंह के मुकाबले सावरकर को नीचा दिखाते हैं या दिखाने की कोशिश करते हैं, उनको उन दोनों के रिश्तों की ये सच्चाई भी पता होनी चाहिए कि कैसे जिन लोगों से प्रेरणा भगत सिंह लेते थे, उनकी काफी मदद वीर सावरकर ने की थी। भगत सिंह ने वीर सावरकर की 1857 के प्रथम स्वतंत्रता संग्राम पर किताब के तीसरे एडीशन को छापकर क्रांतिकारियों में केवल इसलिए बाँटा था कि वे इससे प्रेरणा ले सकें। कई लोगों ने एच.एस.आर.ए. के एक सदस्य यशपाल की किताब के आधार पर ये साबित करने की कोशिश की है कि भगत सिंह की फाँसी रोकने के लिए मदद माँगने जाने पर सावरकर ने मना कर दिया था और कहा था कि जिन्ना को मार दो, मैं पैसे दे दूँगा। उन सभी को ये भी याद रखना चाहिए कि इसी यशपाल को एच.एस.आर.ए. के मुखिया चंद्रशेखर आजाद ने कभी गद्दार घोषित करके उनको मारने के फरमान सुना दिए थे, उसके बाद यशपाल तभी नजर आए, जब 6 महीने के अंदर आजाद की जान चली गई। तब न भगत सिंह रहे और न यशपाल को सजा देने के लिए आजाद। बाद में यशपाल को तमाम पदम पुरस्कारों से नवाजा गया और वे बड़े साहित्यकार बन गए। ऐसे में उनकी कहानी पर लोगों को विश्वास ही नहीं हुआ। सो क्रांतिकारियों या आजादी की जंग लड़ने वालों में, उसके लिए अपना सबकुछ न्योछावर करनेवालों में राजनीतिक वजहों से विभेद न करें तो बेहतर है।

संदर्भ—

1. द जेल नोटबुक एंड अदर राइटिंग्स, लेखक भगत सिंह, भूपेंद्र हूजा, पृष्ठ 79
2. भगत सिंह : द इंटरनल रिबेल, लेखक मलविंदरजीत सिंह, पृष्ठ 64
3. अमर शहीदों के संस्मरण, लेखक राजाराम शास्त्री, पृष्ठ 89–90
4. सावरकर एंड हिज टाइम्स, लेखक धनंजय कीर, पृष्ठ 193
5. गदर मूवमेंट टू भगत सिंह, लेखक हरीश के. पुरी, पृष्ठ 162
6. भगत सिंह जेल नोटबुक, संदर्भ और प्रासंगिकता, संपादन–संकलन मलविंदरजीत सिंह वड़ैच, हरीश जैन, पेज 51, 52, मूल स्रोत भगत सिंह, जेल नोटबुक के पृष्ठ 103/3, 103/4, विविध : 11/2, 11/3, 11/4, 11/5, 12/1
7. वी.डी. सावरकर, संपादन वरिंदर ग्रोवर, पृष्ठ 457

□

लंदन के म्यूजियम में शिवाजी के हथियार बघनख की वायरल खबर की पड़ताल...!

आमतौर पर हर दो-तीन साल में ये कहानी सामने आती है कि अफजल खान को जिस हथियार बघनख (Tiger Claws) से छत्रपति शिवाजी ने मारा था, वो लंदन के एक म्यूजियम में रखा है। सवाल उठते हैं कि भारत सरकार उसे क्यों नहीं देश वापस लेकर आती? एक बार तो महाराष्ट्र के गृहमंत्री आर.आर. पाटिल ने भी लंदन के उस विक्टोरिया एंड अलबर्ट म्यूजियम से बातचीत करने का दावा किया, जो कि असली बघनख अपने पास होने का दावा करता है। आर.आर. पाटिल आज नहीं हैं, लेकिन समय के साथ सरकार भी अपने उस अभियान को भूल गई, लेकिन शिवाजी प्रेमी नहीं भूले हैं, इसलिए बार-बार किसी-न-किसी माध्यम से उस बखनघ को वापस लाने की बात उठाते रहते हैं। इस विवाद में पूरी पड़ताल के बाद ये लेख लिखा गया है।

हर पीढ़ी ये कहानी सुनती पढ़ती आई है कि अफजल खान ने जब छत्रपति शिवाजी को मिलने के लिए बुलाया तो शिवाजी उससे मिलने पूरी तैयारी के साथ गए और जब अफजल ने धोखे से उनको मारने की कोशिश की तो शिवाजी ने छुपे हुए बघनख (Tiger Claws) को निकाला और अफजल की हत्या कर दी।[1] इस तरह के हथियार के इस्तेमाल का ये मामला अनोखा था, इसलिए डिफेंस स्टडीज और हिस्टरी के स्टूडेंट्स ही नहीं आम लोग भी इसे याद रखते हैं। अब सोचिए वो बघनख कहाँ है, जिससे शिवाजी ने अफजल की हत्या की? आज के भारत के लिए वो बघनख एक धरोहर है, जो भारत के किसी म्यूजियम या महल में नहीं भारत की बाकी बड़ी धरोहरों की तरह लंदन के एक बड़े म्यूजियम में रखी है। कम-से-कम वो म्यूजियम तो ऐसा ही दावा करता है। नाम है विक्टोरिया एंड अलबर्ट म्यूजियम।[2]

बघनख यानी बाघ का नाखून, इसको बनाया ही इस तरह से गया था कि इसे हाथ में पहना जा सके, हाथ की आस्तीन में छुपाया जा सके और एक ही वार से दुश्मन का अचानक से पेट चीरा जा सके। शिवाजी ने उस दिन इसे इसी खास मकसद से पहना

था। दरअसल अफजल खान मोहम्मद आदिल शाह का बड़ा ही विश्वस्त और खूँखार सिपहसालार माना जाता था। जब एक-एक करके शिवाजी ने कई किले अपने कब्जे में ले लिए तो आदिल शाह ने बाजी घोरपड़े के जरिए शिवाजी के पिता शाहजी को कैद करवा लिया, बाद में शिवाजी से कई किले लेकर उनको छोड़ा। कुछ वक्त तक शिवाजी अपने पिता के चलते शांत रहे, लेकिन वक्त का इंतजार करते रहे।

लेकिन शिवाजी ज्यादा दिनों तक कहाँ थमने वाले थे, उन्होंने फिर से अपनी गौरिल्ला जंग शुरू कर दी। आदिल शाह शिवाजी की हत्या करने पर आमादा था, शिवाजी को अपनी कैद में लेने की वे सोच भी नहीं सकता था। शिवाजी की हत्या की जिम्मेदारी उसने अफजल खान को सौंपी। अफजल खान ने शिवाजी को प्रतापगढ़ की पहाड़ियों पर बातचीत के लिए बुलाया, उनके साथ केवल एक साथी और एक तलवार थी। यूँ तो बड़े बड़े योद्धा घर आए मेहमान का स्वागत करते थे, लेकिन अफजल खान की धोखा देने की आदत का शिवाजी को पता था। वो अपने बाएँ हाथ की आस्तीन में बघनख नाम का नया हथियार और दाएँ हाथ की आस्तीन में एक खास किस्म का चाकू भी छुपाकर ले गए। जबकि सिर पर भी पगड़ी के नीचे उन्होंने एक खास किस्म का कवच पहन रखा था।

10 नवंबर, 1659 का दिन था, शिवाजी और अफजल खान एक तंबू में अकेले मिले। शिवाजी की लंबाई अफजल खान के मुकाबले काफी कम थी, वो बलिष्ठ भी था, लेकिन उसको अंदाज नहीं था कि शिवाजी पूरी तैयारी के साथ आए हैं। गले लगाकर जैसे अफजल खान ने शिवाजी की हत्या करने की सोची, पासा पलट गया, थोड़ी देर बाद वहाँ अफजल खान की लाश पड़ी थी। शिवाजी के साथी की आवाज पर उनके छुपे हुए सैनिक भी मदद के लिए पहुँच गए, बीजापुर की सेना कुछ नहीं कर पाई और वे सब निकल भागे।

बाद में वो बघनख शिवाजी के खानदान के पास रह गया, उनमें से भी वो सतारा राजवंश के पास चला गया, जो उनकी पहली बीवी से पैदा बेटे से जुड़ा था। लेकिन ऐसे में वो लंदन कैसे पहुँचा? आज वो लंदन के विक्टोरिया एंड अल्बर्ट म्यूजियम में कैसे पहुँचा? जहाँ कि वो आज रखा हुआ है। हर म्यूजियम में इस बात का जिक्र होता है कि कोई भी आइटम अगर वहाँ है तो कहाँ से या किसके जरिए यहाँ आया है। म्यूजियम में इस बघनख के बारे में भी लिखा हुआ है कि इसे जेम्स ग्रांड डफ लेकर आए थे, उन्हें ये बघनख भारत में सतारा राज्य के प्रधानमंत्री या पेशवा ने दिया था। इस बघनख को इस म्यूजियम की वेबसाइट के इस लिंक पर क्लिक करके आप इसे देख सकते हैं— http://collections.vam.ac.uk/item/O134202/tiger-claws-unknown/ ।[2]

दुनिया भर के म्यूजियम किसी भी आइटम के बारे में हमेशा यही लिखते हैं कि इसे उसने गिफ्ट किया या उसने गिफ्ट किया। यहाँ तक कि कोहिनूर को भी उपहार में दिया गया था या जबरन लाया गया, इस पर आज तक विवाद है। दरअसल जेम्स ग्रांड डफ

ईस्ट इंडिया कंपनी में सिविल सर्वेंट था और उसको भारत भेजा गया। उसकी तैनाती सतारा में हुई। वो पहला ऐसा अंग्रेज था, जिसने रिटायरमेंट के बाद मराठा हिस्टरी पर एक बड़ी किताब लिखी, और आज भी उसकी किताब 'ए हिस्टरी ऑफ द मराठाज' को मराठों के इतिहास में काफी अहम दस्तावेज की तरह माना जाता है।[3]

हालाँकि इस बात का जिक्र कहीं नहीं है कि उसे कौन से पेशवा या किसी और अधिकारी ने इसे सौंपा था। बाद में सैकड़ों साल साल तक यहाँ तक कि आजादी के बाद भी किसी को इसकी सुध नहीं आई, किसी ने सोचा भी नहीं होगा कि वो बघनख कहीं सुरक्षित भी हो सकता है। लेकिन फिर धीरे-धीरे दुनिया भर के म्यूजियम्स ऑनलाइन होते चले गए तो लोगों ने उनको खँगालना शुरू कर दिया। महाराष्ट्र में 2008 में ये बड़ी चर्चा चली कि इस बघनख को वापस लाया जाए। महाराष्ट्र सरकार की तरफ से विक्टोरिया एंड अलबर्ट म्यूजियम को एक पत्र भी भेजा गया कि इसे कुछ दिनों एक्जीबीशन के लिए भारत भेजा जाए। म्यूजियम राजी तो हो गया, लेकिन उसने भारत में उसकी सिक्योरिटी की जिम्मेदारी सरकार से लेने की शर्त रखी। इसके बारे में एक बयान महाराष्ट्र के तत्कालीन उप-मुख्यमंत्री और गृहमंत्री आर.आर. पाटिल ने पुणे मिरर को दिया, "Yes, we have submitted the proposal. But the museum wants security to be arranged by us. The file has come to me some days ago and a decision in this regard will be taken soon." फिर इस अखबार के रिपोर्टर देवीदास देशपांडे ने विक्टोरिया एंड अल्बर्ट म्यूजियम के प्रेस ऑफिस को भी इस बाबत ई-मेल किया, उनकी तरफ से मीरा हिंडोचा का जवाबी मेल आया, "I can confirm that we have received a loan request for the tiger claw weapon that may have belonged to Chhatrapati Shivaji."[4]

इस पत्राचार से, पुणे मिरर की खबर से, आर.आर. पाटिल और म्यूजियम अधिकारी के बयान से कम-से-कम ये तो साफ हुआ कि एक वक्त में ये मजाक नहीं था, बल्कि सरकार भी भले ही प्रदर्शनी के लिए, शिवाजी की इस निशानी को देश में लाने की कोशिशों में लगी हुई थी। फिर आखिर क्या हुआ, इसका जवाब आज तक नहीं मिल पाया। ये भी लग रहा था कि अगर ये बघनख भारत में आता है, तो कुछ संगठन इसे वापस न भेजने की माँग करते, फिर म्यूजियम और सरकार के बीच किस मामले को लेकर पेंच फँसा ये तो उजागर नहीं हुआ, लेकिन ये बघनख भारत नहीं आ पाया।

कुछ मराठी इतिहासकारों ने इस बघनख के असली होने पर भी सवाल उठा दिए, तो कुछ ने बघनख से अफजल के मारने की घटना सही है कि नहीं, इसी पर भी संदेह जता दिया। जैसा कि भारत में होता है, जैसा कि कोहिनूर के साथ हो रहा है। ऐसे हजारों धरोहर आइटम्स के तौर पर दुनिया भर के म्यूजियम्स में पड़ी हुई हैं, उन म्यूजियम्स के

लिए ये महज आइटम्स हैं और हमारे लिए आन, बान, शान और यादें। महाराष्ट्र के एक नायक भीमराव अंबेडकर का लंदन वाला घर तो सरकार ने खरीद लिया है, महाराष्ट्र के महानायक शिवाजी का ये बघनख कौन भारत लाएगा, ये सवाल अभी भी मौजूँ है।

संदर्भ—

1. प्रतापगढ़ फोर्ट एंड द एपिसोड ऑफ शिवाजी एंड अफजल खान : मूल मराठा इतिहास से वर्णित, लेखक आर.पी. करकारिया, पृष्ठ 9
2. विक्टोरिया एंड अल्बर्ट म्यूजियम, लंदन, http://collections.vam.ac.uk/item/O134202/tiger-claws-unknown/
3. ए हिस्टरी ऑफ मराठा, लेखक जेम्स ग्रांट डफ
4. पुणे मिरर, न्यू रिपोर्ट द रिटर्न ऑफ द टाइगर क्लॉ, लेखक देवीदास देशपांडे, 25 सितंबर, 2008, (https://mumbaimirror.indiatimes.com/mumbai/others/Return-of-the-Tiger-claw/articleshow/15855230.cms)

□

बाजीराव-मस्तानी के बाद क्या हुआ उनके बेटे का? मुसलिम बना या हिंदू मराठा?

कहा जाता है कि अगर पानीपत के युद्ध से ठीक पहले मराठों और भरतपुर के जाट राजा सूरजमल में मतभेद न हुए होते तो भारत का इतिहास ही कुछ और होता। सूरजमल साथ नहीं आए और अहमद शाह अब्दाली की सेना के सामने मराठे टिक नहीं पाए और 1761 के उस युद्ध में जितना मराठों का कत्लेआम हुआ, वो न पहले कभी हुआ था और न बाद में कभी। इसी युद्ध में मराठों की तरफ से एक खास योद्धा लड़ा था, नाम था—शमशेर बहादुर। मराठा इतिहास के सबसे वीर पेशवा बाजीराव प्रथम और मस्तानी का बेटा। युद्ध में हारकर घायल शमशेर जब अपने साथियों के साथ पानीपत से भरतपुर की तरफ पहुँचा तो राजा सूरजमल ने सारे मतभेद भुलाकर सारे मराठों को शरण दी और शमशेर तो आखिरी दम तक राजा सूरजमल के राज्य में ही रहा। ये लेख उन लोगों के लिए है, जो 'बाजीराव-मस्तानी' फिल्म देखकर सोशल मीडिया पर ये कयास लगाते रहे कि दोनों के बेटे का क्या हुआ? मुसलिम बना या हिंदू मराठा?

संजय लीला भंसाली की मूवी आई तब ज्यादातर लोगों को पता चला कि देश में कोई बाजीराव भी था, कोई मस्तानी भी थी और उसका कोई बेटा भी था। उस बेटे के नाम और धर्म को लेकर जो विवाद हुआ, वो भी इस मूवी 'बाजीराव-मस्तानी' के जरिए ही लोगों को पता लगा, लेकिन मूवी खत्म हो जाती है और उसके बाद का इतिहास भी लोगों के लिए खत्म ही हो गया। लेकिन ऐसे में बाजीराव के कृष्ण और शमशेर की बहादुरी की दास्तान खत्म नहीं हुई, बल्कि वो इतिहास के पन्नों में आज भी दबी पड़ी है और उसकी जिंदगी के आखिरी पलों में अहम रोल निभाया भरतपुर के राजा सूरजमल ने।

14 जनवरी, यानी मकर संक्रांति, शुभ दिन; लेकिन 257 साल पहले देश भर में मराठा ताकत के पतन की कहानी इसी दिन लिखी गई थी, पानीपत के तीसरे युद्ध में जो 14 जनवरी, 1761 को हुआ था। 18वीं शताब्दी में एक ही दिन में एक साथ इतनी मौतों का उदाहरण पूरी दुनिया में और कहीं नहीं मिलता। ये दिन था लगातार जीतों के बाद मराठों के दंभ के

चकनाचूर होने का, एक विदेशी अहमद शाह अब्दाली के साथ घर के भेदियों रोहिल्ला अफगानों और अवध के नवाब के गठजोड़ का और कई हिंदू राजाओं के किसी-न-किसी वजह से युद्ध से दूर रहने का, साथ ही कभी अपनी तेजी के लिए विख्यात मराठा सेना के मुगल सेना जैसी लाव-लश्कर वाली सेना में तब्दीली के फैसले को गलत साबित होने का और इसके लिए उन्हें भारी कीमत देनी पड़ी। दिलचस्प बात थी कि बालाजी बाजीराव के जिस भाई राघोबा के अहमद शाह अब्दाली के बेटे तैमूर को लूटने के बाद इस युद्ध की नींव पड़ी थी, वही इस युद्ध में मराठों के साथ नहीं था।[1]

शुजाउद्दौला के दीवान काशीराज ने इस युद्ध के लिए लिखा था—"करीब चालीस हजार मराठा युद्ध बंदियों को काट दिया गया था। शुजाउद्दौला की माँ ने उसे सलाह भी दी थी कि मराठों ने रोहिल्लों के खिलाफ तुम्हारे पिता सफदरजंग की फर्रुखाबाद के युद्ध में मदद की थी, तुम्हें मराठों का साथ देना चाहिए, लेकिन वो नहीं माना, जिसकी मराठों को उम्मीद न थी।"[2] उम्मीद उन्हें ये भी नहीं थी कि मजबूत जाट राजा सूरजमल सदाशिव राव से नाराज होकर युद्ध में उनका सहयोग करने से हाथ खींच लेगा। जिसके चलते आस-पास के इलाके के जाटों ने भी मराठों को सहयोग करने से मना कर दिया, अब्दाली ने जैसे ही मराठों की सप्लाई लाइन काटी, मराठे स्थानीय मदद के बिना एकदम पंगु हो गए। काफी भयंकर युद्ध हुआ और तमाम मराठा सेनापति इस युद्ध में मारे गए, और बाकी पकड़े गए और काट डाले गए।

इन्हीं मराठा योद्धाओं के बीच एक और मराठा-मुसलमान बड़ी वीरता से लड़ रहा था, लेकिन उसके पास कम सेना थी। वो केवल पाँच हजार की घुड़सवार टुकड़ी का सेनापति था, नाम था उसका—शमशेर बहादुर। मराठा सेना जहाँ हाथियों के सहारे लड़ने के चलते बुरी तरह मात खा रही थी, वहीं शमशेर बाजीराव पद्धति से तीव्र गति से दौड़ते घोड़ों से ही युद्ध में मोर्चा सँभाल रहा था और शायद पूरी सेना वही तकनीक अपनाती तो कारगर भी रहता। उस वक्त तक सभी बड़े मराठा सेनापति मारे जा चुके थे, तब सुध ली गई शमशेर बहादुर की, बाजीराव-मस्तानी का वो बेटा, जिसका नाम बाजीराव ने बड़े प्यार से कृष्णाराव भट्ट रखा था, लेकिन पूना के पुरोहितों ने उसका उपनयन संस्कार इसलिए करने से मना कर दिया था, क्योंकि वो एक मुसलमान मस्तानी की कोख से जनमा था, बाजीराव उस वक्त पुरोहितों से भिड़ गया था, बाद में मस्तानी ने उसका नाम शमशेर बहादुर कर दिया था।[3]

1740 में पेशवा बाजीराव बल्लाल भट्ट की मौत के बाद मस्तानी भी ज्यादा दिन जिंदा नहीं रह पाईं। मस्तानी की मौत के समय कुल 6 साल का ही था शमशेर बहादुर उर्फ कृष्णाराव। अब तक की उसकी जिंदगी काफी मुश्किल भरी थी, कई बार उसे मारने की कोशिश की गई थी। ऐसे में सामने आईं काशी बाई, बाजीराव की पहली बीवी। वो बाजीराव की आखिरी निशानी था, पेशवा खानदान का चिराग था और काशी बाई मस्तानी

से नाराज रहने के बावजूद कृष्णा से नाराज नहीं थीं। उन्होंने उसे अपने महल में ही रहने बुला लिया और अपने ही बच्चों के साथ पाला। साथ ही पढ़े, साथ ही खेले और युद्ध का प्रशिक्षण भी साथ ही साथ लिया।

पानीपत के तीसरे युद्ध में यानी 1761 तक शमशेर बहादुर उर्फ कृष्णा राव 27 साल का हो चुका था, उसका निकाह हो चुका था और उसके एक बेटा भी था, अली बहादुर। काशी बाई ने उसे पेशवा का बेटा मानकर ही उसके हिस्से में बुंदेलखंड की कालपी और बांदा की जागीरें दे दी थीं। बचपन में इतने तिरस्कार के बावजूद उसने कभी विद्रोह की कोशिश नहीं की, मराठों और पेशवा खानदान के प्रति हमेशा वफादार रहा। तभी तो पानीपत के तीसरे युद्ध के समय वो अपने पाँच हजार घुड़सवारों के साथ वक्त से पहले तैयार था। शायद वही अकेला योद्धा था, जो आखिर तक अब्दाली और शुजाउद्दौला को छकाता रहा। आखिर में वो बुरी तरह घायल हो गया तो उसके सैनिक उसे बचाकर ले भागे। भरतपुर के पास जाटों ने उनको शरण दी।[4]

राजा सूरजमल की सेना ने सैकड़ों मराठा सैनिकों को शरण दी, उनके घावों पर मरहम लगाया, शमशेर बहादुर और उनकी सेना की भी सूरजमल और उनकी रानी ने काफी मदद की। लेकिन शरीर के घाव काफी गहरे थे, उससे ज्यादा ये सदमा था कि पूरा मराठा साम्राज्य खत्म सा हो गया था, जिनके साथ वो पला-बढ़ा खेला था, वे अब जिंदा नहीं थे। शमशेर की वहीं मौत हो गई और उसकी याद में महाराजा सूरजमल ने भरतपुर में ही एक मकबरा बनवा दिया। उस मकबरे में आज भी बाजीराव और मस्तानी के चित्र लगे हुए हैं। इधर शमशेर बहादुर की मौत के बाद बेटे अली बहादुर ने उसकी जागीरें सँभाल लीं और बाँदा शहर के नवाब की पदवी ली, अली बहादुर का बेटा बाद में 1803 में हुए अंग्रेज-मराठा युद्ध में मराठों की तरफ से लड़ा भी था। इस तरह बेटे शमशेर उर्फ कृष्णा ने मरते दम तक अपनी माँ मस्तानी के वचन की और पिता बाजीराव की विरासत की लाज रखी।

संदर्भ—

1. इंडियाज हिस्टोरिक बैटल्स : फ्रॉम अलेक्जेंडर द ग्रेट टू करगिल, लेखक कौशिक रॉय, पृष्ठ 81
2. कार्टियर, बंगाल के गवर्नर, 1769-1772, ननी गोपाल चौधरी, इंडियन हिस्टरी कांग्रेस, फर्मा के.एल. मुखोपाध्याय, 1970, पृष्ठ 105
3. बाजी राव 1 : द ग्रेट पेशवा, सी.के. श्रीनिवासन, एशिया पब्लिशिंग हाउस, पृष्ठ 80
4. ए हिस्टरी ऑफ द मराठा, खंड-2, लेखक जेम्स ग्रांट डफ, पृष्ठ 156

□

हाँ...है भगत सिंह की फाँसी का वेलेंटाइन डे से नाता!

उस वक्त तक व्हाट्स एप्प नहीं आया था, लेकिन एस.एम.एस. इतने सस्ते हो चुके थे कि लोग आसानी से त्योहारों या किसी दिन विशेष पर परिचितों को दस-बीस मैसेज भेजकर बधाई दे देते थे। ट्विटर एक ही साल पहले लॉञ्च हुआ था, फेसबुक जरूर थोड़ा स्पीड में आने लगा था। ऐसे में अमिताभ बच्चन जैसे बड़े स्टार अपने मन की बात ब्लॉग के जरिए कह रहे थे। तब वो दौर था, जब कोई भी पत्रकार, खासकर जिसकी सुबह की शिफ्ट होती थी, सुबह उठकर बिग बी का ब्लॉग जरूर चैक करता था कि क्या कुछ ऐसा तो नहीं लिख दिया, जो खबर बन सके, या फिर कुछ ऐसी यादें तो शेयर नहीं कर लीं, जो आधे घंटे का स्पेशल शो बन सके। उस दिन बच्चन के ब्लॉग के लिंक पर क्लिक किया तो उन्होंने भगत सिंह को लेकर एक पोस्ट लिख रखी थी, ये पोस्ट वेलेंटाइन डे के खिलाफ जाती लग रही थी।

ब्लॉग पर तारीख थी 13 फरवरी, 2010 और वक्त था रात के 10 बजकर 23 मिनट। अगले दिन सुबह यानी वेलेंटाइन डे को अचानक पाँच-छह बजे आँख खुल गई तो मैंने घर के पी.सी. पर इंटरनेट ऑन कर लिया। आदत के मुताबिक सबसे पहले अमिताभ बच्चन का ब्लॉग खोला तो बच्चन की वॉल पर ये मैसेज देखा[1]—

"On this day 13th of February 1931 in the early hours of the morning, three legendary Freedom fighters Bhagat Singh, Rajguru and Sukhdev were hung to death by the British.

No one remembers this day, for the heroic sacrifices that these brave and committed sons of the soil made for the independence of their Motherland.

All we read is about Valentine's Day, Mother's Day, Father's Day...

Every day is for love and respect for your Father and your Mother...

But what of the respect and love for those that gave up their lives so we could breathe the air of freedom..."

इतिहास का छात्र होने के नाते मुझे इतिहास की बड़ी तारीखें याद रहती हैं, ये बात अच्छे से याद थी कि भगत सिंह, राजगुरु और सुखदेव को फाँसी 23 मार्च, 1931 को हुई थी। ऐसे में बच्चन साहब जैसे विद्वान् कलाकार पर ऐसी गलती क्यों? फिर भी मैंने इंटरनेट पर दोबारा चैक किया। पत्रकार होने के नाते उनका मोबाइल नंबर मेरे पास था, मैंने तुरंत उन्हें मैसेज किया कि अमितजी ये गलत है कि उन्हें फाँसी 13 या 14 फरवरी को हुई थी, आप किसी भी सोर्स से चैक कर लीजिए। शायद वे जगे हुए थे, एक मिनट के अंदर उनका रिप्लाई आया कि थैंक यू, वन ईएफ (एक्सटेंडेंड फैमिली—बच्चन साहब अपने फैंस के लिए ये शब्द इस्तेमाल करते हैं) सेंट मी दिस। उसके बाद मैं सिस्टम बंद करके सो गया और दो घंटे बाद जब जगा तो बच्चन साहब का एक और मैसेज इनबॉक्स में पड़ा था कि करैक्टेड...थैंक्यू। मैंने फौरन सिस्टम खोला, ब्लॉग चैक किया तो उन्होंने अपने ब्लॉग में अपनी उस पोस्ट के ऊपर ये मैसेज चिपकाया हुआ था (उन दिनों मैं न्यूज24 के साथ जुड़ा हुआ था)—

"CORRECTION...CORRECTION...CORRECTION...

Vishnu Sharma from News 24 informs me early in the morning just now Feb 14, through sms that it was on March 23, 1931 that the three freedom fighters were hanged in Lahore, and not as mentioned below.

My apologies therefore in this wrong information and thank you Vishnu Sharma for this correction. The one below was sent to me by an enthusiastic fan. Guess he was wrong. Though I must be with him in the sentiment he expresses – our diminishing

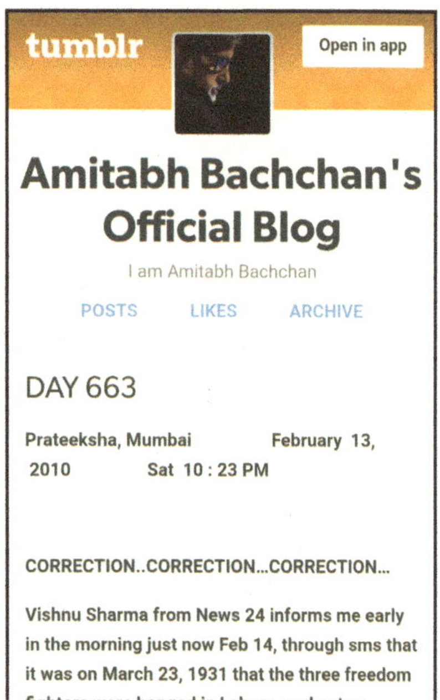
tumblr
Open in app
Amitabh Bachchan's Official Blog
I am Amitabh Bachchan
POSTS LIKES ARCHIVE
DAY 663
Prateeksha, Mumbai February 13, 2010 Sat 10 : 23 PM
CORRECTION..CORRECTION...CORRECTION...
Vishnu Sharma from News 24 informs me early in the morning just now Feb 14, through sms that it was on March 23, 1931 that the three freedom fighters were hanged in Lahore, and not as

respect for our real heroes!!"

आज भी इस लिंक पर इसे देखा जा सकता है—http://srbachchan.tumblr.com/post/24975040446

बच्चन साहब को पता था कि इतनी बड़ी चूक उनके कद के लिए कितनी घातक हो सकती है, इसलिए उन्होंने गलती के लिए सॉरी बोल दिया और उनके जरिए उनके लाखों फैंस तक ये बात पहुँच भी गई। इस बात को ये लेख लिखे जाते वक्त आठ साल बीत गए, लेकिन फिर भी फेसबुक, ट्विटर से लेकर व्हाट्स एप्प तक अभी भी ये मैसेज हर वेलेंटाइन पर छा जाता है कि इस दिन भगत सिंह, राजगुरु और सुखदेव को फाँसी हुई थी। आजकल इसमें एक नया ट्रेंड देखने को मिल रहा है कि 14 फरवरी को इन तीनों को फाँसी की सजा सुनाई गई थी, सो वेलेंटाइन डे की जगह शहादत दिवस मनाएँ। वेलेंटाइन का विरोध अपनी जगह, लेकिन गलत तथ्य के जरिए विरोध करना शायद गलत होगा। तो आखिर तथ्य क्या है ?

भगत सिंह केस से जुड़ी तारीखें जान लीजिए, 8 अप्रैल, 1929 को भगत सिंह और बटुकेश्वर दत्त ने असेंबली में बम फेंका था और वहीं अपनी गिरफ्तारी दे दी थी।[2] मई के महीने में इन्क्वायरी के बाद जून के पहले हफ्ते में उन पर केस चला। बटुकेश्वर दत्त की तरफ से आसफ अली वकील थे, भगत सिंह ने अपनी बात खुद रखी, 12 जून को दोनों को आजीवन कारावास की सजा हुई।[3] फिर वो हुआ, जिसकी वजह से आजाद ने भगत सिंह को असेंबली में बम फेंकने से रोका था, उन्हें डर था कि सांडर्स की हत्या के इलजाम में भगत सिंह को फाँसी भी हो सकती है और यही हुआ। भगत सिंह की इस सजा पर सांडर्स और हवलदार चानन सिंह की हत्या का ट्रायल चलने तक रोक लगा दी गई और उन्हें दिल्ली से लाहौर की मियाँ वाली जेल में ट्रांसफर कर दिया गया। भगत सिंह से बड़ी गलती ये हो गई थी कि पिस्टल भी साथ ले गए, जिसके चलते उनको सांडर्स की हत्या का दोषी ठहराने में मदद मिली।[4]

मियाँ वाली जेल में कैदियों के प्रति अमानवीय व्यवहार को लेकर भगत सिंह ने भूख हड़ताल शुरू कर दी, उनका वजन 6.4 किलो तक कम हो गया, असेंबली में ये मुद्दा उठा, नेहरू और जिन्ना ने भी आवाज उठाई। भगत सिंह को लाहौर की ही बोर्स्टल जेल भेज दिया गया और सांडर्स की हत्या केस का ट्रायल 10 जुलाई, 1929 को शुरू हुआ। हालाँकि भगत सिंह ने अपनी भूख हड़ताल 16 दिन के बाद 5 अक्तूबर, 1929 को तोड़ी थी।[5] उनके खिलाफ गवाही देने वाले जयगोपाल पर जब भगत सिंह के साथी प्रेम दत्त वर्मा ने कोर्ट में चप्पल फेंक दी तो जज ने आदेश दिया कि कोर्ट में सबके हाथों में हथकड़ियाँ होनी चाहिए, मना करने पर पीटा गया तो जज ने कहा कि आरोपियों को बिना कोर्ट में लाए भी केस चलेगा। बाद में ये केस लाहौर षड्यंत्र केस भी उस जज से लेकर

तीन सीनियर जजों के ट्रिब्यूनल को सौंप दिया गया।

5 मई, 1930 से शुरू हुआ ये ट्रायल 30 सितंबर, 1930 को खत्म हुआ। जल्दी इसलिए भी थी, क्योंकि ये ट्रिब्यूनल जो वायसराय के अध्यादेश से बना था, इसको न तो सेंट्रल असेंबली की मंजूरी मिली थी और न ब्रिटिश पार्लियामेंट ने ही पास किया था, सो 30 अक्तूबर को ये खत्म हो जाता। सो 7 अक्तूबर, 1930 वो तारीख थी, जिस दिन इस ट्रिब्यूनल ने भगत सिंह, राजगुरु और सुखदेव को सांडर्स और चानन की हत्या का दोषी ठहराते हुए फाँसी की सजा का ऐलान किया था।[6] इसका मतलब जो वायरल पोस्ट्स में दाव था कि भगत, राजगुरु और सुखदेव को 14 फरवरी को फाँसी की सजा सुनाई गई थी, वो गलत साबित हुआ, फाँसी की सजा 7 अक्तूबर को सुनाई गई थी। अजय घोष, जतिंद्र नाथ सान्याल और देशराज को बरी कर दिया गया। कुंदन लाल को 7 साल का सश्रम कारावास और प्रेम दत्त को पाँच साल की सजा मिली। जबकि बाकी सातों किशोरी लाल, महावीर सिंह, बिजॉय कुमार सिन्हा, शिव वर्मा, गया प्रसाद, जय देव कपूर और कमलनाथ तिवारी को आजीवन कारावास की सजा दी गई। भगत, राजगुरु और सुखदेव को फाँसी 23 मार्च, 1931 को दी गई।

ऐसे में 14 फरवरी कहाँ से आई? माना जाता है कि जो भी लोग वेलेंटाइन डे को भारतीय संस्कृति के खिलाफ मानकर इसका विरोध करते हैं, उन्होंने इसका विरोध करने के लिए ये गलत तथ्य फैलाया। जबकि ऐसे किसी भी समूह या संस्था की ऑफीशियल रिलीज, पोस्ट में इसका जिक्र नहीं मिलता। पिछले कुछ सालों में वेलेंटाइन डे का खुलकर विरोध भी बंद हो गया है। वैसे भी खजुराहो और राधा-कृष्ण के देश में प्रेम किसी बाहरी बाबा से सीखना, न सीखना आपकी अपनी इच्छा है तो विरोध करना या उसको मनाना दोनों लोकतंत्र में जायज हैं। लेकिन फेसबुक और व्हाट्स एप्प पर अब ये विरोध भगत सिंह के शहीदी दिवस को जोड़कर चलने लगा है।

तो उन्हें ये सच जान लेना और मान लेना चाहिए कि 14 फरवरी से भगत सिंह की सजा या फाँसी का कोई ताल्लुक नहीं है, इस तारीख को भगत सिंह की जिंदगी में बस एक ही घटना हुई थी। 14 फरवरी, 1931 को मदन मोहन मालवीयजी ने फाँसी से ठीक 41 दिन पहले एक मर्सी पिटीशन ब्रिटिश भारत के वायसराय लॉर्ड इरविन के दफ्तर में डाली थी, जिसको इरविन ने खारिज कर दिया था। जब फाँसी को रोकने का कोई रास्ता नहीं बचा तो पंडित मदन मोहन मालवीय ने इलाहाबाद से ये पिटीशन एक टेलीग्राम की शक्ल में वायसराय लॉर्ड इरविन को भेजी, "May I appeal to Your Excellency to exercise your prerogative of mercy in cases of Bhagat Singh, Rajguru and Sukhdev to commute sentences of death passed upon them into those of transportation for life"[7]

हालाँकि लॉर्ड इरविन ने इसे भी खारिज कर दिया था और तीनों क्रांतिकारियों को 23 मार्च, 1931 को फाँसी दे दी थी। इस तरह 14 फरवरी यानी वेलेंटाइन डे की तारीख का भगत सिंह, राजगुरु और सुखदेव की फाँसी से बस इतना लेना-देना था कि इस दिन उनकी जिंदगी की आखिरी उम्मीद भी टूट गई थी, यानी न तो इस दिन फाँसी की सजा का ऐलान हुआ था और न ही फाँसी की सजा दी गई, लेकिन इस दिन उनकी फाँसी रोकने के लिए की जानेवाली आखिरी दया याचिका को भी वायसराय लॉर्ड इरविन ने खारिज कर दिया। भारतीयों की आखिरी आस इस दिन टूट गई थी, अगर इस आधार पर किसी को भी इस तारीख का विरोध करना है, तो ये उसकी इच्छा पर है। लेकिन बिना तथ्यों को जाने समझे या जानबूझकर गलत तथ्यों के जरिए विरोध करना, न केवल इतिहास से खिलवाड़ करने जैसा है, बल्कि तीन अमर क्रांतिकारियों की शहादत का भी मजाक उड़ाने जैसा है। सो वेलेंटाइन डे मनाएँ, न मनाएँ; लेकिन भगत सिंह को इस दिन जरूर माफ कर दें!

संदर्भ—

1. अमिताभ बच्चन ब्लॉग, 13 फरवरी, 2010, http://srbachchan.tumblr.com/post/24975040446
2. मार्टयरडम ऑफ शहीद भगत सिंह, लेखक कुलवंत सिंह कूनर, गुरप्रीत सिंह सिंधारा, पृष्ठ 39
3. नेशनलिस्ट मूवमेंट इन दिल्ली, 1911-1932, लेखक बीरेश चौधरी, पृष्ठ 92 और होम पॉलिटिकल नं. 192, जून 1929 (एन.ए.आई.)
4. मार्टयरडम ऑफ शहीद भगत सिंह, लेखक कुलवंत सिंह कूनर, गुरप्रीत सिंह सिंधारा, पृष्ठ 38
5. बायोग्राफी ऑफ भगत सिंह, लेखक एम.एम. जुनेजा, पृष्ठ 94
6. रिवॉल्यूशनरीज एंड द ब्रिटिश राज, लेखक श्रीराम बख्शी, पृष्ठ 87
7. शहीद-ए-आजम सरदार भगत सिंह : द मैन एंड हिज आइडियोलॉजी, गुरुदेव सिंह देओल, पृष्ठ 159

□

क्या बैरकपुर के लिए मंगल पांडे से भी बड़ा नायक है—बिंदी तिवारी, आर्मी मैस से जाता है तीन वक्त का खाना?

पश्चिम बंगाल के बैरकपुर को आज बच्चा-बच्चा जानता है तो उसकी बड़ी वजह मंगल पांडे हैं। 29 मार्च, 1857 को मंगल पांडे ने जो विद्रोह का बिगुल बैरकपुर छावनी से शुरू किया, उसने अंग्रेजों की चूलें अगले दो साल तक हिलाए रखीं। लेकिन उसी बैरकपुर में आर्मी कैंटोनमेंट से रोज तीन वक्त, यानी ब्रेकफास्ट, लंच और डिनर खाने का टिफिन बॉक्स एक खास व्यक्ति के लिए बनकर आता है। बैरकपुर के एक ऐसे सिपाही के लिए, जिसके बारे में कहा जाता है, उसकी वीरता की कहानियाँ सुनकर मंगल पांडे अंग्रेजों के खिलाफ विद्रोह करने का जज्बा जुटा पाए। नाम था—बिंदी तिवारी, आज भी उन्हें बिंदा बाबा के नाम से जाना जाता है। सिपाहियों ने उनकी मौत के बाद उनका एक मंदिर उसी जगह बनवाया, जहाँ अंग्रेजों ने उन्हें दर्दनाक मौत दी थी। उसी बिंदा बाबा के मंदिर में रोज आर्मी कैंट से सिपाहियों की एक टीम तीन वक्त का खाना लेकर बाबा का भोग लगाती है।

ज्यादातर देशवासी बिंदी तिवारी को नहीं जानते, लेकिन उनकी कहानी किसी भी मायने में मंगल पांडे से कम बहादुरी की नहीं है, हो सकता है आपको उससे भी ज्यादा लगे। भले ही आधिकारिक इतिहास में मंगल पांडे को 1857 की क्रांति का अग्रदूत माना जाता है, अगर उनके बाद पूरे देश के ज्यादातर इलाकों में इस क्रांति की ज्वाला न धधकी होती, तो मंगल पांडे भी बिंदी तिवारी की तरह गुमनामी के शिकार हो जाते। मंगल पांडे के विद्रोह से 33 साल पहले बिंदी तिवारी की अगुवाई में अंग्रेजों की उसी बैरकपुर छावनी में 1400 सैनिकों ने विद्रोह का ऐलान कर, दो दिन तक छावनी पर कब्जा जमा लिया था। आप यकीन नहीं करेंगे, उसके बाद अंग्रेजों ने इसी बेरहमी से इस विद्रोह को कुचला कि इंग्लैंड की संसद् में एक सरकार विरोधी पार्टी के ब्रिटिश एम.पी. जोसेम ह्यूम ने आरोप

लगाया कि 400 से 600 भारतीय सिपाहियों को बैरकपुर में अंग्रेजी फौज ने मार डाला है।[1]

हालाँकि टोरी एम.पी. चार्ल्स विलियम्स ने सरकार की तरफ से जवाब देते हुए कहा था कि 180 से ज्यादा मौतें नहीं हुई हैं। कोर्ट ऑफ इन्क्वायरी में सारे अधिकारियों को क्लीन चिट मिल गई। घटना के तीन साल बाद भी ये मुद्दा इतना गरम था कि 22 मार्च, 1837 को लंदन की संसद् में इस मुद्दे पर बहस हुई, जिसमें विपक्षी पार्टियों के सांसदों ने नए सिरे से जाँच की माँग की, जिस पर संसद् में वोटिंग भी हुई। इस प्रस्ताव को 44 वोट के मुकाबले 176 वोट्स से खारिज कर दिया गया।

आखिर क्यों किया गया इतना बड़ा नरसंहार? आखिर क्यों किया बिंदी तिवारी की अगुवाई में 1400 सैनिकों ने विद्रोह? दरअसल अक्तूबर 1824 में 26वीं, 47वीं और 62वीं रेजीमेंट्स को बैरकपुर में बोला गया कि आपको फौरन चटगाँव के लिए निकलना है, दूरी करीब 800 किलोमीटर थी। वहाँ से बर्मा (म्याँमार) के रंगून (यंगून) जाना है। जबकि फौरन ही ये रेजीमेंट्स यू.पी. के मथुरा से बैरकपुर पहुँची थीं, यानी करीब 1600 किलोमीटर की यात्रा करने के बाद, उनको बिल्कुल भी फुरसत नहीं मिल पाई थी। दूसरी एक बड़ी समस्या थी, उनको ऑर्डर मिले थे कि अपना सामान खुद ले जाओ। उस वक्त बैलगाड़ियों पर सामान ले जाया जाता था, और अच्छे बैल वहाँ मिल नहीं रहे थे। तो सिपाहियों ने बोला कि बैलों का इंतजाम किया जाए, या भत्ता दोगुना दिया जाए; क्योंकि सामान ले जाने के लिए ज्यादा पैसा वे अपनी जेब से नहीं दे सकते थे।

ये तो थीं व्यावहारिक परेशानियाँ, कुछ ऐसी परेशानियाँ भी अंग्रेजों ने अपनी किताबों में लिखी हैं, जो शायद उस वक्त के कम पढ़े-लिखे समाज के सिपाहियों में हो भी सकती थीं। किसी ने लिखा है कि वे सिपाही ज्यादातर उत्तर भारत के थे, सो काले पानी (समुद्र) में यात्रा करने को गलत मानते थे, वरना वहाँ से समुद्री रास्ता भी था। दूसरे उनके मन में ये भी भय था कि बर्मा के लोगों के पास काला जादू होता है, उनसे कैसे लड़ेंगे। हालाँकि व्यावहारिक समस्याएँ कम बड़ी नहीं थीं। 800 किलोमीटर थोड़ी दूरी नहीं थी, जबकि 1600 किमी. वे चलकर आए थे, अंग्रेजी सरकार हथियारों और बाकी सामानों को ले जाने का भी कोई इंतजाम नहीं कर रही थी। वैसे भी 47वीं रेजीमेंट को बाद में जाना था, अचानक उसे सबसे पहले जाने को बोल दिया गया तो 47वीं रेजीमेंट के बिंदी तिवारी ने विद्रोह का बिगुल बजा दिया।

1 नवंबर, 1824 का दिन था, 47वीं रेजीमेंट के सैनिकों ने सामान का किराया या भत्ता दोगुना करने की माँगें न माने जाने तक चटगाँव मार्च करने से मना कर दिया। उस वक्त कोलकाता के फोर्ट विलियम से अंग्रेजी सरकार चलती थी। अंग्रेजी कमांडर इन चीफ एडवर्ड पेजेट वहीं रहता था, वे फौरन बैरकपुर आ गया। सिपाहियों ने उसके सामने अपनी माँगें रखीं, जब तक बाकी रेजीमेंट के सैनिक भी उनके साथ आ मिले थे। एडवर्ड

ने माँगें सुनकर कहा कि पहले अपने हथियार डाल दो, तब माँगों पर विचार किया जाएगा। लेकिन बिंदी तिवारी और उसके साथियों ने ये बात मानने से साफ इनकार कर दिया। एडवर्ड ने इसे राजद्रोह माना और इसे अपनी बेइज्जती माना। उसने दो यूरोपीय रेजीमेंट को बैरकपुर में तलब कर लिया, यहाँ तक गर्वनर जनरल के बॉडीगार्ड्स की टुकड़ी के साथ-साथ दम-दम घुड़सवार तोपखाना भी मँगा लिया।[2]

2 नवंबर को आखिरी चेतावनी देकर एडवर्ड ने तोपखाने का मुँह भारतीय सैनिकों पर खोल दिया, उनको उम्मीद नहीं थी कि एडवर्ड सीधे तोप चला देगा। एडवर्ड ने पूरी छावनी को चारों तरफ से घेर लिया था। भारतीय सैनिक इस हमले के लिए तैयार नहीं थे, फिर भी बिंदी तिवारी ने अपने साथियों का जोश आखिरी दम तक बनाए रखा। कितने ही सैनिक पीछे बह रही हुगली नदी में कूदकर जान गँवा बैठे। अंग्रेजी फौज ने बेरहमी से कत्ल-ए-आम शुरू कर दिया। ब्रिटिश भारत में सैनिकों के विद्रोह का ये पहला वाकया था और एडवर्ड ऐसा सबक देना चाहता था कि कोई आगे ऐसा करने की हिम्मत तक न जुटा सके। हालाँकि ऐसा हुआ भी कि अगले 33 साल ऐसी कोई घटना फौजी छावनियों में नजर नहीं आई, विद्रोह फिर हुआ भी तो उसी छावनी में हुआ, जब मंगल पांडे ने 29 मार्च, 1857 को विद्रोह का पहला झंडा उठाया।

सैकड़ों सिपाहियों, आस-पास की महिलाओं व बच्चों को मारने के बाद जब सारे सिपाहियों ने हथियार डाल दिए, तब एडवर्ड ने जाँच की तो पाया कि कुल 11 ऐसे सिपाहियों के नेता थे, जो पूरे विद्रोह की कमान सँभाल रहे थे। जिनका सबसे बड़ा नेता था—बिंदी तिवारी, जिसे सब लोग बिंदा बाबा के नाम से जानते थे। उन सभी को उसी दिन परेड मैदान में सबके सामने फाँसी दे दी गई। एडवर्ड ब्रिटिश सरकार का क्रूरतम चेहरा था, वो सबको दिखाना चाहता था कि अंग्रेजों के खिलाफ जाने का क्या मतलब हो सकता था। 52 सिपाहियों को 14 साल तक की सजा दे दी गई। अभी भी बिंदी तिवारी अकेले मोर्चा लिये हुए था, वो पास के जंगलों से लगातार मोर्चा ले रहा था, लेकिन छावनी अंग्रेजों के कब्जे में आ गई थी।

47वीं रेजीमेंट को अंग्रेजों ने बिल्कुल खत्म कर दिया, सारे भारतीयों को सजा दे दी गई या फौज से निकाल दिया गया। उस रेजीमेंट के अंग्रेजी सैनिकों और अधिकारियों को 69वीं रेजीमेंट में शामिल कर लिया गया। इधर 9 नवंबर को आखिरकार अंग्रेजी फौज ने बिंदी तिवारी को गिरफ्त में ले ही लिया। बिंदी को बड़ी दर्दनाक मौत दी एडवर्ड ने। एक पीपल के पेड़ से जंजीरों से बाँधकर उन्हें फाँसी दे दी गई, उनकी लाश को ऐसे ही आम जनता के देखने के लिए छोड़ दिया गया, ताकि लोग उनका अंजाम देख सकें। उसके मरने के बाद उसकी लाश महीनों तक उसी पेड़ के नीचे सड़ने के लिए छोड़ दी गई। अंतिम संस्कार भी नहीं करने दिया गया। ये बैरकपुर छावनी के सिपाहियों और आम जनता के

लिए संदेश था कि अंग्रेजों के खिलाफ विद्रोह करने का खयाल भी दिमाग में अगर लाए तो अंजाम क्या हो सकता है।[3]

बिंदी तिवारी की मौत के बाद सिपाहियों ने उसी पीपल के पेड़ के पास एक छोटा सा मंदिर बिंदी तिवारी की याद में बना दिया। वो मंदिर आज भी है, उसे बिंदा बाबा के मंदिर के नाम से जाना जाता है।[4] जहाँ उनके साथ-साथ उनके आराध्य हनुमानजी की प्रतिमा भी है। बैरकपुर का हर सिपाही उनकी वीरता की कहानियों को वहाँ सुनता रहता है, लगभग हर सिपाही वहाँ मत्था टेकने जरूर जाता है। आज भी इस मंदिर में बाबा के भोग के लिए तीन वक्त का खाना बैरकपुर आर्मी कैंटोनमेंट से भेजा जाता है। ऐसा माना जाता है कि मंगल पांडे के दिनों में वे भी जाते रहे होंगे और बिंदा बाबा ने उन्हें भी प्रेरित किया होगा। जो भी हो, लेकिन ये सच है कि अंग्रेजों के खिलाफ उस दौर में विद्रोह के बारे में सोचना, 1400 सिपाहियों को विद्रोह के लिए प्रेरित करना, उनकी अगुवाई करना, 9 दिन तक संघर्ष चलाए रखना, वो भी तब जब साफ पता था कि इसका अंजाम सिर्फ और सिर्फ मौत है, ये आसान काम तो बिल्कुल नहीं था। ऐसे में जब देश का बच्चा-बच्चा मंगल पांडे को जानता है, बिंदी तिवारी जैसे गुमनाम नायक की कहानी भी उसको जरूर पता होनी चाहिए।

संदर्भ—

1. द एशियाटिक जर्नल एंड मंथली मिसलेनी, खंड-23, पृष्ठ 168
2. द ओरिएंटल हेराल्ड, खंड-5, पृष्ठ 14
3. मेमॉयर एट बैरकपुर, लेखक रेंडेनहाल रॉबर्ट पोगसन, पृष्ठ 31
4. द फर्स्ट मार्टयर, लेखक जयदीप मजूमदार, आउटलुक पत्रिका, तिथि 25 अगस्त, 2008, https://www.outlookindia.com/magazine/story/the-first-martyr/238234

□

इमरजेंसी को संत विनोबा भावे ने 'अनुशासन पर्व' कहा था क्या?

2017 में पैराडाइज रिपोर्ट में नाम आने पर जब बीजेपी सांसद आर.के. सिन्हा ने वीडियो एजेंसी ए.एन.आई. के रिपोर्टर को कागज पर लिखकर बताया कि वे एक हफ्ते के लिए मौन व्रत पर हैं तो टी.वी. और सोशल मीडिया पर उनका जमकर मजाक उड़ाया गया। मौनी अमावस्या मनाने वाले हमारे देश में मौन व्रत का ऐसा मजाक कभी नहीं उड़ा, तमाम साधु-संतों से लेकर गांधीजी, विनोबा भावे और अन्ना हजारे तक मौन व्रत रखते आए हैं। हालाँकि आर.के. सिन्हा मौन व्रत में भी लिखकर जवाब दे सकते थे, ऐसे में जब मौन व्रत की बात चली तो सोशल मीडिया पर मौन व्रत की कई कहानियाँ शेयर की जाने लगीं। जिनमें सबसे अलग और दिलचस्प था, ये वायरल मैसेज कि एक वक्त में गांधीवादी संत और भूदान आंदोलन के प्रणेता विनोबा भावे भी इसी मौन व्रत के चक्कर में मुश्किल में फँस गए थे। आज तक लोग उन पर इमरजेंसी में इंदिरा का समर्थन करने के आरोप लगाते हैं। 3 सितंबर 2018 को वरिष्ठ पत्रकार पुण्य प्रसूत बाजपेयी ने भी पी.एम. मोदी के बयान 'अनुशासन तानाशाही नहीं' की खबर शेयर करते हुए ट्वीट किया कि विनोबा भावे ने भी इमरजेंसी को अनुशासन पर्व बताया था। आखिर क्या था वो पूरा मामला, आप इस लेख में जानेंगे।

इंदिरा, नेहरू परिवार से विनोबा भावे की नजदीकियाँ पुरानी थीं, ये अलग बात है कि विनोबा खुद को राजनीति से काफी दूर रखते थे और विवादों से बचते थे। जब नेहरू को 1964 में कांग्रेस के भुवनेश्वर अधिवेशन में पैरालिसिस अटैक पड़ा तो उन्हें कई दिनों का बैड रेस्ट लेना पड़ा था। तब विनोबा ने उनके लिए एक बाँसुरी भिजवाई कि इसे बजाएँ। इसे न नेहरू कुछ समझ पाए और न इंदिरा। नेहरू ने तब इंदिरा को कहा, "Aristotle had also suggested that gentleman learn to play the flute but not too well."[1] पी.एम. बनने के बाद भी सितंबर 1966 में इंदिरा विनोबा से उनके आश्रम में मिलने पहुँची थीं। सो विनोबा इंदिरा को बेटी की तरह ही मानते थे।

तारीख थी 24 दिसंबर, 1974। विनोबा भावे हमेशा की तरह मौन व्रत पर चले गए, लेकिन इस बार ये कुछ ज्यादा लंबा था। उन्होंने एक साल के लिए ये मौन व्रत रखा था, सभी को सवालों के जवाब वे लिखकर दिया करते थे। इन दिनों वे महाराष्ट्र के पवनार आश्रम में रहा करते थे। इधर 25 जून, 1975 को इंदिरा गांधी ने देश में इमरजेंसी का ऐलान कर दिया। तमाम विपक्षी नेता रातोंरात जेल में ठूँस दिए गए।

ऐसे में जबकि संसद्, कोर्ट्स सब ठप्प हो गईं, पूरा देश केवल इंदिरा के भरोसे था। सर्वोदय नेता वसंत नार्गोलकर ने ऐलान कर दिया कि 14 नवंबर से वे तब तक भूख हड़ताल पर चले जाएँगे, जब तक कि इमरजेंसी खत्म नहीं हो जाती, नहीं तो ऐसे ही मर जाएँगे। विनोबा भावे ने उन्हें बुलाया और एक कागज पर लिखकर दिया कि 25 दिसंबर को मैं अपना मौन व्रत तोड़ूँगा, तब तक धैर्य रखो। भरोसे पर वसंत ने इरादा स्थगित कर दिया।[2] ऐसे में सबको ये खबर हो गई कि विनोबा भावे का मौन व्रत 25 दिसंबर को टूटेगा और तब वे इमरजेंसी के खिलाफ कुछ बोल सकते हैं। जेल में बंद सभी विपक्षी नेताओं में ये आस बँध गई कि विनोबा कुछ-न-कुछ इमरजेंसी के खिलाफ जरूर बोलेंगे।

इसी दौरान इंदिरा गांधी के करीब कांग्रेसी नेता बसंत साठे भी पवनार आश्रम में विनोबा से मिलने पहुँचे तो उन्होंने साठे को पास में रखे महाभारत के अनुशासन पर्व की तरफ इशारा किया और फिर अपने काम में तल्लीन हो गए, लेकिन लिखा कुछ नहीं। ऐसे में बसंत साठे को ये मौका अच्छा लगा, तमाम कहानियाँ कांग्रेस नेताओं ने बाहर बना दीं कि विनोबा भावे ने इमरजेंसी को अनुशासन पर्व बता दिया है, उन्होंने स्लेट पर इसे लिखकर बताया है। आलम ये हो गया कि यूथ कांग्रेस के नेताओं ने देश की दीवारें इस बात से रँग दीं कि विनोबा भावे ने इमरजेंसी को अनुशासन पर्व बताया है। विनोबा भावे की बहुत अच्छी छवि थी लोगों के बीच, सो काफी लोग भरोसा भी करने लगे। इधर सर्वोदयी नेताओं और स्वंयसेवकों ने भी मान लिया कि विनोबा भावे ने इमरजेंसी का समर्थन कर दिया है, सो वे भी आम जनता को वही बताने लगे।[3]

लेकिन जेल में बंद विपक्ष के नेताओं को कांग्रेस की ये चाल समझ आ गई थी। उनको 25 दिसंबर का बेताबी से इंतजार था। एल.के. आडवाणी अपनी किताब 'ए प्रिज्नर्स स्क्रेप बुक' में 24 दिसंबर को लिखते हैं, जेल में बस एक ही चर्चा हो रही है कि कल विनोबा भावे क्या बोलेंगे। ऑल इंडिया रेडियो भी इसे प्रसारित करनेवाला है, ब्लिट्ज और करंट जैसे जनरल्स भी पवनार कॉन्फ्रेंस के बारे में कुछ ज्यादा ही लिख रहे हैं। 25 दिसंबर को उन्होंने लिखा, "आज क्रिसमस है...अटलजी का जन्मदिन है। अटलजी को जन्मदिन का टेलीग्राम भेजा। विनोबा भावे 11 बजे अपना मौन व्रत तोड़ने वाले हैं। सबको उम्मीद थी कि वे इमरजेंसी और इंदिरा के खिलाफ कुछ बोलेंगे। 2 बजे ऑल इंडिया रेडियो से पहली बार उनकी स्पीच का प्रसारण हुआ, जिसमें उन्होंने अनुशासन के बारे में बात की...जेपी

का एक बार भी नाम नहीं लिया, न इमरजेंसी को लेकर कुछ कहा। ऐसा लगा पी.एम. की तरफ उनका झुकाव है। रात में उस स्पीच का एडीटेड वर्जन आया। हालाँकि आडवाणी ने इसे दुःखद बताया कि विनोबा भावे ने एक बार भी जेपी का नाम नहीं लिया।"[2]

फिर 25 दिसंबर को अपना मौन व्रत टूटने पर उन्होंने ऐसा क्या कहा? पढ़िए उनका पूरा भाषण, "अनुशासन पर्व शब्द महाभारत का है, परंतु उसके पहले वह उपनिषद् में आया है। प्राचीन काल का रिवाज था, विद्यार्थी आचार्य के पास रहकर बारह साल विद्याभ्यास करता था। विद्याभ्यास पूरा कर जब वह घर जाने के लिए निकलता था, तब आचार्य अंतिम उपदेश देते थे। उसका जिक्र उपनिषद् में आया है—एतत् अनुशासनम्, एवं उपासित्व्यम्—यानी इस अनुशासन पर आपको जिंदगी भर चलना है...। 'आचार्यों का होता है अनुशासन, और सत्तावालों का होता है शासन, अगर शासन के मार्गदर्शन में दुनिया रहेगी तो दुनिया में कभी भी समाधान रहनेवाला नहीं है। शासन के मार्गदर्शन में क्या होगा? समस्या सुलझेगी, लेकिन सुलझी हुई फिर से उलझेगी। यह तमाशा आज दुनिया भर में चल रहा है। 'ए' से 'जेड' तक, अफगानिस्तान से जांबिया तक 300-350 शासन दुनिया में होंगे, फिर उनकी गुटबंदी चलती है। सब जगह असंतोष, मारकाट! शासन के आदेश के अनुसार चलनेवालों की यह स्थिति है, उसके बदले अगर आचार्यों के अनुशासन में दुनिया चलेगी तो दुनिया में शांति रहेगी...।'"

संत विनोबा ने आगे कहा, "आचार्य वे होते हैं, जिनका वर्णन मैंने किया है गुरु नानक की भाषा में—निर्भय, निर्वैर और उसमें मैंने जोड़ दिया है निष्पक्ष! और जो कभी अशांत होते नहीं, जिनके मन में क्षोभ कभी नहीं होता, हर बात में शांति से सोचते हैं और जितना सर्वसम्मत होता है विचार, उतना लोगों के सामने रखते हैं। उस मार्गदर्शन में लोग अगर चलेंगे, तो लोगों का भला होगा और दुनिया में शांति रहेगी। यह अनुशासन का अर्थ है—आचार्यों का अनुशासन! ऐसे निर्भय, निर्वैर, निष्पक्ष आचार्य जो मार्गदर्शन देंगे, उसका, उनके अनुशासन का विरोध अगर शासन करेगा तो उसके सामने सत्याग्रह करने का प्रसंग आएगा। लेकिन मेरा पूरा विश्वास है भारत का शासन ऐसा कोई काम नहीं करेगा, जो आचार्यों के अनुशासन के खिलाफ होगा।"[4]

यानी एक तरफ वे सत्याग्रह की भी बात कर रहे थे, दूसरी तरफ शासन के न्याय में विश्वास भी जता रहे थे। इसी के चलते आज तक विनोबा भावे पर इमरजेंसी के समर्थन के आरोप लगते रहे हैं। ऐसे समय में जब हर कोई इंदिरा के खिलाफ था, उनकी पार्टी के नेताओं के अलावा कोई निष्पक्ष, लोकप्रिय या सर्वमान्य नेता अगर खुलकर न सही इशारों में ही उनके समर्थन में आया था, तो वे थे संत विनोबा भावे। हालाँकि उनके समर्थक हमेशा से ही ये कहकर उनका बचाव करते आए हैं कि एक तो विनोबा इमरजेंसी के 6-7 महीने पहले से निर्धारित मौन व्रत पर थे, दूसरे वे संत थे, गरीबों के लिए भूदान आदि आंदोलन

चला रहे थे, अध्यात्म की शरण में थे, देश की आजादी के बाद वे राजनीति से दूर ही रहते थे। ये अलग बात है कि कांग्रेस ने उनके इशारों का अपने हक में अपने खिलाफ गुस्सा कम करने के लिए इस्तेमाल कर लिया था।

इंदिरा भी इमरजेंसी के बाद मिली करारी हार के बाद फिर से विनोबा से मिलने पवनार आश्रम गई थीं। नागपुर में जब एयरपोर्ट पर वे उतरीं तो उनके साथ फिर वही बसंत साठे थे, जिन्होंने अनुशासन पर्व वाली कहानी सबको सुनाई थी और निर्मला देशपांडे थीं। वहाँ सैकड़ों की भीड़ उनका इंतजार कर रही थी। भीड़ को देखकर एक बारगी तो इंदिरा डर गई थीं कि भीड़ इमरजेंसी का विरोध करने आई है या स्वागत करने। लेकिन भीड़ ने जब इंदिरा के लिए नारे लगाए कि 'इंदिरा तुम आगे बढ़ो, हम तुम्हारे साथ हैं,' तब इंदिरा की जान-में-जान आई। इंदिरा तब दो दिन तक पवनार आश्रम में रहीं। इंदिरा के इस दौरे ने फिर उन अफवाहों को मजबूत किया कि विनोबा भावे ने इमरजेंसी का समर्थन किया था। तब भी विनोबा मौन व्रत पर थे, हालाँकि इंदिरा के लिए उन्होंने मौन व्रत तोड़ा और उन्होंने बस इतना कहा कि 'आगे बढ़ो, आगे बढ़ो' (Moov Forward, Moov Forward)।[5]

इन दो दिनों में इंदिरा से विनोबा भावे की बस इतनी सी बात हुई। फिर भी इंदिरा क्यों रुकीं? ये समझ से बाहर है, इतना ही नहीं वहाँ बैलगाड़ियों में भरकर लोग उनसे मिलने आते थे, वे उन सबसे मिलती रहीं। वहीं उन्होंने मीडिया के लोगों को भी बुला लिया। बी.बी.सी. के डेविड फ्रॉस्ट को उन्होंने उसी पवनार आश्रम में इंटरव्यू दिया। ऐसा लगता था कि इंदिरा सारी दुनिया को बता देना चाहती थीं कि संत विनोबा भावे का आशीर्वाद उनके साथ है। हालाँकि विनोबा ने फिर उनसे बात नहीं की, इससे ये लगता है कि इंदिरा भले ही उनकी कितनी करीबी हों, लेकिन विनोबा राजनीति के पचड़े में पड़ने से बचते थे। आज तक किसी को ये नहीं पता कि विनोबा ने साठे को अनुशासन पर्व क्यों दिखाया था? अपने भाषण की आखिरी लाइन में उन्होंने सरकार का समर्थन क्यों किया? इंदिरा और उनकी पार्टी के लोग विनोबा भावे के इशारों, भाषणों और आश्रम का इस्तेमाल कर रहे थे क्या? लगता वैसे यही है।

संदर्भ—

1. इंदिरा गांधी : ए बायोग्राफी, लेखक पुपुल जयकर, पृष्ठ 168।
2. ए. प्रिजनर्स स्क्रैप बुक, लेखक एल.के. आडवाणी, 24-25 दिसंबर
3. पैनोरामा, लेखक लक्ष्मी निवास झुनझुनवाला, पृष्ठ 59
4. गुरुकुल पत्रिका, खंड-28, गुरुकुल काँगड़ी विश्वविद्यालय
5. इंदिराय गांधी : ए बायोग्राफी, लेखक पुपुल जयकर, पृष्ठ 338

□

क्या एयर इंडिया के प्लेन में चीनी पी.एम. के लिए लगा दिया गया था टाइम बम...?

11 अप्रैल की तारीख चीन और भारत के संबंध में एक ऐसी घटना के लिए जानी जाती है, जो अगर कामयाब हो जाती तो शायद भारत और चीन के बीच पंचशील समझौता हो ही नहीं पाता और युद्ध या तो सात साल पहले ही हो जाता या फिर कभी नहीं होता। 1955 में 11 अप्रैल के दिन एयर इंडिया की एक फ्लाइट में टाइम बम लगा दिया गया और उस बम के निशाने पर थे चीन के पहले प्रीमियर (प्रधानमंत्री) चाऊ एन लाई। ये बम फटा भी, पायलट ने फौरन प्लेन पानी में लैंड करने की कोशिश भी की, लेकिन विमान तीन टुकड़ों में बँट गया। कुल 16 लोग मारे गए और बचने वालों में एयर इंडिया के एक स्टाफ समेत तीन लोग शामिल थे। मरने वालों में कई देशों के लोग थे—चीन, जापान, अमेरिका, वियतनाम और भारत।

चाऊ एन लाई इसलिए बच गए, क्योंकि ऐन वक्त पर उन्होंने इस फ्लाइट से जाना कैंसल कर दिया। दरअसल एयर इंडिया की इस चार्टर्ड फ्लाइट को चीन की सरकार ने बुक किया था, प्लेन का नाम था—'कश्मीर प्रिंसेज'।[1] दरअसल एशिया और अफ्रीका के देशों का एक सम्मेलन बांडुंग में होने जा रहा था और इसी सम्मेलन के जरिए निर्गुट सम्मेलन (नाम) की नींव पड़ी थी। ऐसे में चीन के प्रीमियर के साथ-साथ एक बड़े प्रतिनिधिमंडल को इस एयरक्राफ्ट से इंडोनेशिया के बांडुंग पहुँचना था। फ्लाइट हांगकांग से उड़ी, जहाँ से चाऊ एन लाई को भी फ्लाइट लेनी थी। लेकिन बताया जाता है कि ऐन वक्त पर चीन के पी.एम. को इस खतरे की भनक लग गई और वे रुक गए। लेकिन उनकी पार्टी के कई नेता और इंटरनेशनल जर्नलिस्ट्स उसमें बैठ गए। चौंकाने वाली बात थी ये, क्योंकि अगर बम के बारे में पी.एम. को पता चल गया था तो बाकी लोगों को क्यों नहीं रोका, फ्लाइट ही कैंसल क्यों नहीं कर दी गई? इन सवालों के जवाब

कभी बाहर नहीं आए। जबकि मरने वालों में सात लोग चीन के भी थे।

बाद में जाँच में सामने आया कि ये बम हांगकांग में ही एयरक्राफ्ट में फिट किया गया था और उसको अंजाम देने के लिए अमेरिका में बने एम.के.7 नाम के डेटोनेटर का इस्तेमाल किया गया था। चीन ने इस घटना का आरोप अमेरिका की खुफिया एजेंसी सी.आई.ए. और ताइवान की एजेंसी के.एम.टी. पर लगाया। चीन की खुफिया एजेंसी ने हांगकांग एयरपोर्ट की सिक्योरिटी स्टाफ के चाउत्से मिंग पर आरोप लगाया और उसकी गिरफ्तारी के लिए वारंट जारी किया, लेकिन मिंग सी.आई. के एक विमान में बचकर निकल गया और ताइवान जाकर अपनी जान बचाई।[2]

दशकों बाद चीन, अमेरिका क्लासीफाइड डॉक्यूमेंट्स एक अरसे बाद रिलीज हुए।[3] इस तरह के सीक्रेट डॉक्यूमेंट्स की ये दूसरी किश्त थी, जो चीन ने जारी की थी, इसमें 1949 से लेकर 1955 तक की सीक्रेट फाइल्स थीं। दूसरी किश्त में कुल 5024 फाइलें जारी की गई थीं। इन सब फाइलों से मिली जानकारियों के बाद कड़ियों से कड़ियाँ जोड़कर एक जर्नलिस्ट ने रिपोर्ट छापी कि एक अमेरिकी सी.आई.ए. एजेंट, जो दिल्ली में अमेरिकी दूतावास में तैनात था, उसने दिल्ली के एक होटल में के.एम.टी. (चीन की राजनीतिक पार्टी) के एजेंट वांग फेंग को एक बैग सौंपा था, जिसमें वो बम था। कहा जाता है कि अमेरिका कम्युनिस्ट देश चीन के उभार से चिंतित था और वो नहीं चाहता था कि चीन का पी.एम. बांडुंग सम्मेलन में तीसरी दुनिया के इतने देशों से मिले। इधर तीन लोग जो इस घटना में बच गए थे, साउथ चाइना सागर में वे पूरे 9 घंटे तैरते रहे और किसी तरह एक अनजान से द्वीप पर जा पहुँचे। जहाँ उन्हें इंडोनेशिया के कोस्ट गार्ड्स ने बचाया।

उन्हीं में से एक अनंत कार्णिक ने इस घटना पर बाद में दो किताबें लिखीं।[4] तब के रक्षा मंत्री वी.के. कृष्णा मेनन ने अनंत की किताब की प्रस्तावना लिखी थी। बम प्लेन के व्हील बे में फिट था, 18000 फीट की ऊँचाई पर जब विमान उड़ान भर रहा था तो ये बम फट गया, फटने के बाद फ्यूल टैंक में छेद हो गया, पायलट ने पानी में लैंड करने की कोशिश भी की, लेकिन प्लेन तीन टुकड़ों में बँट गया। हालाँकि प्लेन का पायलट जाफर भी बच नहीं पाया। प्लेन के पायलट जाफर की इस बहादुरी के लिए भारत सरकार ने मरणोपरांत उन्हें अशोक चक्र पुरस्कार से नवाजा और अशोक चक्र पाने वाले वे देश के पहले सिविलियन थे। उनके साथ को-पायलट एम.सी. दीक्षित और ग्राउंड मेंटीनेंस इंजीनियर अनंत कार्णिक को भी ये पुरस्कार दिया गया।

इस घटना के फौरन बाद पहला शक भारतीयों पर ही गया था, जब एयरक्राफ्ट भारत का था, पूरा स्टाफ भारत का था तो बम लगने की खबर उन्हें क्यों नहीं हुई? एयर इंडिया के कुल 71 कर्मचारियों से पूछताछ हुई। इसी नजरिए से जाँच शुरू हुई,

लेकिन जिस सोर्स से चाऊ एन लाई को प्लेन में बम लगाने की खबर मिली थी, उसी ने ये भी जानकारी दी कि भारत या किसी भी भारतीय का इस घटना से कोई लेना-देना नहीं है, तब जाकर चीनी पी.एम. ने अपनी खुफिया एजेंसियों को के.एम.टी. और सी.आई.ए. पर फोकस करने को कहा। हांगकांग के अधिकारियों ने इस साजिश का सुराग देने के लिए एक लाख हांगकांग डॉलर के इनाम का ऐलान कर दिया। लेकिन बाद में चाऊत्से मिंग का राज खुल गया, हालाँकि तब तक वो भाग चुका था।

देखा जाए तो भारत और चीन के संबंधों के बिगड़ने की शुरुआत भी इसी घटना से हुई। दरअसल भारत सरकार की तरफ से तेजतर्रार अधिकारी आर.एन. काव को जाँच के लिए लगाया गया था, ये वही अधिकारी थे, जिनको भारत की सर्वोच्च खुफिया संस्था 'रॉ' को खड़ा करने का श्रेय दिया जाता है। उनको उस वक्त पं. नेहरू ने ये निर्देश दिए थे कि ये मामला ब्रिटिश सरकार, जो उस वक्त हांगकांग पर शासन कर रही थी और चीन के बीच का है, चीन और ब्रिटेन के बीच भारत को पार्टी नहीं बनना चाहिए। जबकि हकीकत ये थी कि इस पूरे प्रकरण में प्रत्यक्ष या अप्रत्यक्ष रूप से चार देश शामिल थे—एक तरफ भारत और चीन और दूसरी तरफ ब्रिटेन और अमेरिका। अब चूँकि विस्फोट भारत के प्लेन में हुआ था, तो ऐसे में भारत तो संदेह के दायरे से बाहर हो ही नहीं सकता था, बल्कि सबसे पहला शक तो भारत पर ही होना था।[5]

काव ने अपनी रिपोर्ट में लिखा, "At my last meeting with Chou En-Lie in Beijing, When we reviewed the progress of investigation, he was categorical that the British Govt of Hong Kong would drag on the case until December and then close it." अब चूँकि नेहरूजी ने मना किया था कि बीच में नहीं पड़ना है, तो काव ने चीनी पी.एम. से कहा कि मैं आपकी राय को सपोर्ट नहीं कर सकता। काव ने आगे लिखा, "Chou En-Lie gave me a stern look and said somewhat menacingly, 'So you disagree with me, We shall see whom time proves right'. This was at 2 am in office of the Prime Minister of China. I Must confess that a chill ran down my Spine." इससे ये तो साफ हो गया था कि भले ही प्लेन में बम विस्फोट को लेकर भारत पर चीनी पी.एम. को शक नहीं था, लेकिन जिस तरह से भारत की तरफ से पल्ला झाड़ने जैसे निर्देश या रवैया दिखाई दिया, उससे चीन और भारत के रिश्तों पर आपसी संदेह की चादर पसर गई थी।[6]

दिलचस्प बात ये है कि सी.आई.ए. की भूमिका पर हमेशा अमेरिका मना करता रहा, लेकिन इस घटना के 16 साल बाद जब 1971 में बीजिंग में चाऊ एन लाई की मुलाकात अमेरिका के नेशनल सिक्योरिटी एडवाइजर हेनरी किसिंजर से हुई तो चाऊ एन

लाई ने उनसे यही सवाल पूछ लिया तो किसिंजर का जवाब था, "आपने सी.आई.ए. को जरूरत से ज्यादा सक्षम समझ लिया है, जबकि ऐसा है नहीं।" ये वही किसिंजर थे, जो 1971 के भारत-पाक युद्ध से पहले भारत को दबाने की कोशिशों में जुटे थे।

संदर्भ—

1. द मेकिंग ऑफ चाइनाज पीस विद जापान, लेखिका मायूमी इटोह, पृष्ठ 37
2. इनसाइड रॉ : द स्टोरी ऑफ द इंडियाज सीक्रेट सर्विस, लेखक अशोक रैना, पृष्ठ 91
3. https://www.outlookindia.com/newswire/story/china-declassifies-files-kashmir-princess-incident/236591, आउटलुक, 20 जुलाई, 2004
4. ड्रामा ऑफ एयर सबोटाजेज : कश्मीर प्रिंसेज टू मकालू, लेखक अनंत श्रीधर कार्णिक
5. आर.एन. कॉ विजनेट्स ऑफ नेहरू, नेहरू शताब्दी खंड, पृष्ठ 302
6. पॉलिटिकल मिस्ट्रीज, लेखक आर.के. मलकानी, पृष्ठ 65

□

अपने आखिरी जन्मदिन पर सोने से तुले थे बोस, कहाँ गया बोस का वो खजाना...!

नेताजी का 48वाँ जन्मदिन था, आजाद हिंद फौज के अधिकारियों और रंगून के भारतीयों ने बोस के जन्मदिन का पूरा सेलीब्रेशन वीक मनाया। तारीख थी 29 जनवरी, 1945 सेलीब्रेशन वीक का आखिरी दिन था, तय किया गया कि देश को आजाद कराने के लिए बोस के वजन के बराबर सोना आजाद हिंद फौज के लिए दिया जाएगा। देश-विदेश से भारतीयों खासकर महिलाओं ने अपने-अपने जेवर बोस के लिए, देश को आजाद देखने के लिए दान दे दिए थे। बोस को सोने से तोला गया, 80 किलो से ज्यादा के थे बोस और उतना ही सोने का जेवर उनको उनके मिशन के लिए उस समारोह में दे दिया गया। उस वक्त उसकी कीमत 2 करोड़ से भी ज्यादा आँकी गई थी। इस घटना का जिक्र कर्नल ह्यूग टोए ने आजाद हिंद फौज पर लिखी अपनी किताब 'द स्प्रिंग टाइगर' में किया है।[1]

अब दूसरी तसवीर के बारे में जानिए, 9 अक्तूबर, 1978 का दिन था, देश आजाद होने के बाद पहली बार कोई गैर-कांग्रेसी सरकार देश पर राज कर रही थी। पं. नेहरू के आदेश पर अब तक बोस के प्लेन एक्सीडेंट के बाद जिस डिप्लोमेटिक बैग को हाथ तक नहीं लगाया गया था, मोरारजी देसाई के राज में उसे खोला गया। उस बैग के अंदर एक स्टील का केस था और उसके अंदर 14 पैकेट। जिनके अंदर नेताजी की बाकी वस्तुओं के अलावा जले हुए जेवर थे—महिलाओं के कुंडल, गले के हार, नाक की नथ और हाथों की चूड़ियाँ-अंगूठियाँ, अधिकारियों को अंदाजा नहीं था कि इसमें जेवर होंगे तो वे काफी चौंके कि बोस के सामान में महिलाओं के जेवर कैसे? हालाँकि जब जेवरों का वजन सामने आया तो अब चौंकने की बारी आजाद हिंद फौज से जुड़े तमाम रिसर्चर्स और पुराने स्वतंत्रता सेनानियों की थी कि बाकी का खजाना कहाँ गया? क्योंकि 80 किलो से ज्यादा सोना तो उस दिन का था, जिस दिन बोस को सोने से तोला गया था।

9 जनवरी, 1953 को जब टोक्यो से ये बैग आया था तो पं. नेहरू ने इसको जाँचा भी था, लेकिन इसको सुरक्षित रखवा दिया था; क्योंकि ये बोस के प्लेन क्रैश की आखिरी

निशानी थी। न नेहरू ने उस वक्त ये कहीं दर्ज करवाया कि इस डिप्लोमेटिक बैग में क्या-क्या था और न ही अलग-अलग जाँच आयोगों ने। अधिकारियों ने चार बार कांग्रेस सरकार को बोस के खजाने की लूट पर सवाल उठाते हुए इन्क्वायरी कमेटी की माँग की, लेकिन सरकार ने उस पर कोई कमेटी नहीं बनाई। उसी साल तीस दिसंबर को इस बैग को नेशनल म्यूजियम में रखवा दिया गया।

अब जानिए उन दिनों किस-किस ने बोस के खजाने की लूट का संदेह जताते हुए इन्क्वायरी की माँग थी, जिसे सरकार ने लगातार नजरअंदाज किया। इनमें सबसे पहले थे—बेनेगल रामा राव, जो दूसरे विश्वयुद्ध के बाद टोक्यो में बने इंडियन लायजन मिशन के हैड थे, 1947 दिसंबर में उन्होंने सरकार से इसकी जाँच की सिफारिश की। उनके बाद आए मिशन के हैड के.के. चेत्तूर ने बाकायदा आजाद हिंद फौज के बोस के पुराने सहयोगी राम मूर्ति का नाम लेकर आरोप लगाया। 1952 में विदेश मंत्रालय के अंडर सेक्रेटरी आर.डी. साठे ने तो 1952 में राममूर्ति के साथ-साथ अय्यर का भी बोस के खजाने की लूट में हाथ बताया और सरकार से इन्क्वायरी कमेटी बनाने की सिफारिश की। फिर भी सरकार ने कान नहीं धरे। दो साल बाद यानी 1955 में टोक्यो में भारत के राजदूत ए.के. डार ने फिर सरकार से लिखित में सिफारिश की कि बोस के खजाने की लूट की जाँच के लिए एक जाँच आयोग बनाना बहुत जरूरी है। तब भी नेहरू ही प्रधानमंत्री थे। नेहरू ने चारों बार न कोई इन्क्वायरी कमेटी बनाई और न ही इन चारों की माँग पर कोई प्रतिक्रिया दी।

ऐसा नहीं था कि नेहरू आई.एन.ए के मामलों में ध्यान नहीं दे रहे थे, बल्कि आई.एन.ए. से जुड़े सारे मामलों को सीधे उन्हें ही भेजा जाता था। 1952 में जब उनके प्रिंसिपल प्राइवेट सेक्रेटरी बी.एन. कौल ने उनको खत लिखा तो उन्होंने फौरन सेंटर बोर्ड ऑफ रेवेन्यू को वो 28 लाख रुपया लौटाने से इनकार करने का आदेश जारी किया, जो पाँच आजाद हिंद फौज के अधिकारियों से जब्त हुआ था, जब वे एक जापानी पनडुब्बी से 1944 में उड़ीसा के तट पर उतरे थे। बोस समर्थकों को इस बात पर भी गुस्सा आया।

मोरारजी देसाई की सरकार के वक्त सुब्रह्मण्यम स्वामी ने भी उनको खत लिखकर बोस के खजाने की लूट की माँग थी और सीधे-सीधे उस लूट में नेहरू का हाथ बताया था। मोरारजी देसाई ने उस वक्त संसद् में इस खजाने के लूट के दोषियों को सजा देने का, जाँच का ऐलान भी किया था। इसी के चलते नेशनल म्यूजियम में रखा वो डिप्लोमेटिक बैग भी खोला गया था, जो जापान से आया था। लेकिन उसके बाद जनता पार्टी की सरकार आपसी फूट का शिकार होकर चारों खाने चित हो गई और इन्क्वायरी तक का ऐलान नहीं हुआ। हालाँकि मोरारजी देसाई ने इसको लेकर लोकसभा में स्टेटमेंट भी दिया था।[2]

अब जानिए उन व्यक्तियों के बारे में जिन पर आजाद हिंद फौज के सिपाहियों ने लूट का आरोप उस वक्त देश के कई अधिकारियों और जाँच आयोगों ने ही नहीं, बोस

पर रिसर्च के लिए मशहूर लेखक अनुज धर ने भी लगाया।[3] एक थे—एस.ए. अय्यर, जो पेशे से कभी पत्रकार थे, ए.पी. और रॉयटर्स जैसी एजेंसियों के लिए काम कर चुके थे, आजाद हिंद सरकार के सूचना प्रसारण मंत्री और जब नेताजी ने सोवियत रूस के लिए अपनी आखिरी उड़ान भरी तो उस वक्त ये वहाँ मौजूद थे। कहा जाता है, नेताजी ने काफी खजाना उस वक्त इन्हीं के पास छोड़ दिया था। कुछ दिनों बाद अय्यर ने ही बोस की मौत की खबर ड्राफ्ट करने में जापान सरकार की मदद की थी। हालाँकि अय्यर पर लगे आरोपों को उनका परिवार खारिज करता रहा है। इसी अय्यर को 1953 में नेहरू ने अपनी पहली पंचवर्षीय योजना में एडवाइजर नियुक्त कर दिया था।

दूसरे थे—राममूर्ति, आई.एन.ए. अधिकारी, एक जापानी अधिकारी ने दशक भर बाद खुलासा किया था कि 7 सितंबर, 1945 को राममूर्ति और अय्यर को जापानी सरकार ने कई बॉक्स सौंपे थे, जिनमें काफी जेवरात थे, जो भारत नहीं भेजे गए। राममूर्ति के छोटे भाई की दुल्हन जब शादी में इंडियन ज्वैलरी से लदी-फदी आई तो लोगों ने आरोप लगाए। उन लोगों ने एक जापानी सैन्य अधिकारी कर्नल फिग्स से साँठ-गाँठ कर काफी विलासिता से जीवन बिताया, बाद में राममूर्ति और उसकी जापानी बीवी पर टैक्स चोरी का आरोप लगाकर जापान सरकार ने भारत डिपोर्ट कर दिया था। इसी कर्नल फिग्स ने एयर क्रैश थ्योरी को जापान में जोर-शोर से प्रचारित किया था कि बोस की इस एक्सीडेंट में मौत हो गई थी और राममूर्ति और अय्यर ने इस थ्योरी को समर्थन दिया था। 1957 में राममूर्ति के भाई जे. मूर्ति ने टोक्यो में भव्य इंडियन रेस्तराँ खोला, जिसे आज भी उनका बेटा चला रहा है। इन लोगों से कभी भी किसी भी इन्क्वायरी कमेटी ने पूछताछ नहीं की।

बोस पर रिसर्च करनेवाले तमाम लेखक मानते हैं कि समय रहते भारत सरकार ने बोस के खजाने की ढंग से जाँच की होती तो वो खजाना आज भारत सरकार का होता और देश के काम आता। जिन जेवरों को भारतीय महिलाओं ने अपने देश के लिए बेहिचक बोस के नाम पर दान दे दिया था, उसी को लालचियों ने लूट लिया। ऐसे में बोस की मौत के रहस्य के साथ ही खजाने का रहस्य भी इतिहास के पन्नों में दफन हो गया।

संदर्भ—

1. द स्प्रिंगिंग टाइगर : ए स्टडी ऑफ द रिवॉल्यूशन, लेखक ह्यू टोय, पृष्ठ 138
2. लोकसभा डिबेट्स, लोकसभा सचिवालय, 1978, पी.एम. मोरारजी देसाई का वक्तव्य, पृष्ठ 37
3. इंडियाज बिगेस्ट कवरअप, लेखक अनुज धर

□

बोस के खिलाफ चुनाव लड़ने की वजह से इतिहास के विलेन ही बन गए ये गांधीवादी नेता

अकसर सोशल मीडिया पर लोग पढ़ते रहते हैं कि गांधीजी के उम्मीदवार को नेताजी सुभाष चंद्र बोस ने कांग्रेस अध्यक्ष के चुनाव में हरा दिया था, पटखनी दे दी थी। बोस इस देश के उस गरम खून को बहुत भाते हैं, जो किसी भी तरह के अत्याचार का जवाब उसी भाषा में देना चाहता है। नेताजी बोस ने अपना कॅरियर, परिवार, जान सबकुछ देश पर कुरबान कर दिया था, देशभक्त युवाओं को उनके सामने या विरोध में कोई खड़ा हो, वो विलेन ही लगता है। ऐसे में 1939 के त्रिपुरा अधिवेशन के लिए कांग्रेस अध्यक्ष के चुनाव में जब गांधीजी के कहने पर पट्टाभि सीतारमैया कांग्रेस अध्यक्ष के चुनाव में बोस के खिलाफ उतरे, तो आनेवाली सभी पीढ़ियों के लिए खलनायक बन गए। सोशल मीडिया पर इतिहास से जुड़ी पोस्ट्स को शेयर, लाइक कर रहे आम लोगों को तो छोड़िए, प्रतियोगी परीक्षाओं की तैयारी कर रहे छात्र-छात्राओं के लिए भी पट्टाभि सीतारमैया इतिहास के एक खलनायक ही हैं। तो क्या देश के लिए उनकी कोई और पहचान या योगदान नहीं था ? ये बड़ा सवाल है, लेकिन नेताजी बोस के कद और व्यक्तित्व के आगे किसी के दिमाग में उठता ही नहीं। इस लेख में आप असली पट्टाभि सीतारमैया को जानेंगे।

भोगराजू पट्टाभि सीतारमैया आंध्र प्रदेश के रहनेवाले थे और इतिहास में इसलिए जाने जाते हैं, क्योंकि उन्हें गांधीजी ने अपने समर्थन के साथ 1939 के त्रिपुरा कांग्रेस अधिवेशन में कांग्रेस प्रेसीडेंट के चुनाव में खड़ा किया था। फिर भी वे हार गए थे। लेकिन एक दौर था, जब गांधीजी ने भी उनका विरोध किया था, ये बात 1916 के कांग्रेस के लखनऊ अधिवेशन की है, जब पट्टाभि ने माँग की थी कि आंध्रा के लिए अलग से कांग्रेस सर्कल बनाया जाए, तिलक ने उनकी इस माँग के लिए समर्थन किया था; लेकिन इस माँग का गांधीजी ने विरोध किया।[1] लेकिन इसी माँग को अगले ही साल कांग्रेस अध्यक्षा एनी बेसेंट ने स्वीकार कर लिया था।[2]

धीरे-धीरे वे गांधीजी के करीब आते गए, जब 1938 में कांग्रेस प्रेसीडेंट रहने के

बाद सुभाष चंद्र बोस ने फिर से उसी पोस्ट के लिए आवेदन करने की इच्छा जताई तो गांधीजी नाराज हो गए। वे नहीं चाहते थे कि सुभाष चंद्र बोस फिर से अध्यक्ष बनें, उस वक्त गांधीजी की पसंद थे—मौलाना आजाद। दरअसल वे बोस के अतिवादी विचारों से परेशान थे, जो उनके अहिंसा के सिद्धांत से टकराते थे। कुछ लोगों का मानना है कि गांधीजी जिन्ना जैसे धर्मांध के खिलाफ एक मुसलिम सेकुलर चेहरा लाना चाहते थे, और आजाद उनकी नजर में वो चेहरा थे। गांधीजी ने सुभाष चंद्र बोस को इस साल दोबारा से कांग्रेस अध्यक्ष के चुनाव में खड़ा होने से मना करने की सलाह दी, यहाँ तक कि बोस के करीबी पं. नेहरू भी नहीं चाहते थे कि बोस दोबारा राष्ट्रीय अध्यक्ष बनें, उन्होंने भी बोस को वही सलाह दी।[3]

लेकिन बोस ने अपनी उम्मीदवारी का ऐलान कर दिया, तब बारदोली में पटेल और गांधीजी ने मौलाना आजाद से जनवरी 1939 में बात की, उनके कहने पर आजाद बोस के खिलाफ उम्मीदवार बनने पर तैयार भी हो गए। इधर कुछ प्रदेश कांग्रेस कमेटियों ने पटेल के नाम का भी प्रस्ताव भेजा था, आजाद के तैयार होने पर उन्होंने अपने नाम के लिए मना कर दिया। इधर आंध्र प्रदेश कार्यसमिति ने तेलुगु नेता पट्टाभि सीतारमैया के नाम का प्रस्ताव भेजा। बोस ने नेहरू से बात की, तो नेहरू ने गांधीजी के चलते खुद को इस झगड़े से दूर कर लिया। हालाँकि गांधीजी के कहने पर पटेल थोड़ा सक्रिय हुए तो बोस और पटेल के बीच जरूर थोड़ी गलतफहमी हो गई थी। इधर आजाद ने भी नाम वापस लेने का मन बना लिया। कांग्रेस कार्यसमिति के कई लोगों ने पट्टाभि के समर्थन में बयान दिए, लेकिन दूसरे विश्वयुद्ध की संभावनाओं और ब्रिटिश विरोध के चलते अंदर-ही-अंदर कांग्रेस नेताओं के बीच जो लावा था, वो वोटिंग के दिन बाहर आया। नेताजी बोस को 1580 वोट मिले और पट्टाभि सीतारमैया को 1375 वोट मिले।[3]

पूरे चुनाव के दौरान यूँ तो गांधीजी ने चुप्पी साध रखी थी, लेकिन बिना नाम लिये उन्होंने सुभाष चंद्र बोस के बारे में अपने पत्र 'हरिजन' में भी लिखा। लेकिन सुभाष चंद्र बोस का क्रेज युवा नेताओं के बीच जबरदस्त था, वे बड़े अंतर से ये चुनाव जीतकर फिर से कांग्रेस अध्यक्ष बन गए। तब गांधीजी ने पहली बार खुलकर बोला और सीतारमैया की हार को अपनी हार बताया। उन्होंने एक प्रेस स्टेटमेंट भी जारी किया, उसके मुताबिक, "I must confess that from the very beginning I was decidedly against his re-election for reasons into I need not go. And since I was instrumental in including Dr. Pattabhi not to withdraw his name, a candidate when Maulana Saheb withdrew, the defeat is mine more than his."[4]

हालाँकि बाद में सुभाष चंद्र बोस ने भी गांधीजी के असहयोग और नाराजगी को

देखते हुए त्याग-पत्र दे दिया था और उनकी जगह डॉ. राजेंद्र प्रसाद को सभापति या अध्यक्ष बना दिया गया था। लेकिन जब तक बोस का नाम इस देश में लिया जाएगा डॉ. पट्टाभि सीतारमैया का नाम भी चर्चा में आएगा। हालाँकि सीतारमैया की छवि को इस विवाद से नुकसान ही हुआ। आज बोस को सही मानने वाले भी बहुत लोग हैं, इसलिए वे सीतारमैया को उनके विरोधी के तौर पर ही मानते हैं। ये अलग बात है कि गांधीजी और बाकी राष्ट्रीय नेताओं के कहने पर पट्टाभि सीतारमैया ने बोस जैसे कद्दावर और लोकप्रिय नेता के सामने खड़े होकर जो गलती की, उसका खामियाजा उन्होंने कम नहीं भुगता।

दरअसल पट्टाभि सीतारमैया गांधीजी और नेहरू के करीबी होने के चलते भी विवादों में रहे। जब भाषाई आधार पर नए राज्य बनाने की संभावनाओं की जाँच के लिए कमेटी बनाई गई तो उसमें नेहरू और पटेल के साथ सीतारमैया भी थे। कमेटी ने सिफारिश की कि भाषाई आधार पर राज्य नहीं बनेंगे तो उनका काफी विरोध हुआ और आखिरकार पोट्टी श्रीरामुलु की 56 दिनों की भूख हड़ताल के बाद सरकार को झुकना पड़ा और आंध्र प्रदेश को भाषाई आधार पर राज्य बनाने का ऐलान करना पड़ा। इस विवाद में भी पट्टाभि सीतारमैया को अपने ही गृहक्षेत्र की भावनाओं को दरकिनार करने के चलते काफी विरोध झेलना पड़ा था।

हालाँकि सीतारमैया को कांग्रेस अध्यक्ष बनने का मौका मिला भी। आजादी के बाद वे 1948-49 में कांग्रेस अध्यक्ष भी रहे और राज्यसभा में भी रहे। 1952 से 1957 तक मध्य प्रदेश के राज्यपाल भी रहे। लेकिन सुभाष बाबू से उनकी हार इतिहास में इस कदर याद की जाती है कि उनकी मेहनत से खड़ा किया गया ब्रांड आज घर-घर में जाना जाता है, लेकिन इस ब्रांड से उनका नाम जुड़ा है और वो ब्रांड है आंध्रा बैंक, जिसकी ब्रांच आज देश के कोने-कोने में हैं। इसीलिए आंध्रा बैंक के मुख्यालय का नाम उन्हीं के नाम पर 'पट्टाभि भवन' रखा गया है।

संदर्भ—

1. डॉ. बी. पट्टाभि सीतारमैया : ए पॉलिटिकल स्टडी, लेखक ए. प्रसन्न कुमार, पृष्ठ 107
2. मार्च टू फ्रीडम इन मद्रास प्रेसिडेंसी, 1916-1947, लेखिका सरोजा सुंदरराजन, पृष्ठ 549
3. गांधी : द मैन, हिज पीपुल, एंड द एंपायर, लेखक राजमोहन गांधी, पृष्ठ 401
4. रीडिस्कवरिंग गांधी, खंड-3, लेखक जय नारायण शर्मा, पृष्ठ 102

□

जब इंडिया में चे ग्वेरा का पड़ा था गाय और योगा से वास्ता...!

अकसर सोशल मीडिया पर भारतीय इतिहास से जुड़े कुछ एकाउंट्स पर चे ग्वेरा की ऐसी तसवीरें शेयर हुई हैं, जिनमें चे को भारतीयों के साथ दिखाया जाता है। आमतौर पर जो चे ग्वेरा को थोड़ा-बहुत जानते हैं, उनको लगता है ये फेक तसवीरें हैं, कहाँ चे ग्वेरा और कहाँ इंडिया। दरअसल क्यूबा की क्रांति के महानायक चे ग्वेरा को दुनिया भर के पॉलटिकल साइंस और डिफेंस स्टडीज के स्टूडेंट्स सालों से पढ़ते आ रहे हैं। चे ग्वेरा के गौरिल्ला वॉरफेयर की आज भी चर्चा होती है। लेकिन बहुत कम लोगों को पता है कि चे ग्वेरा कभी भारत की यात्रा पर भी आया था और पूरे दो हफ्ते के लिए। जिसमें से पाँच दिन वो दिल्ली में रुका और बाकी दिन वो लखनऊ, कोलकाता जैसे कई शहरों में घूमने निकल गया, तमाम लोगों से मिला। पूरे दौरे के दौरान चे ग्वेरा की सबसे ज्यादा दिलचस्पी दिखी गाय में।

उसकी दिलचस्पी इस बात से भी पता चलती है कि वो जहाँ भी गाय देखता था, उसके फोटो निकाल लेता था। इतना ही नहीं जब वह भारत दौरे से वापस क्यूबा लौटा तो 12 अक्तूबर, 1959 को उसने क्यूबाई पत्रिका Verde Olivo (Green Olive) में भारत के बारे में एक लेख लिखा, जिसमें आधे से ज्यादा लेख में उसने गाय के बारे में चर्चा की। इतना ही नहीं गाय का नाम पवित्र पशु की सबहैडिंग से अलग से लिखा। दरअसल वो गाय को लेकर हैरान था कि गाय को यहाँ इतनी महत्ता क्यों मिल रही है। गाय के गोबर से कंडे-उपले पाथते लोग और उपलों का ऊँचा ढेर उसके लिए हैरत भरा था। वो लिखता है मेरे लिए कैरोसीन की जगह गोबर के उपलों का इस्तेमाल अनोखा है। इसको खाद की जगह इस्तेमाल करना चाहिए।[1]

हालाँकि उसके लेख से पता चलता है कि उसको भारत के लोगों की गाय के प्रति आस्था के बारे में पूरी जानकारी थी। वो बताता है कि 180 मिलियन गायें इस वक्त भारत में हैं, अमेरिका से 100 मिलियन ज्यादा। ये हिंदू धर्म की गाय के पवित्र मानने की वजह

ही है कि इसको कोई मांस के लिए मारता नहीं है। एक तरफ उसने जहाँ ज्यादा गायों के लिए गाय को पवित्र मानने के तरीके की तारीफ की तो दूसरी तरफ कोलकाता की सड़कों पर बैठी गायों के चलते कितना ट्रैफिक जाम और परेशानी होती है, उसके बारे में भी लिखा, इतना ही नहीं बीच ट्रैफिक में बैठी कई गायों के उसने फोटो भी खींचे। आप चे ग्वेरा के लेख के कुछ अंश यहाँ पढ़ सकते हैं—

"Years, however, went passing by and turned into centuries, and now, in the age of mechanical plough and liquid fuels, the sacred animal continues to be venerated with the same fervour, and it multiplies freely with hardly anyone committing the sacrilege of eating its meat. One hundred and eighty million cows is what India has, almost 100 million more than the United States, which is the second producer in the world, and Indian leaders apply themselves to the terrible problem of making a people, religious and obedient to cultural commandments, cease their veneration of the sacred animal."[2]

क्यूबा की सत्ता सँभालने के बाद फिदेल कास्त्रो ने बाकी देशों से रिश्ते मजबूत करने के लिए अपने सबसे भरोसेमंद चे ग्वेरा को 3 महीनों में 14 देशों की यात्रा पर भेजा। 30 जून, 1959 की रात को जब दिल्ली के पालम एयरपोर्ट पर चे ग्वेरा उतरा तो उसी खास अंदाज में था—मिलिट्री यूनिफॉर्म, लोंग बूट और हाथ में मांटोकार्लो का सिगार। उसके साथ 6 लोग थे, एक मैथमेटीशियन, एक इकोनॉमिस्ट, एक विद्रोही आर्मी का लीडर, एक बॉडीगार्ड पार्डो ल्लाडा, एक रेडियो ब्रॉडकास्टर और एक पार्टी कार्यकर्ता। बाद में पार्डो और उसमें कुछ तनातनी हुई और वो वापस लौट गया। अशोका होटल उस वक्त बनकर तैयार ही हुआ था, चे ग्वेरा को उसी नए होटल में ले जाया गया।

अगली सुबह चे ग्वेरा की मुलाकात पं. नेहरू से हुई। नेहरू ने उसे एक खुखरी बतौर उपहार दी, जिसकी मूठ पर माँ दुर्गा की तसवीर बनी हुई थी। वो आज भी क्यूबा में चे ग्वेरा के स्मारक में रखी हुई है। चे ग्वेरा ने नेहरू को सिगार का डिब्बा उपहार में दिया, जिसे खास तौर से नेहरू के लिए फिदेल कास्त्रो ने भेजा था। चे ग्वेरा ने अगले पाँच दिनों तक दिल्ली में कई मंत्रियों, राजदूतों, विशेषज्ञों से मुलाकात की और कई जगह वो घूमने भी गया। मिलने वालों में डिफेंस मिनिस्टर वी.के. कृष्णा मेनन, कॉमर्स मिनिस्टर नित्यानंद कानूनगो, फूड एंड एग्रीकल्चरल मिनिस्टर ए.पी. जैन से मिला। अशोका होटल में ही ऑल इंडिया रेडियो की जर्नलिस्ट के.पी. भानुमति ने चे ग्वेरा का इंटरव्यू किया। भानुमति ने चे ग्वेरा से कहा, "You are said to be a communist but communist dogmas won't be accepted by a multi-religious society." तो चे ग्वेरा

ने लंबा जवाब दिया, "I would not call myself a communist. I was born as a Catholic. I am a socialist who believes in equality and freedom from the exploiting countries. I have seen hunger, so much suffering, stark poverty, sickness and unemployment right from my very young days in [Latin] America. It is happening in Cuba, Vietnam and Africa – the struggle for freedom starts from the hunger of the people."

उसके बाद चे ग्वेरा दिल्ली के पास पिलानी गाँव एक स्कूल में गया, एक कॉपरेटिव सोसाइटी भी देखी। गाँव में लोगों ने चे को माला पहनाकर स्वागत किया। हालाँकि चे ग्वेरा एक तरफ इतनी गरीबी और दूसरी तरफ बीच-बीच में पड़ने वाली बड़ी फैक्टरीज को देखकर हैरान था कि किसी के पास कुछ भी नहीं और किसी के पास बहुत कुछ है। वो ओखला इंडस्ट्रियल एस्टेट भी गया, जहाँ मैन्युफैक्चरिंग मशीनें देखी, कारखाने का दौरा किया। वो एग्रीकल्चरल रिसर्च इंस्टीट्यूट और नेशनल फिजिकल लेबोरेटरी भी गया। वहाँ उसने मैटल डिटेक्टर मशीन को भी अपने सीने पर चैक करके देखा।

इस दौरान वो लगातार नोट कर रहा था कि क्यूबा भारत को क्या निर्यात कर सकता है और भारत से क्या सामान मँगा सकता है। भारत से कोल, कॉटन, जूट, टेक्सटाइल गुड्स, खाने के तेल, चाय, फिल्म और ट्रेनर एयरक्राफ्ट आयात करने के बारे में लिखा तो क्यूबा से भारत को कॉपर, कोकोया और चीनी भेजने की बात कही। ऐसा लग रहा था कि इस यात्रा के दौरान कोई-न-कोई चे ग्वेरा के साथ था, जो उससे योगा के बारे में लगातार डिसकशन कर रहा था, इस बात का अंदाजा तब लगा, जब चिली के दूतावास में चे ग्वेरा ने शीर्षासन करके दिखाया। आज भी लोग इस घटना की दिलचस्पी से चर्चा करते हैं।[5]

उसके बाद पाँच जुलाई को चे ग्वेरा ने दिल्ली से देश के बाकी शहरों की यात्रा शुरू की, खासकर कोलकाता में, जहाँ की सड़कों पर उसने कई फोटो गायों के खींचे। भारत के बाद भी वो कई देशों की यात्रा करते हुए 8 सितंबर को वापस क्यूबा लौटा था। लेकिन इस बात से खुश था कि भारत के लोग उन्हें ब्रदर कंट्री की तरह मान रहे थे, भारत के साइंटिस्ट और तकनीकी की भी उसने चर्चा की। साथ ही सफाई भी दी कि भारत के लोगों की सोच अलग है, युद्ध उनकी आदत में नहीं है, उन्होंने शांतिपूर्ण आंदोलनों से ही अंग्रेजों को निकाल बाहर किया, हालाँकि अपनी सफाई भी दी कि क्यों उनके लिए जंग जरूरी थी। यहाँ से लौटने के बाद अगले साल ही क्यूबा में भारतीय मिशन बना दिया गया, जिससे रिश्तों की एक नई शुरुआत हुई। हालाँकि सालों बाद भी लोग चौंक जाते हैं कि चे ग्वेरा कभी भारत भी आया था।

संदर्भ—

1. द चे गुवेरा स्टडीज सेंटर, हवाना। यह लेख 12 अक्तूबर, 1959 को वेर्दे ओलिवो (हरा जैतून) पत्रिका में प्रकाशित किया गया
2. फ्रंटलाइन, खंड-27, अंक 08, 10-23 अप्रैल, 2010
3. https://kafila.online/2013/03/07/when-che-guevara-came-to-india-om-thanvi/, 7 मार्च 2013

□

कहानी इमरजेंसी की चीफ ग्लेमर गर्ल रुखसाना की, संजय गांधी की करीबी थी एक खान हीरो की सास

किसी ने उसे कॉलगर्ल कहा तो किसी ने स्मगलर तो किसी ने इमरजेंसी की चीफ ग्लेमर गर्ल। किसी को नहीं पता कि वो संजय गांधी के इतने करीब कैसे पहुँची। उसकी यादें, तब ताजा हो गईं, जब मधुर भंडारकर की फिल्म 'इंदु सरकार' में वो दिखी, संजय गांधी के साथ हर फ्रेम में उसे दिखाया गया। फिल्म में उसका नाम था—फरजाना, लेकिन असल जिंदगी में उसका नाम था—रुखसाना सुल्ताना। ऐसे में उसको लेकर सोशल मीडिया पर तमाम अफवाहें फैलने लगीं, किसी को लगा कि ये एक काल्पनिक किरदार है तो किसी ने उसे कांग्रेस की किसी और महिला नेता का किरदार बताया। ऐसे में जब ये खबर आई कि कि वो एक मशहूर बॉलीवुड एक्ट्रेस की माँ थी, तो चर्चाएँ और गरम हो गईं। इस लेख के जरिए आप जानेंगे इमरजेंसी के दौरान संजय गांधी की इस सबसे करीबी महिला साथी की कहानी।

एक दौर में दिल्ली की बड़ी सोशलाइट, संजय गांधी के बेहद करीब, संजय से बात करने के लिए उसे किसी और की जरूरत नहीं थी। उस दौर में उसका रुतबा इतना जबरदस्त था कि कांग्रेस के नेताओं को संजय तक बात पहुँचाने के लिए उसकी मदद लेनी पड़ती थी। धीरे-धीरे शहर की ताकतवर हस्तियों में उसकी चर्चा होने लगी थी, आखिर उसकी पहुँच सीधे संजय गांधी तक थी। आज रुखसाना की बेटी को लोग उससे ज्यादा जानते हैं। लेकिन सबसे पहले जानिए रुखसाना सुल्ताना का असली नाम।

मीनू बिंबेट था, रुखसाना का असली नाम। अपनी माँ की प्रॉपर्टी में से वो अपने नाम से हिस्सा नहीं ले सकती थी, तो उसने अपना नाम बदलकर कर दिया रुखसाना, हालाँकि शुरुआत में रुखसाना सिंह था, जो बाद में रुखसाना सुल्ताना हो गया। अब जानिए रुखसाना की उस बॉलीवुड एक्ट्रेस की बेटी को। रुखसाना की बेटी हैं—अमृता सिंह, वो

मशहूर एक्ट्रेस जो कभी 'मर्द' में अमिताभ के और 'चमेली की शादी' में अनिल कपूर के अपोजिट काम करके चर्चा में आई थीं। उसके बाद अपने से कम उम्र के युवा सैफ अली खान से शादी करके सबको चौंका दिया था। अमृता की माँ का भी जलवा कम नहीं था, सरदार शिवेंद्र सिंह विर्क से शादी टूटने के बाद रुखसाना एक ज्वैलरी बुटीक चलाने लगी थी। हालाँकि एक इंटरव्यू में रुखसाना ने बताया था कि शिवेंद्र ने उसकी ज्वैलरी तक चुरा ली थी और उसको पुलिस ने चैल के निकट शिमला की पहाड़ियों में एक हाईवे लूट के आरोप में गिरफ्तार भी किया था।[1]

हालाँकि एक चर्चित मैगजीन को इंटरव्यू में रुखसाना ने खुद बताया था कि संजय से उसे किसी ने नहीं मिलवाया, वो डायरेक्ट संजय गांधी से मिली और संजय ने उसे जामा मसजिद, चाँदनी चौक के इलाके की रिपोर्ट्स लाने के लिए कहा, वो रोजाना संजय को रिपोर्ट देने लगी। मुसलिम होने के नाते उसको वहाँ वैसी कोई दिक्कत नहीं आई।

31 साल की रुखसाना संजय के इतने करीब आ गई कि कई मुख्यमंत्री संजय से उसके जरिए बात करने लगे थे। मधुर की फिल्म में दिखाया भी गया है कि कैसे संजय उसे पुरानी दिल्ली के इलाकों में नसबंदी का कैंपेन चलाने को भी कहते हैं। आपको यकीन नहीं होगा, लेकिन एक रिपोर्ट के मुताबिक रुखसाना सुल्ताना के क्रेडिट में पूरे 13 हजार नसबंदियाँ हैं। इतना ही नहीं तुर्कमान गेट समेत पुरानी दिल्ली के कई इलाकों में तोड़-फोड़ में भी रुखसाना की प्रमुख भूमिका थी। लोग आरोप लगाते हैं कि रुखसाना के गुंडे नसंबदी से बचने के लिए पैसे माँगते, न देने पर घर तुड़वाते, नसंबदी करवा देते थे।[2]

संजय से नजदीकी का प्रभाव वो बखूबी समझती थी, तभी तो इंडिया टुडे मैगजीन को उस दौरान दिए गए एक इंटरव्यू में उसने संजय की तारीफों के पुल बाँध दिए थे, रुखसाना ने कहा, "Sanjay is the most human of human beings. I am loyal only to Sanjay. Sanjay and nobody else. Why should I work now? One only does this sort of work if one is inspired or motivated by a leader. Our country will never have a leader like Sanjay Gandhi. I can only work for someone who is better than me, and there is nobody in any of the present parties who is."[2]

राशिद किदवई ने अपनी किताब 24, अकबर रोड में रुखसाना के बारे में काफी दिलचस्प जानकारियाँ दी हैं कि कैसे इस ग्लेमर गर्ल से संजय गांधी की करीबी न मेनका को भाती थी और न इंदिरा और न ही अंबिका सोनी जैसी महिला नेताओं को। लेकिन बिंदास रुखसाना संजय को अपना 'आइसक्रीम बडीज' बताती थी। मेनका ने उसके बारे में उन दिनों एक बयान दिया था, "She talk rubbish." राशिद दावा करते हैं कि उस दौर में रुखसाना को 8,000 नसबंदी करवाने के लिए यूनियन हैल्थ एंड फैमिली

वेलफेयर मिनिस्ट्री की तरफ से 84,000 रुपए की रकम दी गई थी। अंबिका सोनी ने पत्रकार प्रोमिला कल्हन को एक इंटरव्यू में कहा था कि मैंने एक बार इंदिरा गांधी को रुखसाना से संजय की नजदीकियों को लेकर शिकायत भी की थी। इंदिरा ने कहा सीधे संजय से ही बात करो। लेकिन संजय गांधी ने अंबिका को टका सा जवाब दे दिया था कि "रुखसाना को यूथ कांग्रेस की जरूरत नहीं, यूथ कांग्रेस को रुखसाना की जरूरत है"।[3]

टाइटलर, कमलनाथ, सज्जन के अलावा संजय के गैंग फोर की अकेली लेडी थी रुखसाना। आलम ये था कि नेता तो नेता बिजनेसमैंस को भी लाइसेंस लेने के लिए रुखसाना की जरूरत होती थी। उस वक्त मीडिया ने रुखसाना को इमरजेंसी की चीफ ग्लेमर गर्ल जैसे खिताब दिए। इंदिरा सरकार गिरी तो कई ज्वैलर्स ने उस पर पैसों के गबन के आरोप लगाए। कहा जाता है कि अमृता सिंह को अमिताभ बच्चन जैसे बड़े सितारों के साथ काम मिलना हो या नवाब पटौदी के घर में एंट्री, उनकी माँ रुखसाना का अहम रोल रहा था। हालाँकि रुखसाना ने हर इंटरव्यू में खुद को ही नहीं संजय गांधी तक को निर्दोष ही बताया, कहा कि संजय गांधी के इरादे तो अच्छे थे, लोग संजय को ढंग से समझ नहीं पाए।

संदर्भ—

1. ऑल द प्राइम मिनिस्टर्स मेन, लेखक जनार्दन ठाकुर, पृष्ठ 116
2. इंडिया टुडे, 14 अगस्त, 2014, https://www.indiatoday.in/magazine/investigation/story/19770531-rukhsana-sultana-the-chief-glamour-girl-of-the-emergency-823746-2014-08-14
3. 24 अकबर रोड संशोधित और नवीनीकृत : ए शॉर्ट हिस्टरी ऑफ द पीपुल बिहाइंड, लेखक राशिद किदवई

□

कांग्रेस को पहली बार नेहरू-गांधी परिवार ने ही तोड़ा था!

जैसे ही राहुल गांधी ने कांग्रेस अध्यक्ष के पद के लिए 2017 में खुद का नाम आगे बढ़ाया, सोशल मीडिया पर उनको लेकर चुटकुलों और आरोपों की बौछार शुरू हो गई। नेहरू-गांधी परिवार को लेकर सबसे ज्यादा गड़े मुर्दे उखाड़े जा रहे थे कि कैसे कांग्रेस को बपौती बना लिया है एक परिवार ने। कैसे किसी और नेता को उठने नहीं देता ये परिवार? कैसे परिवार से बाहर का कोई अध्यक्ष बनता है तो उसकी गत कामराज या सीताराम केसरी जैसी होती है आदि। उन्हीं सोशल मीडिया पोस्ट्स के बीच एक और दिलचस्प पोस्ट थी कि कांग्रेस को तोड़ने की शुरुआत इसी परिवार ने सबसे पहले की थी। नई पीढ़ी को इस बारे में कोई जानकारी नहीं थी, थोड़े पढ़े-लिखे लोगों को इंदिरा गांधी का कांग्रेस (आर) और बाद में कांग्रेस (आई) बनाना इस पोस्ट की वजह लगी, लेकिन सच्चाई कम लोगों को पता थी। वे व्यक्ति थे पंडित जवाहर लाल नेहरू के पिता पंडित मोतीलाल नेहरू, वो इनसान जिसने अपने परिवार को कांग्रेस से जोड़कर हमेशा के लिए उसे भारत के सबसे ताकतवर खानदानों में शामिल कर दिया। यहाँ तक कि बाकी पीढ़ियों ने राजनीति के अलावा कोई दूसरा पेशा भी चुनना छोड़ दिया।

आपको यकीन नहीं होगा, लेकिन कांग्रेस पार्टी अब तक 60-65 बार टूट चुकी है और उसकी शुरुआत उसी गांधी-नेहरू परिवार के मुखिया ने की थी, जो आज कांग्रेस पर काबिज है। जी हाँ, कांग्रेस में विवाद तो कई बार हुए; लेकिन उसे आधिकारिक रूप से तोड़कर नई पार्टी पहली बार नेहरू परिवार के मुखिया, यानी मोतीलाल नेहरू ने ही बनाई थी। जबकि मोतीलाल नेहरू उसके पहले एक बार कांग्रेस अध्यक्ष रह चुके थे और कांग्रेस को तोड़कर नई पार्टी बनाने के बावजूद वे फिर से कांग्रेस में शामिल हुए और तीन साल बाद वे फिर एक बार अध्यक्ष बने।

यूँ तो 1907 में ही कांग्रेस में पहली फूट पड़ गई थी, गरम दल और नरम दल

के बीच का विवाद काफी बढ़ गया था, लेकिन बात नई पार्टी की नहीं आ पाई। नरम दल के मुखिया थे—गोपाल कृष्ण गोखले और गरम दल—लाल बाल पाल के नाम से मशहूर था यानी लाला लाजपत राय, बाल गंगाधर तिलक और विपिन चंद्र पाल। तब कोई राजनीतिक पार्टी नई नहीं बनती थी, हाँ, नाराज होनेवाला गुट या नेता कोई-न-कोई सामाजिक संगठन जरूर बना लेता था। कांग्रेस खुद भी राजनीतिक पार्टी के ढाँचे में धीरे-धीरे ढल रही थी। खुद महात्मा गांधी ने जब इस दौरान पुणे की यात्रा की तो उसके बारे में लिखा है कि कांग्रेस में उस वक्त दो गुट थे, सबसे पहले वे तिलक से मिले। तिलक ने उन्हें दोनों गुटों के बीच मध्यस्थ के तौर पर प्रोफेसर भंडारकर का नाम सुझाया। तब गांधीजी दूसरे गुट के गोखले और भंडारकर से भी मिले।[1]

1922 में जब असहयोग आंदोलन के दौरान चौरी-चौरा कांड हुआ, थाने में बंद करके कई पुलिस वालों को जिंदा जला दिया गया तो गांधीजी ने फौरन असहयोग आंदोलन वापस ले लिया, इससे खफा होकर ढेर सारे युवाओं ने कांग्रेस से पल्ला झाड़कर क्रांतिकारी संगठन बना लिये। रामप्रसाद बिस्मिल, सचींद्र नाथ सान्याल आदि इसमें शामिल थे। कोई नहीं चाहता था कि इतना अच्छे से चल रहा आंदोलन यकायक वापस ले लिया जाए, लेकिन गांधीजी ने किसी की नहीं सुनी।[2]

उसके बाद कांग्रेस से जुड़े युवाओं में एकदम गुस्सा भड़क उठा, उन्हें लगा कि पहली बार तो लग रहा था कि अंग्रेज आंदोलन से घबराए हैं, पहली बार तो लगा है कि देश के लोग एक साथ आए हैं। ऐसे में आंदोलन को वापस लेना उनकी आकांक्षाओं की भ्रूण हत्या करना है, लेकिन गांधीजी को लगता था कि आंदोलन हिंसा के रास्ते पर गया तो अंग्रेजों को हथियारों के दम पर ही उनसे निपटने का बहाना मिल जाएगा, बेकुसूर जब मारे जाएँगे तो जो शांतिप्रिय लोग विरोध प्रदर्शन के जरिए आंदोलन में हिस्सा ले रहे हैं, वे फिर से साथ नहीं आएँगे। दोनों के अलग-अलग तर्क थे। रामप्रसाद बिस्मिल, जोगेश चटर्जी, अशफाकउल्लाह खान, सचींद्र सान्याल जैसे कई युवा पहले से ही अंग्रेजों से हथियारों के दम पर निपटने के हिमायती थे, दूसरे उनमें से कई लोग बंगाल की क्रांतिकारी संस्था अनुशीलन समिति से जुड़े हुए थे। गया कांग्रेस 1922 में उन्होंने इस मुद्दे पर गांधीजी का विरोध किया और कांग्रेस छोड़ दी। 1924 में कानपुर में उन्होंने हिंदुस्तान रिपब्लिकन एसोसिएशन (एच.आर.ए.) का गठन करके क्रांतिकारी गतिविधियाँ तेज कर दीं।[3]

जब गांधीजी ने चौरी-चौरा कांड के बाद आंदोलन रोकने के लिए भूख हड़ताल शुरू कर दी, तो काफी लोग नाराज हो गए। 1922 के गया अधिवेशन के बाद चुनाव लड़ने के मुद्दे पर भी मतभेद था, मोतीलाल नेहरू और चितरंजन दास चाहते थे कि काउंसिल के चुनाव लड़े जाएँ। दो गुट हो गए और मोतीलाल नेहरू और चितरंजन

दास ने एक बड़ा फैसला लिया। उसके बीज गया अधिवेशन में ही पड़ गए थे। उस वक्त तक कांग्रेस काउंसिल चुनावों में भाग लेने की पक्षधर नहीं थी, लेकिन काफी नेता ये चाहते थे। तय हुआ कि कांग्रेस की सदस्यता नहीं छोड़ी जाएगी, लेकिन काउंसिल के चुनाव लड़ने के लिए एक पार्टी अलग से बनाई जाएगी। उनको पता था—गांधीजी के होते ये मुमकिन नहीं था, इसलिए उनके जेल में रहते ये फैसला लिया। उन्होंने वो कर दिया, जो तिलक और गोखले जैसों के होते हुए भी नहीं हो पाया। उन्होंने एक नई पार्टी बना ली, कांग्रेस खिलाफत स्वराज पार्टी। जिसे आम बोलचाल की भाषा में स्वराज पार्टी ही कहा गया। हालाँकि शुरुआत में वो इसे कांग्रेस की ही स्वराज पार्टी कहते थे, लेकिन जब मौलाना आजाद आदि के प्रस्ताव मिलकर काम करने के आए तो वे अपनी आम बैठकों में उन्हें अधिकतर खारिज करते रहे।[4]

उनकी पार्टी ने कई जगह चुनाव लड़े और जीते भी। पार्टी 9 जनवरी, 1923 को बनाई गई। गांधीजी को तो पहले ही अंग्रेजी सरकार ने 10 मार्च, 1922 को गिरफ्तार करके पहले साबरमती, फिर यरवदा जेल पुणे भेज दिया था। उनके तीन लेखों को आधार बनाकर 6 साल की सजा का ऐलान कर दिया गया था। वे तो जेल चले गए, लेकिन कई कांग्रेसी फिर स्वराज पार्टी से जुड़ गए, कई जगह काउंसिल के चुनाव स्वराज पार्टी ने जीते भी, यहाँ तक सेंट्रल असेंबली के प्रेसीडेंट भी स्वराज पार्टी से ही बिट्ठल भाई पटेल बन गए। मोतीलाल नेहरू भी सेंट्रल असेंबली में विपक्ष के नेता चुन लिये गए। 1926 में जब स्वराज पार्टी ने ब्रिटिश सरकार के सामने एक प्रस्ताव रखा कि भारत को फुल डोमीनियन स्टेट्स देने वाला संविधान ड्राफ्ट करने के लिए एक कॉन्फ्रेंस बुलाई जाए, तो अंग्रेजी सरकार ने इसे खारिज कर दिया। तब स्वराज पार्टी के मोतीलाल नेहरू समेत कई नेता सेंट्रल असेंबली से इस्तीफा देकर बाहर आ गए और फिर पूरी तरह कांग्रेस के लिए काम करने लगे। उससे पहले लाला लाजपत राय ने मोतीलाल नेहरू से मतभेद होने के चलते स्वराज पार्टी से 24 अगस्त, 1926 को ही इस्तीफा दे दिया था।[5] पार्टी में अन्य कई स्तरों पर भी आपस में मतभेद थे। कुछ नेताओं ने लाला लाजपत राय के घायल हो जाने के बाद भी असेंबली के पदों से इस्तीफा दे दिया था। मोतीलाल नेहरू के कांग्रेस में चले आने के बाद धीरे-धीरे स्वराज पार्टी खत्म होती चली गई।

लेकिन मोतीलाल के खुद के बेटे जवाहर लाल, वल्लभ भाई पटेल और राजेंद्र प्रसाद उनके खिलाफ ही रहे। गांधीजी को अपेंडिक्स के ऑपरेशन के चलते जब जेल से 2 साल बाद ही छोड़ दिया गया तो पहली और आखिरी बार 1924 के बेलगाँव अधिवेशन में उन्हें कांग्रेस का अध्यक्ष चुना गया तो उन्होंने दोनों धड़ों को मिलाने की कोशिशें शुरू कीं। इधर बाबू चितरंजन दास की मौत हो चुकी थी। स्वराज पार्टी का

कांग्रेस में विलय कर दिया गया। बाद में दोनों पिता-पुत्र मोतीलाल और जवाहर लाल क्रमशः 1928 और 1929 में कांग्रेस के राष्ट्रीय अध्यक्ष बने। इससे पहले भी मोतीलाल 1919 के अमृसर अधिवेशन में कांग्रेस के अध्यक्ष चुने जा चुके थे।

संदर्भ—

1. द स्टोरी ऑफ माय एक्सपेरिमेंट्स विद ट्रुथ, लेखक महात्मा गांधी, अध्याय-28, पृष्ठ 157
2. लॉन्गमैन हिस्टरी एंड सिविक्स, आई.सी.एस.ई. 10, लेखक विपुल सिंह, पृष्ठ 91
3. स्वराज पार्टी एंड गांधी, लेखक श्रीराम बख्शी, पृष्ठ 2
4. स्वराज पार्टी एंड गांधी, लेखक श्रीराम बख्शी, पृष्ठ 267

□

क्या पं. नेहरू के बाद कांग्रेस पर हावी हो गया था एक ताकतवर सिंडिकेट? इंदिरा को पी.एम. भी बनाया और पार्टी से भी निकाला

अगर कामराज जिंदा होते तो डिमोनटाइजेशन के फैसले की तारीफ करते ? ये पी.एम. मोदी का वो बयान है, जो उन्होंने नोटबंदी लागू करने के बाद आनेवाली साल की संध्या पर दिया था।[1] उसके बाद बीजेपी नेता वैकेंया नायडू का बयान आया कि मोदी और कामराज में काफी समानताएँ हैं, दोनों ही गरीब परिवारों से हैं और दोनों ही विकास की बातें करते हैं। ऐसे में लोगों ने सोशल मीडिया पर कामराज को ढूँढ़ना शुरू कर दिया। तमाम तरह की पोस्ट्स सोशल मीडिया वॉल्स पर चिपकने लगीं कि कामराज के सिंडिकेट ने इंदिरा को पी.एम. बनाया था या इंदिरा का बयान कि अगर मैं पं. नेहरू के बाद तुरंत पी.एम. बन जाती तो बरबाद ही हो जाती। ऐसी कई पोस्ट्स देखने के बाद लगा कि आज की पीढ़ी के लिए सरल शब्दों में कामराज, उनके सिंडिकेट और उस वक्त की राजनीति के बारे में सच्चाई सामने आनी चाहिए। ये लेख उसी दिशा में एक छोटा सा प्रयास है।

पं. नेहरू की मौत के बाद इंदिरा गांधी का पी.एम. बनना मोदी की तरह ही काफी मुश्किल था, उस वक्त कांग्रेस के कुछ सीनियर लीडर्स नहीं चाहते थे कि पार्टी की कमान युवा और कम अनुभवी इंदिरा गांधी के हाथों में सौंपी जाए। पहली बार तो उन्होंने खुद ही मना कर दिया था। दूसरी बार जब शास्त्रीजी की मौत के बाद उनकी खुद की इच्छा हुई तो ऐसे में उनके सपोर्ट में आया 6-7 ताकतवर लोगों का एक ऐसा सिंडिकेट, जिसने बना दिया इंदिरा को पी.एम. और वो भी तब, जब उस वक्त कांग्रेस का सबसे बड़ा दिग्गज खुद पी.एम. बनना चाहता था। उस सबसे बड़े दिग्गज का नाम था—के. कामराज, जो उस वक्त कांग्रेस का राष्ट्रीय अध्यक्ष था।

पहले जानिए कि उस सिंडीकेट में कौन-कौन शामिल था। सबसे पहला नाम

था—के. कामराज का, उस वक्त साउथ का सबसे ताकतवर नेता, 9 साल तक मद्रास (तमिलनाडु) का मुख्यमंत्री रहने के बाद केंद्र में कांग्रेस के राष्ट्रीय अध्यक्ष के पद पर थे—कामराज। दूसरा नेता थे—नीलम संजीवा रेड्डी, जो आंध्र प्रदेश के पहले मुख्यमंत्री थे, बाद में राष्ट्रपति बने। तीसरे थे—एस.के. पाटिल, उस दौर में उन्हें मुंबई का किंग कहा जाता था, तीन बार मुंबई के मेयर रहे थे, बाद में केंद्रीय मंत्री रहे, महाराष्ट्र की राजनीति पर अच्छी पकड़ थी। चौथे थे—अतुल्य घोष, बंगाल कांग्रेस कमेटी के प्रेसीडेंट और एस. निंजालिंगप्पा, मैसूर के चीफ मिनिस्टर, जो कामराज के बाद कांग्रेस के प्रेसीडेंट बने और इंदिरा गांधी को पार्टी से निष्कासित कर दिया। कुछ और लोग भी थे, ये सिंडीकेट पार्टी में उन ताकतवर लोगों का था, जो हिंदी पट्टी के नहीं थे, लेकिन पार्टी पर इनकी पकड़ काफी मजबूत थी।[2]

1964 में नेहरूजी की मौत के बाद पार्टी प्रेसीडेंट कामराज और उनके सिंडीकेट पर जिम्मेदारी आ गई कि पी.एम. किसे बनाया जाए। हालाँकि जब जनवरी 1964 के कांग्रेस अधिवेशन में नेहरूजी को पैरालाइसिस का स्ट्रॉक पड़ा था, तो उन्होंने पी.एम. का काम लाल बहादुर शास्त्री और टी.टी. कृष्णामचारी के बीच बाँट दिया था।[3] नेहरू की मौत के बाद गुलजारी लाल नंदा को कार्यवाहक प्रधानमंत्री भी बना दिया गया। हालाँकि ये तय माना जा रहा था कि पी.एम. मोरारजी देसाई ही बनेंगे। मोरारजी उस वक्त नेहरू के बाद उनके मंत्रिमंडल में सबसे वरिष्ठ और ताकतवर थे। लेकिन सिंडीकेट अपनी ताकत खोना नहीं चाहता था, और मोरारजी उनके लिए उपयुक्त उम्मीदवार नहीं थे, क्योंकि फिर पार्टी और सरकार दोनों के सर्वेसर्वा मोरारजी ही होते और उनसे कुछ भी कह पाने की हिम्मत किसी की नहीं थी। ऐसे में कामराज ने तीन दिन तक पार्टी की किसी भी मीटिंग पर रोक लगा दी, यानी 30 मई तक।

अपने पी.एम. बनने को लेकर लगभग निश्चिंत मोरारजी ने इन तीन दिनों में कुछ नहीं किया, लेकिन कामराज और उनकी सिंडिकेट ने खेल कर दिया। गैर-हिंदी पट्टी के सारे राज्यों, यहाँ तक कि यू.पी. और बिहार तक के नेताओं से संपर्क साधकर लाल बहादुर शास्त्री का नाम आगे कर दिया गया, जो कि कैबिनेट और पार्टी में अपने सरल हृदय के लिए जाने जाते थे। एक जून को अकेले में कामराज ने मोरारजी देसाई से मुलाकात की और उन्हें समझाने में कामयाब हो गए कि बहुमत आपके पास नहीं है, हालाँकि मोरारजी वोटिंग करवाना चाहते थे। इस तरह 1964 में शास्त्रीजी को पी.एम. बना दिया गया। ये बात बहुत कम लोगों को पता है कि शास्त्रीजी का नाम तय होने के बाद वे इंदिरा गांधी से मिले और पी.एम. का पद ऑफर किया, लेकिन इंदिरा ने मना कर दिया। इंदिरा ने अपनी बायोग्राफर को बताया कि "अगर उस वक्त मैं पी.एम. बनने के लिए हाँ कर देती तो वे लोग मुझे बरबाद कर देते।"[4] इंदिरा का इशारा नेहरू के विरोधियों की तरफ था, जो पार्टी

में रहकर ही चीन युद्ध के बाद से ही नेहरू के खिलाफ मोर्चाबंदी किए हुए थे। पी.एम. का ऑफर ठुकराने के बाद शास्त्रीजी ने इंदिरा से कहा कि कम-से-कम मेरी कैबिनेट तो ज्वॉइन कर लो, आप ज्वॉइन नहीं करोगी तो मैं स्थायी सरकार नहीं दे पाऊँगा।

शास्त्रीजी की ताशकंद में संदिग्ध मौत के बाद, यानी 19 महीने बाद देश फिर उसी मोड़ पर आकर खड़ा हो गया कि अगला पी.एम. कौन? 11 जनवरी को शास्त्रीजी की मौत के दो घंटे के अंदर गुलजारी लाल नंदा को कार्यवाहक पी.एम. जरूर बना दिया गया था। मोरारजी देसाई भी इस बार कोई कोर कसर छोड़ना नहीं चाहते थे, पिछली बार उनके साथ होमस्टेट गुजरात के ही लोग थे, लेकिन इस बार उन्होंने यू.पी. और बिहार के नेताओं से भी बात कर ली थी। उन्हें कामराज पर भी भरोसा नहीं था। ऐसे में कामराज ने अपना ट्रंप कार्ड खेला, इंदिरा गांधी। नेहरू जब पी.एम. थे, तो इंदिरा ने उनके साथ रहना शुरू कर दिया था। बाद में इंदिरा उनकी पर्सनल असिस्टेंट की तरह हर काम में हाथ बँटाने लगी थी।

इस बार न गुलजारी लाल नंदा पी.एम. की पोस्ट छोड़ना चाहते थे और न ही इंदिरा गांधी। दोनों ही लोग पिछली बार इसे चूक गए थे। ऐसे में नेताओं के समर्थन की जरूरत थी, तो इंदिरा ने अगली सुबह किया किसी खास आदमी को फोन, वो आदमी जिसने इंदिरा को पी.एम. बनवाने में अहम भूमिका अदा की। ये थे—एम.पी. के सी.एम. द्वारका प्रसाद मिश्रा, इंदिरा के सलाहकार और वरिष्ठ कांग्रेसी नेता। मिश्रा रसूखदार कांग्रेसी नेता थे, इंदिरा के बाद उनके पास गुलजारी लाल नंदा का भी फोन आया। इतना तय था कि दोनों ही पी.एम. बनना चाहते हैं और कोई कोर-कसर छोड़ना नहीं चाहते थे। दोनों उनसे समर्थन और सलाह दोनों चाहते थे। डी.पी. मिश्रा ने अपनी किताब 'पोस्ट नेहरू इरा' में इन बातों का जिक्र किया है। उन्हीं की सलाह पर इंदिरा ने जानबूझकर पी.एम. पद की अपनी उम्मीदवारी में देरी की। इंदिरा को पी.एम. बनाने की कमान सँभाली डी.पी. मिश्रा ने, पहले कुछ चीफ मिनिस्टर्स से मीटिंग की। उन्हें राजी किया कि पहले कामराज से पूछा जाएगा कि अगर वो पी.एम. बनना चाहते हैं, तो उनको हम सपोर्ट कर सकते हैं, लेकिन अगर कामराज राजी नहीं होंगे तो इंदिरा को सपोर्ट करिए।

इधर कोलकाता के अमूल्य घोष ने कमान सँभाली कामराज को पी.एम. बनाने की, अमूल्य उस सिंडिकेट के नेता थे, जो गैर-हिंदी भाषाई कांग्रेस नेताओं का ताकतवर ग्रुप था।[5] कामराज ने कहा दिया—नो हिंदी, नो इंग्लिश, हाउ। दिलचस्प बात थी कि इंदिरा के पास समर्थन माँगने गुलजारी लाल नंदा भी जा पहुँचे, लेकिन इंदिरा ने पत्ते नहीं खोले, कहा—अगर सब लोग आपको सपोर्ट करेंगे तो हम भी कर देंगे। इधर मोरारजी देसाई भी मैदान में आ गए। जो शास्त्री के वक्त कामराज के समझाने पर मान गए थे। 12 चीफ मिनिस्टर्स मोरारजी को रोकने के लिए इंदिरा के साथ आ गए, केवल यू.पी. की सी.एम.

सुचेता कृपलानी और गुजरात के सी.एम. मोरारजी की होम स्टेट होने के चलते ही उनके साथ थे। ज्यादातर नेता नहीं चाहते थे कि मोरारजी पी.एम. बनें, क्योंकि उनको कंट्रोल करना किसी के बस में नहीं था और इंदिरा सबको गूँगी गुड़िया लगती थी। कामराज ने मोरारजी को समझाया कि मान जाएँ, लेकिन इस बार वे नहीं माने और वोटिंग करवानी पड़ी मोरारजी की हार हुई, 19 जनवरी को वोटिंग हुई। इंदिरा को 355 वोट मिले और मोरारजी को केवल 169 वोट ही मिल पाए। 24 जनवरी को इंदिरा ने पी.एम. पद की शपथ ली। बाहर आए कांग्रेसी सांसद तो लोगों ने पूछा लड़का हुआ या लड़की? यानी मोरारजी या इंदिरा? तो सांसदों का मुसकराते हुए जवाब था—लड़की।[6]

यूँ तो इंदिरा ने पाँच दिन बाद, यानी 24 जनवरी को पी.एम. पद की शपथ ली। लेकिन 19 जनवरी से ही वे सिंडिकेट की निगरानी में आ गई थीं। इन पाँच दिनों में सिंडिकेट के ताकतवर सदस्यों ने समझा दिया था कि उनको सरकार कैसे चलानी है, क्या-क्या ऐसी बातें या मुद्दे हैं, जिनकी पार्टी या सिंडिकेट से बिना मंजूरी या चर्चा किए फैसले नहीं लिए जाने हैं। शुरू में तो काफी दिनों तक इंदिरा सिंडिकेट के इशारों पर चलती रही थीं, लेकिन एक वक्त के बाद इंदिरा ने सिंडिकेट से तंग आकर एक-एक करके उन नेताओं को किनारे लगाना शुरू कर दिया। जब इंदिरा 1966 में पहली बार पी.एम. बनीं तो भारत सूखे से जूझ रहा था, पहले 1965 में और फिर 1966 में, दोनों साल मॉनसून कमजोर था कि अचानक अमेरिकी राष्ट्रपति लिंडन जॉन्सन से इंदिरा को बुलावा मिला। अमेरिका ने भारत को गेहूँ तो देने का वायदा किया, लेकिन दो शर्तें रख दीं, शर्तें इतनी आसान न थीं, लेकिन संकट भी तो कोई छोटा-मोटा नहीं था।

इन दो शर्तों में से एक तो थी रुपए का अवमूल्यन और दूसरी वियतनाम में अमेरिकी नरसंहार के खिलाफ भारत आवाज न उठाए। तब सरकार ही डॉलर की कीमत तय करती थी। इंदिरा पसोपेश में थी, अनाज न मिलता तो लाखों लोग भूखे मर जाते, 6 जून, 1966 को इंदिरा ने रुपए के अवमूल्यन का फैसला किया, 4 रुपए 79 पैसे का डॉलर 7 रुपए 57 पैसे का हो गया। यानी अब जो गेहूँ भारत अमेरिका से लेता, उसका पैसा भारत को न केवल डेढ़ गुना मूलधन बल्कि ब्याज भी ज्यादा देना पड़ता। कामराज ने फौरन कांग्रेस वर्किंग कमेटी की मीटिंग बुलाई। कांग्रेसी नेताओं ने इंदिरा की सारी दलीलों को खारिज कर दिया। एक बार तो इंदिरा ने मन बनाया कि ऐलान वापस ले लें, लेकिन तब तक वे अमेरिका से वायदा कर चुकी थीं और उन्होंने आकाशवाणी से ऐलान कर दिया कि कड़वी दवाई तो पीनी होगी।

इंदिरा 1967 में चुनाव जरूर जीत गई थीं, लेकिन 78 सीटें कम आई थीं। कामराज, अतुल्य घोष, एस.के. पाटिल, नीलम संजीवा रेड्डी, बीजू पटनायक समेत कई सिंडिकेट नेता अपनी सीट गँवा बैठे। कांग्रेस 16 में से 8 राज्य हार गई थी।[7] इसके बावजूद कांग्रेस

अध्यक्ष पद पर सिंडिकेट का ही कब्जा था। इस बार तो सिंडिकेट भी नहीं चाहता था कि इंदिरा पी.एम. बनें, लेकिन इंदिरा मजबूत पोजीशन में थीं। ऐसे में फिर से मोरारजी देसाई ने पी.एम. बनने की इच्छा जाहिर की, इंदिरा ने फिर से अपने मास्टर ब्रेन द्वारका प्रसाद मिश्रा को फोन लगाया, लेकिन उन्होंने गेंद यू.पी. के सी.एम. सी.बी. गुप्ता के पाले में डाल दी। डी.पी. मिश्रा वैसे भी मोरारजी के काफी करीबी थे। इंदिरा नहीं चाहती थीं कि इस बार भी चुनाव हों, कामराज ने दोनों को मिलने बुलाया। मोरारजी डिप्टी प्राइम मिनिस्टर के साथ होम मिनिस्ट्री भी चाहते थे, इंदिरा तैयार नहीं हुईं। इधर मोरारजी ने पी.एम. के लिए अपनी उम्मीदवारी का ऐलान कर दिया।

तब सी.बी. गुप्ता ने मोरारजी से मुलाकात की और इंदिरा के कहने पर उन्हें डिप्टी पी.एम. और फाइनेंस मिनिस्टर का पद ऑफर किया। लेकिन उनके नाम पर वाई.वी. चाह्वाण ने फच्चर फँसा दिया। तो मोरारजी फिर बिदक गए, और सरकार में शामिल होने से मना कर दिया। कामराज के समझाने पर वे मान गए और इस तरह मोरारजी देसाई इंदिरा के बाद नंबर टू बन गए और इंदिरा दूसरी बार भी पी.एम. बन गईं। यानी इस बार भी सिंडिकेट के दवाब में उन्हें मोरारजी को उप-प्रधानमंत्री के साथ-साथ वित्त मंत्री का पद भी देना पड़ गया। लेकिन अब इंदिरा गांधी धीरे-धीरे सिंडिकेट से बगावत के मूड में आ रही थीं, राष्ट्रपति के चुनाव में ऐसा हो भी गया।

ऐसे में इंदिरा को एक मौका भाग्य से मिला, अपना कार्यकाल पूरा करने से पहले ही भारत के राष्ट्रपति डॉ. जाकिर हुसैन की मौत हो गई, वी.वी. गिरी उस वक्त वाइस प्रेसीडेंट थे, उनको कार्यवाहक राष्ट्रपति बना दिया गया। सिंडिकेट चाहता था कि उनके बीच के ही नेता नीलम संजीवा रेड्डी को प्रेसीडेंट बना दिया जाए, जबकि वे पहले से लोकसभा अध्यक्ष थे। इंदिरा को ये डर था कि कहीं सिंडिकेट की पसंद का राष्ट्रपति बन गया तो कल को उन्हें गद्दी से उतारकर मोरारजी की ताजपोशी की जा सकती है। ऐसे में उन्होंने जगजीवन राम का नाम कॉन्फ्रेंस वर्किंग कमेटी की मीटिंग में रखते हुए गांधीजी के उस जन्मशती वर्ष में दलित को सर्वोच्च अधिकार देने के सपने की याद दिलाई। लेकिन सिंडिकेट के नेताओं के आगे इंदिरा गांधी की एक न चली और नीलम संजीवा रेड्डी को कांग्रेस का ऑफीशियल प्रेसीडेंट बना दिया गया। इंदिरा को उनके नाम का समर्थन भी करना पड़ा।

इधर वी.वी. गिरी ने प्रेसीडेंट की पोस्ट के लिए निर्दलीय ही नामांकन कर दिया। सी.जे.आई. मौ. हिदायुल्लाह को कार्यवाहक राष्ट्रपति बना दिया गया। सिंडिकेट ने ये भी ऑफर किया कि गिरी को लोकसभा अध्यक्ष बनाया जा सकता है। माना जाता है कि गिरी को खड़ा करने में परदे के पीछे से इंदिरा गांधी की ही भूमिका थी। इंदिरा ने अपनी चाल चली और बतौर लोकसभा में कांग्रेस सदस्यों का नेता होने के चलते कांग्रेस सदस्यों

के लिए व्हिप जारी करने से साफ मना कर दिया। कुल 163 कांग्रेसी सांसदों ने वी.वी. गिरी को वोट दिया और कांग्रेस शासित 12 राज्यों में से 11 राज्यों में बहुमत भी रेड्डी को मिला। इस तरह इंदिरा गांधी ने अपनी ही पार्टी के ऑफिशियल कैंडिडेट को राष्ट्रपति चुनावों में हरवा दिया। इधर इंदिरा को आसानी से सिंडिकेट के इस फरमान का भी बहाना मिल गया था, जिसमें कहा गया था कि जनसंघ और स्वतंत्र पार्टी के कैंडिडेट सी.डी. देशमुख को दूसरी प्राथमिकता का वोट दिया जाए। इंदिरा ने चुनाव को लैफ्ट बनाम राइट का नाम देकर गिरी के समर्थन को नैतिक बल भी दिया। इधर जीत वी.वी. गिरी की हुई और उधर अपनी ही पार्टी के कैंडिडेट को हराकर इंदिरा भी जीत गईं। हालाँकि वे पहले राउंड में पिछड़ गए थे, लेकिन दूसरी पसंद के वोट्स से जीत गए। अब नीलम संजीवा रेड्डी, क्योंकि लोकसभा अध्यक्ष के पद से भी इस्तीफा दे चुके थे, सो उन्होंने राजनीति को अलविदा कहना ही बेहतर समझा और अपने गाँव लौट गए।

जाहिर है, अब इंदिरा विरोधियों के पास और कोई रास्ता नहीं बचा था। वैसे ही 1969 में मोरारजी देसाई को वित्त मंत्री पद से हटाने के बाद से सिंडिकेट के नेता इंदिरा से खफा थे, बैंकों के नेशनलाइजेशन के फैसले पर विवाद के चलते उनको हटा दिया गया था। जबकि इंदिरा भी कमर कस चुकी थीं, क्योंकि उनको लगता था कि जब पी.एम. को पार्टी के नेता ही सपोर्ट न करें, तो ऐसे कब तक चलेगा। कांग्रेस के तत्कालीन अध्यक्ष एस. निंजालिंगप्पा के खिलाफ सिग्नेचर कैंपेन शुरू हो गया, इधर इंदिरा अलग-अलग राज्यों के दौरे पर जाकर वहाँ कांग्रेसियों को अपने पक्ष में लामबंद करने लगीं। इंदिरा के समर्थकों ने स्पेशल कांग्रेस सैशन बुलाने की माँग की, ताकि नया प्रेसीडेंट चुना जा सके। तो गुस्से में निंजालिंगप्पा ने पी.एम. को खुला खत लिखकर पार्टी के अंदरूनी लोकतंत्र को खत्म करने का आरोप लगाया, साथ में इंदिरा के दो करीबियों फखरुद्दीन अली अहमद और सी. सुब्रह्मण्यम को ए.आई.सी.सी. से निकाल बाहर किया।

सो इंदिरा ने निंजालिंगप्पा की बुलाई मीटिंग्स में हिस्सा लेना बंद कर दिया। एक नवंबर को कांग्रेस वर्किंग कमेटी की दो जगहों पर मीटिंग हुई। एक पी.एम. आवास में और दूसरी कांग्रेस के जंतर-मंतर रोड कार्यालय में। कांग्रेस कार्यालय में हुई मीटिंग में इंदिरा को पार्टी की प्राथमिक सदस्यता से निकाल दिया गया[8] और संसदीय दल से कहा गया कि वो अपना नया नेता चुन लें। इंदिरा को पार्टी से निकालने वाली बात अंदर तक चुभ गई। इंदिरा ने फौरन दोनों सदनों के संसद् सदस्यों की मीटिंग बुलाई। कांग्रेस के कुल 429 सांसदों में से 310 ने इंदिरा की मीटिंग में भाग लिया।

इस तरह कांग्रेस दो भागों में बँट गई, खुद इंदिरा ने उसे तोड़ डाला। इंदिरा की पार्टी का नाम रखा गया कांग्रेस (आर—Requisition) और दूसरी पार्टी का नाम रखा गया कांग्रेस (ओ—Organisation)। हालाँकि इससे इंदिरा पर बहुमत संकट आ गया,

लेकिन इंदिरा ने सी.पी.आई. और डी.एम.के. की मदद से कांग्रेस (ओ) के अविश्वास प्रस्ताव को गिरा दिया। इस तरह से इंदिरा को सिंडीकेट के कई नेताओं—कामराज, निंजालिंगप्पा, एस.के. पाटिल और मोरारजी देसाई आदि से उस वक्त मुक्ति मिल गई थी।

संदर्भ—

1. पूर्ण लेख : नव वर्ष के उपलक्ष में पी.एम. नरेंद्र मोदी का राष्ट्र को संबोधन, इंडियन एक्सप्रेस, 31 दिसंबर, 2016
2. स्प्लिट इन ए प्रीडॉमिनेंट पार्टी : द इंडियन नेशनल कांग्रेस इन 1969, लेखक महेंद्र प्रसाद सिंह, पृष्ठ 42
3. इंदिरा गांधी : ए बायोग्राफी, लेखक पुपुल जयकर, भाग-3, अध्याय-7
4. इंदिरा गांधी : ए बायोग्राफी, लेखक पुपुल जयकर, पृष्ठ 170
5. द पोस्ट-नेहरू एरा : पॉलिटिकल मेमॉयर्स, लेखक द्वारका प्रसाद मिश्रा, पृष्ठ 23
6. इंदिरा गांधी : वुमन ऑफ इंडियाज डेस्टिनी, लेखिका जे. वरालक्ष्मी, वरालक्ष्मी ज्ञानपथी, पृष्ठ 97
7. इंदिरा गांधी : रिवॉल्यूशन इन रेस्ट्रेंट, लेखिका उमा वासुदेव, पृष्ठ 347
8. इंदिरा गांधी : ए बायोग्राफी, लेखक पुपुल जयकर, पृष्ठ 212

□

आजादी से पहले इस क्रांतिकारी ने भी लिया था गांधीजी से 'बम थ्योरी' को लेकर पंगा

सोशल मीडिया पर इन दिनों गांधीजी को लेकर उनके विरोधी और उनके समर्थक—दोनों तरफ के लोग तमाम तरह के तर्क और कुतर्कों के जरिए आँधी काटे रहते हैं। ऐसे में इन युवाओं के लिए आदर्श साबित हो सकते हैं, वे युवा क्रांतिकारी जो आजादी पाने के लिए गांधीजी के तौर-तरीकों में भरोसा नहीं करते थे, लेकिन उनकी काफी इज्जत करते थे। वे भी गांधी से खफा थे, लेकिन विरोध का उनका तरीका थोड़ा जुदा था। ऐसा ही एक क्रांतिकारी था—भगवती चरण बोहरा, जब गांधीजी ने क्रांतिकारियों के तौर-तरीकों पर सवाल उठाया, तो उसने गांधीजी को उन्हीं की भाषा में लिखकर बताया कि क्रांतिकारी ठीक हैं और गांधीजी गलत। बिना गांधीजी का अपमान किए, उन्होंने अपनी बात देश के सामने, गांधीजी के सामने रख दी और उस क्रांतिकारी पर हाथ था, चंद्रशेखर आजाद और भगत सिंह का।

मंजिल उसकी भी वही थी, फर्क सिर्फ ये था कि वो न केवल बम बनाने का मास्टर था, बल्कि बम के दम पर देश को आजादी दिलाने के अपने तर्क का बचाव भी बड़े बड़े बुद्धिजीवियों के सामने अपने मजबूत तर्कों के दम पर आसानी से कर लेता था। ये अलग बात है कि भगत सिंह को जेल से छुड़ाने की योजना के लिए बम बनाते वक्त ही फट जाने से भगवती चरण बोहरा की घायल हो जाने से ही मौत हुई थी।[1] जब गांधीजी ने हिंसा का इस्तेमाल करने के खिलाफ 'कल्ट ऑफ बम' थ्योरी दी, तो इस क्रांतिकारी ने भी जवाब में 'फिलॉसफी ऑफ बम' लिख डाली और वही फिलॉसफी उस दौर में आजाद, भगत सिंह, बिस्मिल, राजगुरु और अशफाकउल्ला खान जैसे देश भर के बड़े क्रांतिकारियों की संस्था हिंदुस्तान सोशलिस्ट रिपब्लिकन एसोसिएशन को चाहने वाले लाखों युवाओं की प्रेरणा का दस्तावेज बन गई।[2]

जितने क्रांतिकारी विचारों के थे भगवती, उनसे एक कदम आगे थी उनकी पत्नी दुर्गावती, जिन्हें सारे क्रांतिकारी दुर्गा भाभी के नाम से जानते थे। गुजराती परिवार से

ताल्लुक रखनेवाले भगवती लाहौर में पैदा हुए थे। ग्यारह साल की थीं दुर्गा और उनकी शादी भगवती से कर दी गई। उस वक्त तक भारत के अपने गौरवशाली इतिहास के बारे में ज्यादा कोई नहीं जानता था। हड़प्पा, मोहनजोदड़ो, अशोक के शिला या स्तंभ लेख, संगम कालीन इतिहास, गुप्तों का स्वर्ण युग, चोल, हर्ष, मौर्य, चाणक्य का अर्थशास्त्र, मैगस्थनीज की इंडिका, उपनिषद् आदि इन सब पर विद्वानों के बीच चर्चा होनी ही शुरू हुई थी। यहाँ तक कि भारतीय इतिहास को लोग राजाओं का इतिहास ही समझते थे, बुद्ध के समय गण और महाजनपद के बारे में भी आम जनता, तब तक अनजान थी। ऐसे में वो सब एक गौरव के तौर पर बच्चों के बीच स्कूलों में, कॉलेजों में पढ़ाया नहीं जा रहा था, वैसे भी देश में उस वक्त इंग्लिश एजुकेशन पर जोर था और अंग्रेजों से पहले मुगलों ने फारसी, इसलामिक शिक्षा को बढ़ावा दे रखा था। ऐसे में देश के क्रांतिकारी प्रेरणा लेने के लिए रूस और फ्रांस की क्रांति के पुरोधाओं से, उनके सोशलिस्ट या कम्युनिस्ट विचारों से भी प्रेरित हो रहे थे। यहाँ तक कि नेपोलियन से हजारों साल पहले पैदा हुए समुद्रगुप्त की वीर गाथाओं के बारे में लोगों को पता चला तो इतिहासकारों ने उन्हें भारत का नेपोलियन कहा, न कि नेपोलियन को भारत का समुद्रगुप्त।

भगवती चरण बोहरा ने लाहौर के नेशनल कॉलेज में भगत सिंह और सुखदेव के साथ मिलकर रूसी सोशलिस्ट रिवोल्यूशन की तर्ज पर एक स्टडी सर्कल बनाया। भगवती चरण बोहरा पढ़ने-लिखने वाला व्यक्ति था, विचार जहाँ से मिलें, उनको पढ़ना, उनको जीवन में उतारना, साथियों से बाँटना, चर्चा करना और कैसे समाज हित और देश हित में काम किया जाए, ये भगवती का काम था। ऐसे में 1926 में जब 'नौजवान भारत सभा' बनी तो उसके प्रचार का काम भगवती के हवाले कर दिया गया, उसका मेनीफेस्टो भी भगवती ने बनाया।[3] इसी तरह बिस्मिल, लाहिड़ी, अशफाकउल्ला और रोशन सिंह को काकोरी केस में फाँसी के बाद 1928 में 'हिंदुस्तान रिपब्लिकन एसोसिएशन' का जब चंद्रशेखर आजाद की अगुआई में 'हिंदुस्तान सोशलिस्ट रिपब्लिकन एसोसिएशन' के रूप दिल्ली के फिरोज शाह कोटला मैदान में फिर से गठन हुआ तो भगवती को ही उसके प्रचार की जिम्मेदारी दी गई। एच.एस.आर.ए. के मेनीफेस्टो को भी भगवती ने ही आजाद के सहयोग से तैयार किया[4] और कांग्रेस के लाहौर अधिवेशन में जमकर बाँटा गया और पढ़ा गया। गांधीजी और उनकी अहिंसा की नीतियों में भरोसे के बावजूद तमाम कांग्रेसी नेता इन क्रांतिकारियों को काफी पसंद करते थे।

भगवती भगत सिंह से जुड़े तमाम क्रांतिकारी कार्यों से जुड़े हुए थे, चाहे वो सांडर्स की हत्या हो या फिर असेंबली में बम फेंकने की घटना, बटुकेश्वर दत्त के साथ केस में उनको भी पार्टी बनाया गया था। भगत सिंह और बटुकेश्वर दत्त की

गिरफ्तारी के बाद लाहौर की बम फैक्टरी पर रेड के दौरान सुखदेव, किशोरी लाल और जयदेव भी 1930 में गिरफ्तार हो गए। लाहौर में एच.एस.आर.ए. का एक धड़ा 'आतिशी चाकर' के नाम से अलग होकर काम करने लगा, अब एच.आर.एस.ए. की जिम्मेदारी आजाद, यशपाल, कैलाशपति और भगवती के सिर पर ही आ गई थी।

भगवती चरण बोहरा को क्रांतिकारियों का दिमाग माना जाता था, लेकिन एक और महारत उनके अंदर और थी, बम बनाने की। 1929 में उन्होंने लाहौर की कश्मीर बिल्डिंग में रूम नंबर 69 किराए पर लिया और उसमें एक छोटी सी बम फैक्टरी खड़ी कर दी। इरादा था भारत के ब्रिटिश वायसराय लॉर्ड इरविन पर हमला करने के लिए बम बनाने का, इससे पहले 1912 में रास बिहारी बोस और बसंत विश्वास इस तरह का हमला वायसराय लॉर्ड हॉर्डिंग पर कर चुके थे। दिन भी वही चुना गया, यानी 23 दिसंबर। इसी तारीख को 1912 में लॉर्ड हॉर्डिंग पर बम फेंका गया और 23 दिसंबर, 1929 को लॉर्ड इरविन पर भी तभी बम फेंका गया, जब वो आगरा से दिल्ली एक स्पेशल ट्रेन में वापस आ रहा था। किस्मत से गलत बोगी पर बम फेंकने के चलते वो बच गया। बोहरा के साथ यशपाल उस घटना में शामिल थे। उस वक्त वायसराय इर्विन दिल्ली गांधीजी से ही मिलने स्पेशल ट्रेन से आ रहा था, धमाका इतना जबरदस्त था कि ट्रेन की दो बोगियाँ टूटकर अलग हो गईं।[5]

नाकामयाबी से क्रांतिकारी पहले ही परेशान थे, उस पर गांधीजी ने एक बयान देकर उनको और परेशान कर दिया। गांधीजी ने भगवान् को धन्यवाद दिया कि 'इरविन की जान बच गई,' यह बयान देकर गांधीजी लाहौर चले गए। कांग्रेस के लाहौर अधिवेशन में उन्होंने फिर एक बयान दिया—"Freedom can never be attained by exploding bombs on an innocent man. I regard it as a most outrageous crime." क्रांतिकारियों को अंग्रेजी वायसराय को 'इन्नोसेंट' कहना काफी बुरा लगा। गांधीजी यहीं नहीं रुके, अधिवेशन के बाद जब अहमदाबाद पहुँचे तो अखबार 'यंग इंडिया' के 2 जनवरी के एडीशन में एक आर्टिकल लिखा—'कल्ट ऑफ बम'। जिसमें गांधीजी ने बम समेत तमाम हिंसावादी तरीकों की आलोचना की, उन्होंने बम जैसे तरीकों से मिली आजादी पर सवाल उठाए, ऐसे तरीकों को कायरतापूर्ण बताया।[6] गांधीजी सबके लिए पूज्य थे, उन पर सीधे कोई सवाल नहीं उठाता था, लेकिन भगवती चरण बोहरा ने तथ्यों के आधार पर पहली बार गांधीजी को जवाब देने की ठान ही ली। चंद्रशेखर आजाद ने भी इस जवाब को तैयार करने में उनकी मदद की। उस लेख का नाम रखा गया—'फिलॉसफी ऑफ बम'। हालाँकि भगत सिंह के परिवारीजनों के मुताबिक उस लेख को अंतिम रूप देने के लिए भगत सिंह के पास जेल में भी भेजा गया था। उस जवाबी लेख के कुछ अंश आप यहाँ पढ़

सकते हैं, और जान सकते हैं कांग्रेसी नेताओं के खिलाफ क्रांतिकारी युवाओं के तेवर और गांधीजी से नाराजगी भी—"No man, can claim to know a people's mind by seeing them from the public platform and giving them Darshan and Updesh... Has Gandhi during recent years mixed in the social life of the masses? Has he sat with the peasant round the evening fire and tried to know what he thinks? Has he passed a single evening in the company of a factory labourer and shared with him his vows?" इस लेख के आखिरी पैराग्राफ में लिखा गया था, "There is no crime that Britain has not committed in India. Deliberate misrule has reduced us to paupers, has 'bled us white'. As a race and a people we stand dishonoured and outraged. Do people still expect us to forget and to forgive? We shall have our revenge – a people's righteous revenge on the tyrant. Let cowards fall back and cringe for compromise and peace. We ask not for mercy and we give no quarter. Ours is a war to the end – to Victory or Death."[7]

इससे साफ जाहिर था कि उस वक्त के क्रांतिकारी कांग्रेसी तौर-तरीकों को कायरता समझते थे। उनका मानना था कि अंग्रेजों ने भारत में अपना राज कायम करने के लिए तमाम क्रूर, अमानवीय और हिंसात्मक तरीके अपनाए हैं, तो उनके साथ दया का कोई सवाल ही नहीं है, हम भी दया नहीं माँगेंगे, लड़ेंगे या तो जीतेंगे या फिर मरेंगे। 25 साल के नौजवान ने गांधीजी की बम थ्योरी का जोरदार जवाब दिया था। देश भर के युवाओं के बीच 'फिलॉसफी ऑफ बम' को लेकर काफी चर्चा हुई। सबसे दिलचस्प बात ये थी कि इस लेख 'फिलॉसफी ऑफ बम' के पम्फलेट छपवाए गए, और उनको साबरमती आश्रम के बाहर चिपका दिया गया, ताकि गांधीजी तक भी पहुँच जाए उनकी बात। लेकिन गांधीजी ने कुछ सोचकर इसका कोई जवाब नहीं दिया और दांडी मार्च की तैयारियों में जुट गए, वे शायद नौजवान क्रांतिकारों से जिरह करने के हक में नहीं थे, उनके लिए वो भटके हुए बच्चे थे। इधर युवाओं को ये भी लग रहा था कि पूरे देश ने गांधीजी से गांधी इरविन पैक्ट में भगत सिंह की रिहाई की अपील की, लेकिन गांधीजी ने पैरोकारी करने से मना कर दिया। हालाँकि ये पूरी तरह न सच था और न ही गलत। ये अलग बात है गांधी-नेहरू के विरोध का खामियाजा इन क्रांतिकारियों को इस रूप में भी भुगतना पड़ा कि आज आपको भूले से भी भगवती चरण बोहरा का एक स्मारक या मूर्ति या किसी यूनिवर्सिटी में स्टडी चेयर शायद ही देखने को मिले, उनके नाम पर न किसी योजना का नाम मिलेगा और न ही किसी अवॉर्ड का।

खैर, जब प्रिवी काउंसिल में अपील भी खारिज हो गई, मदन मोहन मालवीय के अपील फाइल करने के बाद भी भगत सिंह, राजगुरु और सुखदेव की फाँसी रुकने के कोई संकेत नहीं मिले तो गुस्से में भगवती चरण बोहरा ने एक बार फिर बम बनाने का फैसला किया और इस बार इरादा जेल तोड़कर भगत सिंह को छुड़ाने का था, 28 मई, 1930 का दिन था। केवल 25 साल कुछ महीनों के थे, उन दिनों भगवती चरण बोहरा। लाहौर में रावी के उसी तट पर उन्होंने उस बम को टेस्ट करने की योजना बनाई, जिस पर नेहरू ने पिछली साल दिसंबर में पूर्ण स्वराज की माँग करते हुए तिरंगा फहराया था। वो बम अचानक फट गया और घायल हो गए भगवती चरण बोहरा और उनकी मौत हो गई। आजादी के मतवाले भगवती ने मरते वक्त कहा था, "काश मेरी मौत दो दिन और टल जाती तो मुझे बड़ी कामयाबी मिल जाती, और मेरी ये ख्वाहिश अधूरी न रहती।" अपने पीछे वो पत्नी दुर्गा और बेटे सचींद्र को छोड़ गए। एच.आर.एस.ए. की पूरी जिम्मेदारी अब चंद्रशेखर आजाद के सिर पर रह गई, वो भी इलाहाबाद के अल्फ्रेड पार्क में अंग्रेजों से लोहा लेते हुए हमेशा आजाद रहने की जिद पर आखिरी गोली से खुद को मारकर भगत सिंह से ठीक 24 दिन पहले ही दुनिया छोड़कर निकल लिये।

भगवती चरण बोहरा की पत्नी दुर्गावती तो क्रांतिकारियों के बीच उनसे भी ज्यादा मशहूर थीं, वे सारे क्रांतिकारियों की काफी मदद करती थीं। पति की मौत के वक्त भी वे अंग्रेज कमांडर हेली पर बम फेंकने के जुर्म में जेल में तीन साल की सजा काट रही थीं। सभी तरह के कार्यक्रमों में उनकी सक्रिय भूमिका रहती थी। जब जॉन पी. सांडर्स को मारने के बाद लाहौर से भगत सिंह ने भागने की योजना बनाई तो दुर्गा भाभी की हिम्मत के चलते ही वे बच पाए। जेल से छूटने के बाद भी वे क्रांतिकारी गतिविधियों से जुड़ी रहीं। देश आजाद होने के बाद उन्होंने गरीब बच्चों के लिए लखनऊ में स्कूल खोला और बाद में एक आम नागरिक की तरह गाजियाबाद में रहने लगीं। 15 अक्तूबर, 1999 को 92 साल की उम्र में उनकी मौत हुई। ये शायद उनके पति के विचारों का ही उन पर गहरा प्रभाव था कि पहाड़ जैसी जिंदगी अकेले ही और इतने साहस के साथ गुजार दी और न जाने कितनों को साहस से जीने की प्रेरणा दी। भगवती चरण से प्रेरणा उन युवाओं को भी लेनी चाहिए, जो गांधीजी की कई बातों से आज सहमत नहीं होते हैं, लोकतंत्र में असहमति बिना अपमान किए हुए भी जताई जा सकती है।

संदर्भ—

1. गदर मूवमेंट टू भगत सिंह, लेखक हरोश के. पुरी, पृष्ठ 167
2. इंडियाज स्ट्रगल ऑफ इंडिपेंडेंस, लेखक बिपन चंद्र, मृदुला मुखर्जी, आदित्य मुखर्जी,

के.एन. मुखर्जी, के.एन. पणिक्कर, सुचेता महाजन

3. डब्ल्यू.ओ.एफ. : भगत सिंह, लेखक भगत सिंह, पृष्ठ 2
4. मार्टयर : भगत सिंह एक्सपेरिमेंट्स इन रिवॉल्यूशन, लेखक कुलदीप नैयर, पृष्ठ 37
5. गदर मूवमेंट टू भगत सिंह, लेखक हरीश के. पुरी, पृष्ठ 166
6. इंडियन रिवॉल्यूशनरीज : एक कांप्रिहेंसिव स्टडी, 1757-1961, खंड-3, लेखिका श्रीकृष्णा सरला
7. भगत सिंह, सेलेक्टेड स्पीचेज एंड राइटिंग्स, डी.एन. गुप्ता, पृष्ठ 144

□

26 नवंबर, 1949 के दिन की दिलचस्प कहानी, वंदे मातरम् और हिंदी को लेकर किसने उठाए थे सवाल

देश 26 जनवरी को रिपब्लिक डे के तौर पर मनाता आया है, ऐसे में कोई उन्हें अगर ये बताता है कि संविधान तो 26 नवंबर, 1949 को ही स्वीकार कर लिया गया था तो उनके मन में भी सवाल उठता है कि फिर आखिर 26 जनवरी को क्यों लागू किया गया? रिपब्लिक डे 26 जनवरी को ही क्यों मनाया जाता है? और जो इसके पीछे का राज जानते भी हैं, उनमें से अधिकांश उस दिन यानी 26 नवंबर को क्या-क्या हुआ, ये जानने में पूरी दिलचस्पी रखते होंगे। वैसे भी संविधान को स्वीकार करने के लिए बुलाई गई उस सभा में हिंदी और वंदे मातरम् पर सवाल उठे हों, तो क्या हुआ, ये जानने की दिलचस्पी स्वाभाविक ही है।

पहले ये जानें कि 26 जनवरी को ही रिपब्लिक डे के लिए क्यों चुना गया, क्यों दो महीने तक संविधान को देश में लागू नहीं किया गया? दरअसल कांग्रेस का, खासकर नेहरू का 26 जनवरी की तारीख से गहरा लगाव था। 26 जनवरी, 1930 की वो तारीख थी, जिस दिन कांग्रेस के लाहौर अधिवेशन में रावी नदी के किनारे पूर्ण स्वाधीनता की माँग पहली बार की गई थी और तिरंगा फहराया गया था। उस साल कांग्रेस के प्रेसीडेंट पंडित जवाहर लाल नेहरू थे। अब चूँकि असली स्वाधीनता तो 15 अगस्त, 1947 को मिली थी, ऐसे में नेहरू चाहते थे कि इस तारीख को इतिहास में याद रखने के लिए संविधान को 26 जनवरी को ही लागू किया जाए।[1]

इसीलिए 26 नवंबर, 1949 को संविधान को स्वीकार करने के बावजूद संविधान के नागरिकता जैसे कुछ प्रावधानों को ही लागू किया गया और आधिकारिक रूप से दो महीने के इंतजार के बाद अगले साल, यानी 26 जनवरी, 1950 में लागू किया गया, तब से ही 26 जनवरी को देश में रिपब्लिक डे मनाया जाता है। लेकिन 26 नवंबर,

1949 से भी संविधान के कुछ आर्टिकल्स को लागू कर दिया गया, वे थे—5, 6, 7, 8, 9, 60, 324, 366, 367, 379, 380, 388, 391, 392, 393 और 394। यूँ तो संविधान सभा का जब गठन 1946 में हुआ था, उसी साल 9 दिसंबर को उसकी पहली मीटिंग हुई थी। फिर एक ड्राफ्टिंग कमेटी बनाई गई, जिसका चेयरमैन डॉ. भीमराव अंबेडकर को बनाया गया और कुल 2 साल 11 महीने 18 दिन में संविधान बनकर तैयार हुआ, जिसे बहस और कई संशोधनों के साथ 26 नवंबर, 1949 को स्वीकार किया गया।

यूँ तो संविधान सभा 26 नवंबर से पहले ही तमाम सारी बहस और संशोधन कर चुकी थी, 26 को तो बस स्वीकार किया जाना था। सभा के अध्यक्ष डॉ. राजेंद्र प्रसाद को एक स्पीच देनी थी और उस पर साइन करने थे। लेकिन फिर भी उस दिन लोगों ने हिंदी से लेकर वंदेमातरम् तक कई बातों पर सवाल उठाए। ये मीटिंग संसद् के सेंट्रल हॉल में हो रही थी और तब उसे कॉन्स्टीट्यूशन हॉल कहा जाता था। जैसे ही मीटिंग शुरू हुई, प्रेसीडेंट राजेंद्र प्रसाद ने सभा से कहा कि संविधान स्वीकार करने का प्रस्ताव रखे जाने से पहले सरदार पटेल स्टेट्स को लेकर कुछ जरूरी एनाउंसमेंट करना चाहते हैं। तब पटेल ने बताया कि संविधान के पहले शेड्यूल में उल्लेखित हैदराबाद समेत 9 स्टेट्स ने संविधान को लागू करने के लिए स्वीकृति दे दी है।[2]

पटेल के बाद अचानक उड़ीसा से संविधान सभा के सदस्य विश्वनाथ उठकर खड़े हो गए, पूछने लगे—सर, क्या आप ये बताएँगे कि क्या आप वंदेमातरम् को नेशनल सॉन्ग बनाने का एनाउंसमेंट करनेवाले हैं, फिर नेशनल एंथम क्या होगा? डॉ. प्रसाद ने फौरन उन्हें टोका—नहीं, मैं आज ऐसा कोई एनाउंसमेंट नहीं करने जा रहा हूँ। इस पर हम जनवरी में चर्चा करेंगे। विश्वनाथ दास आजादी से पहले उड़ीसा स्टेट के प्रधानमंत्री थे और बाद में यू.पी. के राज्यपाल और फिर उड़ीसा के मुख्यमंत्री भी बने।

उसके बाद कोई और बोले राजेंद्र बाबू ने जल्दी से संविधान सभा के लिए उनके पहले अस्थायी अध्यक्ष डॉ. सच्चिदानंद सिन्हा सहित दो लोगों के संदेश पढ़कर सुनाए। इतने में अलगू राय शास्त्री ने सवाल उठा दिया, सर क्या 26 जनवरी तक संविधान का हिंदी ट्रांसलेशन भी हो पाएगा, जब हमारे देश की भाषा हिंदी है तो हम इसे विदेशी भाषा में क्यों स्वीकार या लागू करें। बल्कि 26 जनवरी तक ट्रांसलेशन का काम पूरा करके गर्व के साथ हिंदी में ही इसे स्वीकार करके सब लोग अपने हस्ताक्षर हिंदी कॉपी पर ही करें। हालाँकि जवाब में प्रेसीडेंट ने बताया कि हिंदी ट्रांसलेशन का प्रस्ताव भी पास हो चुका है और ट्रांसलेशन का काम शुरू भी हो चुका है, लेकिन ये जरूरी नहीं है कि तब तक हो ही जाएगा और हम हिंदी के संविधान पर ही हस्ताक्षर करेंगे। उन्होंने ये भी कहा कि आपको पता ही है कि पंद्रह साल के लिए अंग्रेजी को

ऑफीशियल भाषा बनाया जा रहा है। उसके बाद हिंदी को लेकर तय किया जाएगा। हिंदी के पुरोधा आज अलगू राय को याद नहीं करते हैं, आजमगढ़ से सांसद रहे अलगू राय शास्त्री आर्य समाजी थे और हिंदी का झंडा बुलंद रखते थे।

उसके बाद आर.वी. धूलेकर के सबके साइन करने के सवाल का जवाब देने के बाद डॉ. राजेंद्र प्रसाद ने अंबेडकर के मोशन को रखने से पहले अपनी स्पीच दी। उन्हें पता था कि सवाल लेने शुरू किए तो फिर आगे का काम अटक जाएगा। उन्होंने अपनी स्पीच में बताया कि कैसे हमारी जनसंख्या रूस को हटाकर बाकी यूरोप से ज्यादा है। गांधीजी के प्रयासों से लेकर देश की विविधता की चर्चा करने के बाद उन्होंने कश्मीर, हैदराबाद, मैसूर जैसे स्टेट्स के बारे में बताया और पटेल के प्रयासों की सराहना की। उन्होंने बताया कि कैसे 22 नवंबर तक करीब 64 लाख रुपया संविधान सभा पर पिछले तीन सालों में खर्च हुआ है। फिर डॉ. प्रसाद ने अंबेडकर और बी.एन. राव जैसे विधि विशेषज्ञों की संविधान निर्माण में मदद के लिए तारीफ की और संविधान के खास पहलुओं की चर्चा की। फिर कई देशों के संविधान से तुलना करते हुए बताया कि कैसे हमारा संविधान सर्वश्रेष्ठ है। सबसे आखिर में उन्होंने सभा के सेक्रेटरी से लेकर चपरासी तक सबको धन्यवाद दिया और सभा ने मोशन पास कर दिया।

तालियों की गड़गड़ाहट के बीच हैदराबाद के डॉ. रघुवीरा ने फिर एक सवाल पूछ लिया, क्या आप संविधान पर हिंदी में साइन करेंगे? प्रेसीडेंट ने जवाब न देकर उल्टा सवाल दाग दिया, आपने ये सवाल पूछा ही क्यों? ऐसे बात अनसुनी कर दी गई। लेकिन यही सवाल उठाने वाले रघुवीरा 1963 में जाकर जनसंघ के नेशनल प्रेसीडेंट बने। उसके बाद बाबू राजेंद्र प्रसाद ने सभा को 26 जनवरी, 1950 से पहले किसी दिन तक के लिए स्थगित कर दिया। बाद में 24 जनवरी, 1950 को सभा फिर से बुलाई गई और उसी दिन संविधान पर सभी सदस्यों ने हस्ताक्षर कर दिए। कुल 284 सदस्यों ने संविधान की दो कॉपियों पर हस्ताक्षर किए, एक हिंदी की कॉपी और एक इंग्लिश की कॉपी। इन सदस्यों में 15 महिला सदस्य भी शामिल थीं।

इधर प्रेसीडेंट ने सभा स्थगन का ऐलान करने से पहले सभी सदस्यों से कहा कि मैं सभा स्थगित करने से पहले सभी सदस्यों से हाथ मिलाने आ रहा हूँ। तो नेहरू पहली बार उठ खड़े हुए, बोले—आप मत उठिए...सभी सदस्य आपकी सीट पर एक-एक करके आएँगे और हाथ मिलाएँगे। फिर ऐसा ही हुआ, हर सदस्य प्रेसीडेंट की सीट पर पहुँचा और बाबू राजेंद्र प्रसाद से हाथ मिलाया, उसके बाद वे 24 जनवरी को ही मिले।

24 जनवरी को जब सभा शुरू हुई तो पहले दो नए सदस्यों ने शपथ ली, बॉम्बे स्टेट के रत्नप्पा भरमप्पा कुर्नभर और हिमाचल प्रदेश के वाई.एस. परमार। उसके फौरन

बाद डॉ. राजेंद्र प्रसाद ने जन-गण-मन और वंदे मातरम् पर स्थिति साफ कर दी। उन्होंने कहा, "There is one matter which has been pending for discussion, namely the question of the National Anthem. At one time it was thought that the matter might be brought up before the House and a decision taken by the House by way of a resolution. But it has been felt that, instead of taking a formal decision by means of a resolution, it is better if I make a statement with regard to the National Anthem. Accordingly I make this statement. The composition consisting of the words and music known as Jana Gana Mana is the National Anthem of India, subject to such alterations in the words as the Government may authorise as occasion arises; and the song Vande Mataram, which has played a historic part in the struggle for Indian freedom, shall be honoured equally with Jana Gana Mana and shall have equal status with it." उनके इस बयान पर जोरदार तालियाँ बजीं।[3]

उसके बाद कुछ सदस्यों ने कई राज्यों के नए सदस्यों के इलेक्शन के बारे में संविधान सभा के अध्यक्ष के बारे में सवाल पूछे। उसके बाद यूनाइटेड प्रॉविंस से प्रोफेसर शिब्बन लाल सक्सेना ने पूछा कि क्या संविधान का हिंदी संस्करण तैयार हो चुका है। डॉ. राजेंद्र प्रसाद ने हामी भरी। उसके बाद उन्होंने राष्ट्रपति चुनाव के रिटर्निंग ऑफिसर एच.वी.आर. आयंगर को राष्ट्रपति चुनाव के नतीजों का ऐलान करने के लिए बुलाया। आयंगर ने बताया कि केवल एक ही नाम प्रस्तावित हुआ था, वो था—डॉ. राजेंद्र प्रसाद का, जिसे जवाहर लाल नेहरू ने प्रस्तावित किया था और सरदार पटेल ने उसका समर्थन किया था। उनके नाम पर तालियाँ बजीं।

सबसे बाद में डॉ. राजेंद्र प्रसाद ने सभा को बताया कि अभी संविधान की तीन कॉपियाँ हैं, जिसमें से अंग्रेजी में छपी हुई एक है, बाकी एक-एक अंग्रेजी और हिंदी की हस्तलिखित कॉपियाँ हैं। सदस्यों ने तीनों पर हस्ताक्षर किए। तब मद्रास के एम. अनंतस्वामी आयंगर ने जन-गण-मन गाने की इजाजत अध्यक्ष से माँगी। पूर्णिमा बनर्जी ने बाकी सदस्यों के साथ इसे गाया, सभी खड़े हो गए। फिर अध्यक्ष ने कहा—वंदे मातरम्। तब पंडित लक्ष्मीकांता मैत्रा ने बाकी सदस्यों के साथ वंदे मातरम् का गान किया।

संविधान के बारे में कुछ और दिलचस्प बातें हैं, संविधान की ओरिजनल कॉपी को, यहाँ तक कि हर पेज को करीने से सजाया-सँवारा शांतिनिकेतन के दो कलाकारों ने, जिनके नाम हैं—ब्योहर राममनोहर सिन्हा और नंदलाल बोस। कवर पेज पर सिंधु घाटी सभ्यता जैसी भारतीय महाद्वीप की कई सभ्यताओं से जुड़े प्रतीक चिह्नों को

उकेरा गया। संविधान में कैलीग्राफी का काम प्रेम बिहारी नारायण रायजादा ने किया। संविधान को देहरादून में छपवाया गया। संविधान की एक हिंदी और एक अंग्रेजी की ओरिजनल कॉपीज को संसद् के एक विशेष कक्ष में हीलियम के बॉक्स में सुरक्षित रखवा दिया गया है।[4]

संदर्भ—

1. डॉ. राजेंद्र प्रसाद, कॉरेस्पोंडेंस एंड सलेक्टेड डॉक्यूमेंट्स, खंड–19, लेखक राजेंद्र प्रसाद, पृष्ठ 437
2. कॉन्स्टीचुएंट एसेंबली ऑफ इंडिया डिबेट्स (काररवाई) खंड–XI, शनिवार 26 नवंबर, 1949—http://164.100.47.194/loksabha/writereaddata/cadebatefiles/C26111949.html.
3. कॉन्स्टीचुएंट एसेंबली ऑफ इंडिया डिबेट्स (काररवाई) खंड–XII, मंगलवार 24 जनवरी, 1950
4. वर्ल्ड डिजिटल लाइब्रेरी, लाइब्रेरी ऑफ कांग्रेस https://www.wdl.org/en/item/2672/.

□

संविधान सभा में डॉ. अंबेडकर ने जिन्हें 'सर' कहकर दिया था धन्यवाद, उन्हें देश ने भुला दिया

26 नवंबर, 1949 को संविधान सभा को संविधान की फाइनल कॉपी सौंपी जानी थी और 25 नवंबर को डॉ. भीमराव अंबेडकर सभा को संबोधित कर रहे थे। तब उन्होंने अपनी उस ड्राफ्टिंग कमेटी के सदस्यों को तो धन्यवाद दिया ही, जिसके वे चेयरमैन थे, दो और लोगों को धन्यवाद और संविधान निर्माण का श्रेय दिया, जिनके नाम पढ़कर आज की पीढ़ी चौंक सकती है। पहला नाम था—बी.एन. राव का और दूसरा—एस.एन. मुखर्जी का, चूँकि बी.एन. राव ने उनके साथ काम नहीं किया था, मुखर्जी ने ही उनके बाद के काम को आसान बनाया, इसलिए उन्होंने मुखर्जी की तारीफ ज्यादा की। लेकिन अपने भाषण में डॉ. अंबेडकर ने फिर भी बी.एन. राव को ही सबसे पहले धन्यवाद दिया, बल्कि उन्हें 'सर' भी कहा, और इस सम्मान की वजह भी काफी खास थी।

पहले पढ़िए डॉ. अंबेडकर का वो ऐतिहासिक भाषण—"The credit that is given to me does not really belong to me. It belongs partly to Sir B.N. Rau, the Constitutional Adviser to the Constituent Assembly who prepared a rough draft of the Constitution for the consideration of the Drafting Committee. A part of the credit must go to the members of the Drafting Committee who, as I have said, have sat for 141 days and without whose ingenuity of devise new formulae and capacity to tolerate and to accommodate different points of view, the task of framing the Constitution could not have come to so successful a conclusion. Much greater, share of the credit must go to Mr. S.N. Mukherjee, the Chief Draftsman of the Constitution. His ability to put the most intricate proposals in the simplest and clearest legal form can rarely be equalled, nor his capacity for hard work."[1]

इस भाषण में बाबा साहब ने ये साफ कहा कि ये श्रेय जो मुझे दिया जा रहा है,

वाकई में मुझसे ताल्लुक नहीं रखता है, इसका एक हिस्सा सर बी.एन. राव के हिस्से जाता है। दरअसल ड्राफ्टिंग कमेटी ने संविधान का फाइनल रूप जरूर दिया था, लेकिन उसको संविधान का पहला ड्राफ्ट इन्हीं सर बी.एन. राव ने बनाकर दिया था। आप संविधान के बारे में अगर पढ़ते होंगे कि इस देश से मूलभूत अधिकार लिये, नीति-निर्देशक तत्त्व यहाँ से लिये, संसदीय व्यवस्था इस देश से ली, तो इन सभी देशों में जाकर वहाँ के संविधान विशेषज्ञों, जजों और राजनीतिज्ञों से मिलने का काम, वहाँ के संविधानों का अध्ययन करने का बेसिक काम बी.एन. राव ने ही किया था। जो संविधान सभा के संवैधानिक सलाहकार बनाए गए थे। जैसा कि बाबा साहब ने अपने भाषण में बोला कि उनके ड्राफ्ट पर ड्राफ्टिंग कमेटी ने विचार किया, यही सच है। राव के संविधान के ड्राफ्ट में कुल 243 आर्टिकल्स और 8 सैक्शंस थे, जिनको आधार बनाकर ड्राफ्टिंग कमेटी ने उन्हें 315 आर्टिकल्स तक पहुँचाया। बाद में संविधान सभा में बहस और 2473 संशोधनों के बाद आर्टिकल्स की संख्या 395 तक पहुँच गई, सैक्शंस 8 ही रहे।

26 नवंबर, 1949 को जब संविधान सभा में संविधान को स्वीकार किया जा रहा था, तब संविधान सभा के अध्यक्ष डॉ. राजेंद्र प्रसाद ने भी बी.एन. राव के योगदान को अपने भाषण में कुछ यूँ याद किया—"I have only to add that they all worked in a business-like manner and produced reports which were considered by the Assembly and their recommendations were adopted as the basis on which the draft of the Constitution had to be prepared. This was done by Mr. B.N. Rau, who brought to bear on his task a detailed knowledge of Constitutions of other countries and an extensive knowledge of the conditions of this country as well as his own administrative experience. The Assembly then appointed the Drafting Committee which worked on the original draft prepared by Mr. B.N. Rau and produced the Draft Constitution which was considered by the Assembly at great length at the second reading stage." इतना ही नहीं डॉ. राजेंद्र प्रसाद ने आगे कहा, "I must convey, if you will permit me, my own thanks as well as the thanks of the house to our Constitutional Adviser, Shri B.N. Rau, who worked honorarily all the time that he was here, assisting the Assembly not only with his knowledge and erudition but also enabled the other Members to perform their duties with thoroughness and intelligence by supplying them with the material on which they could work. In this he was assisted by his band and research workers and other members of the staff

who worked with zeal and devotion. Tribute has been paid justly to Shri S.N. Mukerjee who has proved of such invaluable help to the Drafting Committee."[2]

दिलचस्प बात है कि पूरे धन्यवाद भाषण में डॉ. राजेंद्र प्रसाद ने चार बार डॉ. अंबेडकर का नाम लिया तो चार बार ही बी.एन. राव का भी नाम लिया। हालाँकि डॉ. अंबेडकर के नाम की उन्होंने भाषण के इतर उनके मोशन के लिए चर्चा की। इससे ज्यादा विडंबना की बात क्या होगी कि जिस सर बी.एन. राव को इस योग्य समझा गया कि उनको संविधान का पहला ड्राफ्ट बनाने का काम दिया गया, जिसने एक तरह से संविधान का मूल ढाँचा तैयार किया, जिसको डॉ. अंबेडकर ने पहला श्रेय दिया, उसी बी.एन. राव की चौक चौराहों पर मूर्तियाँ तो छोड़िए, कोई उनकी तसवीर भी नहीं पहचानता होगा। 95 फीसदी युवा जानता भी नहीं होगा। क्योंकि वे राजनेता नहीं थे, बल्कि एक सिविल सर्विस ऑफिसर थे, ज्यूडीशियरी को सालों उन्होंने अपनी सेवाएँ दीं, आजादी से पहले देश के तमाम राज्यों की प्रशासनिक समस्याओं को सुलझाया और आजादी के बाद देश की और फिर अंतरराष्ट्रीय स्तर पर भी, लेकिन अपने पीछे समर्थकों या अनुयायियों की जमात तैयार करके नहीं छोड़ गए। राजनीति के करीब रहते हुए भी हर वक्त समस्याओं को सुलझाने में ही लगे रहे।

देश के युवाओं को ताज्जुब होगा कि संयुक्त राष्ट्र संघ की, जिस सिक्योरिटी काउंसिल में सदस्य बनने के लिए भारत सालों से हाथ-पैर मार रहा है, ये बंदा बी.एन. राव उसका प्रेसीडेंट रह चुका है और कई बड़े इंटरनेशनल फैसले उसने उस वक्त लिये।[3] इतना ही नहीं बी.एन. राव को उन दिनों यूनाइटेड नेशंस के सेक्रेटरी जनरल की पोस्ट के लिए सबसे योग्य माना जाता था। लेकिन भारत सरकार के कहने पर उन्होंने सेक्रेटरी जनरल की बजाय इंटरनेशनल कोर्ट हेग का इलेक्शन लड़ा और जज बनकर चले गए और बाद में बीमारी से स्विट्जरलैंड के ज्यूरिख में उनकी मौत हो गई। आपको ये जानकर हैरत होगी कि इस शख्स ने न सिर्फ भारत के संविधान का पहला ड्राफ्ट तैयार किया, बल्कि बर्मा (म्याँमार) की सरकार की गुजारिश पर उनके संविधान का भी ड्राफ्ट तैयार किया था।[4]

बी.एन. राव यानी बेनेगल नरसिंह राव बंगलौर के एक शिक्षित परिवार में पैदा हुए थे, उनके पिता बेनेगल राघवेंद्र राव विदेशी चिकित्सा व्यवस्था से निकले देश के शुरुआती डॉक्टर्स में थे। उनके एक भाई बी. शिवा राव जो जाने-माने पत्रकार थे, पहली लोकसभा में चुनकर पहुँचे थे तो दूसरे भाई बी. रामा राव रिजर्व बैंक ऑफ इंडिया के चौथे गर्वनर बने थे। खुद बी.एन. राव काफी प्रतिभाशाली थे, उन्होंने हाईस्कूल में पूरी मद्रास प्रेसीडेंसी को टॉप किया था। ग्रेजुएशन उन्होंने ट्रिपल फर्स्ट डिग्री से किया फिजिक्स, संस्कृत और इंग्लिश, अगले साल यानी 1906 में मैथ से भी। उसके बाद वो एक स्कॉलरशिप पर

ट्रिनिटी कॉलेज, कैंब्रिज चले गए। 1909 में उन्होंने सिविल सर्विस परीक्षा पास की और आई.सी.एस. ऑफिसर बनकर भारत आ गए।

पहले ईस्ट बंगाल के कई जिलों में जज रहे, फिर आसाम सरकार के लिए अलग-अलग कई पदों पर काम किया। 1928-29 में उन्हें साइमन कमीशन के टूअर के लिए फाइनैंस सपोर्ट का मेमोरेंडा ड्राफ्ट तैयार करने को कहा गया, और उनकी तरफ से 1933 में तीसरे गोलमेज सम्मेलन के बाद ब्रिटिश संसद् के सामने केस रखने की जिम्मेदारी दी गई। दो साल वे लंदन में रहे। इतने सारे प्रशासनिक अनुभव के बाद राव को 1935 में भारत आते ही 1935 ऐक्ट ऑफ इंडिया ड्राफ्ट करने के लिए रिफॉर्म ऑफिस में नियुक्त कर दिया गया और उसके बाद पाँच साल के लिए कोलकाता हाईकोर्ट में। एक तरह से वे लंदन की संसद् से लेकर देश के निचले स्तर तक अंग्रेजी सरकार की एक-एक कार्यप्रणाली समझ चुके थे, खासतौर पर कानूनों को। बाद में उन्हें रेलवे कर्मचारियों के भत्ते संबंधी नियम बनाने और हिंदू लॉ पर भी काम करने के प्रोजेक्ट्स दिए गए।

1944 में बी.एन. राव इंडियन सिविल सर्विस से रिटायर हुए तो प्रशासनिक पकड़ के मामले में उनकी काफी ख्याति हो चुकी थी। तो उसी साल उन्हें कश्मीर के महाराजा हरि सिंह ने अपना नया प्रधानमंत्री नियुक्त कर दिया। लेकिन उनकी महाराजा से बनी नहीं और अगले साल ही उन्होंने इस्तीफा दे दिया।[5] कुछ समय तक अंग्रेजी सरकार के रिफॉर्म ऑफिस और गवर्नर जनरल के ऑफिस में बतौर सेक्रेटरी काम करने के बाद उन्हें एक महती जिम्मेदारी सौंपी गई, वो थी संविधान सभा के कॉन्स्टीट्यूशनल एडवाइजर की। उनको खुद नहीं पता था कि उनके संविधान का ये ड्राफ्ट करोड़ों लोगों की जिंदगी बदलने जा रहा है।

भले ही बी.एन. राव ने किसी स्वतंत्रता आंदोलन में हिस्सा नहीं लिया, कभी अंग्रेजों की नौकरी से गुस्से में इस्तीफा नहीं दिया, राजनीतिक गतिविधियों में हिस्सा नहीं लिया, लेकिन उनके दिमाग का लोहा अंग्रेजी सरकार तो क्या हर भारतीय दिग्गज मानता था। तभी तो डॉ. भीम राव अंबेडकर ने उनको 'सर' कहकर संबोधित किया। बी.एन. राव ने काफी ईमानदारी से काम किया, अमेरिका, कनाडा, ऑस्ट्रेलिया, जर्मनी, इंग्लैंड आदि देशों का दौरा करके विद्वानों से मुलाकात की और भारतीय संविधान का पहला ड्राफ्ट तैयार किया। वो ड्राफ्ट तैयार होते ही पं. नेहरू ने उन्हें फौरन यू.एन. में भारत का प्रतिनिधि बनाकर भेज दिया। डॉ. अंबेडकर ने जिस दूसरे व्यक्ति की तारीफ की थी वे थे एस.एन. मुखर्जी, वे संविधान के ड्राफ्ट्समैन थे। जो ड्राफ्ट कमेटी आपसी बातचीत या संविधान सभा के सुझावों, संशोधनों के बाद तय करतीं, उन्हें बड़ी सरलता से वे संविधान में शामिल करते जाते। डॉ. अंबेडकर का काम काफी हल्का कर दिया था उन्होंने, ये बड़ी वजह थी कि बाबा साहब ने उनकी जमकर तारीफ की। लेकिन आज इन दो व्यक्तियों की तसवीरें

अगर आप देश के किसी भी शहर या संस्थाओं में ढूँढ़ने निकलें तो ढूँढ़े नहीं मिलेंगी, गूगल में भी बी.एन. राव असली कौन है, ये ढूँढ़ना मुश्किल पड़ जाएगा, एस.एन. मुखर्जी का तो भूल ही जाइए।

संदर्भ—

1. द ग्रेट स्पीचेज ऑफ मॉडर्न इंडिया, लेखक रुद्रांशु मुखर्जी, क्लोजिंग स्पीच ऑफ कॉन्स्टीचुएंट एसेंबली ऑफ इंडिया, डॉ. बी.आर. आंबेडकर
2. कंस्टीचुएंट एसेंबली ऑफ इंडिया डिबेट्स (काररवाई) खंड-XI, शनिवार, 26 नवंबर, 1949
   —http://164.100.47.194/loksabha/writereaddata/cadebatefiles/C26111949.html.
3. वी.के. कृष्ण मेनन एंड इंडियाज फॉरेन पॉलिसी, लेखक के.टी. वर्की, पृष्ठ 142
4. द सुप्रीम कोर्ट जर्नल, खंड-17, मद्रास लॉ जर्नल प्रेस, 1954, पृष्ठ 167
5. हरि सिंह : द महाराज, द मैन, द टाइम्स : ए बायोग्राफी ऑफ महाराज हरि सिंह ऑफ जम्मू एंड कश्मीर स्टेट, 1895-1961, बुक्स 1988-1989 लेखक एस.एन. वाखलू, पृष्ठ 131

□

क्या कांग्रेस को खत्म करना ही थी गांधीजी की आखिरी ख्वाहिश?

2017 में रायपुर की एक रैली में बीजेपी प्रेसीडेंट अमित शाह ने गांधीजी को 'चतुर बनिया' कहा था। उसी रैली में अमित शाह ने ये भी कहा कि गांधीजी की आखिरी ख्वाहिश थी—कांग्रेस को खत्म करना।[1] इससे नई पीढ़ी के आम युवा ही नहीं कांग्रेस के युवा नेताओं को भी लगा कि ये बड़बोला बयान है। गांधीजी भला ऐसा क्यों कहेंगे? वे क्यों कांग्रेस को खत्म करना चाहेंगे, आखिर उनका खून-पसीना भी तो कांग्रेस को खड़ा करने में लगा था। वैसे भी बयान चूँकि विपक्षी पार्टी के नेता ने लगाया था तो उन्हें लगा इस बयान में दम नहीं है। हालाँकि ऐसा नहीं है कि इससे पहले इस बात के बारे में कोई जानता ही नहीं था, या इस तरह का आरोप किसी और ने पहले नहीं लगाया। लेकिन सोशल मीडिया की पीढ़ी के लिए ये शायद नया था। ये बयान फौरन वायरल हो गया, जितने लोग चतुर बनिया को डिसकस कर रहे थे, उतने ही इस बारे में भी चर्चा कर रहे थे कि क्या वाकई में गांधीजी की आखिरी ख्वाहिश यही थी? और ये चर्चा देश की हर गली चौराहे पर हो रही थी, सोशल मीडिया की गलियों में भी।

आखिर गांधीजी की ये आखिरी ख्वाहिश वाली बात आई कहाँ से? किसी भी क्लास के कोर्स में गांधीजी की इस आखिरी ख्वाहिश के बारे में, इस बयान के बारे में पढ़ाया क्यों नहीं जाता? तमाम तरह के सवाल लोगों के दिमाग में उठे। कम-से-कम पढ़ने-लिखने वाले लोग तो ये मान रहे थे कि बीजेपी के राष्ट्रीय अध्यक्ष की कुरसी तक पहुँचने वाला व्यक्ति इतनी हल्की बात भी नहीं कर सकता कि बिना जानकारी किए इतना बड़ा आरोप लगा दे। तो फिर सच आखिर क्या है? क्या वाकई में कांग्रेस को खत्म करने के बारे में कभी गांधीजी ने खुद कहा था और क्या ये उनकी आखिरी ख्वाहिश भी थी? इन सवालों के जवाब जानने के लिए आपको एंथोनी जे. परेल की एडिट की हुई किताब 'हिंद स्वराज एंड अदर राइटिंग्स' को पढ़ना पढ़ेगा। इसमें वे लेख हैं, जिनको खुद गांधीजी ने समय-समय पर लिखा है।

इसी किताब में उनका वो लेख भी है, जो उन्होंने अपनी हत्या से ठीक एक दिन पहले यानी 29 जनवरी, 1948 को लिखा था, अगले दिन ही गांधीजी की हत्या हो गई थी। ये लेख इस किताब के पेज नंबर 191 पर छपा है। इस लेख में उन्होंने लिखा है कि "हालाँकि दो टुकड़ों में बँट गए, लेकिन देश को राजनीतिक आजादी दिलाने के लिए कांग्रेस को श्रेय जाता है। लेकिन अभी भी देश के सात लाख गाँवों को कस्बों-शहरों से इकोनॉमिक, मोरल और सोशल आजादी प्राप्त करनी है।" गांधीजी ने आगे लिखा, "कांग्रेस को पॉलटिकल पार्टीज और कम्युनल बॉडीज के साथ अनहैल्दी कॉम्पटीशन से दूर रखा जाना चाहिए। इन वजहों या इन जैसी वजहों के चलते ऑल इंडिया कांग्रेस कमेटी (ए.आई.सी.सी.) को वर्तमान कांग्रेस संगठन को खत्म करने का संकल्प लेना चाहिए और एक लोकसेवक संघ (लोगों की सेवा के लिए संस्था या एन.जी.ओ.) के रूप में बदलना चाहिए।"[2]

हालाँकि गांधीजी चाहिए शब्द न इस्तेमाल करके एक तरह से संकल्प के बारे में ही बता रहे हैं। इतना ही नहीं नए कांग्रेस लोक सेवक संघ के लिए उन्होंने कुछ नियम भी सुझाए। जिसमें उन्होंने बताया कि कैसे पाँच लोगों की पंचायत हर गाँव में होगी, कैसे बाद में पंचायतें मिलकर बड़ी संस्थाएँ बनाएँगी आदि। दरअसल गांधीजी विचारों से राजनीतिक थे ही नहीं, और सत्ता से तो कोसों दूर रहते थे। लेकिन आजादी के आंदोलन में उन्होंने जिन तरीकों का इस्तेमाल लोगों को जोड़ने और उनमें चेतना जगाने के लिए किया था, कांग्रेस को वे उसी रास्ते पर रखना चाहते थे। ताकि सत्ता के कुचक्रों में फँसकर कांग्रेस का हाल अन्य देशों की पार्टियों जैसा न हो जाए। वैसे भी कांग्रेस वो रथ था, जिस पर सवार होकर गांधीजी ने देश की आजादी की विजय यात्रा पूरी की थी। उस पर वे कोई दाग नहीं चाहते थे।[3]

कांग्रेस को एन.जी.ओ. में तब्दील करने के पीछे भी उनके विचार आंदोलन चलाने की रणनीति से मेल खाते थे। इतिहासकार विपिन चंद्रा ने अपनी किताब में लिखा है कि "गांधीजी संघर्ष विराम के सिद्धांत से अपना आंदोलन चलाते थे। पहले 1920-21 में असहयोग आंदोलन चलाया, फिर लंबा विश्राम लिया और सविनय अवज्ञा आंदोलन 1930 में शुरू किया और जो उनका आखिरी बड़ा आंदोलन था, वो था 'भारत छोड़ो' आंदोलन, जो कि 1942 में हुआ। तो हर बड़े आंदोलन के बीच कई-कई सालों का अंतर था। आखिर इस दौर में गांधीजी क्या करते थे?" दरअसल उसी को विपिन चंद्रा ने विश्राम कहा है, उस समयांतराल में वे अछूत उद्धार, हरिजन मुक्ति, सफाई जागरूकता, खादी का प्रचार, ग्रामोत्थान जैसे छोटे-छोटे कार्यक्रम चलाते थे, देश भर का दौरा करते थे। कुछ छोटे आंदोलन, धरने और अनशन भी किया करते थे। इन सबके जरिए वे देश के आम आदमी से जुड़ते थे और कांग्रेस के लिए जनसमर्थन जुटाते थे, जिसके चलते

नए आंदोलन के लिए देश का भरोसा और ऊर्जा दोनों मिल जाती थीं। कांग्रेस को आजादी के बाद भी वे उसी तरह के कार्यक्रमों में संलिप्त देखना चाहते थे।

30 जनवरी को सुबह 3.30 बजे जगकर और नित्यकर्मों से फारिग होकर गांधीजी ने फिर से कांग्रेस के ड्रफ्ट पर काम करना शुरू किया और सुबह 6 बजे तक करते रहे। इसके बाद वो ड्राफ्ट अपने सचिव प्यारेलाल को सोंपा ताकि वो प्रूफ की गलतियाँ जाँच सकें। ये जानकारी गांधीजी के नाती राजमोहन गांधी ने अपनी किताब में दी है।[4]

जिस रात उन्होंने कांग्रेस को लेकर ये लेख लिखा, ये उनकी हत्या से पहले की आखिरी रात थी, इसके बाद उन्होंने और कोई खत या लेख नहीं लिखा। इसलिए ये माना जाता है कि ये उनकी आखिरी इच्छा थी। इससे साफ समझा जा सकता है कि गांधी कांग्रेस को उस फजीहत से बचाकर रखना चाहते थे, जो आजकल वो कर रही है। कांग्रेस के तमाम नेताओं पर भ्रष्टाचार के आरोप हैं और पूरी सत्ता एक ही परिवार के हाथ में है, जबकि उनके वक्त की कांग्रेस में ऐसा नहीं था। वैसे भी आजादी से पहले की कांग्रेस एक आंदोलन था, उस कांग्रेस की और उस वक्त के कांग्रेस नेताओं की आज लोग बहुत इज्जत करते हैं, लेकिन ऐसा आज की कांग्रेस पार्टी के बारे में आप नहीं कह सकते। गांधीजी को पता था, जब अंग्रेजों की बजाय अपने ही दुश्मन सामने होंगे, जमी-जमाई इज्जत गँवाना तय है। ऐसे में वाकई गांधीजी ने एक चतुर बनिया जैसा ही काम किया था कि कांग्रेस की इज्जत की फजीहत बनने से रोकने का उपाय सुझाया। ये अलग बात है कि इस बयान को लेकर विवाद भी बन गया और उनकी आखिरी ख्वाहिश भी पूरी नहीं हुई।

संदर्भ—

1. http://indianexpress.com/article/india/amit-shah-on-mahatma-gandhi-bahut-chatur-baniya-tha-he-knew-congress weakness- 4696862/.
2. गांधी : 'हिंद स्वराज' एंड अदर राइटिंग्स, लेखक महात्मा गांधी, संपादक एंथनी जे. परेल, पृष्ठ 191
3. गांधी : 'हिंद स्वराज' एंड अदर राइटिंग्स, लेखक महात्मा गांधी, संपादक एंथनी जे. परेल, पृष्ठ 192
4. ए ट्रू स्टोरी ऑफ ए मैन, हिज पीपुल एंड एन एंपायर, लेखक राजमोहन गांधी

□

अपने रोमांटिक रिश्तों को लेकर काफी बेबाक थे हरिवंश राय बच्चन, खुलकर लिखा था अपने पुराने रोमांटिक रिश्तों के बारे में?

युवा पीढ़ी हरिवंश राय बच्चन को अमिताभ बच्चन के जरिए ही जानना सीखी, हिंदी के छात्र-छात्राओं को छोड़ दिया जाए तो युवाओं में उन्हें बेहद ही कम लोग जानते थे। वे उन्हें जानने लगे, मधुशाला को जानने लगे, कुछ लाइंस भी याद हो गईं, जो अमिताभ अकसर लिखते-बोलते रहते हैं। ऐसे में जब-जब अमिताभ के रोमांटिक रिश्तों या पत्नी जया से इतर रिश्तों की बात होती है, अमिताभ चुप्पी लगा जाते हैं। तो इस पर कई पुराने बुजुर्ग पत्रकारों या कवियों को ये लिखते, कहते देखा गया है कि बेटे से बेहतर तो पिता थे, कुछ भी नहीं छिपाया, सबकुछ दुनिया को बताकर गए। तो क्या ये वाकई में सच था कि अपने रोमांटिक रिश्तों को लेकर अमिताभ बच्चन के पिता उनसे ज्यादा बेबाक थे? इस लेख में जानेंगे आप इस बात की सच्चाई, जो आपके लिए वाकई में दिलचस्प होगी।

अगर कोई अमिताभ बच्चन के फैंस से ये कहे कि अमिताभ और अजिताभ हरिवंश राय बच्चन की पहली नहीं, बल्कि दूसरी बीवी की संतान थे और हरिवंशजी की प्रेम कहानियाँ अमिताभ की प्रेम कहानियों से कहीं ज्यादा थीं, तो शायद उन्हें यकीन न हो। उस पर भी दिलचस्प बात ये कि अमिताभ न रेखा से अपने रिश्तों के बारे में कुछ बोलते हैं और न परवीन बॉबी से और न ही किसी और से। लेकिन उनके पिताजी ने बड़ी बेबाकी से अपने सारे रिश्तों के बारे में खुल्लम-खुल्ला लिखा है, चाहे वो वैध रिश्ते थे या फिर अवैध। जी हाँ, उनका एक अवैध रिश्ता भी था, इसकी स्वीकारोक्ति उन्होंने अपनी आत्मकथा, यानी ऑटोबायोग्राफी में भी की है।

कुल चार हिस्सों में ऑटोबायोग्राफी लिखी हरिवंश राय बच्चन ने 'क्या भूलूँ, क्या याद करूँ', 'नीड का निर्माण फिर', 'बसेरे से दूर' और 'दशद्वार से सोपान तक'। पहला

पार्ट था, 'क्या भूलूँ, क्या याद करूँ,' इसी में उन्होंने अपनी पहली बीवी श्यामा के बारे में लिखा है और इस किताब को श्यामा की मौत पर ही खत्म किया है। श्यामा से उनकी शादी 19 साल की उम्र में हुई थी, तब वे 14 की थीं। तीन साल गौने के बाद जब वे घर आईं तो काफी बीमार थीं। दरअसल उनकी मौत भी शादी के दस साल बाद ही टी.बी. से हो गई थी। श्यामा की माँ को टी.बी. की बीमारी थी, उन्हीं की सेवा में दिन-रात लगी श्यामा को भी लग गई। अमिताभ के फैंस को पता होगा कि अमिताभ बच्चन खुद भी टी.बी. की बीमारी से उबर कर आए हैं, तभी वे सरकार के टी.बी. कैंपेन के ब्रांड अंबेसडर भी बन गए।

'क्या भूलूँ, क्या याद करूँ' में हरिवंश राय बच्चन लिखते हैं, "श्यामा को आंत्र-क्षय (आँत की टी.बी.) रोग था। मैं भी एक समय क्षय का रोगी घोषित कर दिया गया था। क्षय संक्रामक रोग है, विशेषकर उनके लिए अधिक संक्रामक सिद्ध हो सकता है, जो किसी भी समय स्वयं भी कभी क्षय रोगी रह चुका हो। श्यामा जिस दिन से बीमार पड़ी, मैंने अपने ऊपर उसकी सेवा का भार ले लिया। रातों को उसकी खाट-से-खाट लगाकर सोता था, पता नहीं रात को वह किस समय, किस काम से मुझे जगाना चाहे। मुझे लोग आगाह भी करते थे कि मेरा श्यामा के इतना निकट रहना खतरे से खाली नहीं।"[1]

श्यामा से भी शादी से पहले हरिवंश का एक अफेयर हुआ, अपने दोस्त कर्कल की बीवी चंपा से, और ये कर्कल की मर्जी से था। हालाँकि हरिवंश इसे राधा-श्याम के प्रेम की तरह परिभाषित करते हैं। कर्कल की असामयिक मौत से पहले कर्कल ने उनसे उसका ध्यान रखने का भी वायदा लिया था। उसकी मौत से पहले ही दोनों के रिश्ते भी बने और चंपा गर्भवती भी हो गई। जब कर्कल की सास को पता चला कि चंपा गर्भवती है, उस दिन के बारे में हरिवंश राय बच्चन अपनी किताब 'क्या भूलूँ, क्या याद करूँ' में लिखते हैं, "गर्भवती होने के लक्षण तो उसके शरीर में मई में दिखाई दिए और वृद्धा सुंदर की अनुभवी, पैनी और पैठू आँखें पल भर में तह तक पहुँच गईं। उस समय उस लोकलाज-भीता, असहाया और विधवा पर क्या बीती होगी, उसकी कल्पना मैं नहीं कर सकता। उसने मुझे बुलाया और एक बार चंपा की ओर देखकर अपनी कील सी चुभने वाली ब्रह्मा तेजमयी आँखों से मुझे ऐसे देखा जैसे वह मुझे वहीं दग्ध करके क्षार कर देगी। चंपा ने मंद, गंभीर स्वर में कहा, 'दोषी मैं हूँ!' इससे पूर्व कि मैं कुछ कहूँ वृद्धा ब्राह्मणी ने अपनी प्रबल भुजा उठाकर अपनी तर्जनी से द्वार की ओर संकेत किया और मानो उसके झटके से ही, खुद चलकर नहीं, मैं दरवाजे के बाहर हो गया।"[2]

चंपा की सास कैसे उसको लेकर हरिद्वार के लिए रवाना हुई, उसको विस्तार से हरिवंश ने अपनी बायोग्राफी में लिखा है। इधर किसी ज्योतिषी ने हरिवंश के पिता को कहा था कि तुम्हारा बेटा एक दिन बहुत बड़ा आदमी बनेगा, उसको बढ़ने से रोकना नहीं।

उनके माता-पिता को चंपा का पूरा एपिसोड पता होने के बावजूद उन्होंने कुछ नहीं कहा, यहाँ तक कि चंपा की मौत के बाद अपने बेटे की मानसिक स्थिति की चिंता ज्यादा थी। ऐसे में श्यामा से शादी करके उन्हें लगा कि इससे उसका ध्यान बँटेगा।

हरिवंश राय बच्चन ने विस्तार से अपनी ऑटोबायोग्राफी में लिखा है कि कैसे उनके एक करीबी श्रीमोहन ने पहचाना कि उनकी जीवनसंगिनी किस तरह की लड़की हो सकती है और कैसे उन्होंने श्यामा को ढूँढ़ा। श्यामा उम्र से ज्यादा परिपक्व और समझदार थीं, उनके कवि मन को भा गईं। श्यामा की याद में उन्होंने तीन कविताएँ लिखी थीं, 'निशा निमंत्रण', 'एकांत संगीत' और 'आकुल अंतर'। घरवाले उन्हें बीमार श्यामा से दूर रखना चाहते थे। लेकिन वे उनसे बात करना चाहते थे। घर की महिलाओं को डर था कि कहीं वे टी.बी. से ग्रसित श्यामा से सेक्सुअल रिलेशन न बना ले। लेकिन पति-पत्नी के आपसी तारतम्य के आगे घरवाले निरुत्तर रह गए। इसी तरह बच्चन ने कभी आजाद-भगत सिंह के साथी यशपाल की प्रेमिका प्रकाशो से अपने खिंचाव के बारे में भी लिखा है कि कैसे वे उनके घर में रानी नाम से रहती थीं और सच्चाई किसी को पता नहीं थी।

हरिवंश राय बच्चन ने अपने रोमांटिक ही नहीं घरेलू रिश्तों, अपनी कायस्थ जाति और अपने पूर्वजों के बारे में भी खुलकर लिखा और बताया कि कैसे सामाजिक आंदोलनों में भाग लेने की वजह से उनके चाचा के परिवार के लोगों ने उनके परिवार का इस कदर बहिष्कार कर दिया कि श्यामा की मौत के बाद काँधा देने तक नहीं आए। हालाँकि हरिवंश ने उन्हें तेजी बच्चन के साथ शादी के बाद 'एट होम' समारोह में बुलाया तो वे खुद नहीं आए, बल्कि बच्चे भेज दिए, ताकि नई बहू के बारे में जानकारी मिल सके। लेकिन उनकी एक खानदानी चाची ने बच्चों को सबके साथ खाना खाने से रोक दिया ये कहकर, "नहीं...ई लोग इस पंगत में न खइहें।" उनके अलग खाने की व्यवस्था की गई, लेकिन तेजी बच्चन ने इससे काफी अपमानित महसूस किया।[3] टी.वी. पर अकसर अमिताभ के चाचा आदि खानदानियों की कहानियाँ आती हैं कि कैसे बच्चन उनकी मदद नहीं करते, दरअसल इसके पीछे की ये सब वजहें थीं, जो हरिवंश राय बच्चन ने अपनी बायोग्राफी में लिखी हैं।

श्यामा की मौत के बाद वे अकेले पड़ गए थे, पाँच साल बाद 1941 में उनकी मुलाकात हुई तेजी बच्चन से। ये मुलाकात हुई बरेली में उनके दोस्त प्रकाश के घर। नई साल का जश्न था, 31 दिसंबर की रात थी। उनसे सबने कविता पाठ का आग्रह किया। आगे की कहानी बच्चन साहब के शब्दों में पढ़िए, "ये कविता मैंने बड़े सिनिकल मूड में लिखी थी। मैंने गीत सुनाना शुरू किया। मैं एक पलंग पर बैठा था, मेरे सामने प्रकाश बैठे थे और मिस तेजी सूरी उनके पीछे खड़ी थीं। गीत सुनाते-सुनाते न जाने मेरी आवाज में कहाँ से वेदना भर आई। मैंने 'उस नयन से बह सकी कब इस नयन की अश्रु-धारा...'

लाइन पढ़ी ही थी कि मिस सूरी की आँखें नम हो गईं और उनके आँसू टप-टप प्रकाश के कंधे पर गिर रहे थे। ये देखकर मेरा गला भर आता है। मेरा गला रुँध जाता है। मेरे भी आँसू नहीं रुक रहे थे। ऐसा लगा मानो, मिस सूरी की आँखों से गंगा-जमुना बह चली हैं और मेरे आँखों से जैसे सरस्वती।"

और वो कविता ये थी—

क्या करूँ संवेदना लेकर तुम्हारी?
क्या करूँ?
मैं दुःखी जब-जब हुआ
संवेदना तुमने दिखाई,
मैं कृतज्ञ हुआ हमेशा,
रीति दोनों ने निभाई,
किंतु इस आभार का अब
हो उठा है बोझ भारी,
क्या करूँ संवेदना लेकर तुम्हारी?
क्या करूँ?
एक भी उच्छ्वास मेरा
हो सका किस दिन तुम्हारा?
उस नयन से बह सकी कब
इस नयन की अश्रु-धारा?
सत्य को मूँदे रहेगी
शब्द की कब तक पिटारी?
क्या करूँ संवेदना लेकर तुम्हारी?
क्या करूँ?

काफी दिलचस्प बात ये है कि जैसे-जैसे हरिवंश राय बच्चन की आत्मकथाओं के शुरुआती खंड छपकर बाहर आए, लोगों के बीच पहुँचे तो हरिवंश राय बच्चन एक अलग ही दुविधा में फँस गए। उनके पास तमाम तरह के पत्र आने लगे, कोई उन्हें खुद को पूर्व जन्म की चंपा बताती तो कोई श्यामा, इतना ही नहीं एक लड़के ने तो खुद को उनका दोस्त कर्कल बताया। एक लड़की से तो उनका सालों पत्र व्यवहार चला, वो खुद को उनकी पूर्व जन्म की पत्नी श्यामा बताती थी। उनके बँगले के सामने आकर खड़ी हो जाती थी, उनसे मिली तो उनके पैर भी छू लिये, अकसर उनसे घंटों फोन पर बात किया करती थी। बड़ी मुश्किल से पीछा छूटा था, उनका उससे। ये सारी घटनाएँ उन्होंने अपनी आत्मकथा के आखिरी खंड 'दशद्वार से सोपान' तक में लिखी हैं।

चाहे वो चंपा हो, श्यामा हो, तेजी हो या फिर प्रकाशो, हरिवंश राय बच्चन ने अपनी दबी ढकी, वैध, अवैध—सभी तरह की इच्छाओं, भावनाओं को अपनी ऑटोबायोग्राफी में खुलकर लिखा है। बिना ये सोचे कि कोई क्या कहेगा। शायद तब टेलीवीजन का युग भी चरम पर नहीं था और सोशल मीडिया तो गर्भ में भी नहीं था। अब माहौल बदल गया है, इस तरह की व्यक्तिगत जानकारियाँ लोग लोगों से बाँटते तो हैं; लेकिन किताब को चर्चित बनाने के लिए। अमिताभ बच्चन को इन सबकी शायद जरूरत नहीं, क्योंकि वे न चाहें तब भी चर्चा में ही रहते हैं। फिर भी लोगों को कहीं-न-कहीं लगता है कि वे भी अपनी व्यक्तिगत जिंदगी के कुछ राजों पर से कभी-न-कभी परदा जरूर उठाएँगे, अपने बेबाक पिता की तरह ही।

संदर्भ—

1. क्या भूलूँ, क्या याद करूँ, लेखक हरिवंशराय बच्चन, पृष्ठ 237
2. क्या भूलूँ, क्या याद करूँ, लेखक हरिवंशराय बच्चन, पृष्ठ 161
3. दशद्वार से सोपान तक, लेखक हरिवंशराय बच्चन, पृष्ठ 16

□

क्वीन विक्टोरिया के अंतिम संस्कार में शाही परिवार को मजबूरी में इस भारतीय को भी करना पड़ा था शामिल

1897 में यानी अपनी मौत से 4 साल पहले ही ब्रिटेन साम्राज्य की महारानी क्वीन विक्टोरिया ने अपने अंतिम संस्कार के लिए दिशा-निर्देश लिख दिए थे कि कैसे करना है और क्या क्या करना है। 22 जनवरी, 1901 को उनकी मौत के बाद 1 फरवरी को अंतिम संस्कार हुआ था। 64 साल बाद शाही खानदान में किसी का अंतिम संस्कार हो रहा था, सो इससे पहले वहाँ कोई ऐसा मौजूद नहीं था, जिसने किसी पुराने रानी या राजा का अंतिम संस्कार देखा हो तो क्वीन विक्टोरिया के लिखित निर्देशों का ही पालन हो रहा था। क्वीन की ख्वाहिश थी कि उनका अंतिम संस्कार एक फौजी की बेटी की तरह हो, तो उनके कॉफिन बॉक्स के साथ हर जगह एक तोप ले जाई गई थी। उन्हें काला रंग पसंद नहीं था, सो सफेद कपड़े पहनाए गए। सबसे खास था, उनके सिरहाने उनके पुराने सहयोगी जॉन ब्राउन के बालों का एक गुच्छा और फोटो।[1] ऐसे में एक व्यक्ति को उनके कॉफिन के पास लाया गया और खास तौर पर क्वीन का चेहरा दिखाने के लिए कॉफिन खोला गया, इतना ही नहीं उसको क्वीन के परिवार और करीबी लोगों के साथ ही पूरे वक्त रहने की इजाजत दी गई। लेकिन वो व्यक्ति उस वक्त बिल्कुल सहज नहीं था। तमाम अंग्रेजों के बीच ये अकेला भारतीय था।

इतिहास अजब गजब कहानियों से भरा पड़ा है, जिनमें से तमाम अनसुनी रह गईं। ऐसी ही एक दिलचस्प कहानी है, दुनिया भर पर राज करनेवाले ब्रिटेन की महारानी क्वीन विक्टोरिया की। अगर आपको ये पता चले कि उनका सबसे करीब का व्यक्ति जिसे वे अपने बच्चों से भी ज्यादा पसंद करती थीं, वो भारतीय था तो आप चौंक जाएँगे। इतनी ज्यादा करीबी थी, दोनों के बीच कि जब क्वीन विक्टोरिया की मौत हुई तो उनके बेटे ने अंतिम संस्कार के बाद जो आदेश दिया, वो ये था कि क्वीन ने जितने लैटर्स उसे

लिखे हैं, वे सब अभी जला दे और परिवार समेत तुरंत भारत वापस चला जाए।[2] 2017 में हॉलीवुड में क्वीन विक्टोरिया और इस भारतीय के रिश्तों पर एक मूवी भी बनी, 'विक्टोरिया एंड अब्दुल'।

उसका नाम था—अब्दुल करीम, और क्वीन विक्टोरिया से उसकी करीबी वाकई इस कदर थी कि एक बार जब वो थोड़े वक्त के लिए इंडिया वापस गया तो क्वीन विक्टोरिया उसे रोज एक लैटर लिखा करती थीं। अब्दुल करीम आगरा का रहनेवाला था और क्वीन की तिहाई से भी कम उम्र का था। अब्दुल का जन्म झाँसी के पास ललितपुर में हुआ था, पिता ब्रिटिश सेवा में हॉस्पिटल असिस्टेंट थे, जिन्हें बाद में आगरा जेल ट्रांसफर कर दिया गया, बाद में अब्दुल भी उसी जेल में क्लर्क बन गया। लंदन में भारतीय कालीनों और हैडलूम की एक एक्जीबीशन होनी थी, क्वीन को उसमें आना था। जेल अधीक्षक जॉन टाइलर ने जेल के कैदियों से ढेर सारे कालीन बनवाए, 34 कैदियों के साथ कालीनों को लंदन भिजवाया, क्वीन के लिए दो गोल्ड ब्रेसलेट भी तोहफे में भिजवाए। इसकी सारी जिम्मेदारी अब्दुल के कंधों पर थी। अंग्रेज अधिकारी अब्दुल से काफी खुश थे। अब्दुल भी अंग्रेजी तौर-तरीकों और भाषा में पारंगत हो चला था।

1887 में क्वीन अपने शासन की गोल्डन जुबली मनाने जा रही थीं, भारत से भी तमाम रजवाड़ों से राजाओं को बुलाया गया था। लेकिन महारानी भारतीयों और भारतीय तौर-तरीकों के बारे में ज्यादा जानती नहीं थीं। वे और जानना चाहती थीं। उसने जॉन टेलर से ही दो भारतीय सहायकों को भेजने को कहा। अब्दुल करीम के साथ-साथ मोहम्मद बख्श की भी लॉटरी लग गई। भेजने से पहले दोनों को अच्छे से शाही तौर-तरीकों और अंग्रेजी तहजीब की ट्रेनिंग दी गई। महारानी से उनकी पहली मुलाकात 23 जून, 1887 को हुई, महारानी ने अपनी डायरी में लिखा है, "The other, much younger, is much lighter [than Buksh], tall, and with a fine serious countenance. His father is a native doctor at Agra. They both kissed my feet."

क्वीन की डायरी से पता चलता है कि करीम उन्हें उर्दू और हिंदुस्तानी सिखाने लगा, एक दिन उसने बहुत अच्छी करी भी बनाकर खिलाई। जब बड़ोदा से महारानी चिमना बाई मिलने आईं तो क्वीन ने कुछ उर्दू के शब्दों का भी पहली बार इस्तेमाल किया। महारानी को धीरे-धीरे करीम पसंद आने लगा, करीम के लिए अलग से एक इंग्लिश ट्यूटर लगाया गया। उसे वेटर या सहायक जैसे ओहदे से बढ़ाकर क्लर्क या मुंशी की पोस्ट दे दी गई, क्वीन उसे डीयरेस्ट मुंशी कहकर बुलाती थीं। उसे सारे इंडियन कर्मचारियों का इन्चार्ज बना दिया गया। क्वीन ने अपने बेटे की बहू लुइस को एक लैटर में अब्दुल के बारे में लिखा था, "I am so very fond of him. He is so good and gentle and understanding...and is a real comfort to me."

क्वीन उससे हर तरह की राय लेने लगीं, पारिवारिक, राजनीतिक, महल के मामले, भारतीय मामले और यहाँ तक कि दार्शनिक भी। भारत के वायसराय के विरोध के बावजूद करीम ने अपने पिता की पेंशन बंधवा ली और आगरा के जेलर जॉन टाइलर का प्रमोशन करवा दिया। इतना ही नहीं जब प्रिंस एडवर्ड के एक कार्यक्रम में करीम को बाकी भारतीय नौकरों के साथ बैठाया गया तो वो नाराज होकर अपने कमरे में चला गया, बाद में क्वीन ने उसे बुलाकर परिवार के साथ बैठाया। वे उसे फैमिली फ्रेंड की तरह परिचय करवाने लगी थीं। क्वीन ने अलग-अलग मौकों पर लंदन के तीन जाने-माने पेंटर्स को आदेश देकर मुंशी अब्दुल करीम की तीन बड़ी आदमकद पेंटिंग्स भी बनवाईं, इतना लगाव देखकर क्वीन के बच्चे भी नाराज रहने लगे थे। क़रीम के बाकी परिवार को भी लंदन बुलाकर एक घर उसे दे दिया गया था। यहाँ तक कि उसका भतीजा, उसकी सास सब आकर वहाँ रहने लगे, कई और रिश्तेदार भी।

एक बार करीम के एक रिश्तेदार ने महारानी के कान के बुंदों को चुराकर एक ज्वैलर को बेचने की कोशिश की, करीम ने क्वीन को समझा दिया कि भारत में ये परंपरा है कि अगर कोई चीज आपको कहीं पड़ी मिले तो वो आपकी है, बाकी स्टाफ मानता था कि उसने चोरी की है, लेकिन क्वीन अपने मुंशी की बात से सहमत थीं। इतना ही नहीं करीम ने भारत के स्थानीय निकाय चुनावों में मुसलिम ज्यादा जीत सकें, इसलिए कुछ सुझाव क्वीन के जरिए भारत के वायसराय लैंसडाउन को भी भिजवाए थे, जिसे उसने विवाद होने के डर से लागू नहीं किया। वायसराय को वो क्वीन की तरफ से कई लैटर्स भेजने लगा, उनमें से कई लैटर मुसलिमों को ज्यादा तवज्जो और सुविधा दिए जाने की माँग वाले थे। वायसराय परेशान रहने लगा। इधर 1890 में जब करीम की गरदन गरम पानी गिरने से जल गई तो क्वीन के पर्सनल डॉक्टर ने उसका इलाज किया, और दिन में दो बार क्वीन खुद उसे देखने आती थीं।

क्वीन के बार-बार आग्रह करने पर वायसराय ने न केवल करीम के परिवार के लिए आगरा में एक जमीन का टुकड़ा गिफ्ट किया, बल्कि जब करीम उसी साल आगरा आया तो उससे मुलाकात भी की। इतना ही नहीं करीम के पिता के रिटायरमेंट के बाद उसे 'खान बहादुर' की उपाधि के साथ सम्मानित भी किया गया। क्वीन विक्टोरिया अकसर अपने लैटर्स में करीम के लिए अंत में 'your affectionate mother, VRI' जैसे साइन जरूर इस्तेमाल करती थीं। कई देशों के राजघराने तो करीम को कोई भारतीय प्रिंस समझते थे। करीम के तेवर वक्त के साथ इतने ज्यादा बदल चुके थे कि क्वीन की नातिन की शादी को उसने इसलिए अटैंड करने से मना कर दिया, क्योंकि क्वीन के बेटे प्रिंस अल्फ्रेड ने उसके लिए सीट नौकरों के साथ ही लगवाई थी। हालाँकि इसे उसके स्वाभिमान के तौर पर भी जाना जा सकता है।

लेकिन इस तरह की कुछ घटनाओं के चलते क्वीन की फैमिली से लेकर तीन वायसरायों समेत तमाम ब्रिटिश अधिकारियों और ढेरों यूरोपीय राजघरानों में अब्दुल करीम की चर्चा होने लगी थी। तमाम लोग उससे नजदीकियाँ बढ़ाने की कोशिश करने लगे, तो कुछ उसके खिलाफ साजिश करने लगे। लोग ये तक कहने लगे कि उसे क्वीन के कुछ ऐसे राज पता चल गए हैं, जो अगर पब्लिक में आए तो काफी जगहँसाई होगी, इसलिए क्वीन उसकी हर बात मान लेती हैं। इधर आगरा में जहाँ उसे जमीन मिली थी, उसके बगल का भी टुकड़ा उसने खरीद लिया तो एक अंग्रेजी अधिकारी ने उसकी शिकायत की, जिससे क्वीन गुस्सा हो गईं। एक बार लॉर्ड एल्गिन के वायसराय बनने पर एक अधिकारी आगरा गया तो उसने क्वीन के पूछने पर बताया कि करीम का पिता सर्जन जनरल जैसी बड़ी पोस्ट पर नहीं है, जैसा क्वीन ने उसे बताया था, तो गुस्से में उसे क्वीन ने एक साल तक डिनर पर इनवाइट ही नहीं किया। जब भी अब्दुल भारत जाता था, रानी के आदेश पर उसे शाही ट्रीटमेंट मिलता था, तकरीबन रोज क्वीन उसे एक लैटर लिखती थीं। ब्रिटेन और यूरोपीय अखबारों में रानी और अब्दुल करीम को लेकर तमाम तरह की कहानियाँ छपने लगीं। लोग क्वीन के सरकारी पत्रों को अब्दुल के पढ़ने पर रोक लगाने की माँग करने लगे। यहाँ तक कि अब्दुल के जब कोई बच्चा नहीं हो पाया तो रानी ने उसका और उसकी बीवी का इलाज भी करवाया, खबरें फिर से कई अखबारों में छपीं।

इधर अब्दुल करीम जानता था कि क्वीन के बाद उसे कोई नहीं पूछेगा, सो उसने क्वीन से कहकर अपना ओहदा बढ़वा लिया। न बढ़ाने पर उसने क्वीन को इंडिया लौट जाने तक की धमकी दी। उसे नया ओहदा मिला 'कंपेनियन ऑफ द ऑर्डर ऑफ द इंडियन एम्पायर'।[3] कई अधिकारियों को यह काफी नागवार गुजरा। अब्दुल ने क्वीन से एक भारतीय टाइटल की माँग की, वो था 'नवाब'। इससे वो भारत के बाकी राजाओं के बराबर हो जाता। इसके अलावा उसे ऑर्डर ऑफ इंडियन एम्पायर के नाइट कमांडर की भी उपाधि चाहिए थी, इससे उसका नाम हो जाता 'सर अब्दुल करीम'। वायसराय एल्गिन को ये पसंद नहीं आया, वो उसे इस लायक नहीं समझता था, उसने क्वीन को सुझाव दिया कि करीम को मेंबर ऑफ रॉयल विक्टोरियन ऑर्डर बना दिया जाए। ब्रिटेन के पी.एम. ने भी मना कर दिया।

तब क्वीन ने अपने 80वें जन्मदिन पर करीम के लिए मेंबर और नाइट के बीच की उपाधि का ऐलान कर दिया, 'कमांडर ऑफ द ऑर्डर' (सी.वी.ओ.)। नवंबर 1899 में एक साल के लिए अब्दुल करीम वापस भारत लौटा, तब तक एल्गिन की मौत के बाद कर्जन को वायसराय बना दिया गया। अब्दुल पर अब अंग्रेज अधिकारी काफी नजर रख रहे थे, कहीं ये अंग्रेजी राज की दुश्मनी ताकतों के साथ तो नहीं। जब वो वापस लौटा तो क्वीन की तबीयत काफी खराब हो चली थी। अगले तीन महीने के अंदर क्वीन दुनिया से

रुखसत हो गईं और शुरू हो गया करीम का खराब वक्त।

प्रिंस एडवर्ड ने करीम और उसके परिवार को फौरन शाही सेवा से हटाने का आदेश देकर भारत भेजने के इंतजाम करवाए। जितने भी खत क्वीन ने करीम को लिखे थे, उन्हें फौरन जलाने का आदेश दिया। इतना जरूर है कि क्वीन के अंतिम संस्कार के वक्त पूरे समय अब्दुल करीम को क्वीन की बॉडी के साथ परिवार के सदस्य की तरह ही रहने की इजाजत दी गई।

हालाँकि करीम को शायद ये पता था कि क्वीन विक्टोरिया ने अपने अंतिम संस्कार के लिए जो निर्देश दिए हैं, वो क्या-क्या थे? माना ये जाता था कि अब्दुल से सलाह लेकर ही रानी ने वो तैयार किया था, ऐसे में अब्दुल के लिए एक लाइन भी उसमें न होना अब्दुल के लिए चौंकाने वाला था। अब्दुल खामोश ही रहा, लेकिन उसे अंदाज हो गया था कि शाही परिवार के किसी व्यक्ति ने रानी की अंतिम ख्वाहिश की बातों में उससे जुड़ी बातें हटा दी हैं, या सबको नहीं बताईं। अब्दुल से पहले जो सहयोगी क्वीन के करीब था, वो था—जॉन ब्राउन, क्वीन के कॉफिन में उसका फोटो रखा गया था, हालाँकि उसकी मौत अब्दुल के आने से पहले ही 1883 में हो चुकी थी। इसके बाद करीम परिवार के साथ आगरा लौट आया और करीम लॉज में रहने लगा, लेकिन अंग्रेजी अधिकारी बराबर उस पर नजर बनाए रहे। यहाँ तक कि 1905 में जब प्रिंस ऑफ वेल्स ने आगरा में उससे मुलाकात की तो वहीं से किंग एडवर्ड को लिखा कि "मुंशी मिला, वो मिलकर काफी खुश था, काफी विनम्र था। मुझे बताया गया है कि वो बिना किसी को परेशानी दिए अपने में मस्त रहता है।" यानी अब तक करीम को लेकर जितने भी अंग्रेज अधिकारियों या प्रेस ने जितने अंदेशे जताए थे, वे गलत थे। करीम भी ज्यादा दिन जिंदा नहीं रह पाया और 1909 में उसकी भी मौत हो गई। कोई औलाद नहीं थी, बाकी परिवार भी पाकिस्तान रहने चला गया।

2017 में दो बार के ऑस्कर अवॉर्ड विजेता स्टीफन फ्रेयर्स ने इन दोनों के रिश्तों को लेकर एक बड़ी मूवी बनाई, 'विक्टोरिया एंड अब्दुल'। स्टीफन शशि कपूर को भी पहले दो फिल्मों में रोल दे चुके हैं। क्वीन विक्टोरिया के रोल के लिए उन्होंने लिया था जूडी डेंच को, जेम्स बॉण्ड की फिल्मों में आप सबने उन्हें सीक्रेट सर्विस की चीफ और बॉण्ड की बॉस के तौर पर देखा होगा। जबकि अब्दुल करीम के रोल के लखनऊ के अली फैजल को लिया था, आपने उन्हें फुकरे, फुकरे रिटर्न्स, थ्री ईडियट और हैप्पी भाग जाएगी में देखा था, और हॉलीवुड की फास्ट एंड फ्यूरियस सेवन में भी। अमेरिकी टी.वी. सीरीज 'बॉलीवुड हीरोज' में भी काम किया था। शरबनी बसु की किताब पर आधारित इस मूवी को लेकर ब्रिटेन और यूरोप में काफी चर्चा थी, हालाँकि भारत में इस फिल्म का ढंग से प्रमोशन नहीं हुआ तो कब आई, कब गई पता नहीं चला।

संदर्भ—

1. क्वीन विक्टोरिया : ए बायोग्राफिकल कंपैनियन, लेखक हेलेन रैपापोर्ट, पृष्ठ 377
2. क्रॉनिकल्स ऑफ द म्यूटिनी एंड अदर हिस्टोरिकल स्केचेज, लेखक पी.जे.ओ. टेलर, पृष्ठ 158
3. स्ट्रेंजर्स इन द लैंड : द राइज एंड डिक्लाइन ऑफ द ब्रिटिश एंपायर, लेखक रोड्रिक कैवेलिरो, पृष्ठ 197

□

जिन्ना का ये राज सबको पता चल जाता तो रुक जाता देश का बँटवारा...!

ये बात तो नई जनरेशन को भी पता होगी कि जब आडवाणी पाकिस्तान यात्रा पर गए और जिन्ना की मजार पर उनकी तारीफ करके आ गए, यहाँ तक कि जिन्ना को सेकुलर बता दिया तो उन पर बाद में क्या गुजरी। भारत में लौटते ही उन पर इतना दवाब पड़ा कि उनको पार्टी अध्यक्ष के पद से इस्तीफा ही देना पड़ा। जिस जिन्ना को देश के बँटवारे की वजह माना जाता है, उसकी तारीफ न देश झेल पाया और न संघ परिवार। ऐसे में कुछ साल पहले एक किताब में जिन्ना का एक ऐसा राज है, जिसके बारे में कहा जाता है कि अगर उसी वक्त पता चल गया होता तो शायद देश का बँटवारा न होता।

पहले तो ये जानिए कि आडवाणी ने जो जिन्ना की तारीफ की, उसका इस राज से क्या लेना-देना है ? दरअसल आडवाणी ने जिन्ना को केवल सेकुलर ही नहीं, हिंदू-मुसलिम एकता का राजदूत भी बताया था। दरअसल जिन्ना के शुरुआती राजनीतिक इतिहास को कोई पढ़ेगा तो पाएगा कि शुरू में जिन्ना कट्टर मुसलमान नहीं था। जिन्ना को सबसे पहले गांधीजी के राजनीतिक गुरु गोपाल कृष्ण गोखले ने 1915-18 में हिंदू मुसलिम एकता का राजदूत कहा था और उनके इस बयान को सरोजिनी नायडू ने 1918 में दोहराया। इन्हीं दोनों के बयानों को लेकर ब्रायंट वैल्स ने एक किताब तक लिख डाली, “Ambassador of Hindu-Muslim Unity: Jinnah's Early Politics.”[1] सरोजिनी नायडू के ही हिंदू-मुसलिम एकता के दूत वाले बयान को बाद में आडवाणी ने दोहरा दिया। लेकिन सरोजिनी पर उस वक्त कोई गुस्सा नहीं हुआ था, क्योंकि जिन्ना का असली चेहरा तब तक सामने नहीं आया था।

समय के साथ-साथ जिन्ना पूरी तरह से खुलकर अलग पाकिस्तान के पक्ष में आ गया, 1937 में 'पाकिस्तान' नाम कैंब्रिज के एक छात्र रहमत अली ने दिया था,[2] जिसे 1940 में मुसलिम लीग के अधिवेशन में मुसलिम लीग ने मान लिया और दो राष्ट्र की माँग का प्रस्ताव पास कर दिया। कई बार गांधीजी ने उनकी कई माँगें मानकर ये समझाने

की कोशिश की कि अलग देश की माँग छोड़ दें, लेकिन जिन्ना तैयार नहीं हुए। बीच में कभी-कभी लगता था कि जिन्ना शायद राजी हो जाएँ, लेकिन 1947 आते-आते जिन्ना का व्यवहार कुछ ज्यादा ही रुखा हो गया, जिसमें समझौते की गुंजाइश नहीं थी। नतीजा पाकिस्तान के एक नए देश के रूप में सामने आया, हालाँकि किसी ने उसे सड़ा-गला पाकिस्तान कहा, क्योंकि उसका दूसरा हिस्सा यानी पूर्वी बंगाल इतनी दूर था कि उसके लिए पूरे भारत और श्रीलंका को समुद्री मार्ग से पार करके जाना पड़ता था। जो बाद में इंदिरा गांधी की मेहरबानी से बांग्लादेश बन गया।

ऐसे में सवाल भी उठा था कि जिन्ना को ऐसी क्या जल्दी थी कि वो ऐसा पाकिस्तान लेने को क्यों तैयार हो गया, जो एक न एक दिन, दो भागों में टूटना ही था? जवाब मिला लैरी कोलिंस और डोमनिक लैपियरे की मशहूर किताब 'फ्रीडम एट मिडनाइट' में। इस किताब में ये राज खोला गया है कि दरअसल जिन्ना एक गंभीर बीमारी से पीड़ित था, और उसको ज्यादा दिन जिंदा रहने की उम्मीद नहीं थी। ऐसे में वो इतिहास में अमर होना चाहता था, भारत में न उसको प्राइम मिनिस्टर की पोस्ट मिलने की उम्मीद थी और न गांधी जैसा सम्मान। ये केवल उसे केवल अपने नए देश में मिल सकता था, जहाँ उससे बड़ा या उसके कद का कोई और नेता न हो। जबकि हिंदुस्तान में ऐसे तमाम नेता थे।[3]

दरअसल जिन्ना को ट्यूबरक्लॉसिस यानी टी.बी. की बीमारी थी, जो आखिरी स्टेज में थी। हालाँकि जिन्ना का इलाज मुंबई के एक डॉक्टर से चल रहा था। फिर भी जिन्ना ने उसके बारे में किसी को बताना मुनासिब नहीं समझा था और उन दिनों टी.बी. एक भयंकर बीमारी समझी जाती थी, उसका इलाज आसान नहीं था। जिन्ना नहीं चाहता था कि ये बात सबको पता चले, अगर पता चलता तो लोग पाकिस्तान की उसकी ख्वाहिश को थोड़ा और टाल देते और जिन्ना के बाद मुसलिम लीग के पास कोई और बड़ा नेता नहीं था, जो मुसलिमों को एक करके गांधी, नेहरू या पटेल पर दवाब बना सकता। जिन्ना की इस बीमारी के बारे में उसको सबसे पहले उसके फिजीशियन डॉ. जे.ए.एल. पटेल ने बताया था, ये बात उस डॉक्टर ने जिन्ना को जून 1946 में बताई थी।[4]

उस वक्त टी.बी. की बीमारी इतनी खतरनाक मानी जाती थी कि कमला नेहरू का इलाज स्विट्जरलैंड तक में हुआ था, लेकिन पं. नेहरू का परिवार इतना पैसा खर्च करने के बावजूद भी उनको बचा नहीं पाया था। जिन्ना की उम्र भी काफी हो गई थी, और जिन्ना को अंदाजा था कि वो अब बचने वाला नहीं। फ्रीडम ऑफ मिडनाइट के लेखकों का दावा है कि अगर ये बात गांधी, नेहरू या माउंटबेटन को अप्रैल 1947 तक भी पता चल गई होती, तो जिन्ना उनको इतनी धमकी नहीं दे पाता। लेकिन जिन्ना ने अपना वो सीक्रेट सबसे छुपाकर रखा, इस मामले में उसके डॉक्टर ने भी काफी मदद की। यहाँ तक कि ब्रिटिश सीक्रेट सर्विस भी इसे पता नहीं कर पाई।

जिन्ना के पास ज्यादा वक्त नहीं था, डॉक्टर ने कहा अगर एक दो साल और जीना चाहते हो तो सिगरेट और शराब छोड़ दो, जिन्ना ने बात मान ली। लेकिन फिर भी जिन्ना ज्यादा नहीं जी पाया। 14 अगस्त, 1947 को पाकिस्तान नया देश बना और तेरह महीने में तीन दिन अभी कम थे कि 11 सितंबर, 1948 को जिन्ना की मौत हो गई। अगर किसी भी तरीके से जिन्ना की बीमारी का राज भारतीय नेताओं को पता चल जाता तो वो एक साल और इस बँटवारे के विवाद को खींच सकते थे। भले ही हम एक साल बाद आजाद होते, लेकिन देश के टुकड़े नहीं होते और आज भारत-पाकिस्तान और बांग्लादेश मिलाकर देश की सीमाएँ काफी बड़ी होतीं।

संदर्भ—

1. एंबेसडर ऑफ हिंदू-मुसलिम यूनिटी : जिन्नाज अर्ली पॉलिटिक्स, लेखक ब्रायंट वेल्स, पृष्ठ 60
2. रोड टू पाकिस्तान : द लाइफ एंड टाइम्स ऑफ मोहम्मद अली जिन्ना, लेखक बी.आर. नंदा
3. फ्रीडम एट मिडनाइट, लेखक डॉमिनिक लापियरे और लैरी कोलिंस
4. ट्यूबरकुलोसिस : द ग्रेटेस्ट स्टोरी नेवर टोल्ड, लेखक फ्रैंक रायन, पृष्ठ 287

□

क्या वाकई नेहरूजी से उनकी पत्नी थीं नाराज, नेताजी बोस ने करवाया था कमला नेहरू का इलाज?

ये एक ऐसा वायरल मैसेज है, जो जब भी नरेंद्र मोदी की पत्नी को लेकर सवाल उठते हैं, या फिर पं. नेहरू के चरित्र की बात होती है, सोशल मीडिया के अलग-अलग प्लेटफॉर्म्स पर वायरल होने लगता है। आखिर क्या है इसका सच? क्या वाकई पं. नेहरू ने कमला नेहरू की बेकदरी की? इतना ज्यादा कि वे जेपी की पत्नी प्रभावती को खत में लिखकर शिकायत करती थीं? क्या इंदिरा भी अपनी मम्मी की हालत को देखकर पिता को खत लिखती थीं? और क्या वाकई पं. नेहरू के पास इतना वक्त नहीं था कि अपनी पत्नी का इलाज करवाने उनके साथ स्विट्जरलैंड या जर्मनी जा सकें? क्या ये सच है कि नेहरू की जगह नेताजी सुभाष चंद्र बोस गए थे, उनका इलाज करवाने विदेश? इसको आप ऐसे समझ सकते हैं कि इस दिशा में जो अलग-अलग दो तीन वायरल मैसेज एक अंतराल के बाद सोशल मीडिया पर शेयर होने लगते हैं, वे आधे सच हैं और आधे झूठ।

पहले आपको जानना चाहिए कि इन वायरल मैसेज में होता क्या है? इसी तरह का एक वायरल सच मुझे भी मिला था, जिसका थोड़ा सा हिस्सा आप यहाँ पढ़ सकते हैं—"जवाहर लाल नेहरू ने अपनी पत्नी के साथ जो किया, वो इतना भयावह था कि जानकर आप नेहरू से नफरत करने लगेंगे...टी.वी. चैनलों पर कांग्रेस पार्टी के नेता अकसर ये आरोप लगाते हुए देखे जाते हैं कि प्रधानमंत्री मोदी ने अपनी पत्नी को छोड़ दिया। लेकिन क्या आप को यह पता है जवाहर लाल नेहरू ने अपनी पत्नी के साथ क्या किया? जवाहरलाल नेहरू की पत्नी कमला नेहरू को टी.बी. हो गया था, क्योंकि तब टी.बी. का इलाज नहीं था और इनसान तिल-तिल, तड़प-तड़पकर पूरी तरह गलकर हड्डी का ढाँचा बनकर मरता था। नेहरू ने अपनी पत्नी को युगोस्लाविया (आज चेक रिपब्लिक) के प्राग शहर में दूसरे इनसान के साथ सेनिटोरियम में भरती कर दिया। कमला नेहरू

पूरे दस सालों तक अकेले टी.बी. सेनिटोरियम में पल-पल मौत का इंतजार करती रहीं, लेकिन नेहरू दिल्ली में एडविना के साथ इश्क करते थे। सबसे शर्मनाक बात तो ये है कि इस दौरान नेहरू कई बार ब्रिटेन गए, लेकिन एक बार भी उन्होंने प्राग जाकर अपनी धर्मपत्नी का हालचाल नहीं लिया। नेताजी सुभाषचंद्र बोस को जब पता चला, तब वे प्राग गए, तुरंत ही नेताजी सुभाषचंद्र बोस ने उस जमाने में 70 हजार रुपए इकट्ठे किए। लेकिन कमला नेहरू असल में मन से बेहद टूट चुकी थीं...उन्हें इस बात का दुःख था कि उनका पति उनके पास पिछले दस सालों से हाल-चाल लेने तक नहीं आया और गैर लोग उनकी देखभाल कर रहे हैं। दो महीनों तक बुसान में भरती रहने के बाद 28 फरवरी, 1936 को बुसान में ही कमला नेहरू की मौत हो गई। उनकी मौत के दस दिन पहले ही नेताजी सुभाषचंद्र ने नेहरू को तार भेजकर तुरंत बुसान आने को कहा था, लेकिन नेहरू नहीं आए...फिर नेहरू को उनकी पत्नी की मौत की खबर भेजी गई...फिर भी नेहरू अपनी पत्नी के अंतिम संस्कार में भी नहीं आए। अंत में स्विट्जरलैंड के बुसान शहर में ही नेताजी सुभाषचंद्र बोस ने नेहरू की पत्नी कमला नेहरू का अंतिम संस्कार करवाया, जिस व्यक्ति ने अपनी पत्नी के साथ ऐसा व्यवहार किया, उसे हम चाचा नेहरू कहते हैं। यह मैसेज इतना फैलाओ कि लोग असलियत को जानें और इनकी फर्जी चाचा की पदवी निकाल ली जाए।"

इस मैसेज का पूरा सच जानने से पहले आप जानिए कि कमला नेहरू और नेहरूजी के बाद ये मनमुटाव वाली बातें उठीं कैसे? जवाहर लाल अकसर घर से बाहर रहते थे, या तो कांग्रेस की मीटिंग या आंदोलनों के चलते देश के किसी कोने में या फिर जेल में। इंदिरा के बाद पैदा हुआ कमला का बेटा, जब एक हफ्ते के अंदर ही चल बसा तो कमला और भी ज्यादा निराश हो गईं। इंदिरा पुणे में पढ़ने गईं तो जल्द उन्हें माँ की बीमारी के चलते वापस आना पड़ा, उनको टी.बी. की बीमारी थी। फिर इंदिरा को शांतिनिकेतन भेजा गया। इधर नेहरू की बहनों और माँ का कमला के प्रति रुख अच्छा नहीं था। ऐसे में कमला अध्यात्म और धर्म में रमने लगीं। मोतीलाल नेहरू जब तक जिंदा थे, जवाहर लाल के घर पर रहने, न रहने का इतना असर कमला को नहीं पड़ता था, लेकिन उनकी मौत के बाद जवाहर लाल की माँ, विधवा मौसी बीवी अम्माँ और बहनों का बर्ताव कमला के साथ अच्छा नहीं था, इसके चलते कमला आनंद भवन में उपेक्षित सी रहने लगी थीं। यही वो वक्त था, जब फिरोज गांधी अकसर उनके पास आने लगे थे।

एक बार तो माँ से मिलकर शांतिनिकेतन लौटते वक्त इंदिरा ने अपने पिता को बर्दवान स्टेशन से एक लैटर पोस्ट कर दिया कि इतने लोग घर में हैं, लेकिन न तो कोई माँ का खयाल रखता है और न ही उनसे बातें करता है। कमला जीवन से इतनी निराश थीं कि उनका झुकाव अध्यात्म की तरफ हो गया। वे अपनी माँ के साथ रामकृष्ण मिशन

के स्वामी शिवानंद से मिलीं और बिना नेहरू को बताए दीक्षा ले ली। इतना ही नहीं वे देहरादून में माँ आनंदमयी से भी मिलीं, बाद में पी.एम. बनने के बाद इंदिरा भी उनसे लगातार मिलती रहीं। कमला अकसर जयप्रकाश नारायण की पत्नी प्रभावती को पत्र में लिखा करती थीं, "क्यों तुम, क्यों मेरे लिए उदास हो? मैं तो इस दुनिया पर बोझ हूँ।"[1] एक पत्र में तो कमला ने लिखा कि "इतने साल मैंने गृहस्थ आश्रम में बिताए, इतना समय मैं भगवान् की खोज में बिताती, तो मुझे वो मिल जाते।" प्रभावती से उनकी दोस्ती गांधीजी के आश्रम में रहने के दौरान हुई थी, बाद में जेपी ने ये खत इंदिरा को सौंप दिए थे।

कमला नेहरू अरसे से बीमार थीं, और नेहरूजी के परिवार की महिला सदस्य उन्हें पसंद नहीं करती थीं, ये बातें कई बार इंदिरा गांधी ने भी अपने खतों में नेहरूजी को लिखी थीं और अपनी बायोग्राफर पुपुल जयकर को भी बताई थीं। ऐसे में टी.बी. जैसी गंभीर बीमारी से परेशान कमला को जरूरत थी, एक अपने की, कई बार जब-जब पं. नेहरू उनके पास होते थे, तो उनकी तबीयत में जबरदस्त सुधार होता था और दूर जाते ही तबीयत बिगड़ जाती थी। पं. नेहरू के साथ जितनी राजनीतिक समस्याएँ थीं, उतना ही उनकी अपनी महत्त्वाकांक्षाएँ भी थीं। सो पहली बार जब वे कमला को लेकर 1926 में मार्च में स्विट्जरलैंड पहुँचे, तब भी वे उन्हें हॉस्पिटल में भरती करवाकर अकसर यूरोप के कई देशों में घूमने निकल जाते थे। नेहरूजी ने अपनी आत्मकथा में लिखा है, "At the beginning of March 1926, We sailed, my wife, our daughter and I, from Mumbai for Venice. with us On the Same boat, went also my sister and brother-in-law Ranjit S. Pandit. They had planned their Europe trip long before the question of our going has arisen."[2]

लेकिन कमला की तबीयत जरा सी सुधरते ही वे फ्रांस, इंग्लैंड, जर्मनी घूमने निकल गए। कुछ ऐसा ही उन्होंने 1935-36 में किया था। हालाँकि महासचिव रहते हुए भी विदेश में उन पर कांग्रेस का कोई काम नहीं था, कम-से-कम मार्च 1926 से लेकर दिसंबर 1927 तक तो बिल्कुल नहीं, जब वे वापस लौटे। वे इलाहाबाद म्यूनिसिपेलिटी के चेयरमैन पद से इस्तीफा देकर गए थे। बीच में उनके वामपंथी मित्रों ने उनसे 'ब्रुसेल्स कांग्रेस ऑफ ऑप्रेस्ड नेशनलिटीज' में हिस्सा लेने को कहा, तब उन्होंने कांग्रेस के प्रतिनिधि के तौर पर उसमें हिस्सा ले लिया। लेकिन ये कांग्रेस का एजेंडा नहीं था। पूरे 21 महीने वे यूरोप में ही घूमते रहे। पत्नी कमला नेहरू की बीमारी का जिक्र उन्होंने अपनी बायोग्राफी के इस हिस्से में बस एक लाइन में किया, बाकी समय वे अपनी निजी मुलाकातें करते रहे, यहाँ तक बर्फ पर स्कीइंग आदि का जिक्र भी उन्होंने किया है। कमला की तबीयत 1931 में फिर बिगड़ी, इस बार वे उन्हें लेकर मुंबई गए, लेकिन पुरुषोत्तम दास टंडन आदि

नेताओं की इलाहाबाद में गिरफ्तारी और इटावा में प्रस्तावित प्रॉविंशियल कांग्रेस कॉन्फ्रेंस के चलते कमला नेहरू को हॉस्पिटल के बेड पर ही छोड़ आए, इससे फिर कमला को बुरा लगा हो सकता है।

1934 में कमला नेहरू की तबीयत एक बार फिर गंभीर हो चुकी थी। तब पं. नेहरू देहरादून जेल में थे, अगस्त में उन्हें कमला की बीमारी के लिए सरकार ने 11 दिन के लिए छोड़ा, वे इलाहाबाद में ही रहे। इंदिरा भी शांतिनिकेतन से आ चुकी थीं। 1935 में फिर कमला बीमार हुईं तो पं. नेहरू ने एक बार फिर उन्हें इलाज के लिए यूरोप ले जाने का इरादा किया। तब मोतीलाल नेहरू ने उन्हें सलाह दी कि तुम राजनीतिक लाइन में रहकर कुछ जॉब नहीं कर सकते, ऐसे में वहाँ के खर्च के लिए पैसे दूसरे तरीके से कमाने होंगे। मोतीलाल ने उनको एक अमीर आदमी का केस दिला दिया, उससे दस हजार रुपए की फीस मिली, जिससे नेहरू ने यूरोप का खर्च निकाला। हालाँकि ये केस पं. नेहरू ने कब लड़ा इसकी कोई जानकारी नहीं। तय किया गया कि कमला के साथ इंदिरा और फैमिली डॉक्टर मदन अटल जाएँगे। कमला का एक ऑपरेशन जर्मनी के बर्लिन में होगा, और इंदिरा का एडमीशन स्विट्जरलैंड में करवा दिया जाएगा। नेहरू इस वक्त अलमोड़ा जेल में थे। तब इंदिरा महज 19 साल की ही थीं। ये भी खासा दिलचस्प है कि इंदिरा ने अपनी दोस्त पुपुल जयकर से 1935 के यूरोप दौरे के खर्च की चिंता के बारे में बताया था, लेकिन पं. नेहरू जो 21 महीने तक पूरे यूरोप में रुके घूमते रहे, कमला का इलाज भी करवाया, उसके महाकाय खर्च या उसकी चिंता के बारे में उन्होंने अपनी ऑटोबायोग्राफी में जिक्र तक नहीं किया था।

4 जून, 1935 को जब कमला नेहरू और इंदिरा जर्मनी के वियना पहुँचीं तो उनका स्वागत और सारे इंतजाम सुभाष चंद्र बोस और उनके साथियों ने करवाए। दरअसल मांडले जेल में नेताजी बोस को भी टी.बी. की बीमारी हो गई थी, जिसके चलते वे ऑस्ट्रिया के बैडगेस्टीन टाउन में और हिमाचल के डलहौजी में भी रहे थे। उन दिनों वे ऑस्ट्रिया में ही थे। उस दौर में बोस और नेहरू काफी करीब थे। इतना ही नहीं बोस ने नेहरूजी को बाद में पत्र लिखकर भी कहा था कि इस मुश्किल में कोई मदद की जरूरत हो तो संकोच मत करिएगा। यानी ऐसा कुछ नहीं था कि बोस ने नेहरूजी की कमला नेहरू के साथ बेरुखी देखकर मदद की थी, बल्कि दोनों के रिश्ते ऐसे थे कि नेताजी बोस ने उनकी मदद की थी। ये अलग बात है कि इतने करीबी रिश्ते 1939 के त्रिपुरी अधिवेशन पहुँचते-पहुँचते खराब होते चले गए, बावजूद इसके नेताजी बोस ने आजाद हिंद फौज की एक ब्रिगेड का नाम नेहरू ब्रिगेड रखा था।

16 जून को बर्लिन में कमला का एक ऑपरेशन हुआ, जो पूरी तरह कामयाब नहीं था, कमला को तेज बुखार उसके बाद चढ़ गया था। नेहरू ने अपनी डायरी में 28

अगस्त, 1935 को लिखा था, "K's condition unsatisfactory–nausea and vomiting. I felt thoroughly upset and the bad news seemed as if it was a prelude to something worse."[3] इधर डॉक्टर्स ने सलाह दी कि जर्मनी-स्विट्जरलैंड बॉर्डर पर बेडनविलर नाम के कस्बे में एक टी.बी. सेनीटोरियम में कमला को भरती कर दिया जाए। डॉ. मदन अटल उन्हें वहीं ले गए। कमला को तो वहाँ पहुँचकर राहत मिली, लेकिन इंदिरा बीमार पड़ गईं। उनका ज्यूरिख यूनिवर्सिटी में एडमीशन गड्ढे में जाता दिख रहा था, इधर नेहरू को ये चिंता लगी कि कहीं माँ की बीमारी से बेटी को तो इनफेक्शन नहीं हो गया है। लेकिन वे कुछ नहीं कर सकते थे, क्योंकि उस वक्त वे अल्मोड़ा जेल में थे। इंदिरा बेडनविलर में थीं, लेकिन डॉक्टर अटल ऑस्ट्रिया के लिए निकल गए थे। उसके बाद कमला की तबीयत खराब रहने लगी। इंदिरा ने नेहरू के कई यूरोपीय दोस्तों को इस बारे में खबर की, पं. नेहरू को भी तार किया गया। 4 सितंबर, 1935 को अल्मोड़ा जेल से छूटते ही सबसे पहले वे बेडनविलर के उस सेनीटोरियम में पहुँचे। उससे पहले ही सुभाष चंद्र बोस भी वहाँ पहुँच चुके थे। डॉक्टर अटल भी पहुँच चुके थे।

नेहरू ने तय किया कि इंदिरा को बेक्स (स्विट्जरलैंड) के मिले हैम्मिरलिंस स्कूल में जर्मन भाषा के एक साल के कोर्स में एडमीशन दिलवा दिया जाएगा और उसके बाद ऑक्सफोर्ड यूनिवर्सिटी लंदन में लेकिन उससे पहले वे लंदन के एक पब्लिशर से इंदिरा के साथ मिलना चाहते थे, ताकि वे अलमोड़ा जेल की यादें लिख सकें। कमला की हालत में थोड़ा सुधार देखकर 29 अक्तूबर, 1935 को पं. नेहरू इंदिरा को लेकर लंदन चले गए और डॉ. मदन अटल को उनकी सेवा में छोड़ गए। आप आरोप लगा सकते हैं कि ऐसे में उनको अकेला छोड़ना ठीक नहीं था, क्योंकि कमला अकेलेपन की ही शिकार थीं। नेहरू और इंदिरा लौटकर आए तो कमला की तबीयत एक बार फिर गंभीर हो चुकी थी।

इंदिरा को बैक्स पढ़ने के लिए भेज दिया गया, इधर फिरोज गांधी की आंट ने उनका एडमीशन लंदन स्कूल ऑफ इकोनॉमिक्स में करने के लिए फिरोज को भेजा, जो बीच में कमला के सेनीटोरियम जा पहुँचे, वहाँ उनकी मुलाकात पं. नेहरू से भी हुई। उस वक्त इंदिरा अपने पुराने दोस्त फ्रेंक और कजिन विद्या के साथ स्कीइंग करने वेंगेन गई हुई थीं। 31 दिसंबर की रात फिरोज वेंगेन जा पहुँचे, वहाँ फ्रेंक को इंदिरा के साथ देखकर वे उल्टे पाँव लौट आए। फिरोज तब कमला नेहरू के साथ हॉस्पिटल में रुके और पं. नेहरू फिर से फ्रांस और लंदन की यात्रा पर निकल गए। लंदन में ही पं. नेहरू को टेलीग्राम मिला कि आपको फौरन वापस भारत आना है, क्योंकि आपको कांग्रेस का अध्यक्ष बनाया जा रहा है, इससे पहले वे 1929-30 में कांग्रेस अध्यक्ष रह चुके थे।

इधर पं. नेहरू के लंदन, पेरिस चले जाने के बाद कमला फिर दु:खी हो चुकी थीं, उनके वार्ड के एक आइरिश मरीज के मरने से कमला का आत्मविश्वास हिल गया था।

कमला ने पं. नेहरू से कहा उनको इस शहर से निकालकर स्विट्जरलैंड के किसी टी.बी. सेनीटोरियम में भरती करवा दिया जाए, लेकिन कांग्रेस अध्यक्ष चुने जाते ही पं. नेहरू ये वायदा भूल गए। हालाँकि बाद में 30 जनवरी को जिस वक्त कमला को बेडनविलर के सेनीटोरियम से स्विट्जरलैंड के शहर लॉसेन के पास क्लीनिक सिल्वेना सेनीटोरियम में शिफ्ट किया जा रहा था, तो नेहरू उस दिन लंदन में थे हॉउस ऑफ कॉमंस में कोई भाषण देने। जबकि इंदिरा बैक्स में थीं, डॉ. मदन अटल ने ही सारी व्यवस्थाएँ की थीं। इंदिरा अपने पिता से नाराज थीं, उन्होंने नेहरूजी को 23 जनवरी के एक खत में ये नाराजगी इशारों में जताई भी।

इंदिरा माँ के पास लॉसेन पहुँच गईं, और 7 फरवरी तक वहीं रुकीं, जब तक कि जवाहर लाल नेहरू वहाँ नहीं आ गए। इधर जवाहर 28 फरवरी के लिए अपनी इंडिया की फ्लाइट बुक कर चुके थे। लेकिन जैसे ही ये तारीख नजदीक आई, पं. नेहरू के जाने की बात दिमाग में आते ही कमला की तबीयत फिर बिगड़ने लगी थी। पं. नेहरू ने तब एक खत स्वामी अभयानंद को 26 फरवरी को भी लिखा था कि "अब मैंने अपना आने का इरादा 10-12 दिन के लिए रद्द कर दिया है।" लेकिन कमला की तबीयत बिगड़ती चली गई और जिस दिन नेहरू ने अपनी फ्लाइट बुक की थी, यानी 28 फरवरी, 1936 को, उसी दिन सुबह कमला नेहरू की मौत हो गई। मानो नेहरू के जाने की तारीख से उन्होंने अपने जीवन के तार जोड़ लिये हों। उस वक्त पं. नेहरू और डॉक्टर अटल कमला नेहरू के पास ही थे, लेकिन इंदिरा दूसरे कमरे में थीं। कमला का अंतिम संस्कार उसी शहर में कर दिया गया।

यानी ये बात भी सच नहीं है कि पं. नेहरू कमला नेहरू के अंतिम वक्त में उनके साथ नहीं थे, या उनका अंतिम संस्कार भी करने नहीं आए। ऐसी सारी बातें गलत हैं। ये अलग बात है कि पं. नेहरू से कमला नेहरू सालों तक नाराज रही थीं। जब कमला नेहरू की मौत हुई थी तो न केवल पं. नेहरू बल्कि नेताजी बोस, इंदिरा और उनकी दादी स्वरूप रानी भी वहीं थे। मोतीलाल नेहरू की मौत के बाद कमला ने अपनी ज्वैलरी जमा करके इंदिरा के लिए एक ट्रस्ट बना दिया था, एक दिन बिस्तर में ही नेहरू को कमला ने कहा भी कि उस पैसे का किसी चैरिटी के लिए इस्तेमाल करना। कमला नेहरू की मौत से ठीक पहले ही पं. नेहरू को खबर मिली थी कि उनको 1936 के कांग्रेस अधिवेशन का अध्यक्ष चुना गया है, उसके बाद जब वे लौटे तो वे बने भी।

सबसे खास बात थी कि नेहरू ने जब 'डिसकवरी ऑफ इंडिया' में कमला नेहरू के अंतिम संस्कार का जिक्र किया तो डॉ. मदन अटल का जिक्र किया, वहाँ के कई मित्रों का जिक्र किया, लेकिन नेताजी सुभाष चंद्र बोस का जिक्र एक बार भी नहीं किया। ऐसे ही उनकी अपनी ऑटोबायोग्राफी जो कमला की मौत से पहले लिखी गई थी, में उन्होंने

'पाँच साल बाद' नाम का एक चैप्टर अपने प्रकाशक के कहने से जोड़ा भी, कमला की मौत के बारे में भी लिखा, लेकिन कहीं भी इस बात का जिक्र नहीं किया कि सुभाष चंद्र बोस ने भी जर्मनी या स्विट्ज़रलैंड में कमला नेहरू की बीमारी के वक्त मदद की थी।[4] जबकि नेताजी बोस न केवल वहाँ मौजूद थे, बल्कि पहले कमला के इलाज में और बाद में कमला के अंतिम संस्कार में नेहरूजी की मदद की; क्योंकि वे काफी अरसे से उस इलाके में थे। इसलिए उनके परिचित लोग वहाँ ज्यादा थे, इंदिरा और कमला की भी उन्होंने मदद की थी। लेकिन लगता है, क्योंकि ये हिस्सा नेहरूजी ने नेताजी बोस के अपने रिश्तों को खराब हो जाने के बाद लिखा था, शायद तभी उनका जिक्र जानबूझकर न किया हो।[5]

अंतिम दिनों में कमला ज्यादा ही आध्यात्मिक हो गई थीं, स्वामी अभयानंद को लिखे खत में उन्होंने एक बार लिखा था कि "कभी-कभी मुझे लगता है कि मेरे अंदर कृष्ण आ गए हैं, कभी-कभी तो लगता है कि मैं ही कृष्ण हूँ।"[6] लेकिन इन आखिरी दिनों में जहाँ कमला एडमिट थीं, वो इलाका घने जंगल में था। इंदिरा अपनी माँ के पास रातों में रुकती थीं, तो जाड़ों भरी रातों में तेज हवाएँ चलती थीं, उन रातों का खौफ इंदिरा के अंदर जिंदगी भर रहा। पी.एम. बनने के बाद भी इंदिरा जहाँ रुकती थीं और मौसम खराब होने के साथ तेज हवाएँ चलती थीं, बिजली कड़कती थी, तो इंदिरा सारे दरवाजे खिड़कियाँ, परदे बंद करने का आदेश देती थीं।

जब कमला यहाँ एडमिट थीं, तभी फिरोज ने भी कमला को इंदिरा के बारे में अपनी फीलिंग्स बताई थीं। एक बार ऐसा भी हुआ था कि फिरोज इंदिरा को किसी दोस्त के साथ देखकर रातोंरात वापस भारत आ गए थे। फिरोज ने कमला नेहरू की उस डिस्पेंसरी को चलाने में भी काफी मदद की थी, जिसे कमला स्वराज भवन, इलाहाबाद में कांग्रेसी कार्यकर्ताओं की मदद के लिए चलाया करती थीं, बाद में उसे कमला नेहरू चैरिटेबल हॉस्पिटल में बदल दिया गया, जिसका उद्घाटन खुद महात्मा गांधी ने 1939 में किया था।

भले ही ये मैसेज भेजने वाले जवाहर लाल नेहरू की बातों पर भरोसा न करें, लेकिन पं. नेहरू ने अल्मोड़ा जेल में रहकर लिखी अपनी ऑटोबायोग्राफी में कमला की बीमारी को लेकर अपनी चिंताएँ, भुवाली में कमला के रहने के दौरान नैनी जेल से उनको मिलने की छूट आदि का जिक्र किया है। साथ में नेहरू ने उन्हीं दिनों में अपनी माँ की बीमारी का भी जिक्र किया है, जिसका जिक्र अपनी दोस्त और बायोग्राफी लिखने वाली पुपुल जयकर से इंदिरा ने बिल्कुल नहीं किया। पं. नेहरू ने उन 11 दिनों का भी जिक्र किया है, जब उनको कमला की बीमारी के चलते उनके साथ रहने की इजाजत मिल गई थी, नैनी से अल्मोड़ा जेल में जाते वक्त रास्ते में उनको भुवाली में कुछ घंटे कमला से मुलाकात के लिए मिलने की बात भी उन्होंने लिखी है। ज्यादातर जगहों पर इस बात का जिक्र है कि कैसे नेहरू के करीब रहते कमला ठीक होने लगती थीं, लेकिन नेहरू के जेल में होने

के चलते या कांग्रेस की व्यस्तताओं के चलते कमला की तबीयत बिगड़ती जाती थी।

ऐसे में इस वायरल मैसेज की ऐसी बातें तो झूठी साबित होती हैं कि बोस ही कमला को लेकर गए, नेहरू ने न पैसा दिया, न समय। चूँकि उस वक्त वे जेल में थे, इसलिए उनके पास नहीं जा पाए और रिहा होते ही फौरन वहाँ पहुँचे। लेकिन जब वे जर्मनी के सेनीटोरियम में थे, तब भी वे दो बार वहाँ से लंदन गए, एक बार पेरिस गए, और भी कई बार उन्होंने कमला को अकेला छोड़ा। अकेलापन कमला को जल्दी दुनिया से रुखसत करने में जहर की तरह साबित हुआ। अपनी बायोग्राफी में कमला को लेकर पं. नेहरू ने कई बार चिंताएँ जताई हैं, लेकिन उससे ये साबित नहीं होता कि कमला उनसे काफी खुश थीं, कमला के जयप्रकाश की पत्नी प्रभावती को पत्र हों, या फिर इंदिरा के नेहरू को पत्र, कमला की उपेक्षा की बातें साफ समझ आती हैं। कमला की मौत के बाद भी पं. नेहरू के तमाम महिलाओं से रिश्ते चर्चा में रहे। यहाँ तक कि पदमजा नायडू को लिखे उनके पत्र तो जगजाहिर भी हैं। उसके अलावा पं. नेहरू के परिवार का कमला नेहरू के प्रति रुख भी ठीक नहीं था, ये बात इंदिरा की दोस्त पुपुल जयकर ने जिसने इंदिरा की बायोग्राफी लिखी है, उसके लिए इंदिरा ने जो इंटरव्यू दिए या इंदिरा ने जो नेहरू को खत लिखे उनमें साफ-साफ दर्ज है। सो जाहिर है कमला उपेक्षा और अकेलेपन की शिकार थीं, टी.बी. की बीमारी इसी के चलते और बुरी स्थिति में उन्हें ले गई और वे कम उम्र में गुजर गईं।

संदर्भ—

1. इंदिरा गांधी : ए बायोग्राफी, लेखक पुपुल जयकर, पृष्ठ 55
2. ऑटोबायोग्राफी, लेखक जवाहरलाल नेहरू, अध्याय-20 का आखिरी पैराग्राफ
3. प्रिजन डायरी, 28 अगस्त, 1935, नेहरूज सेलेक्टेड वर्क्स, खंड-6, पृष्ठ 411
4. द डिस्कवरी ऑफ इंडिया, लेखक पं. जवाहरलाल नेहरू, कलकत्ता, 1946, पृष्ठ 38
5. सुभाष चंद्र बोस लेटर टू ई वुड्स, 5 मार्च, 1936, नेताजी कलेक्टेड वर्क्स, खंड-8, पृष्ठ 148-49
6. इंदिरा गांधी : ए बायोग्राफी, लेखक पुपुल जयकर, पृष्ठ 69

□

दिल्ली में कहाँ दफन होने के लिए दो गज जमीन माँग रहे थे बहादुर शाह जफर?

कितना है बदनसीब 'जफर' दफ्न के लिए
दो गज जमीं भी न मिल सके कू-ए-यार में!

बहुत ही मार्मिक लहजे में ये लाइनें कभी मुगल वंश के इस आखिरी बादशाह बहादुर शाह जफर ने लिखी होंगी। दरअसल ज्यादातर मुगल बादशाह अपनी कब्रगाह या दफन होने का स्मारक यानी मकबरा पहले ही बनवा लेते थे। शाहजहाँ और ताजमहल के बारे में तो सभी जानते ही हैं। बहादुरशाह जफर ने जो जगह अपने दफन होने के लिए चुनी थी, अब उसे सारे नेता भूल चुके हैं। वो जगह थी जफर महल के करीब, जो दिल्ली के महरौली में ख्वाजा कुतुबुद्दीन बख्तियार काकी की दरगाह के पास बना है। एक वक्त में यहाँ काकी के उर्स के वक्त बड़ा मेला लगता था, पी.एम. नेहरू खुद कई बार गए। लेकिन उनके बाद के नेताओं ने इससे मुँह मोड़ लिया।

कल के रंगून और आज के यंगून में जफर की कब्र के बारे में कहा जाता है कि नेताजी सुभाष चंद्र बोस ने वहीं से देश की आजादी की लड़ाई की शपथ ली। बाद में तमाम प्रधानमंत्री जब भी जाते, जफर की कब्र पर जरूर जाते। कई बार भारत ही नहीं पाकिस्तान ने भी कब्र पर अपनी-अपनी मिल्कियत जताई और भारत से कई बार जफर की आखिरी ख्वाहिश पूरी करने, यानी म्याँमार से अस्थियाँ लाकर जफर महल में दफनाने की माँग उठी, लेकिन कुछ नहीं हुआ। अब पी.एम. मोदी के जाने के बाद जफर की कब्रगाह फिर से चर्चा में आई थी, लेकिन दिल्ली के जफर महल की सुध किसी को नहीं, संरक्षित स्मारक होने के बावजूद वो आधे से ज्यादा ढह चुका है।

माना जाता है कि बड़ी-बड़ी इमारतें और किले खड़े करने के लिए मशहूर मुगल बादशाहों की ये आखिरी इमारत थी। दरअसल इस महल को जफर के पिता अकबर शाह द्वितीय ने बनवाया था, नाम दिया था—'रंग महल' या 'लाल महल', उस पर एक बड़ा गेट हाथी दरवाजा जफर ने बनवाया था। बाद में इस महल और हाथी दरवाजा दोनों

को जफर के नाम से जफर महल और जफर गेट कर दिया गया। इसी के पास में मोती मसजिद है और बख्तियार काकी का मकबरा भी। मोती मसजिद को बहादुर शाह प्रथम ने बनवाया था, जिसे मुगल परिवार की निजी मसजिद की तरह ही इस्तेमाल किया जाता था। जफर महल के पास है सर्दगाह, एक छोटा सा खाली कब्रिस्तान ही वो जगह है, जिसको अपनी कब्रगाह के तौर पर बहादुर शाह जफर ने चुना था।[2]

जफर इसे समर पैलेस की तरह गरमियों और मॉनसून के दौरान इस्तेमाल करते थे। वे शिकार के लिए हर साल एक खास वक्त में यहीं आते थे। इसी में काकी के उर्स पर सैर-ए-गुलफरोंसा यानी फूलवालों की सैर नाम से एक मेला ही शुरू कर दिया गया था, जो फरवरी-मार्च में होता था।[3]

1942 में इस आयोजन पर भारत छोड़ो आंदोलन के दौरान रोक लगी, लेकिन बाद में पं. नेहरू ने वो फिर से शुरू करवाया और वे खुद भी वहाँ जाते थे। इस इलाके में योगमाया मंदिर भी है, जो उन मूल 27 मंदिरों में से एक माना जाता है, जिसे कुतुबमीनार बनाने के दौरान कुतुबुद्दीन ऐबक ने तुड़वा दिया था, ये इकलौता मंदिर बचा रहा, जिसका पुनर्निर्माण बाद में हेमू विक्रमादित्य ने करवाया था। सो इस मंदिर पर भी हजारों भक्त हर साल जाते हैं।

दिलचस्प बात ये भी है कि इस महल या आस-पास के इलाके में जफर की दफन करने की ख्वाहिश भले ही न पूरी हुई हो, लेकिन इस जगह पर जफर के पिता अकबर शाह द्वितीय के अलावा कई मुगल बादशाह या शहजादे दफन हैं। जिनमें जफर के पिता अकबर शाह, दादा शाह आलम द्वितीय के साथ-साथ जफर का बेटा मिर्जा फखरुद्दीन भी दफन है। ऐसे में उनकी ख्वाहिश वहीं दफन होने की थी।

लेकिन अंग्रेजों की ख्वाहिश कुछ और ही थी।

न तो वे ये चाहते थे कि जफर को दिल्ली में दफनाया जाए और न ही वे ये चाहते थे कि किसी को याद रहे कि उन्हें कहाँ दफनाया गया था। तभी तो रंगून में जिस जगह उन्हें नजरबंद करके रखा गया था, उन्हें उसी के पिछवाड़े में चुपचाप दफना दिया गया। समय निकलता गया, लोग भूलते गए। हालाँकि म्याँमार के कुछ मुसलमानों को इसके बारे में पता था। 1903 में तो इस बात के लिए विरोध भी हुआ कि ब्रिटिश सरकार जफर की कब्र के बारे में बताए, क्योंकि वो जगह आमतौर पर समतल जैसी स्थिति में आ चुकी थी, उस पर घास उग चुकी थी। आखिरकार उस जगह पर एक पत्थर की पट्टिका लगा दी गई। 16 फरवरी, 1991 के दिन कुछ मजदूर एक नई बिल्डिंग की पानी निकासी के लिए नाला खोद रहे थे, तब ये कब्र वहाँ मिली, साथ में वो पट्टिका भी। एक सिल्क के कपड़े में बादशाह जफर का कंकाल था, जिसे जमीन से केवल साढ़े तीन फीट नीचे ही जल्दबाजी में दफन कर दिया गया था। उसके बाद म्याँमार के धार्मिक विभाग मामलों

के मंत्री ने दिलचस्पी ली, और भारत सरकार की मदद से वहाँ एक मकबरा बनवाया। 15 दिसंबर, 1994 को वो मकबरा जफर के चाहने वालों के लिए खोल दिया गया।[4]

हालाँकि 1903 में जफर की कब्र का जो मसला उठा था, उस पर भी आसानी से अंग्रेजों ने जफर की कब्र को चिह्नित नहीं किया था। बल्कि बाकायदा चार साल तक विरोध प्रदर्शन चलते रहे, भारत और म्याँमार में लेख लिखे जाते रहे, मुसलिमों ने भी प्रदर्शन किए। तब जाकर 1907 में ब्रिटिश सरकार ने वहाँ एक पट्टिका लगवाई, जिससे भी साफ नहीं पता चलता था, कब्र का असली स्थान कहाँ है। पट्टिका पर लिखा था, "Bahadur Shah, ex-King of Delhi died at Rangoon November 7th, 1862 and was buried near this spot." यानी इस जगह के आस-पास। इधर 1882 में जीनत महल की भी मौत हो गई, तब भी असली कब्र के बारे में पता नहीं था, सो अनुमान से एक पास की ही एक जगह पर उन्हें दफ्न कर दिया गया और बाद में दो साल बाद उनके बेटे मिर्जा जवाँ बख्त को भी, पास ही में दफ्न कर दिया गया।[5]

यानी 1991 में अगर भारत सरकार ने कोशिश की होती या इच्छा जाहिर की होती, तो जफर की ख्वाहिश आसानी से पूरी भी हो सकती थी। जाहिर है अब तो बहादुर शाह जफर न तो किसी पार्टी के एजेंडे पर हैं और न ही उनको लेकर किसी संगठन ने मुहिम बनाई है, तो ये मुमकिन नहीं कि उनकी अंतिम ख्वाहिश कोई पूरी करे और उनको मुमताज की तरह रंगून से लाकर यहाँ दफना दे और आज तक नहीं हुआ तो शायद होना भी नहीं है। लेकिन कम-से-कम ये तो हो सकता है कि जफर महल और उसकी सर्दगाह को दिल्ली के टूरिस्ट मैप में शामिल कर लिया जाए।

संदर्भ—

1. द स्टेट्समैन, खंड-16, पृष्ठ 510
2. द दिल्ली दैट नो वन नोज, लेखक—रोनाल्ड विवियन स्मिथ, पृष्ठ 15
3. बहादुरशाह जफर एंड द वार ऑफ 1857 इन दिल्ली, लेखक सैयद महदी हुसैन, पृष्ठ xvi
4. https://www.mmtimes.com/lifestyle/9507-grave-secrets-of-yangon-s-imperial-tomb.html (मयनमार टाइम्स)
5. द लास्ट मुगल, लेखक विलियम डैलरिंपल, पृष्ठ 474

□

जब भारत की पहली मिस इंडिया को मोरारजी देसाई ने करवा दिया था गिरफ्तार...!

फेमिना मिस इंडिया की रनरअप मानुषी छिल्लर 2017-18 में मिस वर्ल्ड बन गईं, मॉडल जगत् में फैली मायूसी छँट गई। उसी दौरान देश में इजरायली पी.एम. ने दौरा किया, तो कुछ खबरें वेब मीडिया में आईं कि पहली मिस इंडिया तो एक इजरायली लड़की थी। इतना ही नहीं ये भी कि वो पाकिस्तान के लिए जासूसी करने के आरोप में गिरफ्तार भी हुई थी। तो क्या है सच्चाई ? जानने के लिए हमने पड़ताल की तो नाम सामने आया प्रमिला उर्फ ईस्थर विक्टोरिया अब्राहम का।

दरअसल भारत में मिस इंडिया प्रतियोगिता का आयोजन 1964 से फेमिना करती आ रही है। लेकिन देश आजाद होने के बाद से ही ये प्रतियोगिता देश में होना शुरू हो गई थी, अलग-अलग संस्थाएँ इसे आयोजित कर रही थीं। हालाँकि पहली बार मिस यूनिवर्स कांटेस्ट में भाग लेने कोई मिस इंडिया 1952 में ही गई, वो थीं—इंद्राणी रहमान। जबकि किसी मिस इंडिया ने पहली बार विश्व स्तर का कोई खिताब जीता तो वो थीं—रीता फारिया, 1966 में मिस इंडिया रीता मिस वर्ल्ड बन गईं। बावजूद इन सबके अगर किसी को आजाद भारत की पहली मिस इंडिया कहा जाता है, तो वो थी एक इंडियन यहूदी लड़की, जिसका था—इजरायल कनेक्शन। दिलचस्प बात ये है कि इस लड़की को एक बार मोरारजी देसाई के कहने पर गिरफ्तार भी कर लिया गया था। ये वाकई में सच है।

भारत का पहला मिस इंडिया कांटेस्ट कोलकाता में आयोजित किया गया था, कोलकाता की किसी स्थानीय संस्था ने इसे आयोजित करवाया था। इस प्रतियोगिता में ईस्थर विक्टोरिया अब्राहम ने भी भाग लिया[1], जिसके पिता एक बिजनेसमैन थे, नाम था—रुबेन अब्राहम, जो एक बगदादी यहूदी थे। बाद में ईस्थर का स्क्रीन नाम प्रमिला ही चर्चित हो गया। वैसे भी सभी यहूदी कलाकार एक हिंदुस्तानी नाम जरूर रखते थे। दरअसल शताब्दियों पहले ये आकर भारत में बस गए थे। 1948 में जब इजरायल आजाद हुआ तो हजारों लोग वहाँ वापस भी चले गए। लेकिन बहुत से भारत में रुक भी गए। इनमें

से बहुत से पहले कोंकण इलाके के गाँवों में रहते थे।

जो बाद में मुंबई, पुणे, अहमदाबाद और कराची जैसे बड़े शहरों में आकर बस गए। इनकी तीन शाखाओं में एक शाखा बगदादी यहूदियों की थी, जो बगदाद, सीरिया आदि से आकर बसे थे। मुंबई और कोलकाता में बसने वाले बहुत से यहूदियों ने फिल्म इंडस्ट्री में भी काम करना शुरू कर दिया था। फिल्म इंडस्ट्री की शुरुआत में कई यहूदी कलाकारों ने फिल्मों में काम किया था।[2]

सबसे दिलचस्प बात है कि उस वक्त चूँकि ऐसी प्रतियोगिताएँ होती नहीं थीं तो अच्छे घरों की लड़कियाँ इनमें हिस्सा लेने से भी कतराती थीं, बिजनेसमैन फैमिली से होने के चलते प्रमिला को थोड़ी आजादी थी। उस वक्त प्रमिला की उम्र 31 साल की थी, फिर भी उन्हें इसमें हिस्सा लेने दिया गया, क्योंकि एंट्री काफी कम आई थीं। एक और बड़ी वजह थी, प्रमिला कैंब्रिज यूनिवर्सिटी से ग्रेजुएट थीं, मॉडर्न थीं और सुंदर भी। इस प्रतियोगिता में ज्यादातर जज उस वक्त के मीडिया प्रोफेशनल्स थे। मिस इंडिया बनने से पहले ही प्रमिला फिल्मी दुनिया, यानी मुंबई का रुख कर चुकी थीं और करीब तीस फिल्मों में काम किया था। ग्लेमर की दुनिया में प्रमिला ने दस्तक दी थी—एक पारसी थिएटर कंपनी के साथ, उसमें वे एक डांसर के रोल में जुड़ी थीं। उस थिएटर कंपनी के साथ प्रमिला ने कई शोज किए थे। प्रमिला को बॉलीवुड की पहली महिला प्रोड्यूसर भी कहा जाता है, प्रमिला ने एक प्रोडक्शन हाउस खोला सिल्वर प्रोडक्शंस। इस बैनर के तले प्रमिला ने 16 फिल्में बनाईं। अपनी फिल्मों की ज्वैलरी और कॉस्ट्यूम वे खुद डिजाइन किया करती थीं।[3]

प्रमिला की जिंदगी से एक और दिलचस्प वाकया जुड़ा है, जब बॉम्बे के चीफ मिनिस्टर मोरारजी देसाई के आदेश पर उन्हें गिरफ्तार कर लिया गया। दरअसल मोरारजी देसाई को शक था कि वे देश भर के अलग-अलग शहरों में घूमती हैं और पाकिस्तान के लिए जासूसी करती हैं।[4] लेकिन उन्होंने बाद में साबित कर दिया कि वे अपनी फिल्मों की शूटिंग और प्रमोशन के लिए देश भर के शहरों में जाती हैं, हालाँकि उनकी ननिहाल कराची में थी, इसलिए भी लोग आते-जाते थे। प्रमिला को एक बार तनूजा और नूतन की मम्मी शोभना समर्थ ने भी अपनी डायरेक्शन वाली फिल्म में लिया था, फिल्म का नाम था 'हमारी बेटी'। प्रमिला की मौत 2006 में हुई और उनकी आखिरी फिल्म को उसी साल अमोल पालेकर ने डायरेक्ट किया था, ये एक मराठी फिल्म थी 'थांग', जिसमें उन्होंने 90 साल की उम्र में काम किया था। हालाँकि 1961 के पैंतीस साल बाद उन्होंने किसी फिल्म में काम किया था। 1961 में उन्होंने 'मुराद' फिल्म में काम किया था।

उनकी प्रमुख फिल्में थीं—जंगल किंग, बिजली, कंचन, हुकुम का इक्का, शालीमार, हमारी बेटियाँ, महामाया, सरदार, शहजादी आदि। एक और दिलचस्प बात ये है कि मदर

इंडिया का पहला वर्जन प्रमिला के साथ बनाया गया था। 1938 में इस फिल्म के निर्माता थे भारत को पहली बोलती फिल्म 'आलमआरा' का तोहफा देने वाले आर्देशिर ईरानी और निर्देशक थे—गुंजाल। महबूब खान ने 1957 में 'मदर इंडिया' नरगिस को लेकर बनाई थी। लेकिन ईरानी ने उससे 19 साल पहले ही 'मदर इंडिया' के टाइटल से एक फिल्म बना डाली थी और हीरोइन थीं—प्रमिला। ये पहली भारतीय फिल्म थी, जो बकिंघम पैलेस में दिखाई गई थी। लंदन में पूरे 82 हफ्ते चली थी ये फिल्म। हालाँकि फिल्म की कहानी अलग थी, ये अलग बात है कि शायद ये पहली फिल्म थी, जिसमें किसी भारतीय हीरोइन ने फॉरेन रिटर्न लड़की का रोल किया था। जो शायद समय से काफी आगे की बात थी।[5]

प्रमिला ने सैयद हसन अली जैदी उर्फ कुमार से शादी की थी, जो 'श्रीमान् 420' और 'मुगले आजम' जैसी फिल्मों में एक्टिंग कर चुका था, कुमार एक शिया मुसलिम था। प्रमिला की बेटी नकी जहाँ भी 1967 में ईव्स वीकली की मिस इंडिया प्रतियोगिता की विनर बनीं। इस तरह मिस इंडिया बनने वाली माँ-बेटी की ये पहली जोड़ी थी। प्रमिला के 4 बेटों में सबसे छोटा बेटा हैदर अली अभी भी वॉलीवुड में सक्रिय है। नुक्कड़ धारावाहिक के बाद कई फिल्मों में एक्टिंग कर चुका है, अब वो स्क्रिप्ट राइटिंग करने लगा है। 'जोधा अकबर' हैदर अली ने ही लिखी थी। जोधा अकबर के गाने 'मौला मेरे मौला' में वो परदे पर दिखा था।

संदर्भ—

1. इंडिया टुडे, खंड-22, पृष्ठ 88
2. द सोल ऑफ मुंबई, लेखक रास्किनो
3. आउटलुक, खंड-3, पृष्ठ 116
4. http://www.rediff.com/movies/2006/aug/28sld1.htm, Reddif.com, 28 अगस्त, 2006
5. मेड इन इंडिया : डीकोलोनाइजेशंस, क्वीयर सेक्सुअलिटीज, ट्रॉन्सनेशनल प्रोजेक्ट, लेखक एस. भास्करन, पृष्ठ 47-48

□

मौर्यों से लेकर यादवों और ठाकरे तक, मुंबई के किंग कौन-कौन? कभी दहेज में भी दिया गया था मुंबई

जैसे दिल्ली सात बार नई बसाई गई, वैसे ही मुंबई कभी सात द्वीपों में बँटा हुआ था। आज आप पूरे मुंबई में घूमते हैं, तो आपको लगता नहीं है कि आप कभी-कभी एक आइलैंड से दूसरे पर भी चले जाते हैं, कभी तीसरे-चौथे पर भी, लेकिन पता नहीं चलता। माहिम, वरली, परेल, मझगाँव, लिटिल कोलाबा, कोलाबा और बॉम्बे, आप पुराने नक्शों में इन सातों को अलग-अलग देख सकते हैं। मुंबई के इतिहास ने देश के इतिहास में कई दिलचस्प मोड़ देखे हैं और इन हजारों सालों में मुंबई के किंग मौर्या से लेकर ठाकरे तक तमाम बड़े नाम रहे हैं। इतना ही नहीं अकसर कहा जाता है कि दहेज में भी दिया गया था मुंबई, तो ये भी सच है।

मुंबई का नाला सोपारा प्राचीन इतिहास का एक बड़ा बंदरगाह था, उस वक्त इसे 'सोपारा' कहा जाता था। इस बंदरगाह से प्राचीन भारत में मेसोपोटामिया, मिस्र, ईस्ट अफ्रीका, अरब देशों आदि से सीधा व्यापार किया जाता था। कई बुद्ध ग्रंथों में इसका उल्लेख मिलता है।[1] तीसरी शताब्दी ईसा पूर्व मौर्य सम्राट् अशोक के समय ये सातों आइलैंड्स मौर्य साम्राज्य के अधिकार में आ गए। मौर्यों के बाद ये आंध्र के सातवाहन राजाओं के अधिकार में आ गए, इस राज्य का सबसे प्रतापी राजा गौतमी पुत्र शातकर्णी रहा है। प्राचीन भारत के तमाम बौद्ध विद्वानों की कलाकृतियाँ कन्हेरी और महाकाली गुफाओं में मिलती हैं। उत्तरवर्ती मौर्य राजाओं को चालुक्य राजा पुलकेशिन ने हराया और मुंबई उसके अधिकार में आ गया। अभीर, सिलहरी, राष्ट्रकूट कई राजवंशों के अलग-अलग वक्त में सातों आइलैंड्स पर शासन करने के साक्ष्य मिलते हैं। हालाँकि ये भी अभी तय नहीं है कि एलीफेंटा गुफाएँ किसके शासन काल में बनाई गईं। हालाँकि 13वीं शताब्दी में जब इटली का यात्री मार्कोपोलो यहाँ आया तो उस वक्त राजा भीमदेव का शासन था,

तब उसकी राजधानी आज के माहिम और प्रभादेवी की जगह महिकावती थी। उसके बेटे प्रतापबिंब ने ये राजधानी प्रतापपुर के नाम से आज के मरोल में बना दी।

1318 में ये सातों आइलैंड अलाउद्दीन खिलजी के बेटे मुबारक खिलजी के नियंत्रण में आ गए, लेकिन बहुत कम समय के लिए। वो मुंबई का पहला मुसलिम शासक था। लेकिन प्रतापदेव ने इसे फिर से जीत लिया, और फिर 1348 तक उसी यादव परिवार का शासन रहा। 1348 में मुंबई गुजरात के सुल्तानों ने कब्जा लिया, जो पहले दिल्ली के अधीन था। एक तरह से दिल्ली और गुजरात के गठजोड़ का ये पहला वाकया था, जिससे जाकर मुंबई 1960 में छूटकर अलग हो पाया। हालाँकि शुरुआत के दशक में उनका राज आज के ठाणे और बसई के कुछ इलाकों में ही था। मुंबई की तमाम बड़ी मसजिदें इसी दौरान बनाई गईं, बड़े स्तर पर धर्मांतरण भी हुआ, हाजी अली की दरगाह भी उन्हीं दिनों 1431 में बनी। लेकिन मुगल सम्राट् हुमायूँ के डर से गुजरात के बहादुर शाह ने पुर्तगालियों से बेसिन की संधि की और उनको मुंबई के सातों आइलैंड्स सौंप दिए, बदले में उसे पुर्तगालियों से सैन्य मदद मिली। बांद्रा, बायकुला और माहिम के, जो भी बड़े और पुराने चर्च हैं, वे सब पुर्तगालियों के राज में बनी, बांद्रा फोर्ट, मड फोर्ट और बॉम्बे कासल जैसे कई किले भी पुर्तगालियों ने ही बनवाए। हालाँकि पुर्तगालियों ने मुंबई के अलग-अलग इलाके लीज पर भी पुर्तगाली व्यापारियों को दे दिए। पहले साल में ही करीब दस हजार लोगों को ईसाई धर्म में धर्मांतरित किया गया।

इधर डचों की बढ़ती हुई ताकत से परेशान अंग्रेजों की नजर पश्चिम भारत में सबसे उपयुक्त पोर्ट मुंबई पर लगी हुई थी। मौका मिला 1662 में, 21 मई को ब्रिटेन के राजकुमार चार्ल्स सेकंड की शादी पुर्तगाल की राजकुमारी कैथरीन ऑफ ब्रगेंजा से हुई और दहेज में अंग्रेजों ने पुर्तगाली राजा से दो बड़े आइलैंड माँग लिये। एक तो बॉम्बे और दूसरा मोरक्को का टैंगियर। इस तरह से मुंबई अंग्रेजों का हो गया। 27 मार्च, 1668 को ब्रिटेन के राजा चार्ल्स ने मुंबई शहर यानी तब के बॉम्बे को ईस्ट इंडिया कंपनी को लीज पर दिया था और किराया तय हुआ था 10 पॉण्ड सालाना, आज की तारीख (2018) में ये 1000 रुपए से भी कम होता है। हालाँकि कुछ इलाके फिर भी पुर्तगालियों के अधिकार में रहे, जिनको अंग्रेजी गर्वनर कई साल में ले पाए।[2]

अब बड़ा काम था—इन सातों आइलैंड्स को मिलाने का काम, इसका क्रेडिट एक अंग्रेज गर्वनर को जाता है, जिसका नाम था—विलियम हॉर्नबी, जो 1771 में मुंबई का गर्वनर बनाकर भेजा गया था और सातों आइलैंड को जोड़ने की उसकी योजना को नाम दिया गया 'हॉर्नबी वैलार्ड योजना'। उसने ये योजना 1782 में शुरू की, जो 1838 में जाकर 56 सालों में जाकर पूरी हो पाई। उसकी योजना थी कि जो आइलैंड निचले इलाकों में हैं और हाई टाइड के वक्त उनमें पानी भर जाता है, उनको इस योजना से बहुत

फायदा मिलेगा। पहले वरली क्रैक को भरने के काम की उसने शुरुआत की, उस वक्त एक लाख रुपए का खर्च आया।[3]

हालाँकि उसने अपनी योजना का प्रस्ताव जब लंदन में ईस्ट इंडिया कंपनी के अधिकारियों को भेजा तो उन्होंने इसे मंजूर करने से साफ इनकार कर दिया। लेकिन विलियम इसे हर हाल में पूरा करना चाहता था, उसने मना करने के बावजूद काम रोका नहीं। ईस्ट इंडिया कंपनी ने उसे निलंबन का नोटिस भेजा, लेकिन उसने कोई जवाब नहीं दिया और काम जारी रखा। पहला प्रोजेक्ट 1784 में पूरा हुआ और ये मुंबई का सबसे पहला और बड़ा सिविल इंजीनियरिंग प्रोजेक्ट था। ईस्ट इंडिया कंपनी खफा थी, उसे वापस लंदन बुला लिया गया। हालाँकि बाद में ये प्रोजेक्ट सातों आइलैंड्स को जोड़े जाने तक चलता रहा। बाद में लंदन के पास विलियम ने मुंबई के अपने घर जैसा ही घर बनवाया।

इधर अंग्रेजों को बॉम्बे की महत्ता समझ आ गई थी, वहाँ बड़ी चौड़ी सड़कों और पोर्ट डेवलप करने में उन्हें बड़ा फायदा नजर आया। मुंबई की तरक्की जारी रही, 1836 में अंग्रेजों ने इसे बॉम्बे प्रेसीडेंसी नाम दे दिया, मुंबई को सेंटर बनाकर सिंध, गुजरात और महाराष्ट्र के कई इलाके इसके अधीन कर दिए, 1936 तक यही व्यवस्था बनी रही। ब्रिटेन की संसद् ने कानून बनाकर राजा से इसे अपने अधिकार में ले लिया था। 1947 में देश की आजादी के बाद बॉम्बे स्टेट बना दिया गया, जिसके तहत गुजरात भी आता था।

फिर संयुक्त महाराष्ट्र आंदोलन शुरू हुआ, जिसकी परिणिति हुई महाराष्ट्र और गुजरात नाम के राज्यों के रूप में, महाराष्ट्र की राजधानी बॉम्बे को बना दिया गया, जिसे बाद में मुंबा देवी के नाम पर 'मुंबई' कर दिया गया। 1966 में शिवसेना बनी और शुरुआत में कांग्रेस को सपोर्ट करने के बाद बीजेपी की मदद से शिवसेना महाराष्ट्र की राजनीति पर छाती चली गई। सालों शिवसेना का मुंबई शहर पर बी.एम.सी. के जरिए कब्जा रहा है। लेकिन एक अकेले मुंबई शहर में इतनी तरह की संस्कृतियाँ हैं कि ये शहर अपने आप में पूरे देश का प्रतिनिधि शहर लगता है। पूरे देश को समृद्ध बनाने का काम तो ये शहर करता ही है, इस शहर का काफी समृद्ध इतिहास भी है।

संदर्भ—

1. एंसिएंट इंडियन पोर्ट्स : विद स्पेशल रेफरेंस टू महाराष्ट्र, लेखक शरद हेबलकर, पृष्ठ 113
2. गोविंद नारायण्स मुंबई : एन. अर्बन बायोग्राफी फ्रॉम 1863, लेखक गोविंद नारायण मडागावस्कर, पृष्ठ 58
3. मुंबई फेबल्स, लेखक ज्ञान प्रकाश, पृष्ठ 44

□

दाराशिकोह ही नहीं तमाम मुगल शहजादों का खून उनके अपनों ने ही बहाया था

तीस अगस्त की तारीख ने कभी मुगल खानदान के इतिहास में जो धब्बा लगाया, उसे आज भी धोने की कोशिश की जा रही है, औरंगजेब रोड का नाम नई दिल्ली से मिटाकर और एक रोड का नाम दाराशिकोह के नाम पर रखकर। उपनिषदों का अनुवाद 'सिर्र-ए-अकबर' के नाम से करवाने वाला हिंदू-इसलाम धर्मों के तालमेल पर 'मज्म उल बहरीन' जैसा ग्रंथ लिखवाने वाला दाराशिकोह हर सूरत में औरंगजेब से बेहतर होता। लेकिन तीस अगस्त की रात को औरंगजेब ने उसके बेटे के सामने ही उसकी हत्या करवा दी।[1] ऐसा नहीं है कि मुगल खानदान के लिए अपनों का खून बहाने का ये कोई पहला मामला था, औरंगजेब से पहले भी और बाद में भी मुगल अपनों का बेदर्दी से खून बहाते रहे।

मुगल वंश की तो भारत में नींव पड़ते ही खेल शुरू हो गया था, खुद बाबर को समरकंद हारते ही वहाँ से भागना पड़ गया था। ऐसे में दौलत खाँ लोदी के बुलावे पर वो भारत आया। यहाँ आकर उसने अपना खानदान बढ़ाने के लिए सात शादियाँ की थीं, कई और होंगी तो इतिहास में उल्लेख नहीं। जिनसे बाबर के दस बेटे और इतनी ही बेटियाँ थीं। शुरुआती जीतों के बाद बाबर को अफीम, तंबाकू और शराब के शौक लग गए थे। जल्दी ही 47 साल की उम्र में उसकी मौत हो गई। लेकिन चंगेज खान की तर्ज पर बाबर ने अपने बेटों में अपनी सल्तनत को बाँटने का फैसला कर लिया था, हुमायूँ के सौतेले भाई अस्करी को कांधार और कामरान को काबुल और लाहौर मिल गए थे। हालाँकि बाबर खुशकिस्मत था कि उसको अपनी आँखों के सामने किसी की बगावत झेलने को नहीं मिली। लेकिन हुमायूँ को अखिलेश यादव की तरह न सिर्फ अपने चाचा मेंहदी ख्वाजा का बल्कि एक भाई खलील मिर्जा के अलावा बाकी सब का विद्रोह झेलना पड़ा। हुमायूँ बीमार पड़ा तो अमीरों ने उसके चाचा मेंहदी को बादशाह बनाने की साजिश की, हुमायूँ ने कई को मार दिया और हिंदाल को जबरन मक्का भेज दिया, जो रास्ते में ही मर गया

तो कामरान को अंधा करवाकर हज भेजा, वो भी मक्का में मर गया। जबकि अकबर को कामरान की बीवी ने ही पाल-पोस कर बड़ा किया था और हिंदाल की बेटी रुकैया बेगम अकबर की पहली बीवी थी।

हुमायूँ के भी छह रानियाँ, पाँच बेटे और सात बेटियाँ थीं। अकबर से भी पहले हुमायूँ के एक बेटा हुआ था, अल अमन, ये नाम बाबर को बिल्कुल पसंद नहीं आया था। जिसके कम उम्र में मौत हो जाने की वजह से अकबर को राज करने का मौका मिला।[2] हालाँकि हुमायूँ भी बाबर की तरह खुशनसीब निकला कि बेटों के विद्रोह का सामना नहीं करना पड़ा, उसने अकबर से कहा भी अपने सभी भाइयों का खयाल रखना; लेकिन मिर्जा हकीम बार-बार अकबर के खिलाफ विद्रोह करता रहा। मुगल खानदान में पहला बाप अकबर था, जिसने भाइयों के बाद बेटों के भी विद्रोह का सामना किया। अकबर की कई बीवियाँ थीं, जिनमें 16 के नाम तो मिलते हैं, पाँच बेटों और तीन बेटियों के भी नाम मिलते हैं। हालाँकि उनमें से तीन बेटे ही जवान हो पाए, जिनमें सलीम, मुराद और दानियाल थे। जब अकबर अपने बाकी दो बेटों के साथ दक्कन में युद्ध लड़ रहा था, तभी सलीम ने विद्रोह कर दिया। अकबर ने उसे चेतावनी से समझाने की कोशिश की, लेकिन अकबर का गुस्सा चरम पर उस वक्त पहुँचा, जब सलीम के आदेश पर वीर सिंह बुंदेला ने अकबर के करीबी अबुल फजल की हत्या कर दी।[3] बड़ी मुश्किल से सलीमा बेगम ने सुलह करवाई। इधर मुराद को बड़े मन से अकबर ने ईसाई और बौद्ध गुरुओं से भी शिक्षा दिलवाई थी, लेकिन उसे और दानियाल दोनों को शराब की बुरी लत लग गई, जहाँगीर खुद बहुत अफीम खाता था। पहले मुराद और फिर 1604 में दानियाल की भी मौत हो गई, अकबर भी अगले साल पेचिस से मर गया। ऐसे में जहाँगीर ने बाप के खिलाफ जरूर विद्रोह किया, लेकिन भाइयों की बगावत से बच गया।

लेकिन जहाँगीर की किस्मत बाबर और हुमायूँ जैसी अच्छी नहीं थी, बेटों ने उसे भी काफी परेशान किया। जहाँगीर की सात बीवियों, पाँच बेटों और तीन बेटियों के नाम तो मिलते हैं। जिनमें से प्रिंस खुर्रम या शाहजहाँ तीसरे नंबर का था। सबसे बड़ा खुसरो मिर्जा था, जो आमेर की हिंदू राजकुमारी से पैदा हुआ था, उसकी माँ ने बाद में आत्महत्या कर ली थी। खुसरो अपने दादा अकबर का सबसे प्रिय था, खुसरो ने जहाँगीर के बादशाह बनने के अगले साल ही उसके खिलाफ विद्रोह कर दिया। उसे सिख गुरु अर्जुन देव ने भी मदद की। दिलावर खान ने उसे हराकर पकड़ लिया, जहाँगीर ने अपने बेटे के लिए अनोखी सजा सोची। उसको हाथी पर बैठाकर दिल्ली के चाँदनी चौक में घुमाया और रास्ते में जगह-जगह उसके समर्थकों को सड़क पर जगह-जगह प्लेटफॉर्म बनवाकर बाँध दिया और उसी हाथी के पैरों तले उन्हें कुचलवा दिया। ऊपर बैठे खुसरो की हालत सोचिए, इसी जहाँगीर को न्याय की जंजीर के लिए हमारे इतिहास में जाना जाता है। फिर

खुसरो को अंधा करवा दिया गया, हालाँकि वो थोड़ा सा देख पाता था, पंद्रह साल तक उसे कभी जेल में, कभी आसफ खाँ के हवाले कभी खुर्रम, यानी शाहजहाँ के हवाले किया और शाहजहाँ ने उसे 1622 में मरवा दिया।

परवेज शाहजहाँ से उम्र में बड़ा था, लेकिन जिस तरह वो दक्षिण की लड़ाइयों में लड़ा, सबने मान लिया कि वो बादशाहत के काबिल नहीं, लेकिन वो और शहरयार दोनों अपनी सौतेली माँ नूरजहाँ के दामाद भी थे। बाद में परवेज की बेटी की शादी दारा शिकोह से और शहरयार की बेटी की शादी औरंगजेब से हुई थी। पहले नूरजहाँ ने परवेज पर दाँव लगाया, महावत खान के साथ मिलकर उन्होंने शाहजहाँ को झुकने पर मजबूर कर दिया। शाहजहाँ ने नूरजहाँ का काबुल जाने का आदेश टाल दिया था। जिस शाहजहाँ को गुजरात विद्रोह दबाने पर ताज का दावेदार माना जा रहा था, उसका ओहदा कम कर दिया गया। लेकिन नूरजहाँ महावत खान की बढ़ती ताकत और परवेज से उसकी नजदीकी से चिंतित थी, उसने जहाँगीर के सबसे छोटे बेटे और पहले पति से पैदा अपनी बेटी के शौहर शहरयार पर दाँव लगाया और उसे तीन घंटे के लिए शहंशाह का ताज पहना भी दिया था बाद में नूरजहाँ के भाई आसफ खाँ ने शहरयार और उसके परिवार को मरवा दिया, परवेज ज्यादा शराब पीने की वजह से कोमा में चला गया और मर गया। उसके बाद शाहजहाँ ने नूरजहाँ को पेंशन देकर जबरन लाहौर भेज दिया और मजबूती से बादशाहत सँभाल ली।[4]

जहाँगीर ने जरूर अपने बेटे का विद्रोह काफी कड़ाई से दबा दिया, लेकिन शाहजहाँ इतना खुशनसीब न था। उसके तीन रानियों से चार बेटे और तीन बेटियाँ ही बड़े होने तक बच पाए। शाहजहाँ के साथ सबसे खास बात ये थी कि उसके चारों बेटे एक ही माँ के बच्चे थे, सबकी माँ मुमताज महल थी और कोई भी सौतेला नहीं था, जैसा कि हुमायूँ, अकबर और जहाँगीर के मामलों में था। फिर भी खानदानी परंपरा जारी रही, सगे भाई को भी बख्शा नहीं गया। सबसे बड़ा दारा शिकोह था, हिंदू धर्म में उसकी विशेष रुचि थी, कई हिंदू धर्म ग्रंथों का उसने फारसी में अनुवाद करवाया था। माना जाता है कि दारा शिकोह जिंदा रहता तो देश का इतिहास कुछ और होता, वो शाहजहाँ का भी प्रिय था। उसको शाहजहाँ ने अपना वारिस भी घोषित कर दिया था।

शुरुआत दूसरे बेटे शाहशुजा ने की, बंगाल में अपने को बादशाह घोषित करके उसने आगरा का रुख किया, मुराद ने भी विद्रोह कर दिया। लेकिन औरंगजेब ने मुराद बख्श से हाथ मिला लिया, दोनों की सेना ने दारा की सेना को हरा दिया। बाद में उन्हीं दोनों ने दारा शिकोह की सेना को भी हरा दिया, औरंगजेब ने आगरा के लाल किले में शाहजहाँ को बंदी बना लिया। शाहशुजा बर्मा (म्याँमार) भाग गया, जहाँ स्थानीय सरदारों के हाथों मारा गया। दारा शिकोह बचकर सिंध निकल गया, मदद लेकर वापस आया, सूरत जीता, अजमेर की तरफ बढ़ा। लेकिन वो फिर हारा तो फिर सिंध की तरफ भागा, लेकिन एक

सहयोगी ने धोखा दिया और पकड़कर औरंगजेब के हवाले कर दिया। उसने दिल्ली की सड़कों पर उसे जंजीरों में बाँधकर घुमाया और मरवा दिया। फिर उसका सिर कटवाकर शाहजहाँ के पास भेजा गया। दारा शिकोह को मारने से पहले औरंगजेब ने आखिरी काँटा यानी अपने सबसे छोटे भाई मुराद को धोखे से गिरफ्तार करवा लिया और उसे ग्वालियर किले में एक दीवान की हत्या के आरोप में तीन साल जेल में रखकर 1661 में फाँसी दे दी गई। शाहजहाँ को लाल किले में बंद कर अपनी बहन जहाँआरा को पिता की सेवा के लिए उनके साथ ही रख दिया। ऐसे में करीब आठ साल शाहजहाँ ने आगरा के लाल किले में गुजारे, और वहीं से ताजमहल को निहारते-निहारते शाहजहाँ का जीवन बीता।[5]

औरंगजेब ने बादशाह बनने से पहले ही बेटे की बगावत झेल ली, उसका सबसे बड़ा बेटा था सुल्तान, मोहम्मद सुल्तान, जिसकी शादी औरंगजेब के भाई शाहशुजा की बेटी से हुई थी। सुल्तान ने ताज की लड़ाई में अपने बाप की बजाय अपने ससुर शाहशुजा का साथ दिया था, लेकिन अपने बाप के बादशाह बनते ही उसने फिर से उससे रिश्ते कायम कर लिये। लेकिन औरंगजेब को उस पर भरोसा नहीं था, उसने उसे ग्वालियर किले में बंद करवा दिया। करीब 12 साल जेल में रहा वो और वहीं मर गया। औरंगजेब के सबसे छोटे बेटे मोहम्मद अकबर ने भी विद्रोह कर दिया, लेकिन नाकामयाब होने पर पहले दक्कन भागा, फिर ईरान भाग गया, जहाँ उसकी मौत हो गई। विद्रोह के दौरान वो औरंगजेब के कई विरोधियों से मदद माँगने गया, शिवाजी के बेटे संभाजी ने उसे बचाकर ईरान भेज दिया। उसके बच्चों को राजपूतों ने पाला। लेकिन वो ईरान में ही औरंगजेब के मरने से तीन साल पहले ही मर गया। औरंगजेब ने अपना उत्तराधिकारी चुना मो. आजम शाह को, लेकिन औरंगजेब के बाद जब वो बादशाह बना तो उसका सौतेला भाई शाह आलम, यानी बहादुर शाह जफर उसी साल उसे रास्ते से हटाकर खुद मुगल बादशाह की कुरसी पर बैठ गया।

जबकि औरंगजेब के पाँचवें बेटे काम बख्श ने जैसे ही औरंगजेब के मरने की खबर सुनी, उसने भी खुद को बादशाह घोषित कर दिया। करीब एक साल तक बहादुर शाह जफर प्रथम (शाह आलम) और उसके बीच तनातनी चलती रही, आखिरकार एक युद्ध में वो बुरी तरह घायल हो गया तो उसे पकड़कर शाह आलम के तंबू में लाया गया, जहाँ उसने उसके घावों को खुद साफ किया, उसके मरहम लगाया, लेकिन अगले दिन वो मर गया। इस तरह मुगल बादशाहत की कमान शाह आलम यानी बहादुर शाह जफर प्रथम के हाथ में आ गई।

हालाँकि आम जनता औरंगजेब के बाद सीधे आखिरी बादशाह बहादुर शाह जफर द्वितीय को ही जानती है, लेकिन सच तो ये है कि बाप-बेटे या भाइयों के बीच इस खूनी खेल का सिलसिला यहीं नहीं रुका। इस दौरान दस बादशाह और बने और तमाम

बादशाहों या उनके बेटों को ऐसी ही मौत नसीब हुई। किसी को नंगा करके मारकर लाश लाल किले के पीछे खाई में फेंक दी गई तो किसी को अंधा करके मार दिया गया, किसी के बच्चों को मार दिया गया तो किसी को उनके वजीर ने ही बंधक बनाकर मार दिया। हालाँकि बुद्ध के समय मगध साम्राज्य के एक प्रतापी शासक अजातशत्रु ने भी अपने पिता बिंबसार को मार कर गद्दी हथियाई थी। ये ईसा से भी 400–500 साल पहले की बात है, हिंदू राजाओं में भाइयों के साथ सत्ता की जंग के तो कई उदाहरण मिलते हैं, लेकिन पिता–पुत्र के न के बराबर हैं। लेकिन मुगलों की भव्य इमारतों ताजमहल, लाल किला और बुलंद दरवाजे की चर्चा के बीच खानदान में ही खूनी खेल की इस परंपरा के बारे में आम जनता को कम ही पता होता है।

संदर्भ—

1. मुगल रूल इन इंडिया, लेखक स्टीफन मेरेडिथ, हरबर्ट ओफी गैरेट, पृष्ठ 97
2. हुमायूँ : द ग्रेट मुगल, लेखक श्रीराम बख्शी, श्रीकांत शर्मा, पृष्ठ 64
3. राइटिंग द मुगल वर्ल्ड, लेखक मुजफ्फर आलम, संजय सुब्रह्मण्यम, पृष्ठ 139
4. द लाइफ एंड टाइम्स ऑफ नूरजहाँ, लेखक मोहम्मद शुजाउद्दीन, रजिया शुजाउद्दीन, पृष्ठ 120
5. शाहजहाँ, लेखक फर्गुस निकोल, पृष्ठ 240

□

जब नेहरूजी की कैबिनेट ने सोमनाथ मंदिर के समारोह में राष्ट्रपति के जाने पर लगा दी थी रोक

सोमनाथ मंदिर को 12 ज्योर्तिलिंगों में सबसे पहला माना जाता है, मंदिर में लगा वाणस्तंभ बताता है कि उस जगह से अंटाकर्टिका तक सीधा समुद्र है, कोई जमीन नहीं है। ये मंदिर कितना पुराना है, कोई नहीं जानता। लेकिन ये मंदिर प्रतीक है गुलामी की यादों का, हर सदी में इसे हमलावरों ने लूटा, पहले हमला सिंध के गर्वनर अल जुनैद ने सातवीं शताब्दी में किया, उसके बाद कई बार महमूद गजनवी ने लूटा। उसके बाद अलाउद्दीन खिलजी के सिपहसालार उलूग खान से लेकर औरंगजेब तक ने इस मंदिर को लूटा और ध्वस्त किया। शायद ही कोई मंदिर या प्राचीन भारतीय भवन इस कदर हमलावरों के निशाने पर आया हो और इसीलिए सरदार पटेल ने सोमनाथ मंदिर के जीर्णोद्धार का फैसला किया और भरी सभा में इसका ऐलान किया। जब गुजरात में 2017 में चुनाव हुए तो राहुल गांधी ने सोमनाथ मंदिर समेत कई मंदिरों के दर्शन किए। ऐसे में एक चुनावी सभा में जब पी.एम. मोदी ने ये आरोप लगाया कि पं. नेहरू ने सोमनाथ मंदिर के पुनरोद्धार का विरोध किया था, सोशल मीडिया पर बहस छिड़ गई। ऐतिहासिक तथ्यों के हिसाब से ठीक है या नहीं, इसको लेकर काफी बहस हुई। अरसे तक कांग्रेस इस बात को अपनी सेकुलर छवि को मजबूत बनाने के लिए हर मंच से बोलती भी आई है, लेकिन बदलती फिजाँ में गुजरात चुनाव के दौरान सॉफ्ट हिंदुत्व की लाइन लेने वाली कांग्रेस के लिए ऐसी बातें अब असहज करनेवाली साबित होने लगी हैं।

दरअसल सोमनाथ मंदिर आजादी के समय जूनागढ़ रियासत में आता था। लेकिन जूनागढ़ के नवाब ने भारत में मिलने से साफ इनकार कर दिया और भारतीय सेना के दवाब में भागकर पाकिस्तान चला गया। तो चार दिन बाद सरदार पटेल ने वहाँ का दौरा किया और एक सभा में लोगों से पूछा भी कि आप हिंदुस्तान के साथ रहना चाहते हो या

पाकिस्तान के? तो हजारों हाथ एक साथ खड़े हुए और एक ही सुर में बोले हिंदुस्तान, हिंदुस्तान। अगले दिन यानी 13 नवंबर, 1947 को पटेल ने नवाँनगर के जाम साहब और गांधीजी के भतीजे सामलदास गांधी के साथ सोमनाथ मंदिर का दौरा किया, सामलदास जूनागढ़ मंदिर की हालत देखकर सरदार दु:खी हो गए और वहीं ऐलान किया कि इस मंदिर का जीर्णोद्धार हम करवाएँगे।[1] उसी जगह पर जाम साहब ने एक लाख रुपए और सामलदास गांधी ने इक्यावन हजार रुपए के दान का ऐलान कर दिया। उस वक्त उनके साथ कन्हैयालाल माणिक लाल मुंशी भी थे। बात जब दिल्ली पहुँची तो पं. नेहरू ने उनसे ऐतराज जताया कि सरकार कैसे किसी धर्मविशेष के धर्मस्थल का निर्माण कर सकती है।

हालाँकि सोमनाथ मंदिर से अपनी ऐतिहासिक रथयात्रा शुरू करनेवाले लाल कृष्ण आडवाणी अपनी किताब 'राष्ट्र सर्वोपरि' में लिखते हैं कि "नेहरू मंत्रिमंडल ने इस प्रस्ताव को स्वीकृति दे दी थी। गांधीजी की शर्त इतनी थी कि निर्माण का व्यय केंद्र सरकार नहीं बल्कि जनता वहन करे। अत: एक ट्रस्ट गठित किया गया, जिसने सारा धन जुटाया।" वे ये भी बताते हैं कि कैसे उसी शाम को सरदार पटेल, के.एम. मुंशी और वी.एन.एल. गाडगिल गांधीजी से मिलने पहुँचे, तो गांधीजी ने उन्हें आशीर्वाद दिया, साथ ही ये भी कहा कि मंदिर निर्माण का व्यय जनता को वहन करने दो। हालाँकि सरदार पटेल तो पहले से ही ट्रस्ट बनाने के हिमायती थे। उन्होंने मंदिर के पुनरोद्धार की जिम्मेदारी के.एम. मुंशी को दे दी।[2]

जबकि वरिष्ठ कांग्रेसी नेता मणिशंकर अय्यर एल.के. आडवाणी से बिल्कुल अलग बात अपनी किताब 'एक धर्मनिरपेक्ष रूढ़िवादी की स्वीकारोक्ति' में लिखी है, वे लिखते हैं कि गांधीजी की हत्या के बाद जब के.एम. मुंशी ने सोमनाथ मंदिर के पुनरोद्धार की बातें, फिर से करनी शुरू कीं तो नेहरू ने साफ कह दिया कि ये व्यक्तिगत आस्था का सवाल है, सरकार कुछ नहीं कर सकती। जब के.एम. मुंशी ने याद दिलाया कि 1947 की कैबिनेट में ये फैसला लिया गया है और भवन निर्माण मंत्रालय को भी आदेश दिया तो अय्यर के मुताबिक पं. नेहरू नाराज हो गए और कैबिनेट की बैठकों का ब्योरा निकाला, जिसमें के.एम. मुंशी का दावा झूठा निकला। अय्यर के मुताबिक तब निजी ट्रस्ट बनाकर मंदिर निर्माण का काम किया गया।[3] ये अलग बात है कि अय्यर ने अपनी किताब में इन दावों के पीछे का आधार नहीं बताया। हालाँकि अय्यर को नेहरू को धर्मनिरपेक्ष साबित करने के लिए मुंशी और पटेल को झूठा साबित करना, आज की तारीख में कांग्रेस के लिए मुश्किल भरा हो सकता है। सावधानी उन्होंने यही बरती कि पटेल का नाम झूठों में नहीं लिखा, लेकिन पी.एम. से झूठ बोलने के लिए मुंशी पर एक्शन क्यों नहीं हुआ, इस पर वे चुप्पी साध जाते हैं।

जबकि आडवाणी लिखते हैं कि पहले गांधीजी और फिर 1950 में सरदार पटेल की मौत के बाद ही पं. नेहरू के रुख में परिवर्तन आया था और उन्होंने 1951 में तत्कालीन

खाद्य और रसद मंत्री के.एम. मुंशी को कैबिनेट मीटिंग के बाद बुलाकर कहा कि मैं नहीं चाहता कि आप सोमनाथ मंदिर के पुनरोद्धार की कोशिश करें, ये हिंदू नवजागरणवाद है। मुंशीजी खामोश रहे और वहाँ से चले गए। बाद में मुंशी ने जो जवाब दिया, वो उनकी किताब 'पिलग्रिमेज टू फ्रीडम' में उपलब्ध है, उन्होंने लिखा—"कल आपने हिंदू नवजागरणवाद का उल्लेख किया था, मंत्रिमंडल में आपने मेरे सोमनाथ से जुड़ाव पर उँगली उठाई। मुझे खुशी है कि आपने ऐसा किया, क्योंकि मैं अपने किसी भी विचार या कार्य को अप्रकट रखना नहीं चाहता हूँ। मैं आपको विश्वास दिला सकता हूँ कि भारत का समस्त जनमानस आज भारत सरकार द्वारा प्रायोजित सोमनाथ के पुनरोद्धार की योजना से बहुत प्रसन्न है। इतनी प्रसन्नता उसे हमारे द्वारा किए गए किसी भी कार्य से नहीं मिली है।" उस पत्र को पढ़कर भारतीय रियासतों के एकीकरण में अहम भूमिका निभाने वाले अधिकारी वी.पी. मेनन ने मुंशी को पत्र लिखा, "मैंने आपके अद्भुत पत्र को देखा है, जो बातें आपने पत्र में लिखी हैं, उनके लिए मैं तो जीने और आवश्यकता पड़े तो मैं तो मरने के लिए भी तैयार हूँ।"[4]

बात यहीं नहीं रुकी, रोमिला थापर की किताब 'सोमनाथ, द मैनी वॉइसेज ऑफ हिस्टरी' के मुताबिक एक अखबार में जब ये खबर छपी कि मंदिर निर्माण के लिए सौराष्ट्र सरकार पाँच लाख रुपए दे रही है तो पं. नेहरू ने वहाँ की सरकार को खत लिखकर नाराजगी जताई।[5] इधर सोमनाथ मंदिर के प्रांगण में बनाई गई मसजिद को कई किलोमीटर दूर स्थानांतरित किया गया। चालुक्य शैली में जब भव्य मंदिर बनकर तैयार हो गया तो के.एम. मुंशी ने राष्ट्रपति डॉ. राजेंद्र प्रसाद से अनुरोध किया कि मंदिर का लोकार्पण करें और ज्योतिर्लिंग स्थापित करने का विधि-विधान भी करें। उम्मीद के विपरीत राजेंद्र बाबू तैयार हो गए। पं. नेहरू ने फिर आपत्ति जताई कि कैसे एक धार्मिक कार्य के लिए कोई राष्ट्रपति जा सकता है? बाबू राजेंद्र प्रसाद का जवाब था कि "अगर किसी मसजिद या चर्च से ये बुलावा आता तो भी मैं जाता, क्योंकि ये भारतीय सेक्युलरिज्म का मूल है, हमारा देश न धार्मिक है और न धर्मविरोधी।" आडवाणीजी ने भी राष्ट्रपति के इस बयान का उल्लेख किया है।

लेकिन मणिशंकर अय्यर अपनी किताब में लिखते हैं कि "नेहरूजी ने राजेंद्र प्रसाद को सोमनाथ जाने से रोकने के लिए मंत्रिमंडल की औपचारिक बैठक बुला ली, और फैसला लिया गया कि राष्ट्रपति को वहाँ जाने से रोका जाए। संविधान राष्ट्रपति को इस बात के लिए बाध्य करता है कि वे कैबिनेट की सलाह की कद्र करें। लेकिन उसके बावजूद राजेंद्र प्रसाद अपनी बात पर अड़े रहे तो फिर उन्हें सरकार की तरफ से ये संदेश भेजा गया कि यदि वे इस समारोह में भाग लेना चाहते हैं, एक राष्ट्रपति के रूप में उन्हें भाग लेने की इजाजत नहीं होगी; लेकिन निजी तौर पर वे वहाँ जाने के लिए स्वतंत्र हैं।"

अय्यर अपनी किताब में ये भी लिखते हैं कि 2 मई, 1951 को सोमनाथ मंदिर को लेकर सारे मुख्यमंत्रियों को एक पत्र भी लिखा डाला।

अय्यर हों या रोमिला थापर, दोनों ने अपनी किताब में ये साबित करने की कोशिश है कि नेहरू सोमनाथ मंदिर के पुनरोद्धार के काम में सरकार के सहयोग के काफी विरोधी थे, इसके लिए उन्होंने पटेल, के.एम. मुंशी और यहाँ तक कि राष्ट्रपति राजेंद्र प्रसाद का भी विरोध किया। जबकि के.एम. मुंशी ने अपनी किताब में लिखा है कि गांधीजी ने 1905 में दक्षिण अफ्रीका के जोहांसबर्ग में 3 और 11 मार्च को हिंदू धर्म पर जो दो भाषण दिए थे, उनमें सोमनाथ मंदिर की दुर्दशा का वर्णन किया था और यहीं से उन्हें सोमनाथ मंदिर के पुनरोद्धार की प्रेरणा मिली, तभी गांधीजी ने इस योजना में अपना आशीर्वाद भी दिया था। हालाँकि आडवाणीजी ने नेहरू की सहमति की बात अपनी किताब में प्रमुखता से लिखी थी, तो उसकी वजह इस बात पर जोर डालने की थी, उसी तरह सरकारी सहमति से अयोध्या में भी राम मंदिर बनाया जा सकता है। लेकिन अय्यर उनको धर्मनिरपेक्ष साबित करना चाहते थे।

संदर्भ—

1. सरदार वल्लभ भाई पटेल, लेखक विष्णु प्रभाकर, पृष्ठ 66
2. राष्ट्र सर्वोपरि, लेखक लाल कृष्ण आडवाणी, पृष्ठ 192
3. एक धर्मनिरपेक्ष रूढ़िवादी की स्वीकारोक्ति, लेखक मणिशंकर अय्यर, पृष्ठ 151
4. राष्ट्र सर्वोपरि, लेखक लालकृष्ण आडवाणी, पृष्ठ 197
5. सोमनाथ : द मेनी वॉयसेज ऑफ ए हिस्टरी, लेखिका रोमिला थापर, पृष्ठ 192

□

आर.एस.एस. ने सिखाया था अमरीश पुरी को अनुशासन?

अमरीश पुरी बॉलीवुड के ऐसे खलनायक थे, जिन्हें आप परदे के खलनायकों की दुनिया का महानायक बोल सकते हैं। परदे पर जितने खूँखार या काइयाँ वे दिखते थे, वे उतने ही बड़े समाजसेवी और भले आदमी के तौर पर जाने जाते थे, खासकर मुंबई फिल्म इंडस्ट्री के छोटे कामगारों के लिए मसीहा की तरह थे। मुसीबत में उनकी मदद के लिए एक दो संगठन भी उन्होंने खड़े किए। लेकिन जब भी उनकी जयंती या पुण्यतिथि आती है, सोशल मीडिया के समंदर में उनके आर.एस.एस. से जुड़ाव को लेकर कई पोस्ट आपको तैरती मिल जाती हैं। ज्यादातर में चाहे वे आर.एस.एस. समर्थक हों या आर.एस.एस. विरोधी सबने इस बात का जिक्र किया है कि अमरीश पुरी संघ से जुड़े हुए थे। एक वक्त में वे संघ को इतना ज्यादा मानते थे कि उनके मरने के बाद भी उनके परिवार ने इंटरव्यू में कहा कि वे कट्टर संघ समर्थक थे। अपनी ऑटो-बायोग्राफी में भी उन्होंने इस बात का जिक्र किया है। ऐसे में संघ से मोहभंग की बात भी कुछ सोशल मीडिया पोस्ट्स में आई है।

अमरीश पुरी की बायोग्राफी 'द ऐक्ट ऑफ लाइफ' में उन्होंने अपनी लाइफ के शुरुआती संघर्ष का जिक्र किया है कि कैसे उनके एक कजिन के.एल. सहगल, जो जाने-माने गायक और अभिनेता थे, की शराब पीने की आदत के चलते उनके पिता फिल्मों में काम करने के सख्त खिलाफ थे। उनसे पहले उनके दोनों भाई चमन पुरी और मदन पुरी फिल्मों में काम करने लगे थे। मदन पुरी तो जब कोलकाता से अपनी नौकरी छोड़कर मुंबई चले गए तो उनके पिता काफी गुस्सा हुए। कहा भी कि जैसे के.एल. सहगल 42 साल की उम्र में ही शराब पीने की आदत के चलते मर गए, तुम लोग भी मरोगे। दरअसल उनके पिता चाहते थे कि अमरीश सरकारी नौकरी करे।

हालाँकि सुनी किसी ने नहीं और अमरीश पुरी भी हीरो बनने की ख्वाहिश लेकर मुंबई जा पहुँचे, लेकिन हर किसी ने उनको खारिज कर दिया, ये कहकर कि आपकी शक्ल हीरो जैसी नहीं लगती। तब अमरीश पुरी दिल्ली में ही रंगमंच से जुड़ गए, बाद में मुंबई पृथ्वी

थिएटर से जुड़े, एक इंश्योरेंस कंपनी (ई.एस.आई.सी.) से जुड़े। फिर एक मराठी फिल्म में अंधे का रोल मिला और फिर सुनील दत्त की फिल्म 'रेशमा और शेरा' के तौर पर पहली बॉलीवुड फिल्म उन्हें 39 साल की उम्र में मिली और 'हम पाँच' में पहली बार विलेन के तौर पर उभरकर सामने आए। इसी फिल्म से उनकी असली प्रतिभा सभी के सामने आई, और अब तो मोगेम्बो और जनरल डोंग जैसे किरदार कई पीढ़ियों के जेहन में जिंदा हैं।

लेकिन दिल्ली में रहने के दौरान जब वे पंद्रह सोलह साल के थे तो वे राष्ट्रीय स्वंयसेवक संघ से जुड़ गए। पाँचजन्य से एक इंटरव्यू के दौरान उन्होंने बताया कि "मैं 15-16 वर्ष का था, तब संघ शाखा में जाना शुरू किया था। एक घंटे की शाखा के उपरांत स्वयंसेवकों के परिवारों से संपर्क, शाखा के कार्य में इतना रम गया था कि मुझे शाखा के मुख्य शिक्षक की जिम्मेदारी दी गई। मैं मानता हूँ कि उस समय शाखा में जो संस्कार मुझे मिले उन्होंने मेरे व्यक्तित्व और चरित्र को गढ़ने में महत्त्वपूर्ण योगदान दिया। आज फिल्म उद्योग में मैं हूँ, जहाँ पतन सबसे ज्यादा होता है। इसके बावजूद मेरा चरित्र विशुद्ध है तो वह संघ संस्कारों के कारण ही। नाटकों से ज्यादा जुड़ गया तो संघ से संपर्क कम होता गया, मगर संघ संस्कार जीवन से नहीं गए।" ये इंटरव्यू किशोर मकवाणा ने सिंधु दर्शन 2001 के दौरान लेह में लिया गया था।[1]

अमरीश पुरी ने एल.के. आडवाणी के साथ इस कार्यक्रम में हिस्सा लिया था, इस कार्यक्रम के पीछे पूरी सोच ही संघ की है। आडवाणी ने बतौर सिंधी होने के, इस कार्यक्रम में अपनी दिलचस्पी दिखाई। अमरीश पुरी ने इस दौरान अपने संघ से नजदीकियों का राज पत्रकारों से खोला। उन्होंने बताया कि कैसे बतौर मुख्य शिक्षक उनके सिर पर शाखा में ट्रेनिंग देने का काम था और इसी अनुशासित जिंदगी ने उनको सैनिक की तरह अनुशासित बना दिया, तभी तो वे कभी किसी सैट पर लेट नहीं होते थे।

उन्होंने अपनी बायोग्राफी 'द ऐक्ट ऑफ लाइफ' में लिखा भी है, "बहुत ईमानदारी से कहूँगा कि मैं उनकी हिंदुत्व की विचारधारा की ओर आकर्षित हुआ था, जिसके अनुसार हम हिंदू हैं और हमें हिंदुस्तान की विदेशी शक्तियों से रक्षा करनी है। उन्हें निकाल बाहर करना है, ताकि हम अपने देश पर शासन कर सकें। लेकिन इसका धार्मिक कट्टरता से कोई संबंध नहीं था, यह मात्र देशभक्ति थी।" उन्होंने अपनी बायोग्राफी के पेज 21 और 22 पर संघ से जुड़ाव का उल्लेख किया है। इस बायोग्राफी 'द ऐक्ट ऑफ लाइफ' में अमरीश पुरी का बयान है, "This training became a great asset in formulating my life on the whole without ever going deep into the ideology of RSS।"[2] हालाँकि अमरीश इस बात पर ही ज्यादा जोर देने लगे कि उनका संघ से जुड़ाव के चलते वे काफी अनुशासित हो गए थे। संघ की विचारधारा से वे गहराई से नहीं जुड़े थे, ऐसा उन्होंने लिखा है। जाहिर भी है, बॉलीवुड की बहुत

सी हस्तियाँ राजनीति से दूर ही रहना चाहती हैं।

जबकि उनकी मौत के एक साल बाद 2006 में 'द हिंदू' अखबार में उनकी बायोग्राफी के रिव्यू में भी उनके परिवार के हवाले से छपा कि वे पक्के संघ समर्थक थे। यानी कि उनकी आस्था डिंगी नहीं थी। हालाँकि कुछ सोशल मीडिया पोस्ट्स में ये दावा किया जाता है कि गांधीजी की हत्या के बाद वे संघ से विमुख हो गए थे। लेकिन ऐसा मुमकिन इसलिए नहीं लगता, क्योंकि गांधीजी की हत्या 1948 में हुई थी, तब अमरीश केवल 16 साल के रहे होंगे और संघ में कोई भी मुख्य शिक्षक इतनी कम उम्र का नहीं होता, यानी वे बाद में ही मुख्य शिक्षक बने थे। वैसे भी उनकी पहली फिल्म 'रेशमा और शेरा' 1971 में रिलीज हुई थी। यानी वे काफी अरसे तक दिल्ली में ही रहे थे। हालाँकि वे फिल्मों में सक्रिय होने के बाद सार्वजनिक तौर पर कार्यक्रमों में नहीं जाते थे, लेकिन अपने पुराने साथियों से जुड़े रहे, तीसरे अगर संघ से मोह भंग हुआ होता तो न वे बायोग्राफी में संघ को अनुशासित लाइफ का श्रेय देते और न उनके परिवार वाले 57 साल बाद उन्हें कट्टर संघी बताते।

'द हिंदू' में अमरीश पुरी की बायोग्राफी का रिव्यू 2006 में छपा था। उसकी कुछ लाइनें पढ़िए, "Amrish Puri's family members remember him as a 'fitness freak', a 'night bird', a 'staunch RSS supporter' and a "traditional father."[3] साफ है, 1948 में अमरीश का ये परिवार तो था नहीं और उसके बाद मोह भंग जैसी स्थिति होती तो वे उनके संघ समर्थक होने की बात नहीं करते बल्कि मोहभंग की बात करते। जाहिर है बिना संदर्भ के अमरीश पुरी के मरने के सालों के बाद सोशल मीडिया पर नई तरह की कहानियाँ शुरू हो गई हैं, जिनके बारे में न कभी अमरीश ने किसी मंच पर कहा या लिखा और न उनके परिवार ने। साफ है, अमरीश पुरी एक वक्त में संघ से जुड़े थे, उसको पसंद भी करते थे, लेकिन जिस क्षेत्र में वे चले गए थे, वे अपने अलग-अलग विचारों वाले फैंस का दिल नहीं दुखाना चाहते थे। इसलिए एक बार फिल्मों में स्थापित होने के बाद सार्वजनिक तौर पर संघ के बारे में कुछ बोलने या उसके कार्यक्रमों में जाने से बचते रहे।

संदर्भ—

1. http://panchjanya.com/arch/2005/1/23/File32.htm, पॉञ्चजन्य, दिल्ली संस्करण, अभिलेखागार, 23 जनवरी, 2005
2. द एक्ट ऑफ लाइफ, लेखक अमरीश पुरी, ज्योति सब्बरवाल, पृष्ठ 22
3. http://www.thehindu.com/todays-paper/tp-features/tp-fridayreview/in-memory-of-a-beloved-villain/article3218572.ece, द हिंदू, 23 जून, 2006, दिल्ली संस्करण, शुक्रवार समीक्षा

□

प्लेब्वॉय मैगजीन में पं. नेहरू और पेंट हाउस मैगजीन में राजीव गांधी के इंटरव्यू का वायरल सच

पं. नेहरू की तमाम तसवीरें इंटरनेट पर लड़कियों के साथ अलग-अलग मौकों की छाई रहती हैं। किसी की सिगरेट सुलगाते हुए, किसी की ड्रेस ठीक करते हुए, एडविना माउंटबेटन के साथ एक युवा के अंदाज में खुलकर ठहाका लगाते हुए, स्विमिंग पूल पर नेकर पहनकर लड़कियों के साथ बैठे हुए या शीर्षासन करते हुए या किसी को गले लगाते हुए। ज्यादातर पोस्ट्स में इन तसवीरों को चिपकाने का एक ही उद्देश्य समझ आता है, पं. नेहरू की प्लेब्वॉय जैसी इमेज बनाना। हद तो तब हो गई जब पं. नेहरू का एक इंटरव्यू दुनिया भर में मशहूर बोल्ड कंटेंट मैगजीन 'प्लेब्वॉय' में छपने की पोस्ट वायरल हुई।

जाहिर है, जिनको नहीं पता होगा, आज की पीढ़ी के वे युवा भी चौंक जाएँगे, ये जानकर कि नेहरू का प्लेब्वॉय मैगजीन में कभी इंटरव्यू भी छपा था। ऐसे में सबको ये जानने की उत्सुकता हो सकती है कि उस इंटरव्यू में आखिर ऐसा क्या था, जो कि प्लेब्वॉय में छपा? या क्या नेहरूजी से वही सवाल पूछे गए, जो प्लेब्वॉय मैगजीन में छपने वाले लेखों या नग्न/अर्धनग्न तसवीरों का मूड होता है? ऐसे में वो तबका भी सामने आया, जिसने इस इंटरव्यू की बात ही नकार दी और कहा कि ये नेहरू को बदनाम करने की चाल है, किसी ने इस बात को झूठा ही प्रचारित/प्रसारित कर दिया है।

ऐसे में फिर पं. नेहरू का वो प्लेब्वॉय वाला अंक भी सोशल मीडिया पर तैरने लगा, उसके कवर पेज पर भी एक विदेशी हसीना की नग्न तसवीर थी, जिसने बड़े झीने से परदे से खुद को छुपा रखा था और उसी कवर पेज पर लिखा था कि अंदर क्या क्या है—'An Exclusive Interview with Nehru of India/Beginning the autobiography of Lenny Bruce/ Your 1964 Jazz-Poll Ballot/ Eight Page portfolio on Elsa Martinelli at work and Aquatic Play/Fall

& Winter fashion forecast.' साफ है, उनके लिए पं. नेहरू का इंटरव्यू सबसे अहम था, जो उस कवर पर सबसे पहले लिखा था, साथ की तसवीर में आप कवर पेज पर वो लिखा हुआ देख पढ़ भी सकते हैं। इसी एडीशन पर लिखा था कि ये अक्तूबर 1963 का अंक है, यानी चीन युद्ध से हारने के एक साल बाद का और मौत से एक साल पहले का। हालाँकि लोगों ने ये भी कहा कि ये फोटोशॉप करके तैयार किया गया है। लेकिन प्लेब्वॉय के सारे अंक उसकी वेबसाइट पर सुरक्षित हैं और आप उसे इस ऑफीशियल लिंक पर जाकर खुद चैक भी कर सकते हैं http://www.playboy.com/galleries/1960s-playboy-covers। इस लिंक पर 1960 के दशक के प्लेब्वॉय के सारे एडीशंस के कवर पेज सुरक्षित हैं, और उनमें अक्तूबर 1963 का ये एडीशन का कवर पेज भी देखा जा सकता है, जो कि वायरल हुआ था।[1]

तो ये वायरल सच तो सही साबित हुआ कि पं. नेहरू का इंटरव्यू वाकई में अक्तूबर 1963 में प्लेब्वॉय मैगजीन ने छापा था। अब सवाल उठता है कि आखिर उस इंटरव्यू में क्या था, कई पत्र-पत्रिकाओं ने वो पूरा इंटरव्यू छापा है। हालाँकि उपलब्ध तो प्लेब्वॉय मैगजीन के अंदर के पेज भी हैं, लेकिन जो फोटो उस इंटरव्यू का छपा है, उसको बड़ा करते ही ब्लर हो जाता है। हालाँकि नेताजी बोस पर गहरा शोध करनेवाले मशहूर लेखक अनुज धर के पास वो अंक है और उन्होंने वो कई मौकों पर अपने फेसबुक और ट्विटर एकाउंट पर शेयर भी किया है। फिर भी आप ऑनलाइन कई साइट्स पर पढ़ सकते हैं, आउटलुक इंडिया मैगजीन ने भी एक बार वो इंटरव्यू प्रकाशित किया था। जो आप यहाँ पढ़ सकते हैं—https://www.outlookindia.com/magazine/story/what-tomorrows-india-will-be-like-i-cant-say-i-have-my-hopes/292499।[2]

इस इंटरव्यू को पढ़ने के बाद पता चलता है कि वो इंटरव्यू ऐसा ही है जैसा कि किसी पी.एम. का होना चाहिए, यानी बातों की शुरुआत एटमी हथियारों से की गई है, चीन से तुलना, भारत की फॉरेन पॉलिसी से लेकर गरीबी उन्मूलन और गांधीजी आदि विषयों पर तमाम सवाल नेहरूजी से किए गए हैं और उन्होंने एक राजनेता की तरह ही सधे हुए जवाब दिए हैं। ऐसे में सवाल उठता है कि फिर ऐसा क्या था कि प्लेब्वॉय मैगजीन ने भारत के पी.एम. का ये इंटरव्यू छापा और पं. नेहरू इस इंटरव्यू देने के लिए तैयार ही क्यों हुए, जबकि पूरी दुनिया जानती है कि प्लेब्वॉय मैगजीन में क्या-क्या छपता है। मैगजीन की टैगलाइन ही उसके कवर पर उसका मूड बताती है—एंटरटेनमेंट फॉर मैन। दिलचस्प बात ये थी कि जैसे ही नेहरू के इंटरव्यू वाले प्लेब्वॉय एडीशन की खबरें मार्केट में आईं, और चर्चा होनी शुरू हुई, वाशिंगटन डी.सी. में भारतीय दूतावास ने फौरन इसे फर्जी बता दिया।[3]

इस इंटरव्यू के दो सवालों पर जरूर आप शक कर सकते हैं कि इंटरव्यू करनेवाले ने पं. नेहरू से कुछ अलग सवाल पूछने की कोशिश की थी। उनमें से एक ये सवाल था—"Your heavy round-the-clock work schedule, and your apparent aversion to vacations have become almost legendary in New Delhi. Do you every rely on pills as a source of energy? " इस सवाल में ये जानने की कोशिश की थी कि क्या नेहरू एनर्जी बढ़ाने वाली कोई पिल या मेडिसन लेते हैं, जिसको पं. नेहरू ने ये कहकर मना कर दिया था कि वो तो दवाइयों से ही बहुत दूर रहते हैं। एक और सवाल था कि "Reviewing the history of own lifetime, what trend either moral or materialistic discourages you most?" यानी एक तरह से सवाल में मोरलिटी यानी नैतिकता के बारे में उनकी राय जाननी चाही थी। इसके जवाब में पं. नेहरू ने गिरते मानसिक और नैतिक स्तर पर सवाल उठाया था। कुल 45 सवाल पं. नेहरू से इस इंटरव्यू में किए गए थे।

हालाँकि इस इंटरव्यू में दुनिया की बढ़ती जनसंख्या और प्रेस फ्रीडम पर भी पं. नेहरू से सवाल किए गए थे। तो इंटरव्यू में ऐसा कुछ नहीं था, न सवालों में और न जवाबों में जिसके चलते नेहरू जैसे कद के व्यक्ति पर कोई सवाल उठाए या उन्हें बदनाम करे। मुद्दा तो असल में ये था कि ये इंटरव्यू प्लेब्वॉय में छपा क्यों, प्लेब्वॉय को नेहरूजी ने इंटरव्यू दिया ही क्यों? कहीं भी पं. नेहरू या सरकार की तरफ से कोई सफाई सामने नहीं आई। हालाँकि इंटरव्यू की जानकारी अमेरिका में भारतीय दूतावास को मिली और उन्होंने इस पर ऐतराज जताया और दावा किया कि पं. नेहरू ने इस तरह का कोई इंटरव्यू प्लेब्वॉय मैगजीन को नहीं दिया है।

मीडिया रिपोर्ट्स के मुताबिक प्लेब्वॉय ने तब उस पत्रकार से संपर्क करने की काफी कोशिश की, जिसने ये इंटरव्यू प्लेब्वॉय मैगजीन को प्रकाशित करने के लिए दिया था। मैगजीन का अक्तूबर 1963 एडीशन छपने के आखिरी चरण में था और उसे ज्यादा रोका नहीं जा सकता था। तो उस इंटरव्यू में प्लेब्वॉय मैगजीन ने उस पत्रकार का नाम तो हटा दिया, लेकिन इंटरव्यू छाप दिया। इतना ही नहीं कवर पेज पर लिख दिया कि इसमें नेहरू का इंटरव्यू है। दिलचस्प बात थी कि कवर पर कहीं भी नेहरू का परिचय या पद नहीं था, केवल इतना लिखा था कि नेहरू ऑफ इंडिया, यानी उस वक्त तक नेहरू काफी मशहूर हो चले थे। यूँ तो ये मैगजीन इंडिया में बैन थी, लेकिन नेहरू के इंटरव्यू वाले एडीशन के मार्केट में आते ही कई लोगों ने स्मगल करके ये मैगजीन भारत में मँगाई और करीब तीस गुना कीमत में लोगों ने खरीदी भी। प्रजा सोशलिस्ट पार्टी के होशंगाबाद से सांसद हरिविष्णु कामथ ने ये मामला उन दिनों लोकसभा में भी उठा दिया था।[4]

इन्हीं मीडिया रिपोर्ट्स का दावा है कि प्लेब्वॉय मैगजीन ने उसी अंक में क्लेरीफिकेशन छापा कि ये नेहरू का इंटरव्यू दरअसल उनके अलग-अलग मौकों पर दिए गए भाषणों से कट पेस्ट करके बनाया गया है। आउटलुक के लेख के साथ भी वो क्लेरीफिकेशन मिलता है। उसको आप इस लेख में भी पढ़ सकते हैं—Just before closing this section (the last to be printed) of the October issue, after the rest of the magazine had gone to press, we received word from the Indian Embassy in Washington that our interview with Prime Minister Nehru was not, in fact, the result of an exclusive, personal conversation with the head of the Indian state, but simply a gathering together of public pronouncements made by the Prime Minister in various speeches, statements, etc., over the past several years. The Nehru material was submitted to us by a well-regarded journalist-publisher who has previously conducted numerous similar interviews with famous personages all over the world; it was sold as an actual interview, recorded on tape, and the covering letters that so described the material also included photographs of the Prime Minister and journalist together. There was no reason to doubt its validity and we consequently published it in good faith as a personal interview. However, an official refutation from the Indian Government must be respected, and since our attempts to reach the supposed interviewer for further clarification have proved unsuccessful, editorial integrity requires that we print this statement."

यानी कि प्लेब्वॉय के मुताबिक, "उस बड़े जर्नलिस्ट ने ये इंटरव्यू अपने और नेहरू के साथ फोटोज के साथ दिया था और उसको रिकॉर्ड भी किया था। वो जर्नलिस्ट ऐसे कई बड़े लोगों के साथ इंटरव्यू दे चुका है, तो इस पर संदेह करने की वजह कोई भी नहीं थी। इसीलिए हमने इसे छापा, क्योंकि इसकी वैलेडिटी पर सवाल उठाने का कोई कारण हमें समझ नहीं आया। लेकिन भारत सरकार के आधिकारिक बयान को रेस्पेक्ट देनी चाहिए और हम उस इंटरव्यू लेने वाले जर्नलिस्ट से कोई संपर्क नहीं कर पा रहे हैं, सो एडीटोरियल इंटीग्रिटी की माँग है कि हम ये स्टेटमेंट भी छापें।"

आउटलुक का दावा है कि ये स्पष्टीकरण प्लेब्वॉय मैगजीन ने उसी एडीशन के पेज तीन में छाप दिया था। अगर वाकई में ऐसा था तो कवर पेज पर उन्हें इस इंटरव्यू को एक्सक्लूसिव लिखने की क्या जरूरत थी? और अगर नेहरूजी के इस इंटरव्यू में छपे फोटोज उस जर्नलिस्ट ने नहीं लिये तो किसी ने कॉपीराइट का दावा क्यों नहीं किया और प्लेब्वॉय ने ये दावा क्यों किया कि उनके पास नेहरू के इंटरव्यू का टेप भी था, जो

कि उन दिनों फर्जी बनाना मुमकिन न था। ये भी सवाल था कि उस इंटरव्यू करनेवाले पत्रकार का नाम सामने क्यों नहीं आया और न वो खुद आया। ऐसे में ये तो सच है कि पं. नेहरू का इंटरव्यू प्लेब्वॉय मैगजीन के अक्तूबर 1963 के अंक में छपा था, लेकिन ये पूरी तरह स्पष्ट नहीं हुआ कि पं. नेहरू ने वो इंटरव्यू दिया था कि नहीं।

दिलचस्प बात ये भी है कि सॉफ्ट पोर्न मैगजीन में इंटरव्यू छपने का ये अकेला मामला नेहरूजी के साथ ही नहीं था, उन्हीं के परिवार के एक और पी.एम. के साथ भी कुछ ऐसा ही हुआ। राजीव गांधी के साथ भी ऐसा ही कुछ हुआ, मशहूर मैगजीन पेंट हाउस के जनवरी 1987 के एडीशन में उनका भी इंटरव्यू छप गया। ये मैगजीन भी भारत में बैन थी। जाहिर है भले ही न्यूज चैनल्स या सोशल मीडिया उस दौर में नहीं आ पाया था, लेकिन 63 से 87 तक के 24 सालों में भारतीय प्रिंट मीडिया और मजबूत हो गया था। इमरजेंसी के दौर से निकलने के बाद तो मीडिया में आक्रामकता और भी ज्यादा बढ़ गई थी।

मीडिया को राजीव गांधी के 'पेंट हाउस' मैगजीन में छपे इंटरव्यू की खबर लग ही गई, दरअसल पेंट हाउस मैगजीन ने दिसंबर 1986 के अपने एडीशन में दावा किया कि उनके नए साल के एडीशन में भारत के प्रधानमंत्री राजीव गांधी का इंटरव्यू छपेगा, विदेशों में बसे पेंट हाउस के फैंस भारतीयों की मदद से ये खबर भारतीय मीडिया में भी छप गई। लेकिन राजीव गांधी की तरफ से पी.एम. ऑफिस के लोगों ने फौरन स्पष्टीकरण भी जारी किया। दावा किया कि राजीव गांधी ने ये इंटरव्यू दिया तो था, लेकिन पेंट हाउस मैगजीन के लिए नहीं दिया। एक विदेशी पत्रकार ने उनका इंटरव्यू एक बुक के लिए लिया था, जो वो बीसवीं सदी के विश्व नेताओं के बारे में लिख रहा था, लेकिन उसने इसे पेंट हाउस मैगजीन में छपने को दे दिया। इस पत्रकार का नाम था रसेल वॉरेन होवे।[5]

लेकिन रसेल ने पी.एम.ओ. की बात का ये कहकर साफ तौर पर खंडन कर दिया कि उनका भारतीय प्रधानमंत्री का इंटरव्यू लेने का कोई मूड नहीं था। जब हेनरी किंसिंजर का एक इंटरव्यू उन्होंने पेंट हाउस के लिए किया, तो छपने के बाद वाशिंगटन में इंडियन एंबेसी के अधिकारियों ने संपर्क किया और पी.एम. राजीव गांधी का ऐसा ही इंटरव्यू लेने की गुजारिश की। हालाँकि एंबेसी के अधिकारियों ने उस वक्त रसेल के दावे का खंडन किया और इंटरव्यू रोकने की पुरजोर कोशिश भी की। हालाँकि किसिंजर की भी ऐसी कोशिश नाकामयाब रही थी। राजीव गांधी की भी रही, हालाँकि पेंट हाउस ने अपने जनवरी 1987 के एडीशन में कवर पर राजीव गांधी का उल्लेख नहीं किया, लेकिन जो कवर पेज था, उसमें इतना ज्यादा एक्सपोज करते हुए दो बोल्ड मॉडल्स के फोटोज थे कि यहाँ वो कवर छाप भी नहीं सकते। हालाँकि इन दो घटनाओं से इतना जरूर पता चलता है कि विदेशी पत्रकारों की पहुँच भारतीय पी.एम. तक बड़ी आसान थी और एक

बार इंटरव्यू लेने के बाद वो उसका कैसा भी इस्तेमाल कर सकते थे। गनीमत बस इतनी थी कि उस वक्त इलेक्ट्रोनिक मीडिया, इंटरनेट या सोशल मीडिया नहीं था, फिर भी ये जरूरी नहीं कि वो सारे इंटरव्यूज अब सामने न आएँ।

संदर्भ—

1. https://www.playboy.com/galleries.
2. 'कह नहीं सकता कल का भारत कैसा होगा। मेरी अपनी उम्मीदें हैं,' 17 नवंबर आउटलुक मैगजीन
3. द प्लेब्वॉय इंटरव्यू, लेखक जी. बेरी गोलसन, जी. बेरी गोलसन प्लेब्वॉय प्रेस, 1981, पृष्ठ 235
4. लोकसभा डिबेट्स, खंड-23, अंक 16 से 20, लोकसभा सचिवालय, 1963, पृष्ठ 3646
5. पेंटहाउस पत्रिका राजीव गांधी का इंटरव्यू प्रकाशित करेगी? इंडिया टुडे, 30 जून, 1987

□

रानी लक्ष्मीबाई को केवल एक अंग्रेज ने साक्षात् देखा, किताब में की खूबसूरती की तारीफ

भारतीय परंपराएँ थीं या इत्तेफाक कि रानी लक्ष्मीबाई को रूबरू देखने का सौभाग्य बस एक गोरे आदमी को मिला। अंग्रेजों के खिलाफ जिंदगी भर जंग लड़ने वाली और जंग के मैदान में ही लड़ते-लड़ते जान देने वाली झाँसी की रानी लक्ष्मीबाई को बस एक अंग्रेज ने देखा था। ये अंग्रेज था—जॉन लैंग, जो मूल रूप से ऑस्ट्रेलिया का रहनेवाला था और ब्रिटेन में रहकर वहीं की सरकार के खिलाफ कोर्ट में मुकदमे लड़ता था। उसे एक बार रानी झाँसी को करीब से देखने, बात करने का मौका मिला। रानी की खूबसूरती और उनकी आवाज का जिक्र जॉन ने अपनी किताब 'वांडरिंग्स इन इंडिया' में किया था।

जॉन लैंग पेशे से वकील था, और झाँसी की रानी लक्ष्मीबाई ने उसे लंदन में अपना केस लड़ने के लिए नियुक्त किया था। दरअसल जब लॉर्ड डलहौजी ने रानी के पति गंगाधर राव की मौत के बाद उनके दत्तक पुत्र को झाँसी की गद्दी का वारिस मानने से साफ मना कर दिया और रानी को 60,000 रुपए की जिंदगी भर पेंशन के साथ गद्दी छोड़ने का फरमान ब्रिटिश एजेंट मेजर एलिस के हाथ भेजा, तो रानी ने हुंकार लगाई, मैं अपनी झाँसी नहीं दूँगी। गर्वनर जनरल के आदेश के खिलाफ केवल इंग्लैंड में ही सुनवाई हो सकती थी। लेकिन केस को समझने के लिए ये मुमकिन नहीं था कि रानी लंदन जाएँ और वकील भी झाँसी आए या बिना उनसे मिले पूरा केस नहीं समझ सकता था। उस वक्त फोन, इंटरनेट जैसी सुविधा भी नहीं थी। सो रानी ने उसे मिलने के लिए झाँसी बुलाया।[1] चूँकि रानी जैसे अकेले क्लाइंट से ही लैंग का साल भर का खर्चा निकल जाना था। उन दिनों वो भारत की यात्रा पर ही था, सो वो तुरंत झाँसी के लिए निकल पड़ा। इसी तरह की भारत यात्राओं के दौरान लैंग को तमाम तरह के अनुभव हुए और उन्हीं अनुभवों को उसने अपनी किताब 'वांडरिंग्स इन इंडिया' में सहेजा है।

उसकी यही किताब भारतीय इतिहासकारों के लिए तब धरोहर बन गई, जब पता चला कि ये अकेला गोरा व्यक्ति है, जो रानी झाँसी से रूबरू मिला था और रानी के व्यक्तित्व के बारे में उसने बिना पूर्वग्रह के कुछ लिखा है। हालाँकि उस वक्त के कई लोगों ने रानी के बारे में लिखा था, लेकिन माना यही गया है कि आधुनिक इतिहास लेखन के हिसाब से वो निष्पक्ष या ऐतिहासिक दृष्टिकोण से नहीं लिखा गया था। इतना ही नहीं हम अब तक रानी की वही तसवीर देखते आए हैं, जिसमें वो लाल अंगारे आँखों में लिये हुए एक घोड़े पर बैठे तलवार चला रही हैं, कमर में उनका बेटा दामोदर राव बँधा हुआ है। ऐसे में जॉन लैंग ने उनकी एक दूसरी तसवीर दुनिया के सामने पेश की कि वे कैसी दिखती हैं, कैसे बोलती हैं, उनकी आवाज में कितनी शालीनता या गंभीरता है और वे किस तरह के कपड़े पहनती हैं। दिलचस्प बात ये है कि ये भी कभी सामने नहीं आता, अगर युद्ध के दौरान उनकी कमर में बँधे रहनेवाले उनके गोद लिये हुए बेटे दामोदर ने अचानक रानी और लैंग के बीच का परदा न हटा दिया होता।[2]

28 अप्रैल, 1854 को मेजर एलिस ने रानी को किला छोड़ने का फरमान सुनाया और पेंशन लेकर उन्हें रानी महल में ठहरने के आदेश दे दिए। इस वजह से रानी लक्ष्मीबाई को पाँच हजार रुपए की पेंशन पर किला छोड़कर रानी महल में रहना पड़ा। तब झाँसी दरबार ने केस को लंदन की कोर्ट में ले जाने का फैसला किया, ऐसे में वहाँ केस लड़ने के लिए ऐसे वकील की जरूरत थी, जो ब्रिटिश शासकों से सहानुभूति न रखता हो, उनके खिलाफ केस जीतने का तर्जुबा हो और भारत या भारतीयों को समझता हो, उनके लिए अच्छा सोचता हो। लोगों से राय ली गई तो ऐसे में नाम सामने आया—जॉन लैंग का। रानी ने सोने के पत्ते पर लैंग के लिए मिलने की रिक्वेस्ट के साथ अपने दो करीबियों को भेजा, एक उनका वित्तमंत्री था और दूसरा कोई कानूनी अधिकारी था। उस वक्त लैंग आगरा में थे, आगरा अभी झाँसी से कुछ ही घंटों का रास्ता है, लेकिन उन दिनों इस यात्रा में दो दिन लगते थे।

लैंग ने आगरा से ग्वालियर और ग्वालियर से रानी की भेजी शानदार घोड़ागाड़ी का, उसमें हाथ से चलाने वाले पंखे का, उसके फ्रांसीसी घोड़ों का विस्तार से उल्लेख अपनी किताब में किया है। जब वो झाँसी पहुँचा, कैसे लोगों ने उसका स्वागत किया, कैसे रानी के महल में जाने से पहले उसके जूते उतरवाए गए, कैसे दामोदर से उसकी पहली मुलाकात हुई, ये भी आप उसकी किताब में पढ़ सकते हैं।

बातचीत के वक्त बीच में था परदा, शाम का वक्त था। महल के बाहर भीड़ जमा थी। झाँसी रियासत के राजस्व मंत्री ने भीड़ को नियंत्रित करते हुए जॉन लैंग के लिए सुविधाजनक स्थान बनाया। इसके बाद सँकरी सीढ़ियों से जॉन लैंग को महल के ऊपरी कक्ष में ले जाया गया। उन्हें बैठने के लिए कुरसी दी गई। उन्होंने देखा कि सामने परदा

पड़ा हुआ था। उसके पीछे रानी लक्ष्मीबाई, दत्तक पुत्र दामोदर राव और सेविकाएँ थीं। अचानक से बच्चे दामोदर ने वो परदा हटा दिया, रानी हैरान रह गईं, कुछ ही सैकंड्स में वो परदा ठीक किया गया; लेकिन तब तक जॉन लैंग रानी को देख चुका था।

जॉन लैंग रानी को देखकर इतना प्रभावित हुआ कि उसने रानी से कहा कि "if the Governor-General could only be as fortunate as I have been and for even so brief a while, I feel quite sure that he would at once give Jhansi back again to be ruled by its beautiful Queen."[3] हालाँकि रानी ने बड़ी सधी हुई प्रतिक्रिया के साथ गरिमामयी ढंग से इस तारीफ को स्वीकार किया। जॉन लैंग ने अपनी किताब में लिखा है कि "महारानी जो औसत कद, स्वस्थ, साधारण शरीर और कम आयु में बहुत सुंदर लगने वाली गोल चेहरे वाली महिला थीं। उनकी आँखें काफी सुंदर और नाक की बनावट बेहद पैनी थी। रंग बहुत गोरा नहीं, लेकिन साँवले से काफी बेहतर था। उनके शरीर पर कानों में ईयर रिंग के सिवा कोई जेवर नहीं था। सफेद मलमल के कपड़े पहने हुए थीं रानी। उन्होंने लिखा है कि वे बहुत अच्छी बुनाई की गई सफेद मलमल के कपड़े पहनी हुई थीं। इस परिधान में उनके शरीर का रेखांकन काफी स्पष्ट था। वे वाकई बहुत सुंदर थीं। जो चीज उनके व्यक्तित्व को बिगाड़ती थी, वो उनकी रुआँसी ध्वनियुक्त एक फटी आवाज थी। हालाँकि वे बेहद समझदार और प्रभावशाली महिला थीं।

ये जॉन लैंग ही था, जिसने रानी को केस की पूरी जटिलता इस मुलाकात में समझाई थी कि कैसे ये केस केवल लंदन में ही लड़ा जा सकता है। रानी ने उसे बताया भी था कि डलहौजी ने उसे सालाना 60,000 रुपए की पेंशन का ऑफर दिया है, इसी मुलाकात में रानी ने लैंग से कहा था कि मैं अपनी झाँसी नहीं दूँगी। उसी रात को लैंग ग्वालियर लौट आया, आगरा जाने के लिए। उसने लिखा है कि कैसे रानी ने उसे साफ कह दिया था, वो ईस्ट इंडिया कंपनी के सामने अपने घुटने नहीं टेकेगी। जाते वक्त रानी ने लैंग के लिए तमाम उपहार दिए, जिनमें कई तरह के कपड़ों आदि के अलावा एक हाथी और एक ऊँट भी था।[4]

हालाँकि माना ये भी जाता है कि इसके अलावा लक्ष्मीबाई को एक अंग्रेज रॉबर्ट हैमिल्टन ने भी देखा था, हैमिल्टन पर बतौर ब्रिटिश एजेंट उस वक्त सेंट्रल इंडिया की जिम्मेदारी थी। हैमिल्टन ने रानी की सुंदरता के बारे में तो नहीं, लेकिन उनके पहनावे के बारे में लिखा है कि वे कैसे मर्दाना कपड़े पहनती थीं, पगड़ी पहनती थीं। पति की मौत के बाद नाक में नथ पहनना छोड़ दिया था। लॉर्ड कैनिंग का बयान भी रानी लक्ष्मीबाई के बारे में एक जगह मिलता है, वो बयान था, "Not Pretty...but beautiful eyes and figure." ऐसे में माना ये जाता है कि इन दोनों को रानी से बात करने का या

करीब से देखने का मौका नहीं मिला होगा। हैमिल्टन ने हो सकता है दरबार में देखा हो, या मुलाकात की हो।[5]

लेकिन वकील जॉन लैंग ने दोनों की बातों पर काफी हद तक पुष्टि की मोहर लगा दी। लैंग ने न केवल रानी के चेहरे, मोहरे का सटीक चित्रण किया, बल्कि रानी के सादा जेवरों, उनके सलीकेदार कपड़ों की भी जानकारी दी। साथ में रानी की आवाज के बारे में भी लिखा। सबसे बड़ी बात ये कि जॉन लैंग ने माना कि रानी काफी इंटेलीजेंट लेडी थीं और अपनी स्वतंत्रता किसी भी कीमत पर खोना नहीं चाहती थीं। इसलिए जॉन लैंग ने जो देखा, और जिस विस्तार से लिखा, उससे इतिहास के छात्रों के लिए ही नहीं भविष्य की पीढ़ी के लिए भी एक इतिहास ही लिख दिया।

संदर्भ—

1. झाँसी की रानी लक्ष्मी बाई, लेखक श्याम नारायण सिन्हा, पृष्ठ 24
2. वांडरिंग्स इन इंडिया : एंड द अदर स्केचेज ऑफ लाइफ इन हिंदोस्तान, खंड-2, लेखक जॉन लैंग, पृष्ठ 93
3. वांडरिंग्स इन इंडिया : एंड द अदर स्केचेज ऑफ लाइफ इन हिंदोस्तान, खंड-2, लेखक जॉन लैंग, पृष्ठ 94
4. वांडरिंग्स इन इंडिया : एंड द अदर स्केचेज ऑफ लाइफ इन हिंदोस्तान, खंड-2, लेखक जॉन लैंग, पृष्ठ 95
5. द रानी ऑफ झाँसी, रिबेल अगेंस्ट विल : ए बायोग्राफी ऑफ द लिजेंडरी इंडियन फ्रीडम फाइटर इन म्यूटिनी ऑफ 1857-58, लेखक रेनर जेरोश, अध्याय 2, पृष्ठ 4

□

क्या नेहरू के बजाय पटेल को पी.एम. पद के लिए मिले थे ज्यादा वोट, जानिए देश के पहले पी.एम. के लिए गांधीजी के वीटो का सच

अकसर सोशल मीडिया पोस्ट में ये मुद्दा उठाया जाता रहा है। एक बार जब एक उत्तर पूर्वी राज्य में बहुमत से दूर रह जाने के बावजूद गठबंधन से सरकार बनाने पर बीजेपी पर लोकतंत्र की हत्या करने का आरोप लगा तो पी.एम. मोदी ने खुद एक भाषण में आरोप लगाया कि जब कांग्रेस ने देश का पहला प्रधानमंत्री तक लोकतंत्र की हत्या के जरिए चुना, पटेल को वोट मिले और पं. नेहरू को पी.एम. बना दिया गया, तो ऐसे में इस मुद्दे पर लोगों को सच जानने की काफी दिलचस्पी थी। एक पोस्ट भी अकसर वायरल होती है कि पंद्रह में से तेरह वोट पटेल को मिले और केवल एक वोट नेहरू को मिला और उन्हें फिर भी पी.एम. बना दिया गया।

आखिर सच्चाई क्या है? जाहिर है कांग्रेस की तरह इस मुद्दे पर कभी भी पुरजोर विरोध या तथ्यों के साथ प्रेस कॉन्फ्रेंस भी नहीं की गई। उससे लगता तो था कि कहीं कुछ गड़बड़ है, फिर भी जाँच-पड़ताल तो जरूरी थी ही। दरअसल 1940 के रामगढ़ अधिवेशन के बाद कांग्रेस में 6 साल तक कोई कांग्रेस अधिवेशन भी नहीं हुआ और न ही कोई कांग्रेस अध्यक्ष का चुनाव ही हुआ। ऐसे में मौलाना अबुल कलाम आजाद जो रामगढ़ अधिवेशन में अध्यक्ष चुने गए थे, वही अगले 6 साल तक अध्यक्ष बने रहे। चुनाव इसलिए भी नहीं हुआ, क्योंकि दूसरा विश्वयुद्ध चरम पर पहुँच चुका था, फिर 1942 का भारत छोड़ो आंदोलन शुरू हो गया। ज्यादातर कांग्रेस नेता जेल में डाल दिए गए और लंबे वक्त तक जेल में डाल दिए गए। ऐसे में अबुल कलाम आजाद के कंधों पर बड़ी जिम्मेदारी थी और किसी भी खेमे को उनके अध्यक्ष होने से कोई मुश्किल भी न थी।

लेकिन 1946 का साल अचानक से काफी अहम हो गया, एक तो लगने लगा था कि जल्द ही देश को आजादी मिलने वाली है। दूसरे कांग्रेस नेताओं को ये लगने लगा था कि

कैबिनेट मिशन के बाद अब एक कार्यवाहक या केयर टेकर सरकार बनाई जाएगी, जिसका मुखिया ही बाद में देश का प्रधानमंत्री भी होगा। लेकिन ये सरकार बनाने का जो निमंत्रण है, वायसराय की तरफ से कांग्रेस अध्यक्ष को ही जाएगा। ऐसे में सबकुछ कांग्रेस अध्यक्ष को ही तय करना होगा, या वो खुद इस सरकार का मुखिया बनेगा। तब कांग्रेस में हलचल शुरू हुई। ऐसे में अबुल कलाम आजाद को भी लगा और उनके करीबियों ने भी उनको कहा कि आपको कांग्रेस अध्यक्ष होना चाहिए। उन्होंने अपनी बायोग्राफी में भी लिखा है, "The question normally arose that there should be fresh Congress elections and a new President chosen. As soon as this was mooted in the Press, a general demand arose that I should be selected President for another term. The main argument is in favour of my reelection was that I had been in charge of negotiations with Cripss, with Lord Wavell and present with the Cabinet Mission."[1]

मौलाना आजाद की बायोग्राफी के साथ ये बड़ी दिलचस्प बात है कि उनकी बायोग्राफी का कुछ हिस्सा उनकी इच्छा के मुताबिक तब नहीं छापा गया था, बल्कि उनकी मौत के तीस साल बाद छापा गया और ये उसी का हिस्सा है। जाहिर है, वे कांग्रेस अध्यक्ष बने रहना चाहते थे। खास बात थी कि गांधीजी ने अगर रामगढ़ अधिवेशन के लिए अगर आजाद का नाम चुना भी था तो उसके पीछे कई वजहें थीं। एक तो वे पहले भी नेताजी बोस के मुकाबले पट्टाभि सीतारमैया से पहले उनका नाम दे चुके थे, लेकिन बाद में पट्टाभि को उम्मीदवार बनाया गया था। दूसरे जब 1939 के त्रिपुरी अधिवेशन में बीमार बोस स्ट्रेचर पर पहुँचे और बाद में गांधीजी के रुख को देखते हुए इस्तीफा दे दिया था, तो उन्होंने ही अध्यक्ष का काम कार्यवाहक तौर पर सँभाला था। एक और मसला था, जिन्ना की अगुवाई में मुसलिम लीग 1937 में एक तरह से कांग्रेस के खुलकर विरोध में आ गई थी, 1940 में उसने पाकिस्तान की माँग की और उससे कुछ महीने पहले ही गांधीजी ने रामगढ़ अधिवेशन के लिए आजाद के नाम का अध्यक्ष के पद के लिए ऐलान कर दिया था। जाहिर है आजाद मुसलिमों के उदार चेहरे थे, इससे कांग्रेस लीग की तरफ झुकते कांग्रेसी मुसलिमों को रोक सकती थी।

मार्च 1946 में हुए चुनावों में बॉम्बे, मद्रास, बिहार, यूनाइटेड प्रॉविंसेज, उड़ीसा और सेंट्रल प्रॉविंसेज में कांग्रेस जीत गई थी और पंजाब में अकाली दल और यूनियनिस्ट पार्टी के साथ भी वो सरकार में शामिल थी। जबकि मुसलिम लीग को बंगाल और सिंध में बहुमत मिला था। ये तय हो गया था कि कांग्रेस की अगुवाई में ही केंद्र में केयर टेकर सरकार बननी है और कांग्रेस के मुखिया को ही उसका बुलावा मिलेगा। तो सबकी दिलचस्पी कांग्रेस अध्यक्ष पद के चुनावों में हो गई। तय हुआ कि 29 अप्रैल, 1946 तक कांग्रेस अध्यक्ष के लिए नामांकन किया जा सकता है। गांधीजी पहले भी कह चुके थे, 20 अप्रैल, 1946

को आजाद को लिखे खत में उन्होंने फिर लिखा कि उनकी पसंद नेहरू हैं, ऐसे में उनके खिलाफ कोई जा नहीं सकता था। तब तक कुछ अखबारों में आजाद को दोबारा अध्यक्ष चुने जाने की माँग वाली खबरें प्रकाशित हो गईं तो गांधीजी ने उन अखबार की कटिंग्स के साथ आजाद को लिखा, "Please go through the enclosed cuttings...I have not spoken to anyone of my opinion. When one or two Working Committee members asked me, I said that it would not be right for the same President to continue... If you are of the same opinion, it may be proper for you to issue a statement about the cuttings and say that you have no intention to become the President again... In today's circumstances I would, if asked, prefer Jawaharlal. I have many reasons for this. Why go into them?"[2]

हालाँकि आजाद की खुद की इच्छा कुछ भी हो, उनके करीबियों की इच्छा कुछ भी हो, लेकिन देश भर में पार्टी कार्यकर्ता केवल एक चेहरे को देश के मुखिया के तौर पर देखना चाहते थे और वे थे—सरदार वल्लभ भाई पटेल। सभी पटेल को एक बड़ा नेता और संगठनकर्ता मानते थे। चूँकि प्रदेश कार्यसमितियों को ही अध्यक्ष पद के लिए नामांकित करने का अधिकार था, उस वक्त रहीं 15 कार्यसमितियों में से 12 ने सरदार पटेल के नाम का नामांकन भेजा और तीन कार्यसमितियों ने किसी का नामांकन भेजा ही नहीं, एक तरह से ये NOTA जैसा मामला था। ऐसे में पं. नेहरू के नाम का कोई भी नामांकन प्रदेश कार्यसमिति ने नहीं भेजा था। गांधीजी और पं. नेहरू के लिए ये काफी मुश्किल भरी बात थी। तब गांधीजी ने जे.बी. कृपलानी को इस मिशन में लगाया, उन्होंने केंद्रीय कार्यसमिति, यानी ए.आई.सी.सी. के कुछ सदस्यों को पं. नेहरू के नामांकन के लिए तैयार कर लिया। बाद में इसका उन्हें लाभ भी मिला, जब नेहरू अंतरिम सरकार के मुखिया बन गए तो 23-24 नवंबर, 1946 को मेरठ में जो अधिवेशन हुआ, उसमें कांग्रेस अध्यक्ष जे.बी. कृपलानी को ही बनाया गया।[3]

लेकिन नेहरू को एक भी प्रदेश कमेटी से नामांकन न मिलना गांधीजी के लिए बड़ी चुनौती थी। ऐसे में उनके सामने एक ही रास्ता था कि वे सरदार पटेल को अपना नाम वापस लेने के लिए मनाएँ। 22 साल बाद 27 नवंबर, 1971 को स्वराज्य में सी. राजगोपालाचारी ने एक लेख में इस पूरा घटना को लिखा है, जिसका उल्लेख बाद में राजमोहन गांधी ने अपनी किताब (The Good Boatman: A Portrait of Gandhi) में किया है। राजगोपालाचारी के मुताबिक—"When the independence of India was coming close upon us and Gandhiji was the silent master of our affairs, he had come to the decision that Jawaharlal, who among the Congress leaders was the most familiar with foreign affairs, should be the Prime Minister of India, although he knew Vallabhbhai would be the best administrator among them all... Undoubtedly it would have been better if Nehru had been asked to be the Foreign Minister and Patel made the Prime Minister. I too fell into the error of believing that Jawaharlal was the more enlightened person of the two... A myth had grown about Patel that he would be harsh towards Muslims. This was a wrong notion but it was the prevailing prejudice."[4]

डॉ. राजेंद्र प्रसाद ने इस घटना के बारे में तब कहा था, "Gandhiji had once again sacrificed his trusted lieutenant for the sake of the 'glamorous Nehru' and further feared that Nehru would follow the British ways."[5] राजेंद्र प्रसाद ने वंश अगेन शब्द इसलिए भी इस्तेमाल किया था, क्योंकि इससे पहले भी गांधीजी 1929 और 1937 में पटेल पर नेहरू को तरजीह दे चुके थे। जबकि पटेल गांधीजी का विरोध नहीं करते थे। ये भी कहा जाता है कि गांधीजी पटेल और नेहरू दोनों को साथ रखना चाहते थे और नेहरू ने उनसे कहा था, अगर वे पहले नंबर पर नहीं हैं तो सरकार में शामिल नहीं होंगे, जबकि पटेल उनकी कोई बात नहीं टाल सकते थे। शायद इसीलिए गांधीजी ने पं. नेहरू के नाम पर सारी प्रक्रिया को ही वीटो कर दिया था। जबकि पटेल को पता था कि नेहरू केवल 55 साल के हैं, उनको दोबारा मौका मिल भी सकता था, लेकिन पटेल 71 साल के होने के चलते शायद दोबारा पी.एम. बनने का ये मौका नहीं पाते।

अगर आप कांग्रेस की वेबसाइट से लेकर कोई भी आधिकारिक रिकॉर्ड देखेंगे तो पाएँगे कि 1946 में उन्होंने कहीं भी अध्यक्ष पद के लिए पं. नेहरू के नाम का उल्लेख नहीं किया है, बल्कि सीधे नवंबर में हुए मेरठ अधिवेशन में आचार्य जे.बी. कृपलानी का नाम दे रखा है। जो शायद उन्हें नेहरू के लिए इतनी मदद करने के चलते मौका दिया गया था। बेहद दिलचस्प बात ये भी है कि कृपलानी के रिश्ते पं. नेहरू से आजादी के बाद इतने खराब हुए कि 1962 युद्ध में हार के बाद वही उनके खिलाफ अविश्वास प्रस्ताव लेकर आए थे, जो देश का पहला अविश्वास प्रस्ताव था। इधर मौलाना आजाद भी नाराज थे, उन्होंने 26 अप्रैल, 1946 को पं. नेहरू को कांग्रेस अध्यक्ष चुनने का स्टेटमेंट जारी तो किया, लेकिन 1959 में आई उनकी पूरी बायोग्राफी में उन्होंने पटेल को समर्थन न देने को एक बड़ी गलती के तौर पर स्वीकार किया। वे लिखते हैं—"I acted according to my best judgment but the way things have shaped since then has made to realize that this was perhaps the greatest blunder of my political life. I have regretted no action of mine so much as the decision to withdraw form the Presidentship of the Congress at this junction.

It was a mistake which I can describe in Gandhi's words as the one of Himalayan dimension. My second mistake was that when I decided not to stand myself, I did not support Sardar Patel. We differed on many issues but I am convinced that if he had succeeded me as Congress President he would have seen that the Cabinet Mission Plan was successfully implemented. He would have never committed the mistake of Jawaharlal which gave Mr. Jinnah an opportunity of sabotaging the Plan. I can never forgive myself when I think that if I had not committed these mistakes, perhaps the history of the last ten years would have been different."[6]

हालाँकि उस वक्त मौलाना ने थोड़ा-बहुत विरोध भी किया था, तो गांधीजी के विराट् व्यक्तित्व के आगे उन्हें झुकना पड़ा और पटेल के लिए तो विरोध का सोचना भी मुमकिन नहीं था। तभी अपने अंदर का सारा गुबार मौलाना आजाद ने अपने मरने के तीस साल बाद तक के लिए छोड़ दिया, ताकि पार्टी का कोई नुकसान न हो और भावी पीढ़ियाँ जान सकें। राजगोपालाचारी भी 22 साल खामोश रहे। पं. नेहरू खुद तो इसे बताने वाले नहीं थे और पटेल गांधीजी के विरोध में नहीं जा सकते थे। पं. नेहरू को अगले ही महीने वायसराय से अंतरिम सरकार बनाने का न्योता मिला और बाद में देश आजाद होते ही वे देश के पहले प्रधानमंत्री भी चुने गए। ये अलग बात है कि देश की आजादी के बाद भी 1950 में पं. नेहरू के उम्मीदवार जे.बी. कृपलानी के खिलाफ अपने उम्मीदवार पुरुषोत्तम दास टंडन को कांग्रेस अध्यक्ष के चुनाव में जितवाकर सरदार पटेल ने नेहरू को फिर एक बार अपनी लोकप्रियता और ताकत का लोहा मनवा दिया था।

संदर्भ—

1. इंडिया विन्स फ्रीडम : द कंप्लीट वर्जन, लेखक अबुल कलाम आजाद, पृष्ठ 161
2. सेकुलर पॉलिटिक्स, कम्युनल एजेंडा : 1860-1953, लेखक मक्खन लाल, पृष्ठ 88
3. https://www.inc.in/en/inc-sessions, 54वाँ सत्र
4. द गुड बोटमैन : ए पोरट्रेट ऑफ गांधी, लेखक राजमोहन गांधी, पृष्ठ 385
5. महात्मा गांधी एंड द इंडियन नेशनल कांग्रेस : स्टडीज इन गांधीज कंट्रीब्यूशन टू द डवलपमेंट ऑफ द इंडियन नेशनल कांग्रेस, लेखक एस.एल. मल्होत्रा, पृष्ठ 102
6. इंडिया विन्स फ्रीडम : द कंप्लीट वर्जन, लेखक अबुल कलाम आजाद, पृष्ठ 162

□

जब आपसी झगड़े में एक पेशवा का हुआ था कत्ल और दूसरे को करने पड़ी आत्महत्या...!

छत्रपति शिवाजी ने जिस मराठा साम्राज्य की नींव डाली थी, उसी नींव पर महल खड़ा किया था पेशवाओं ने, खासकर बालाजी विश्वनाथ और बाजीराव प्रथम ने। बाजीराव प्रथम के जमाने में मराठाओं की पताका अटक से कटक तक फहराती थी, बाद में दो मौके ऐसे आए, जब मराठों ने मुगल गद्दी पर भी अपनी पसंद का बादशाह तय किया। लेकिन पानीपत के तीसरे युद्ध ने मराठा स्वाभिमान पर ऐसा कलंक लगाया कि मराठे ताकत ही नहीं साहस भी खो बैठे, तब महादजी शिंदे और नाना फड़नवीस ने आखिरी कोशिशें कीं, लेकिन मराठा साम्राज्य ढहता चला गया। इसी दौर में आपस में झगड़ रहे मराठों ने एक पेशवा तक का कत्ल कर दिया और दूसरे ने अपने मुख्यमंत्री के दवाब में आत्महत्या कर ली।

जिस मराठा सरदार ने अहमदशाह अब्दाली के बेटे तैमूर शाह को अप्रैल 1758 में खदेड़ कर सरहिंद पर कब्जा किया था, वही पानीपत के तीसरे युद्ध से बच निकला।[1] उस मराठा सरदार का नाम था—रघुनाथ राव उर्फ राघोबा, बड़े भाई बालाजी बाजीराव की मौत के बाद वो खुद पेशवा बनना चाहता था। पानीपत का युद्ध जिस रघुनाथ राव की वजह से हुआ था, उसके लिए सदाशिवराव भाऊ को सिपहसालार बनाने और रघुनाथ की सदाशिव से शर्तों के चलते वो इस युद्ध से दूर ही रहा। पानीपत के युद्ध में सभी बड़े मराठा सरदारों के मरने के बाद उसे लगा था कि अब वो पेशवा बन जाएगा। लेकिन जब उसके भतीजे माधव राव प्रथम के नाम का ऐलान पेशवा की गद्दी के लिए हुआ तो वो बिफर गया। माधव राव चतुर था, हौसले वाला भी, कम उम्र का होते हुए भी वो चाचा राघोबा की चालों को नाकाम करता रहा। लेकिन किस्मत में कुछ और ही लिखा था, अचानक 1772 में माधव राव की मौत हो गई। राघोबा ने फौरन पेशवा पद की गद्दी पर अपनी दावेदारी ठोक दी। लेकिन मराठों ने माधव राव के भाई नारायण राव को पेशवा बनाने का ऐलान कर दिया तो राघोबा भड़क उठा।

राघोबा ने एक ऐसा षड्यंत्र रचा कि अगले साल ही यानी 1773 में युवा पेशवा नारायण राव को अपनी आँखों के सामने मरवा डाला।[2] उस वक्त तक नारायण राव संतानहीन था, ऐसे में पेशवा का पद भी राघोबा को ही मिलना तय हो गया। हालाँकि कोई नहीं चाहता था। लेकिन राघोबा ने खुद को पेशवा घोषित कर दिया। इधर एक मराठा सरदार नाना फड़नवीस धीरे-धीरे मजबूत हो रहा था, उसे राघोबा का पेशवा बनना बिल्कुल पंसद नहीं था। जब राघोबा हैदर अली के साथ लड़ रहा था, नारायण राव की पत्नी गंगाबाई गर्भवती थी। 18 अप्रैल, 1974 को उसके बेटा हुआ तो नाना फड़नवीस ने राघोबा के विरोधियों से हाथ मिलाकर नवजात बच्चे माधव राव नारायण को 40 दिन का होने पर ही 28 मई को पेशवा घोषित कर दिया।[3]

राघोबा को फिर जलालत झेलनी पड़ी। नाना फड़नवीस ने 12 लोगों की एक समिति बना ली, जिसे बारभाई नाम दिया गया। नाना फड़नवीस उस समिति के प्रधान के रूप में बालक माधव राव नारायण के नाम पर शासन चलाने लगा, इधर राघोबा अंग्रेजों की शरण में चला गया। अंग्रेजों ने उसी के खर्चे पर अपने सैनिक उसे दे दिए। इसके चलते प्रथम अंग्रेज मराठा युद्ध 1775 में शुरू हुआ, जो 7 सालों यानी 1782 तक चलता रहा। नाना इसमें विजयी रहा। राघोबा को इस युद्ध के बाद पेंशन दे दी गई, अगले साल उसकी मौत हो गई।

इधर नाना फड़नवीस का विरोध महादजी शिंदे या सिंधिया की तरफ से भी होना शुरू हो गया था। दोनों में काफी दिनों तक तनातनी रही थी। लेकिन 1794 में महादजी की मौत के बाद नाना फड़नवीस का मराठा साम्राज्य पर एकछत्र राज्य हो गया था, पेशवा अभी युवा था। इधर नाना लगातार मराठा साम्राज्य का पुराना गौरव लौटाने के काम में जुट गया, टीपू सुल्तान को हराया, निजाम को भी हराया। लेकिन उसका युवा पेशवा पर कठोर नियंत्रण था, जिसे युवा पेशवा माधव राव नारायण सहन नहीं कर पा रहा था। एक दिन उस युवा पेशवा ने आत्महत्या कर ली, पूरे मराठा इतिहास में किसी पेशवा या मराठा योद्धा द्वारा आत्महत्या का ये पहला मामला था।[4]

तब तक पेशवा पद वंशानुगत ही हो चला था, ऐसे में पेशवा के खानदान का एक ही चिराग जीवित बचा था, वो था—राघोबा का बेटा बाजीराव द्वितीय। राघोबा की तरह वो भी नाना फड़नवीस से उतनी ही नफरत करता था, लेकिन मराठों के विरोध के चलते उसको पेशवा बनाना पड़ गया। पेशवा बाजीराव द्वितीय और मुख्यमंत्री नाना फड़नवीस दोनों ही एक-दूसरे के खिलाफ चालें चलते रहते थे। मराठा साम्राज्य का पतन यहीं से शुरू हो गया था। नाना फड़नवीस ने आखिरी कोशिश मराठा अस्मिता की रक्षा के लिए की थी। लेकिन 13 मार्च, 1800 को नाना फड़नवीस की भी मौत हो गई और एक अयोग्य पेशवा बाजीराव द्वितीय मराठा साम्राज्य का प्रमुख बन गया था।

नाना फड़नवीस के मरते ही मराठा सरदार बेलगाम हो गए, दौलत राव शिंदे और जसवंत होल्कर आपस में लड़ने लगे। दोनों पेशवा को अपने नियंत्रण में लेना चाहते थे, दोनों ने पूना के बाहर युद्ध शुरू कर दिया। पेशवा ने शिंदे को समर्थन दिया, लेकिन होल्कर की सेना ने दोनों की संयुक्त सेना को हरा दिया। तब बाजीराव द्वितीय ने वो काम किया, जिसने मराठों की स्वतंत्रता को गिरवी रख दिया, वो अंग्रेजों के पास चला गया। 31 दिसंबर, 1802 को उसने अंग्रेजों के साथ बसई की संधि की। इसमें कई अपमानजनक शर्तें उसने मान लीं, जैसे अंग्रेजी सेना का पूना में रखना, इतना बड़ा इलाका अंग्रेजों को देना, जिससे अंग्रेजों की सेना का खर्च निकल सके, किसी दूसरे यूरोपियन की सेवाएँ न लेना आदि। इसी वजह से बाजीराव द्वितीय को इतिहास का सबसे कायर मराठा बोला जाता है। इस बसई संधि से मराठा सरदार भड़क उठे, जिसके चलते दूसरा मराठा युद्ध हुआ, जिसमें अंग्रेज जीत गए।

लेकिन बाजीराव द्वितीय अंग्रेजों से भी रिश्ता नहीं निभा पाया, 1817-18 में उसने अंग्रेजों के खिलाफ भी मोर्चा ले लिया। लेकिन तब तक उसकी अपनी छवि अपने ही लोगों के बीच खराब हो चुकी थी। इधर अंग्रेज मराठों के इलाके में ही काफी मजबूत थे। इसी दौरान महार सैनिक कोरगाँव में अंग्रेजों की सेना से पेशवा के खिलाफ लड़े, हर कोई इस कायर पेशवा के खिलाफ था। नतीजा ये हुआ कि अंग्रेजों ने इसे हराकर बंदी बना लिया और कानपुर के पास बिठूर भेज दिया। जहाँ 1853 में पेशवा की मौत हो गई, नाना साहब इसी के दत्तक पुत्र थे, जिन्होंने बाद में तात्या टोपे, मुगल बादशाह, रानी लक्ष्मी बाई आदि के साथ 1857 के प्रथम स्वतंत्रता संग्राम में हिस्सा लिया था।

संदर्भ—

1. इंडियाज हिस्टोरिक बैटल्स : फ्रॉम अलेक्जेंडर द ग्रेट टू करगिल, लेखक कौशिक रॉय, पृष्ठ 81
2. ए हिस्टरी ऑफ मॉडर्न इंडिया, लेखक अरुण भट्टाचार्जी, पृष्ठ 155
3. ए हिस्टरी ऑफ मॉडर्न इंडिया, लेखक अरुण भट्टाचार्जी, पृष्ठ 156
4. पेशवा बाजीराव II एंड द डाउनफॉल ऑफ द मराठा पावर, एस.जी. वैद्य, पृष्ठ 21

□

क्या वाकई में इंदिरा गांधी को जेल से छुड़ाने के लिए हुआ था प्लेन हाईजैक?

ये 20 दिसंबर, 1978 की बात थी, कोलकाता से दिल्ली आ रहे प्लेन आईसी 410 ने जब लखनऊ से उड़ान भरी तो पंद्रहवीं पंक्ति से दो नौजवान उठे और फ्लाइट अटेंडेंट से कहा कि हमें पायलट कमांडर से कुछ जरूरी बात करनी है। ये घटना उस वक्त की है, जब दिल्ली के पालम हवाई अड्डे पर पहुँचने में बस पंद्रह मिनट बाकी थे। उसने कॉकपिट का गेट खोलकर पायलट से पूछना चाहा तो दोनों ने दरवाजा जबरन खोल दिया और थोड़ी देर बाद कॉकपिट से कमांडर पायलट एम.एन. बट्टीवाला की आवाज यात्रियों को प्लेन के स्पीकर से सुनाई दी कि प्लेन हाईजैक हो गया है। ये दोनों अपहरणकर्ता यूथ कांग्रेस के कार्यकर्ता थे—आजमगढ़ के भोला पांडेय और बलिया के देवेंद्र पांडेय। विमान में उस वक्त कुल 132 यात्री सवार थे। जब उन दोनों अपहरणकर्ताओं ने अपनी माँगें बताईं तो लोग हैरान हो गए। उनकी माँगें थीं जेल में बंद इंदिरा गांधी और संजय गांधी को फौरन छोड़ने की और उनसे मुकदमे वापस लेने की। उनकी कई और माँगें थीं, केंद्र की जनता पार्टी सरकार को इस्तीफा देना चाहिए, उनसे बात करने के लिए यू.पी. के चीफ मिनिस्टर को आना चाहिए।

हाईजैकर्स ने सबसे पहले प्लेन को काठमांडू ले जाने की माँग की, लेकिन पायलट ने ये कहकर मना कर दिया कि प्लेन में इतना ईंधन नहीं है, तो पटना चलने को कहा गया, जब पायलट ने पटना जाने तक भी ईंधन नहीं बताया तो अपहरणकर्ताओं ने प्लेन को वाराणसी ले चलने के लिए कहा। वाराणसी की बात पायलट ने मान ली। वाराणसी में प्लेन लैंड कर दिया गया। देश भर की मीडिया को खबर लग गई। फौरन चीफ मिनिस्टर रामनरेश यादव, इंस्पेक्टर जनरल ऑफ पुलिस और चीफ सेक्रेटरी वाराणसी पहुँच गए। इधर संसद् ने 19 दिसंबर को इंदिरा गांधी को संसद् की सदस्यता से अयोग्य ठहराया, अगले दिन ही प्लेन हाईजैक हो गया। 21 दिसंबर को कोलकाता में संसद् की विशेषाधिकार समिति के चेयरमैन समीर गुहा के घर पर बम फेंक दिया गया। बंगलौर और हैदराबाद में

भी कांग्रेसियों ने काफी उपद्रव मचाया, कई लोगों की जान चली गई।[1]

जिस वक्त ये हाईजैकिंग हुई, संसद् भी चल रही थी, अगले दिन संसद् में जमकर हंगामा हुआ। कांग्रेस की तरफ से आर. वेंकटरमण और बसंत साठे ने कमान सँभाली और दावा किया कि ये हाईजैकिंग नहीं, बल्कि मजाक है। दिलचस्प बात थी कि उसी प्लेन में इंदिरा की पूर्ववर्ती सरकार के दो पूर्व मंत्री भी सफर कर रहे थे, ए.के. सेन और धरमवीर सिन्हा। इसी बीच अपहरणकर्ता प्लेन में भाषण दे रहे थे कि वे अहिंसावादी हैं, गांधीजी की शिक्षाओं में यकीन करते हैं और नारे भी लगा रहे थे—'संजय गांधी जिंदाबाद,' 'इंदिरा गांधी जिंदाबाद'। उन लोगों ने यात्रियों को टॉयलेट तक का इस्तेमाल करने से मना कर रखा था। लेकिन पूर्व कानून मंत्री ए.के. सेन पर नहीं रहा गया और वे उठकर बोले, "शूट कर दो मुझे अगर तुम्हें लगता है तो, मैं तो टॉयलेट जा रहा हूँ।"[2]

पीछे का गेट खोलकर एक यात्री ने बाहर छलाँग भी लगा दी, इधर अपहरणकर्ताओं की बातचीत सी.एम. रामनरेश यादव के साथ शुरू हो गई थी। उनके कहने पर कुछ महिलाओं व बच्चों को छोड़ा भी गया। हालाँकि इंदिरा गांधी के फँस होने के ऐलान के बाद अब यात्रियों का डर काफी हद तक कम हो गया था। इसी बीच कुछ यात्रियों ने बंद प्लेन में दम घुटने और बदबू की शिकायत की, अपहरणकर्ताओं के कहने पर पायलट बट्टी वाला ने पीछे का गेट खोल दिया, मौका देखकर उससे भी कुछ यात्री कूदकर भाग गए।

कहानी में क्लाइमेक्स तब आया, जब एक अपहरणकर्ता के पिता ही वाराणसी एयरपोर्ट पहुँच गए और उन्होंने वायरलैस के जरिए अपने बेटे से अपील की। अपील का असर भी हुआ, वो परेशान हो गया और थोड़ी देर बाद दोनों अपहरणकर्ता प्लेन से बाहर भी निकल आए, बाहर आते वक्त भी वो 'इंदिरा गांधी जिंदाबाद' के नारे लगा रहे थे। दिलचस्प बात थी कि दोनों के पास जो पिस्तौल थी, वो नकली निकली और एक क्रिकेट की गेंद भी। दोनों को गिरफ्तार करके जेल भेज दिया गया।

इंदिरा पर हुआ ये एक्शन जनता पार्टी सरकार के लिए उल्टा पड़ गया और देश भर में हुई हिंसा में कई लोग मारे गए। फिर उसके बाद जनता पार्टी सरकार के अंदर ही फूट पड़ गई, आर.एस.एस. की दोहरी सदस्यता के मुद्दे पर बवाल हुआ। जगजीवन राम और चरण सिंह लगातार अपनी ही सरकार को घेर रहे थे। भारतीय लोकदल समेत कुछ पार्टियों की समर्थन वापसी के बाद विश्वास मत पर वोटिंग में हारकर मोरारजी देसाई ने जुलाई 1979 में इस्तीफा दे दिया और चरण सिंह को पी.एम. बना दिया गया। इंदिरा और संजय ने उन्हें बाहर से समझौते का भरोसा दिया। लेकिन बदले में उन्होंने एक शर्त रखी कि इंदिरा और संजय के ऊपर लगे सभी आरोप वापस ले लिये जाएँगे। लेकिन चरण सिंह नहीं माने और अगले ही महीने अगस्त में ही 24 दिन के अंदर उन्होंने इस्तीफा दे दिया। अब इलेक्शन के अलावा और कोई चारा नहीं था।

इस बार इंदिरा गांधी कोई कोर कसर नहीं छोड़ना चाहती थीं। चुनावों से पहले वे जामा मसजिद दिल्ली के शाही इमाम सैयद अब्दुल्ला बुखारी से मिलीं और मुसलमानों के वोट कांग्रेस के हक में सुरक्षित करने के लिए दस प्वॉइंट्स के प्रोग्राम पर हस्ताक्षर किए। जनता पार्टी सरकार की नाकामी और सरकार चलाने में उनके कम अनुभव को उन्होंने चुनाव में बड़ा मुद्दा बनाया और एक दिन वो आया, जब इंदिरा ने प्रचंड बहुमत से सत्ता में वापसी की, कुल सीट्स मिली 353 यानी पिछली बार से कुल 200 सीट्स ज्यादा और वो तारीख थी 7 जनवरी, 1980। इंदिरा गांधी दो जगह से चुनाव जीतीं, आंध्र प्रदेश के मेडक से एस. जयपाल रेड्डी को हराया और रायबरेली से राजमाता विजयाराजे सिंधिया को हराया। संजय गांधी भी अमेठी से जीत गए। इंदिरा ने 14 जनवरी को फिर पी.एम. पद की शपथ ली। इंदिरा की सरकार जैसे ही आई, प्लेन हाईजैक करनेवाले दोनों पांडेय कार्यकर्ताओं पर इंदिरा सरकार ने सारे केस वापस ले लिये और दोनों को ही पार्टी का टिकट भी दे दिया गया, दोनों ही दो-तीन बार यू.पी. से विधायक रहे।[3]

संदर्भ—

1. http://www.asuryaprakash.com/The-Congress-and-the-Hijacker.php.
2. इंडियन एयरलाइंस बोइंग 737 हाइजैकिंग : ए ब्लैक पॉलिटिकल कॉमेडी, इंडिया टुडे, 9, दिसंबर 2014
3. एयरक्राफ्ट हाइजैकिंग एंड द डवलपिंग लॉ, लेखक एस.के. घोष, पृष्ठ 8

□

मरने से ठीक पहले अकबर ने चलाया था राम सिया का सिक्का

तमाम विदेशी आक्रांताओं ने भारत में शासन किया, जिनमें से एक अकबर ही था, जिसे महान् की उपाधि मिली। उससे पहले इंडो-यूनानी शासक कनिष्क का नाम ऐसे शासकों में लिया जाता है, जिसके खिलाफ इतिहास में ज्यादा बुरा नहीं मिलता। 15 अक्तूबर, 2042 को अकबर को पैदा हुए पूरे 500 साल हो जाएँगे। तब फिर अकबर पर बहस होगी कि वो जितना महान्, सेकुलर और न्यायप्रिय बताया जाता रहा है, उतना था भी कि नहीं? हिंदुओं के लिए क्या वो वाकई में उतना अच्छा था कि उसको महान् बोलने में किसी हिंदू को परेशानी न हो, वो भी तब जबकि राणा प्रताप जैसे महानायक से उसका छत्तीस का आँकड़ा था? ये बहस चलती रहेगी, लेकिन इस लेख में हमने अकबर के वे दो काम लिये हैं, जिसमें से एक को हिंदुओं का दिल जीतने का सबसे बड़ा प्रयास माना गया और दूसरे से हिंदुओं के दिलों पर ऐसा घाव हुआ कि आज भी हिंदू उसे भूले नहीं हैं। अगर अकबर के महान् स्टेटस पर सवाल उठते रहे हैं, तो उसकी वजह भी यही है।

यूँ अकबर ने हिंदुओं से संबंध सुधारने के लिए ऐसे कई कार्य किए जैसे—तीर्थयात्रा कर हटाना, जजिया हटाना, दीवाली-होली मनाने की इजाजत देना और खुद भी उसमें भाग लेना, हिंदू राजाओं से रिश्ते बनाना, उन्हें बड़े पदों पर शामिल करना, खास दिन पर खास जानवर का मांस प्रतिबंधित करना आदि। इन कामों को अकबर के विरोधी कई तर्कों से खारिज भी करते रहे हैं, क्योंकि ये कहकर कि अपने देश में त्योहार मनाने की इजाजत मिलना बख्शीश जैसा था, हिंदू राजाओं ने रिश्ते मजबूरी में बनाए, देश को बारीकी से समझने के लिए हिंदुओं को पद देना मजबूरी थी, क्योंकि हिंदुओं को हिंदुओं की कमजोरियाँ पता थीं, और इससे हिंदू बँटता भी था। रिश्तों को अहमियत तब मिलती, जब वो दूसरों की बेटियों से शादी करके घर लाता था तो उनका धर्म परिवर्तन करता था, फिर अपनी बेटी मेहरुन्निसा के शादी करनेवाले तानसेन को मुसलिम क्यों बनाया, बेटी भी तो हिंदू बन सकती थी? रानी दुर्गावती की आत्महत्या और दिल्ली के हिंदू शासक

हेमचंद्र विक्रमादित्य के पिता की धर्मपरिवर्तन न करने के चलते निर्मम हत्या जैसे कई मसले वो अकबर को हिंदू विरोधी साबित करने के लिए उठाते हैं। लेकिन अकबर को हिंदुओं का विरोधी दिखाने के लिए सबसे बड़ा कारण इतिहास में माना जाता है—चित्तौड़ किले में बड़ा नरसंहार।

लेकिन एक ऐसा दिल जीतने का काम अकबर ने किया था, जिसने ज्यादातर हिंदुओं का दिल जीत लिया था। उस काम पर उसके विरोधी भी सवाल नहीं उठाते। माना जा रहा है कि ये काम टोडरमल की सलाह पर हुआ होगा, टोडरमल जहाँ अकबर के राजस्व का काम तो देखते ही थे, टकसाल प्रमुख होने के नाते सिक्के बनाने वाली टकसालों पर भी उनका नियंत्रण होता था। दरअसल अकबर ने एक बार ऐसा सिक्का अपने यहाँ बनवाया जिस पर राम और सीता की तसवीरें बनी हुई थीं।[1] ये सिक्का मूल रूप से चाँदी का बना हुआ था, लेकिन एक सोने के सिक्के पर भी राम सिया की ये आकृति बाद में मिली, जिस पर देवनागरी में राम सिया लिखा भी हुआ था, दोनों की आकृतियों के साथ। सोने के सिक्के को आधी मोहर और चाँदी के सिक्के को आधा रुपया कहा गया। इस सिक्के में दूसरी तरफ अरबी भाषा में जो लिखा है, वो अकबर के शासन काल की शताब्दी है; जिसके तहत अम्र दाद लिखा है, यानी सन् 50 इलाही। अकबर ने इलाही सन् चलाया जरूर 1584 में था, लेकिन उसको शुरू किया था 1556 से, वो साल जिसमें अकबर ने राजगद्दी सँभाली थी। इस नाते इस सिक्के पर लिखा हुआ था 50 इलाही सन्, यानी अकबर के शासन काल में पचास साल पूरा होने पर।[2] जो अरबी गणना से 1604 या 1605 में होते थे। 1605 में ही अकबर की बीमारी से मौत हो गई थी।

हालाँकि इससे पहले मोहम्मद गौरी ने अपने छोटे से शासन काल में देवी लक्ष्मी का सिक्का भी जारी किया था, उनकी आकृति के साथ।[3] लेकिन ये भी कहा गया कि वो शायद चौहान या तोमर राजाओं के अधबने पुराने सिक्के मिले थे, इसलिए जारी कर दिए गए। दरअसल सिक्के या मुद्रा हमेशा से इतिहास, राजनीति और अर्थव्यवस्था के क्षेत्र में अहम भूमिका अदा करने के साथ-साथ शासक की मनोवृत्ति या अहम को दरशाते आए हैं। अकसर पुराने राजा कोई जीत हासिल करते थे, तो उसके उपलक्ष्य में नया सिक्का जारी कर देते थे। अकबर ने असीरगढ़ के किले पर जीत के बाद बाज की आकृति का सिक्का जारी किया था। कोई राजा किसी दूसरे राजा पर जीत हासिल करता था, तो उसके सिक्कों पर ही अपना नाम या तसवीर गुदवाकर दोबारा जारी कर देता था, इतिहासकार उन्हीं सिक्कों से अंदाजा लगाते आए हैं कि किस शासक ने किस पर विजय पाई होगी। हुमायूँ ने एक भिश्ती को अपनी जान बचाने के लिए एक दिन का राजा बनाया तो उसने चमड़े का सिक्का जारी किया, जैसी कई कहानियाँ बिखरी पड़ी हैं। लेकिन वाकई में वो पहला विदेशी जिसने भारत पर शासन किया था, और हिंदुओं के रंग में रँगा वो था

कनिष्क। उसने शिव, कृष्ण और भगवान् बुद्ध की आकृतियों के कई सिक्के जारी किए थे। कनिष्क ने भी एक ऐसी देवी के चित्र वाला सिक्का जारी किया था, जिसकी साम्यता इतिहासकारों ने देवी लक्ष्मी के साथ ही की है।[4]

ऐसे में अकबर ने जब राम सिया का सिक्का जारी किया होगा तो उस वक्त हिंदू जनमानस पर इसका काफी प्रभाव पड़ा होगा। आज की पीढ़ी में से ज्यादातर को इस सिक्के के बारे में पता भी नहीं होगा। इसी तरह अकबर का एक ऐसा काम जिसे उसके कट्टर-से-कट्टर समर्थक भी नहीं बचा पाते, वो था चित्तौड़ आक्रमण। अकबर ने चार महीनों तक चित्तौड़ का घेरा डाले रखा था, चित्तौड़ के सारे निवासी किले के अंदर ही रहते थे। वे समर्पण को राजी नहीं थे, जैसे-जैसे समय बढ़ता गया, अकबर की सेना के लिए रसद की समस्या होती गई और उससे अकबर की खीज बढ़ती चली गई। उसने एक सुरंग बनवाने की कोशिश भी की तो उसमें विस्फोट होने से उसके कई करीबी मर गए।

ऐसे में एक बार गलती से अकबर की गोली से किले का सूबेदार जयमल मारा गया तो अकबर के लिए राह आसान हो गई। लेकिन उसकी खीज तब बढ़ गई, जब महिलाओं ने किले के अंदर जौहर कर लिया और राजपूतों ने राजा उदय सिंह को खजाने के साथ पहले ही सुरक्षित निकाल दिया था। अकबर को पहले यकीन था कि लूट के माल से उसकी इतने दिनों की भरपाई हो जाएगी। सोचिए राणा उदय सिंह का खजाना कितना बड़ा होगा, जो उसने वहाँ से बच निकलकर उदयपुर शहर बसाने में खर्च कर दिया, वो शहर विश्व के सबसे खूबसूरत शहरों में गिना जाता है।

इधर इतने दिनों की जंग, तमाम करीबियों ने जान गँवाई और उस पर हाथ भी कुछ नहीं लगा, तो गुस्से में अकबर ने किले के अंदर सभी को मार डालने का आदेश दिया, किसी किताब में तीस हजार तो कोई चालीस हजार का आँकड़ा बताता है। एक विदेशी यात्री ने तो लिखा है कि अकबर ने किले के अंदर के परिंदों को भी मारने का आदेश दिया, क्योंकि वे किले की जहरीली हवा में जी रहे थे। आप सोचिए वो खजाना कितना बड़ा था, जो अकबर के हाथ से निकल गया था, उसी खजाने से उदय सिंह ने उदयपुर जैसा खूबसूरत शहर पहाड़ियों के बीचोबीच बनाया था, इतनी झीलें बनाई थीं कि उसे आज पूरी दुनिया में लेक सिटी के नाम से जाना जाता है, यहाँ हॉलीवुड फिल्मों की शूटिंग होती है।

अकबर ने हिंदुओं के दिल पर ये घाव तो दिया ही, उसको कुरेद दिया चित्तौड़ विजय का फतहनामा जारी करके। उस फतहनामा में साफ-साफ लिखा कि "अल्लाह की ख्याति बढ़े, इसके लिए हमारे कर्तव्यपरायण मुजाहिदीनों ने अपवित्र काफिरों को अपनी बिजली की तरह चमकीली कड़कड़ाती तलवारों द्वारा कत्ल कर दिया। हमने अपना बहुमूल्य समय और अपनी शक्ति को घिजा (जिहाद) में ही लगा दिया है और अल्लाह के सहयोग से काफिरों के अधीन बस्तियों, किलों, शहरों को विजय कर अपने अधीन

कर लिया है, कृपालु अल्लाह उन्हें त्याग दे और उन सभी का विनाश कर दे। हमने पूजा स्थलों, उसकी मूर्तियों को और काफिरों के अन्य स्थानों का विध्वंस कर दिया है।"[5] एम. अतहर अली जैसे इतिहास लिखने वालों ने अपनी किताबों में अकबर के बदलते मिजाज का जिक्र किया है कि कैसे चित्तौड़ विजय के बाद अकबर में इसलामिक कट्टरता बढ़ गई और उसने कई ऐसे काम किए, जिनसे इस बात का पता चलता है।

जाहिर है, बाद के दिनों में अकबर के स्वभाव और दिल में भी परिवर्तन आया, सभी धर्मों के पुजारियों, साधुओं, विद्वानों से मुलाकात की और एक नया धर्म 'दीन-ए-इलाही' भी चलाया था। उसको अपनी चित्तौड़ विजय और उसके बाद के नरसंहार पर भी शायद अफसोस हुआ होगा। ये इस बात से भी लगता है कि उसने चित्तौड़ के दोनों वीरों जयमल और फत्ता की मूर्तियाँ बाद में आगरा के लाल किले में लगवाईं। जीवन के आखिरी साल या उससे पहले के साल में राम सिया का सिक्का चलाना भी शायद उस बदले हुए अकबर की ही सोच थी। अकबर को कोई महान् माने न माने, लेकिन इतना तय है कि उसने हिंदुओं के साथ रिश्ते सुधारने और हिंदुस्तान की सरजमीं को अपना बनाने की कोशिश तो की ही थी। लेकिन उसका एकतरफा आँकलन करके उसे एक तरफा महान् बनाने की कोशिश करेगा तो उसे विरोध का सामना तो करना ही पड़ेगा।

संदर्भ—

1. कॉएन कलेक्टिंग इन नॉर्दर्न इंडिया, लेखक चार्ल्स जे. रोजर्स, पृष्ठ 107
2. अयोध्या रीविजिटेड, लेखक कुणाल किशोर, पृष्ठ 508
3. इंडियन कॉएनेज, लेखक आर. वनराजा, पृष्ठ 34
4. कॉएन्स ऑफ इंडिया, लेखक सी.जे. ब्राउन, पृष्ठ 37
5. मुगल इंडिया : स्टडीज इन पॉलिटी, आइडियाज, सोसाइटी एंड कल्चर, लेखक एम. अथर अली, पृष्ठ 159

□

जब राष्ट्रपति भवन को खिसकाया गया 400 गज पीछे, दोनों आर्किटेक्ट में था विवाद

जब भी आप कभी विजय चौक की तरफ से राष्ट्रपति भवन जाएँगे या उधर से गुजरेंगे भी तो आपको राष्ट्रपति भवन की तरफ एक ऊँची सी सड़क जाती दिखाई देती है, ढंग से राष्ट्रपति भवन नहीं दिखता। इसकी वजह काफी दिलचस्प है, जिसके चलते राष्ट्रपति भवन और नई दिल्ली की कुछ प्रमुख इमारतों के दो बड़े आर्किटेक्ट्स के बीच उन दिनों काफी तनातनी हो गई थी। ये दोनों थे—एडविन लुटियंस और हरबर्ट बेकर। दोनों में इस बात को लेकर उन दिनों इतनी तनातनी हुई थी कि वायसराय ने एक कमेटी बना दी थी। हालाँकि ये कहानी चर्चा में नहीं आती, लेकिन सोशल मीडिया पर चर्चा में आई भी तो वजह ये थी कि रामनाथ कोविंदजी के राष्ट्रपति बनने के बाद राष्ट्रपति भवन की सुरक्षा व्यवस्था को लेकर कुछ परिवर्तन हुए। एक बार राहुल गांधी जब राष्ट्रपति भवन विपक्षी नेताओं के साथ ज्ञापन देने पहुँचे, तब पत्रकारों ने उनसे कहा कि अब काफी पहले ही रोक दिया जाता है, नई बैरीकैडिंग लगा ही गई हैं। तब राहुल ने मजाक में कहा, "अभी तो देखते जाइए, आपको इंडिया गेट पर ही रोक दिया जाया करेगा।" तब सोशल मीडिया पर ये कहानी सामने आई कि पहले ही 400 गज पीछे खिसका दिया गया था राष्ट्रपति भवन, अब बैरीकेडिंग कर देंगे तो देश भर से आनेवाले लोग सेल्फी कैसे ले पाएँगे।

दिल्ली में ये इमारत बनेगी ये तय तो तभी हो गया था, जब बंगाली क्रांतिकारियों के भय और दिल्ली से बाकी देश पर ढंग से नियंत्रण की संभावनाओं के चलते अंग्रेजी सरकार ने राजधानी कोलकाता से दिल्ली ले जाने का ऐलान कर दिया था। ऑफीशियल ऐलान 1911 में लगे जॉर्ज पंचम के दरबार में हो गया कि नई दिल्ली तो बनेगी ही, वायसराय के रहने के लिए एक आलीशान और विशालकाय वायसराय हाउस भी बनेगा। इसके लिए पहले किंग्जवे कैंप इलाके को चुना गया था। तभी 1911 में ही किंग जॉर्ज पंचम के हाथों किंग्जवे कैंप में ही दो फाउंडेशन स्टोन रखे भी गए। लेकिन जब 1912 में लंदन के मशहूर आर्किटेक्ट एडविन लुटियंस को इसकी जिम्मेदारी मिली तो उन्होंने बाढ़ की संभावनाओं

के चलते इस लोकेशन को खारिज कर दिया। क्योंकि यमुना यहाँ से काफी पास थी, वो किसी पहाड़ी या ऊँचे इलाके की तलाश में थे। ताकि वायसराय हाउस विशाल और भव्य तो लगे ही दूर से भी दिखे, बाढ़ जैसी परेशानियों के साए से भी दूर रहे।[1]

तब चुना गया रायसीना हिल पर सबसे टॉप की चोटी को। साथी आर्किटेक्ट हरबर्ट बेकर को काम दिया गया था राष्ट्रपति भवन से पहले सचिवालय की दोनों बिल्डिंगों को बनाने का, जिन्हें आप नॉर्थ ब्लॉक और साउथ ब्लॉक के नाम से अभी जानते हैं। बेकर ने तय किया कि मुख्य भवन 400 गज पीछे होना चाहिए और बिना लुटियंस को जानकारी दिए, उसने वायसराय को भी राजी कर लिया। इन दोनों इमारतों और बीच की सड़क के हाई प्वॉइंट पर होने के चलते राष्ट्रपति भवन छिप गया। लुटियंस की बेकर से बिगड़ गई। काफी कोशिश उसने की, लेकिन फिर भी वो जो पोजीशन वायसराय हाउस की चाहता था, वो नहीं मिल पाई। जिसके चलते अरसे तक लुटियंस और बेकर में तनातनी रही। लुटियंस ने ये भी आरोप लगा दिया कि बेकर ये सब पैसे के लिए कर रहा है। एक कमेटी भी दोनों के झगड़े के बाद बनाई गई, लेकिन 1916 में उसने लुटियंस के तर्क को खारिज कर दिया। कहा गया कि अब बदलाव किए गए तो पूरे 2000 पोंड का खर्च आएगा। उसके बाद लुटियंस ने किंग जॉर्ज पंचम तक फरियाद की, लेकिन लुटियंस की एक न सुनी गई।[2]

अब एक ऊँची सी सड़क से एंट्री होती है और मुख्य भवन उससे छिप जाता है। इधर ज्यादातर जमीन जयपुर के महाराजा सवाई माधो सिंह की थी, उनके सम्मान में ठीक भवन के सामने 145 फीट का एक जयपुर स्तंभ बनाया गया। रायसीना और मालचा गाँवों के करीब 300 परिवारों को वहाँ से दूसरी जगह शिफ्ट किया गया। एक रेलवे लाइन पत्थर आदि लाने के लिए रायसीना तक बिछाई गई, पानी यमुना से पंप करके लाया गया। कुल 70 करोड़ ईंटें वायसराय हाउस को बनाने में लगीं और 30 लाख घनफीट पत्थर भी। 17 साल में 6 अप्रैल, 1929 को बनकर तैयार हुए इस भवन का पहला निवासी था—लॉर्ड इरविन, जबकि पहला भारतीय था—सी. राजगोपालाचारी। उनको आजाद भारत का पहला गर्वनर जनरल चुना गया था। सादा जीवन जीने वाले राजगोपालाचारी को वायसराय का बेडरूम इतना विलासिता वाला लगा कि उन्होंने उसकी बजाय गेस्ट रूम में सोना शुरू कर दिया, बाद में यही परंपरा जारी रही।[3] पहले राष्ट्रपति राजेंद्र प्रसाद ने वायसराय हाउस का नाम बदलकर राष्ट्रपति भवन कर दिया।

ये अलग बात है कि इसी वायसराय हाउस को देखकर माउंटबेटन की छोटी बेटी पामेला माउंटबेटन ने अपनी किताब 'India Remembered: A Personal Account of the Mountbattens During the Transfer' में लिखा कि "I soon became aware that Viceroy's house was a like a hotel in which you hardly ever saw any other guests who might be staying there."[4] जाहिर है, उन लोगों को इतने बड़े महल में रहने की आदत नहीं थी, वो भी पूरा सिर्फ उनका हो।

मुख्य इमारत हारुन अल रशीद ने बनाई तो बाकी सब सुजान सिंह और उनके बेटे शोभा सिंह ने बनाया। 340 कमरों का ये भवन उस वक्त डेढ़ करोड़ रुपयों में बना था। मुख्य गुंबद साँची के स्तूप से प्रेरित था तो हाथी, कोबरा, मंदिर की घंटी, जालियाँ, छतरियाँ, मुगल गार्डन काफी कुछ भारतीय वास्तुकला से लिया गया था। राष्ट्रपति भवन में पाँच सौ की क्षमता वाले दरबार हॉल में ही नेहरू ने 15 अगस्त, 1947 को सुबह साढ़े आठ बजे भारत के पहले प्रधानमंत्री के पद की शपथ ली थी। कहा जाता है कि इस बिल्डिंग में लोहे का इस्तेमाल न के बराबर किया गया था। खुद लुटियंस को इस भवन से इतना लगाव था कि पूरे 22 साल तक वो हर साल लंदन से भारत आता रहा और वायसराय हाउस और नई दिल्ली के बाकी भवनों का मुआयना करता रहा। अब तक राष्ट्रपति भवन में लुटियंस और बेकर के अलावा दो ही आर्किटेक्ट ने काम किया है, 1985 से 1989 तक सुनीता कोहली ने रेस्टोरेशन का काम किया तो 2010 में सुनीता के साथ चार्ल्स कोरिया ने काम किया।

संदर्भ—

1. खुशवंत नामा : लेसंस ऑफ माय लाइफ, लेखक खुशवंत सिंह
2. सिटीज टुमॉरो : एन इंटेलेक्चुअल हिस्टरी ऑफ अर्बन प्लानिंग एंड डिजाइन, लेखक पीटर हॉल
3. आउटलुक, खंड-46, अंक 26-38, पृष्ठ 59
4. इंडिया रिमेंबर्ड : ए पर्सनल अकाउंट ऑफ द माउंटबेटेंस ड्यूरिंग द ट्रांसफर, लेखिका पामेला माउंटबेटन

□

क्या भारत-चीन युद्ध के चलते रतन टाटा रह गए आजीवन कुँवारे?

2017 में डोकलाम मुद्दे को लेकर चीन और भारत के बीच काफी तनातनी का माहौल हो चला था। यहाँ तक कि एक वीडियो भी सामने आया, जिसमें चीन और भारतीय सेना के सैनिक आपस में बिना हथियारों के गुत्थम गुत्था होते दिखे। उसके बाद तो देश का माहौल गरम हो गया, लगा कि फिर से चीन से युद्ध हो सकता है। इधर से अरुण जेटली का बयान आया कि हमें चीन 1962 वाला भारत न समझे तो चीन से भी जवाब आया कि हम भी 1962 वाले चीन नहीं है। इसी सरगरमी के माहौल में एक तरफ अंदरखाने जहाँ कूटनीति जोरों से काम कर रही थी, वहीं सोशल मीडिया भी चीन से संबंधित पोस्ट्स से अटा पड़ा था। कोई 1962 के चीन युद्ध की बखिया उधेड़ रहा था तो कोई भारत और चीन की सैन्य ताकत की तुलना आँकड़ों से कर रहा था, कितनी मारक मिसाइलें भारत के पास हैं और कितनी परमाणु पनडुब्बी चीन के पास हैं। इसी सरगरमी में एक पोस्ट वायरल हुई कि चीन के चक्कर में पहले ही रतन टाटा शादी नहीं कर पाए थे, लगता है अब और कई लोगों की किस्मत में कुँवारा ही मरना लिखा है। हमने भी इतिहास से जुड़ी इस वायरल पोस्ट की पड़ताल की।

रतन टाटा ने आजीवन शादी नहीं की, लेकिन जिंदगी में वे चार बार ऐसे मुकाम पर आए कि उनको लगा कि अब तो शादी करनी पड़ेगी। चार बार किसी-न-किसी लड़की से उनका सीरियस किस्म का अफेयर हुआ, लेकिन किसी-न-किसी वजह से बात टल गई और शादी भी। रतन टाटा ने कुछ साल पहले एक इंटरव्यू में इस बात का खुलासा किया था कि उनका इरादा अपने पहले प्यार से ही शादी करने का था, लेकिन भारत-चीन युद्ध छिड़ गया और दो अलग-अलग देशों में होने के चलते मिलने में लंबा गैप हो गया और लड़की की शादी कहीं और हो गई। ये बात खुद रतन टाटा ने बताई थी, रतन टाटा का ये इंटरव्यू सी.एन.एन. के इंटरनेशनल टॉक एशिया प्रोग्राम में दिया था। रतन टाटा ने कहा, "I was probably the most serious was when I was working in the US and the only reason we didn't get married was that I came back to India and she was to follow me. That was the year of the Indo-Chinese conflict. This conflict in the snowy, uninhabited part of the Himalayas was seen in the United States as a major war between India and China and so, she didn't come and finally got married in the US thereafter."[1]

दरअसल रतन टाटा के पिता नवल टाटा को टाटा खानदान में गोद लिया गया था। बाद में नवल टाटा और रतन की माँ की आपस में नहीं बनी और दोनों अलग हो गए। नवल ने दूसरी शादी कर ली, नोएल टाटा उसी दूसरी बीवी की संतान हैं और रतन के सौतेले भाई हैं, जबकि उनको और उनके भाई जिम्मी को उनकी दादी ने पाला। यानी शुरू से ही बिना माँ-बाप के रहे रतन, बाद में उन्हें पढ़ाई के लिए शिमला के हॉस्टल में भेज दिया। फिर वे स्ट्रक्चरल इंजीनियरिंग का कोर्स कार्नेल यूनिवर्सिटी से करने अमेरिका चले गए, आर्किटेक्ट बनने के बाद उन्होंने हॉवर्ड यूनिवर्सिटी से एडवांस मैनेजमेंट प्रोग्राम किया। परिवार से दूरी होने के चलते उनको किसी अजीज की कमी महसूस हो रही थी, ऐसे में वहीं उनकी एक अमेरिकी लड़की से दोस्ती हो गई, दोनों के बीच मोहब्बत पनपने लगी। अचानक रतन को मुंबई आना पड़ा, उनकी दादी गंभीर रूप से बीमार थीं, उनकी देख-रेख के लिए टाटा को लंबे अरसे तक भारत में ही रहना था।

उस लड़की को भी दादी को देखने और दादी से मिलने भारत आना था कि अचानक भारत-चीन युद्ध छिड़ गया, ये 1962 की बात थी। अरसे तक भारत और अमेरिका के बीच फ्लाइट्स को लेकर परेशानी रही। इधर रतन को आई.बी.एम. में ऑफर मिला, लेकिन उनको बाहर की कंपनी में काम करने से मना कर दिया गया। शुरुआत हुई टाटा स्टील से। इधर उस लड़की ने अमेरिका में ही शादी कर ली और इस तरह रतन टाटा का पहला प्यार भारत-चीन युद्ध की भेंट चढ़ गया। रतन टाटा ने ये खुलासा सी.एन.एन. इंटरनेशनल के शो 'टॉक एशिया' में किया था।

और ऐसा नहीं था कि रतन टाटा की यह आखिरी लव स्टोरी थी। इसके बाद भी तीन अलग-अलग मौकों पर अलग-अलग वक्त में अलग-अलग लड़कियों के साथ रतन टाटा के सीरियस अफेयर्स रहे, लेकिन किसी-न-किसी वजह से रतन टाटा और उनमें से किसी का मिलन शादी में न बदल पाया। इस इंटरव्यू में रतन ने उनके बारे में ज्यादा बताने से इनकार कर दिया। हालाँकि रतन टाटा उस दिन कुछ ज्यादा ही बेबाकी के मूड में थे। दरअसल सी.एन.एन. की जर्नलिस्ट सारा सिडनर ये इंटरव्यू मुंबई शहर में ले रही थीं, तो उन्होंने एक और व्यक्तिगत सवाल रतन टाटा से पूछ ही डाला, वो ये कि क्या उन चारों में से कोई इस शहर में रहती है? रतन टाटा ने फौरन जवाब दिया—यस। लेकिन

उसके बाद रतन टाटा ने उसको परेशानी हो सकती है, इसलिए इस मामले में ज्यादा कुछ बताने से साफ इनकार कर दिया था।[2]

उसके बाद तो रतन पर काम करने की धुन ऐसी सवार हुई कि 65 साल की उम्र में रतन टाटा रिटायर होनेवाले थे कि टाटा संस बोर्ड ने उनके लिए एक नया पद ईजाद कर दिया, नॉन एक्जीक्यूटिव चेयरमैन का। यानी पाँच साल के लिए उन्हें एक्सटेंशन दे दिया गया। कोई भी नहीं चाहता था कि रतन टाटा नाम के इस वटवृक्ष की छाँव से टाटा ग्रुप की कंपनियाँ महरूम हों। तभी तो पाँच साल बाद जब रतन टाटा 68 के हुए तो नॉन एक्जीक्यूटिव डायरेक्टर्स की रिटायरमेंट की उम्र बढ़ाकर बोर्ड ने 75 साल कर दी। लेकिन फिर वो वक्त आया कि जब वे 75 साल के भी हो गए यानी 28 दिसंबर, 2012 को। उसके बाद जो साइरस मिस्त्री एपिसोड हुआ, उसके बारे में तो सारा देश ही नहीं दुनिया जानती है। रतन टाटा कुछ समय के लिए फिर मैदान में वापस आए। लेकिन सब सँभलते ही फिर चले गए फुरसत के उन पलों में जहाँ वे अपनी निजी जिंदगी की बेहद व्यक्तिगत यादें ताजा कर सकते हैं।

संदर्भ—

1. चौथी बार शादी करते-करते रह गया : रतन टाटा, टाइम्स ऑफ इंडिया, 14 अप्रैल, 2011
2. रतन टाटा का इंटरव्यू, CNN.Com Transcipts- http://transcripts.cnn.com/ TRANSCRIPTS/1104/13/ta.01.html. प्रसारण तिथि—13 अप्रैल, 2011

□

सरदार पटेल के इस उम्मीदवार ने हरा दिया नेहरूजी के उम्मीदवार को तो नेहरूजी ने दी थी इस्तीफे की धमकी

गांधीजी के उम्मीदवार को कांग्रेस अध्यक्ष के चुनाव में कभी सुभाष चंद्र बोस ने हरा दिया था, ये कहानी तो काफी लोग जानते हैं, आज की पीढ़ी के भी; लेकिन इस बात की कहीं चर्चा नहीं होती कि कभी नेहरूजी के उम्मीदवार को भी सरदार पटेल के उम्मीदवार ने कांग्रेस अध्यक्ष के चुनाव में पटखनी दे दी थी। ये चर्चा निकलनी शुरू हुई है सोशल मीडिया की उस जंग में, जिसमें पटेल बनाम नेहरू तमाम कहानियाँ चलती हैं। एक बड़ा तबका ये आरोप लगाता है कि सरदार पटेल को पं. नेहरू के मुकाबले ज्यादा तरजीह नहीं दी गई, जबकि पटेल नेहरू से ज्यादा लोकप्रिय नेता और बेहतर प्रशासक थे। तो ऐसे में ये चर्चा भी उठती है पटेल ने अपनी ताकत एक कांग्रेस अध्यक्ष चुनाव में दिखा दी थी कि कैसे उनके समर्थित एक उम्मीदवार ने पं. नेहरू के उम्मीदवार को पटखनी दे दी थी। लेकिन ये कहानी वाकई में सच है। इतना ही नहीं 1939 के त्रिपुरा चुनाव की कहानी यहाँ भी दोहराई गई थी, बाकायदा नेहरू ने इसे अपनी हार बताकर अपने इस्तीफे की पेशकश की थी। बिल्कुल गांधीजी की तरह, इतना ही नहीं जिस तरह बोस को बीच में ही इस्तीफा देना पड़ा, पटेल समर्थित जीता हुआ उम्मीदवार कांग्रेस अध्यक्ष भी पं. नेहरू की नाराजगी मोल लेकर ज्यादा दिन पद पर न रह सका और बिना कार्यकाल पूरा हुए ही बोस की तरह इस्तीफा दे दिया।

ये महाशय थे पुरुषोत्तम टंडन, जिन्हें राजर्षि टंडन भी कहा जाता है, अखिल भारतीय कांग्रेस के अध्यक्ष के चुनावों के इतिहास में उनकी तुलना हमेशा सुभाष चंद्र बोस से की जाती है। इसी तरह आजादी के बाद कांग्रेस अध्यक्ष के चुनाव में पं. नेहरू ने भी पुरुषोत्तम दास टंडन के विरोध में आचार्य जे.बी. कृपलानी को समर्थन दिया, लेकिन वो भी कृपलानी को जिता नहीं पाए। दिलचस्प बात ये है कि पुरुषोत्तम दास टंडन भी नेहरूजी की तरह

इलाहाबादी ही थे और वकील भी, तेज बहादुर सप्रू के जूनियर थे और स्वतंत्रता संग्राम में कूदने के लिए नौकरी छोड़ दी। कई बार जेल गए, किसान सभा से जुड़े रहे, 13 साल यू.पी. असेंबली के स्पीकर रहे, संविधान सभा के सदस्य भी चुने गए। आजादी के बाद उन्होंने 1948 में पट्टाभि सीतारमैया के विरोध में अध्यक्षीय चुनाव में कोशिश की थी, लेकिन कामयाबी नहीं मिली। ऐसे में उन्होंने 1950 के चुनाव में भी किस्मत आजमाई, तो सरदार पटेल ने भी उनके ऊपर हाथ रख दिया। नेहरू की तरफ से रफी अहमद किदवई, के.डी. मालवीय और मृदुला साराभाई खुलकर अभियान चला रहे थे, लेकिन पटेल उनकी जीत के लिए इतने आश्वस्त थे कि उन्हें चुनावी अभियान की जरूरत ही महसूस नहीं हुई कृपलानी के 1052 वोटों के मुकावले टंडन को 1306 वोट मिले।[1]

लेकिन पं. नेहरू के खेमे का सपोर्ट जे.बी. कृपलानी के साथ था, जो 1947 में भी कांग्रेस प्रेसीडेंट रह चुके थे। नेहरू उस वक्त पी.एम. थे, उनको लगता था कि उनका उम्मीदवार जीत जाएगा, लेकिन ऐसा नहीं हुआ और उनको कृपलानी की हार से वही सदमा लगा, जो कभी बोस की जीत से गांधीजी को लगा था। नेहरू ने टंडन की अगुवाई वाली समिति में शामिल होने से साफ इनकार कर दिया। नेहरू ने इस्तीफे की भी धमकी दी, लेकिन इससे पहले वो ईस्ट पाकिस्तान में हिंदुओं के कत्ले आम के मुद्दे पर भी कर चुके थे, इस्तीफा देने की धमकी देकर, उसे वापस ले चुके थे। इसीलिए ज्यादा चर्चा नहीं हुई। नेहरू का मानना था कि टंडन इलाहाबाद के म्युनिसिपेलिटी चुनाव में मुसलमानों का भरोसा नहीं जीत पाए थे। इधर उसी साल सरदार पटेल की मौत हो गई। जिसके चलते पुरुषोत्तम दास टंडन के लिए मुश्किलें पैदा हो गईं। अब सरकार की कमान नेहरू के हाथ में और पार्टी की कमान पुरुषोत्तम दास टंडन के हाथ में थी। चुनाव जीतने के लिए नेहरूजी की ही जरूरत थी, छोटे-मोटे कई विवाद हुए और नेहरूजी ने अब साफ कर दिया कि या तो टंडन को या उनको एक को अपने पद से इस्तीफा देना ही पड़ेगा। पटेल की मौत के बाद टंडन पहले ही कमजोर हो चुके थे। उन्होंने इस्तीफा देना ही बेहतर समझा और अगले दो साल फिर जवाहर लाल नेहरू ही दोनों पदों पर काबिज रहे पी.एम. भी और कांग्रेस अध्यक्ष भी।[2]

नेहरूजी से उनके मतभेद के और भी तमाम मुद्दे थे, धर्मांतरण के मुद्दे पर सोमनाथ मंदिर को फिर से खड़ा करनेवाले के.एम. मुंशी और पुरुषोत्तम दास टंडन के सुर एक थे। बँटवारे के प्रस्ताव का भी उन्होंने ये कहकर विरोध किया था कि मुसलिम लीग और अंग्रेजों के सामने ये सरेंडर जैसा है। वैसे भी वे नेहरू के बजाय पटेल के ज्यादा करीबी थे। हिंदी प्रचार सभाओं के जरिए उनका हिंदी और देवनागरी की वकालत करना भी लोगों को पसंद नहीं आया था। ऐसे कई मुद्दे थे, जिन पर उनकी राय आज के बीजेपी नेताओं से मिलती है।

1952 में तो टंडन लोकसभा चुनाव जीते, लेकिन 1956 में राज्यसभा से सांसद हुए, उसके बाद तो उन्होंने सक्रिय राजनीति से संन्यास ही ले लिया। वे काफी बीमार भी हो गए। तब तक पं. नेहरू के मन से भी उनको लेकर मन का मैल निकल चुका था और पं. नेहरू की ही सरकार ने उनको 1961 में भारत रत्न से सम्मानित किया। हालाँकि उन्हें अगर ये सम्मान मिला और उन्हें आज भी जनता राजर्षि टंडन के तौर पर जानती है तो ये जानना आज की पीढ़ी के लिए भी जरूरी होगा कि वे वाकई में सत्ता में रहकर भी ऋषियों की तरह ही रहते थे।

विधानसभा का स्पीकर भी लोकसभा की तरह ही चुने जाने के बाद पार्टी से दूरियाँ बना लेता है और कभी पार्टी की मीटिंग्स में हिस्सा नहीं लेता, लेकिन टंडनजी पार्टी की मीटिंगों में भाग लेते थे। जब इस पर काफी ऐतराज किया गया तो उन्होंने विधानसभा में खड़े होकर कहा कि मैं अपने पद से अभी इस्तीफा देने को तैयार हूँ, अगर एक भी सदस्य को मुझ पर भरोसा न हो तो, तो उनकी इतनी इज्जत दी सदन में, यहाँ तक कि विरोधियों के बीच थी कि एक भी सदस्य ने उनके खिलाफ आवाज नहीं निकाली। इसी तरह वे लैदर का इस्तेमाल नहीं करते थे और ज्यादातर रबर की चप्पलों का ही इस्तेमाल करते थे।

संदर्भ—

1. भारत के सरदार : वल्लभभाई पटेल की जीवनी, लेखक प्राणनाथ चोपड़ा, पृष्ठ 215
2. नेहरू : द इनवेंशन ऑफ इंडिया, लेखक शशि थरूर, अध्याय-8, कमांडिंग हाइट्स (1947-1957)

□

जब अटलजी ने कांग्रेस प्रेसीडेंट को कविता में लिख दिया था 'चमचों का सरताज'

आप सबने 'इंदिरा इज इंडिया' का नारा तो खूब सुना होगा, लेकिन इसके पीछे की कहानी शायद न पता हो कि किस मजबूरी में इमरजेंसी के वक्त कांग्रेस प्रेसीडेंट देवकांत बरुआ को ये नारा ईजाद करना पड़ा और फिर इतनी जिल्लत झेलनी पड़ी कि अटल बिहारी वाजपेयी ने एक कविता लिखकर बरुआ को 'चमचों का सरताज' तक बोल दिया। जब भी इमरजेंसी की सालगिरह आती है, बरुआ के इंदिरा इज इंडिया नारे की चर्चा होती है तो अटलजी की उस कविता की भी चर्चा होती है। सोशल मीडिया के दौर में तो ये कुछ ज्यादा ही होने लगा है। ऐसे में नई पीढ़ी पूरी तरह मामला समझ नहीं पाती है। इस लेख में जानिए पूरी कहानी।

दरअसल 12 जून, 1975 को इलाहाबाद हाई कोर्ट ने इंदिरा गांधी को रायबरेली के 1971 के चुनावों में अनियमितताओं का दोषी ठहराया और उनकी संसद् सदस्यता रद्द कर दी, 6 साल के लिए चुनाव लड़ने पर रोक लगा दी। जब इंदिरा गांधी को ये खबर लगी तो पूरे पी.एम. हाउस में अफरा-तफरी का माहौल था। सुबह ही खबर आई कि इंदिरा के करीबी डी.पी. धर की मौत हो गई है तो पहले इंदिरा वहाँ गईं। इंदिरा को सुबह से ही कुछ बुरा होने की आशंका लग रही थी। ये फैसला जज जगमोहन लाल सिन्हा की अदालत ने दिया था।[1]

इंदिरा ने इस्तीफे का मूड बना लिया था, लेकिन पश्चिम बंगाल के मुख्यमंत्री सिद्धार्थ शंकर रे, जो इंदिरा के दोस्त भी थे, उस दिन दिल्ली में थे। वे इंदिरा से मिलने पहुँचे, उन्होंने इंदिरा को समझाया कि इतनी जल्दी फैसला नहीं लेना चाहिए, हमें पहले हर पहलू पर चर्चा कर लेनी चाहिए। इंदिरा को लगा बुरा दिन है, दो बुरी खबरें आई हैं, इस्तीफा दे देना चाहिए। वे अपने बाकी करीबियों से इस बारे में राय ले रही थीं। उसके बाद कांग्रेस अध्यक्ष डी.के. बरुआ भी वहाँ पहुँचे। उन्हें स्थिति अपने अनकूल लगी, उन्होंने सुझाव दिया कि कुछ दिन के लिए इंदिरा को कांग्रेस अध्यक्ष की कुरसी सँभाल

लेनी चाहिए और तब तक उन्हें पी.एम. बना देना चाहिए।

संजय गांधी उस वक्त अपनी गुड़गाँव की मारुति फैक्टरी में थे। संजय लंच के लिए घर आए थे, उनको किसी भी बात की खबर नहीं थी, लेकिन घर के हालात और इतने सारे लोगों के चेहरे उतरे देखकर उन्होंने पता कर लिया कि आखिर में हुआ क्या है। उनको पता चल गया कि हाईकोर्ट का फैसला माँ के खिलाफ आया है, जब उन्हें ये खबर लगी कि उनकी माँ इस्तीफा देने की भी सोच रही हैं, तो संजय को ये ठीक नहीं लगा। संजय गांधी इंदिरा को अलग एक कमरे में ले गए, और गुस्से में बोले कि कोई जरूरत नहीं इस्तीफा देने की। इधर देवकांत बरुआ के ऑफर से भी संजय गांधी बिफर गए थे और इंदिरा को समझाया कि आपके करीबियों में कोई भी विश्वासपात्र नहीं है, सबकी नजर आपकी कुरसी पर है, देवकांत का ऑफर मानेंगी तो ये गद्दी से कभी नहीं उतरेगा।[2]

इधर देवकांत को जब ये एहसास हुआ कि उनकी सलाह उल्टी पड़ गई है और कल को उन्हें टारगेट किया जा सकता है तो इंदिरा से रिश्ते सुधारने के लिए फौरन एक नारा ईजाद कर दिया—'इंदिरा इज इंडिया'।[3] कांग्रेस नेताओं ने इसे हाथोंहाथ लिया, बरुआ से सबका गुस्सा भी जाता रहा। लेकिन उन दिनों जेल में बंद अटल बिहारी वाजपेयी ने बरुआ को टारगेट करके जेल में ही एक कविता लिख डाली—

इंदिरा इंडिया एक है इति बरुआ महाराज,
अक्ल घास चरने गई, चमचों के सरताज!
चमचों के सरताज, किया भारत अपमानित,
एक मृत्यु के लिए कलंकित भूत भविष्यत!
कह कैदी कविराय, स्वर्ग से जो महान् है,
कौन भला उस भारत माता के समान है?[4]

इमरजेंसी के ऐलान के बाद इंदिरा गांधी के भाषण की पहली लाइन रेडियो में ये थी—भाइयो और बहनो, राष्ट्रपतिजी ने आपातकाल की घोषणा की है, इससे आतंकित होने की कतई जरूरत नहीं है। रात तीन बजे तक हुई मीटिंग में इंदिरा के दोस्त और पश्चिम बंगाल के मुख्यमंत्री और कांग्रेस अध्यक्ष देवकांत बरुआ से सलाह के बाद आम जनता के लिए इस संबोधन में पहली लाइन में राष्ट्रपति के नाम का इस्तेमाल किया गया था। जब इस संबंध में मिलने इंदिरा राष्ट्रपति फखरुद्दीन अली अहमद के पास गई थीं, तो उनके साथ सिद्धार्थ रे के साथ-साथ देवकांत बरुआ भी थे।

देवकांत बरुआ को खाली 'इंदिरा इज इंडिया' जैसे चापलूसी से लबरेज नारे के लिए ही नहीं, इस बात के लिए भी याद किया जाता है कि उन्होंने संजय गांधी की तुलना स्वामी विवेकानंद से की थी। ऐसे में अगर वे कोई आम नेता होते तो शायद कोई तवज्जो नहीं देता, लेकिन ये दोनों बयान उन्होंने कांग्रेस के राष्ट्रीय अध्यक्ष रहते दिए, जबकि वे

खुद भी असमिया के बड़े लेखक माने जाते रहे हैं। इतनी स्वामीभक्ति के बावजूद भी देवकांत बरुआ को कांग्रेस को अलविदा कहना पड़ा था।

'71 से '74 तक देवकांत बरुआ बिहार के गर्वनर रहे थे, दिल्ली लाकर उन्हें इंदिरा गांधी ने कांग्रेस का राष्ट्रीय अध्यक्ष बना दिया गया। शायद इंदिरा को शालीन तबीयत के डॉ. शंकर दयाल शर्मा की जगह देवकांत बरुआ जैसों की ही जरूरत थी। वैसे भी इतने शक्तिशाली पद पर कोई ज्यादा वक्त रहता तो इंदिरा के लिए ही मुश्किल हो सकती थी। इंदिरा को इमरजेंसी लगाने की नौबत आई 12 जून, 1975 को इलाहाबाद हाईकोर्ट के फैसले के बाद। इमरजेंसी में जब बरुआ का दिया नारा चारों तरफ प्रचलित हो गया, तो इसके बारे में जेल में बंद अटल बिहारी बाजपेयी को भी पता चला। कवि हृदय अटल चापलूसी की इस पराकाष्ठा को पचा नहीं पाए और उन्होंने इस कविता के जरिए जेल से ही अपना विरोध जताया और बरुआ को 'चमचों का सरताज' लिख डाला।

लेकिन बरुआ पर कोई असर नहीं पड़ा था, दिल्ली की एक जनसभा में उन्होंने कहा था कि "कानून जनता के द्वारा बनाया जाता है और जनता की नेता इंदिरा गांधी हैं।" हालाँकि 1977 के चुनाव में हार के बाद इंदिरा गांधी की पार्टी में हंगामा मच गया, जगजीवन राम तो पहले ही कांग्रेस फॉर डेमोक्रेसी बनाकर अलग हो चुके थे। कर्नाटक के मुख्यमंत्री देवराज उर्स ने तमाम बड़े नेताओं को लेकर एक नई पार्टी बना ली—कांग्रेस (उर्स), जिसमें बरुआ भी चले गए। वो पार्टी ज्यादा चल नहीं पाई और कई नेता कांग्रेस में वापस आ गए तो कइयों ने अन्य छोटी-छोटी पार्टियाँ बना लीं। वैसे देवकांत बरुआ के खाते में एक और ऐतिहासिक भूल है, आसाम में घुसपैठ की समस्या को बढ़ाने में उनका भी हाथ होने का दावा किया जाता रहा है।

संदर्भ—

1. द केस दैट शुक इंडिया : द वर्डिक्ट दैट लेड टू द इमरजेंसी, लेखक प्रशांत भूषण, अध्याय-8 वर्डिक्ट
2. इंदिरा गांधी : ए बायोग्राफी, लेखक पुपुल जयकर, भाग VI (1975-77)
3. इंडिया सिंस इंडिपेंडेंस : मेकिंग सेंस ऑफ इंडियन पॉलिटिक्स, लेखक अनंत वी. कृष्ण, पृष्ठ 139
4. साक्षात्कार, खंड-401-408, पृष्ठ 106

□

शास्त्रीजी की मौत पर हमेशा उठते रहे सवाल, जानिए आखिर क्या हैं इसकी वजहें?

शास्त्रीजी की मौत हमेशा भारत के अनसुलझे रहस्यों में ही रही। ये लेख लिखे जाने तक फिल्म डायरेक्टर विवेक अग्निहोत्री इस रहस्य को लेकर एक फिल्म बनाने का ऐलान भी कर चुके थे, वो भी शास्त्री परिवार की रजामंदी से। इससे पहले विवेक चॉकलेट, दे दनादन गोल, जिद, बुद्धा इन ट्रैफिक जाम और हेट स्टोरी जैसी फिल्में डायरेक्ट कर चुके हैं। सुभाष चंद्र बोस पर अपने आंदोलन और रिसर्च बुक्स के लिए मशहूर लेखक अनुज धर ने भी उनकी काफी मदद की है। इससे साफ जाहिर है कि इतने सालों बाद भी लोग ये जानना चाहते हैं कि शास्त्रीजी की मौत कैसे हुई? हमने भी ये जानने की कोशिश की कि आखिर शास्त्रीजी की मौत को लोग असामान्य मानते हैं तो इसकी वजह क्या है?

नब्बे के दशक में जब ग्रेगरी डगलस नाम के एक अमेरिकी पत्रकार की किताब आई थी, तो अमेरिका में हंगामा मच गया था और भारत के कुछ तबकों में खलबली। अमेरिकी खुफिया एजेंसी सी.आई.ए. के एक ऐसे जासूस के साथ बातचीत के बाद वो किताब लिखी गई थी, जिसको खुफिया ऑपरेशंस में विशेषज्ञता हासिल थी और उसका कार्यक्षेत्र रहा था सोवियत रूस, सो रूस की बदनाम खुफिया एजेंसी के.जी.बी. कैसे काम करती है, इसका उसे जमीनी तजुर्बा था। नाम था उसका—रॉबर्ट ट्रम्बुल क्राउले और वो सी.आई.ए. में 1947 से काम कर रहा था। इस किताब में सी.आई.ए. के कई राज थे, पर्किंसन की चपेट में आकर मौत की दहलीज पर खड़े रॉबर्ट ने भारत को लेकर भी ग्रेगरी की इस बुक 'कन्वर्सेसंस विद द क्रो' में दो बड़े खुलासे किए। एक शास्त्रीजी की मौत को लेकर और दूसरा भारत के महान् वैज्ञानिक होमी जहाँगीर भाभा की रहस्मयी मौत को लेकर।

इस किताब के मुताबिक वियना जाते वक्त होमी जहाँगीर भाभा की प्लेन क्रैश में मौत हो या फिर ताशकंद में पाकिस्तान के साथ शांति वार्ता के लिए गए शास्त्रीजी की रहस्मयी मौत, दोनों में सी.आई.ए. का हाथ था। हालाँकि ये खुलासे भी दबा दिए गए।

लेकिन जब-जब शास्त्रीजी की मौत पर सवाल उठते हैं, इस किताब का जिक्र आता है। इस किताब में डॉ. भाभा की हत्या के लिए प्लेन उड़ाने की बात तो विस्तार से इंटरव्यू में क्राउले ने बताई है, लेकिन उस इंटरव्यू में दो बार शास्त्रीजी का भी जिक्र आया और उससे पता चला कि सी.आई.ए. ही उनकी मौत के पीछे जिम्मेदार थी। ये अलग बात है कि इंटरव्यू लेने वाला पत्रकार न तो ज्यादा शास्त्रीजी को जानता था और न उसकी उनकी मौत के रहस्य में दिलचस्पी थी, तभी ज्यादा विस्तार से नहीं पूछा। ग्रेगरी की किताब से क्राउले के इंटरव्यू के वे दो सवाल और जवाब आप यहाँ पढ़ सकते हैं, जिनमें शास्त्रीजी का जिक्र था—

"GD: Now, now, it's not an observation that is unexpected. Why not send him a box of poisoned candy? Shoot him in the street? Blow up his car? I mean, why ace a whole plane full of people?

RTC: Well, I call it as it see it. At the time, it was our best shot. And we nailed Shastri as well. Another cow-loving rag head. Gregory, you say you don't know about these people. Believe me, they were close to getting a bomb and so what if they nuked their deadly Paki enemies? So what? Too many people in both countries. Breed like rabbits and full of snake-worshipping twits. I don't for the life of me see what the Brits wanted in India. And then threaten us? They were in the sack with the Russians, I told you. Maybe they could nuke the Panama Canal or Los Angeles. We don't know that for sure but it is not impossible.

GD: Who was Shastri?

RTC: A political type who started the program in the first place. Babha was a genius and he could get things done so we aced both of them. And we let certain people there know that there was more where that came from. We should have hit the chinks too, while we were at it but they were a tougher target. Did I tell you about the idea to wipe out Asia's rice crops? We developed a disease that would have wiped rice off the map there and it's their staple diet. The fucking rice growers here got wind of it and raised such a stink we canned the whole thing. The theory was that the disease could spread around and hurt their pocketbooks. If the Mao people invade Alaska, we can tell the rice people it's all their fault."[1]

सालों हो गए इस किताब को आए, फिर भी कभी भारत सरकार ने सी.आई.ए. के नजरिए से शास्त्रीजी की मौत की जाँच की हो, कभी सुना नहीं। कुछ और भी वजहें थीं, जिनके चलते लोगों को शास्त्रीजी की ताशकंद में मौत स्वाभाविक नहीं लगी। जब शास्त्रीजी का पार्थिव शरीर भारत लाया गया तो सबसे पहले शास्त्रीजी की माँ ने उनके शरीर का मुआयना किया और पाया कि कई जगह नीले रंग के निशान हैं और पेट के पास किसी हथियार से काटने का भी। उन्होंने उसी वक्त कहा था कि मेरे बिटवा को जहर दिया गया है, लेकिन किसी ने उनकी नहीं सुनी। शास्त्रीजी के परिवार ने अलग-अलग मौकों पर ये बयान दिए कि डैडबॉडी को देखकर लग ही नहीं रहा था कि उनकी मौत स्वाभाविक रूप से हुई है।[2]

वरिष्ठ पत्रकार कुलदीप नैयर ताशकंद दौरे पर शास्त्रीजी के साथ थे, ताशकंद से दिल्ली लौटने पर उनसे भी ललिता शास्त्री ने पूछा कि "मुझे पता चला कि जब उनके शव पर सुरक्षित रखने के लिए लेप लगाया जा रहा था, तो वो नीला पड़ गया था?" इतना ही नहीं ललिताजी ने उनसे शास्त्रीजी के शरीर पर लगे कुछ कट्स के बारे में भी सवाल किए। नैयर लिखते हैं, "मैंने कुछ भी कहने से मना कर दिया, क्योंकि मैंने बॉडी नहीं देखी थी। मैं उनकी इस बात से भी चौंका कि न ताशकंद में और न ही दिल्ली में, कोई पोस्टमार्टम नहीं हुआ, मेरे लिए ये काफी अजीब था।" उसके कुछ दिन बाद ललिताजी शास्त्रीजी के दो सहायकों से भी गुस्सा हो गईं, क्योंकि उन्होंने शास्त्रीजी की मौत स्वाभाविक नहीं थी, वाले बयान पर हस्ताक्षर करने से मना कर दिया। उसके बाद 2 अक्तूबर, 1970 को शास्त्रीजी की जयंती पर ललिताजी ने शास्त्रीजी की मौत पर जाँच की माँग की। इतना ही नहीं उन्होंने कुक जान मोहम्मद की भूमिका पर भी संदेह किया, जो उन दिनों टी.एन. कौल का कुक था।[3]

कार्यवाहक प्रधानमंत्री गुलजारी लाल नंदा ने जाँच करवाने को लेकर मना कर दिया। फिर जब उनके रूसी बटलर का आखिरी बयान मीडिया में आया कि उनको देर रात में के.जी.बी. के लोगों ने जगाकर हिरासत में लिया और शास्त्रीजी की हत्या को लेकर पूछताछ की, एक गुमनाम ठिकाने पर बंद कर दिया। रूसी सरकार और के.जी.बी. ने इस मौत को स्वाभाविक मौत बताया था, ऐसे में इस बटलर अहमद सत्तारोव ने जब ये कहा कि के.जी.बी. को भी हत्या का शक है, तो लोगों को के.जी.बी. के आधिकारिक बयान में विरोधाभास देखकर संदेह हुआ। इसके बाद जब शास्त्रीजी का पोस्टमार्टम नहीं हुआ तो भी उनके करीबियों को संदेह हुआ। कई साल बाद जब अनुज धर, कुलदीप नैयर जैसे लोगों ने लगातार कई आर.टी.आई. डालकर पूछा तो पता चला कि पोस्टमार्टम तो हुआ ही नहीं था, बाद में जब फजीहत हुई तो सरकार ने बताया कि शास्त्रीजी के पर्सनल डॉक्टर आर.एन. चुघ और कुछ रूसी डॉक्टरों ने शव का मुआयना, पड़ताल की थी। लेकिन

सरकार के इन बदलते बयानों को लेकर संदेह गहराता ही गया। दूसरे जब मोरारजी देसाई सरकार ने एक जाँच कमेटी बनाई तो उससे पहले ही डॉ. चुघ जैसे कई गवाहों की मौत हो चुकी थी। चुघ की मौत ट्रक से एक्सीडेंट में हुई और निजी सेवक रामनाथ को एक कार ने कुचल दिया, पैर बेकार हो गए और याददाश्त चली गई।[4]

आखिरी दिन शास्त्रीजी की दिनचर्या कुछ इस तरह थी, पाकिस्तान के राष्ट्रपति जनरल अयूब खान के साथ चार बजे कुछ समझौतों पर दस्तखत और बातचीत, फिर आठ बजे एक पब्लिक रिसेप्शन। उसके बाद शास्त्रीजी अपने उस विला में पहुँचे, जहाँ वे ठहरे हुए थे। वहाँ मास्को में रूस के राजदूत टी.एन. कौल के पर्सनल कुक जान मोहम्मद के हाथ से बना हुआ उन्होंने हल्का खाना लिया। उसके बाद रात साढ़े ग्यारह बजे वो दूध लेकर सोने चले गए, वो दूध का गिलास उन्हें जान मोहम्मद ने ही दिया था। ये 10 जनवरी, 1966 की बात थी। उसके बाद रात 1 बजकर 25 मिनट पर वे खाँसते हुए उठे, अपने पर्सनल स्टाफ को जगाया और अपने पर्सनल डॉक्टर आर.एन. चुघ को बुलाने के लिए कहा।

चुघ आए, तमाम तरह की कोशिशें कीं, लेकिन वे बच नहीं पाए। चुघ ने उस वक्त वहीं रोते हुए कहा भी था कि "शास्त्रीजी आपने मुझे बहुत कम वक्त दिया।" माना गया कि दो साल पहले छोटे हार्ट अटैक से उबर चुके शास्त्रीजी इस बार बड़े हार्ट अटैक को झेल नहीं पाए। एक तो विदेशी धरती, दूसरे पाक के साथ युद्ध के बाद इतनी गंभीर बातचीत के लिए शास्त्रीजी का ताशकंद जाना और खुद पाक प्रेसीडेंट का उसी शहर में मौजूद होना, उस पर मौत के बाद पोस्टमार्टम न करवाना, हर कोई हैरान था। संसद् में अगले महीने ही ये मुद्दा उठा। उसके बाद 1970 में फिर शास्त्रीजी के पारिवारिक दोस्त टी.एन. सिंह ने पोस्टमार्टम न करवाने की बात फिर से उठाई, लेकिन कोई नतीजा नहीं निकला।

फिर गुजरते सालों के साथ कई और घटनाएँ हुईं, जिनके चलते बार-बार इस मौत पर सवाल उठते रहे। 2011 में जाकर आर.टी.आई. से डॉक्टरी रिपोर्ट की कॉपी मिली, जिसमें मौत का कारण लिखा था, "an acute attack of infarct miocarda (myocardial infarction)." हालाँकि डॉ. चुघ ने कहा कि वे सोने से पहले शाम तक बिल्कुल फिट थे, और उन्होंने कोई भी परेशानी की चर्चा नहीं की थी। ये भी कहा गया कि अकेले शास्त्रीजी थे कांग्रेस में, जो नेताजी बोस के मरने की बात झूठी बताकर जाँच की बात करते थे। इधर उस जान मोहम्मद से पूछताछ हुई कि नहीं आज तक कोई आधिकारिक सूचना बाहर नहीं आई, बाद में उसकी तैनाती राष्ट्रपति भवन में होने की भी खबर आई। इतना ही नहीं जब शास्त्रीजी के पर्सनल डॉक्टर चुघ की खानदान समेत एक एक्सीडेंट में मौत की खबर आई तो कई लोगों ने सवाल उठाए।

उन दिनों हरिवंश राय बच्चन भी दिल्ली में ही थे, पहले विदेश विभाग के हिंदी

अनुभाग में थे, फिर राज्यसभा सदस्य रहे तो उन्होंने भी अपनी आत्मकथा के चौथे भाग 'दशद्वार से सोपान तक' में उन दिनों शास्त्रीजी की मौत पर चल रही चर्चाओं बारे में लिखा है। हरिवंश राय बच्चन ने लिखा है, "भारत से जाते समय वे वायदा करके गए थे कि जीते हुए हिस्सों को नहीं लौटाएँगे, परंतु उन्हें ताशकंद में हाजी पीर लौटाने पर 'विवश' किया गया था। कुछ लोगों का अनुमान है कि इसी सदमे में उनको दिल का दौरा पड़ गया और यही उनकी मृत्यु का कारण बना।" बच्चन साहब ने इस घटना पर एक कविता भी लिखी थी, जिसकी आखिरी लाइनें थीं—

"इस धरती का जैसे तुम पर कोई ऋण था,
और यहाँ आकर तुमने चुका दिया था।"[5]

राजनारायण जाँच आयोग ने भी जाँच की, लेकिन बेनतीजा रही। आरोप लगते हैं कि इस जाँच आयोग की रिपोर्ट कहाँ है, किसी को पता भी नहीं है। यहाँ तक कि केंद्रीय सूचना आयोग ने भी 2018 में इस रिपोर्ट को ढूँढ़ने को गृह मंत्रालय और पी.एम.ओ. को कहा था। इससे संदेह और भी ज्यादा बढ़ जाता है। एक बार तो सरकार से लोगों की माँग पर होम मिनिस्ट्री ने जाँच का जिम्मा दिल्ली पुलिस और नेशनल आर्काइव्स को सौंप दिया, जिसका लोगों ने मजाक बनाया कि एक पी.एम. की मौत की जाँच अब दिल्ली पुलिस करेगी, इससे बड़ी हास्यास्पद बात और क्या हो सकती है। ग्रेगरी की किताब के बाहर आने के बाद भी काफी सवाल उठे, लेकिन सी.आई.ए. और के.जी.बी. जैसी संस्थाओं के नाम आने से फिर मामला दबा दिया गया। समय के साथ अब परिवार वाले भी थोड़े शांत हो गए हैं, कोई मीडिया वाला पहुँच जाता है तो वे बात उठा देते हैं, माँग कर देते हैं, लेकिन लगता यही है कि देश में हुई कुछ बड़ी रहस्यमय मौतों में शास्त्रीजी की मौत भी शामिल है, जिसका सच बाहर आनेवाला नहीं, अगर कैसे भी, कभी भी बाहर आ भी गया तो वो वाकई में चौंकाने वाला होगा।

संदर्भ—

1. कनवसेशंस विद द क्रो, लेखक ग्रेगरी डगलस, ऑनलाइन उपलब्ध http://www.thetruthseeker.co.uk/?p=9066
2. लाल बहादुर शास्त्री : भारत के प्रधानमंत्री, 9 जून, 1964—11 जनवरी, 1966 : ए लाइफ ऑफ ट्रुथ इन पॉलिटिक्स, पृष्ठ 407
3. बियोंड द लाइंस : एन ऑटोबायोग्राफी, लेखक कुलदीप नैयर, अध्याय 7
4. साइलेंट असैसिन्स, 11 जनवरी, 1966, लेखक प्रेमेंद्र अग्रवाल, पृष्ठ 87
5. दशद्वार से सोपान तक, लेखक हरिवंशराय बच्चन, पृष्ठ 361

□

अकबर पर फिल्में बनाता है बॉलीवुड, लेकिन महाराणा प्रताप पर नहीं

अकबर पर इस देश में तमाम फिल्में बॉलीवुड ने बनाईं, जिनमें 'मुगल-ए-आजम' और 'जोधा अकबर' तो कालजयी फिल्मों में भी शामिल हो गई हैं। लेकिन महाराणा प्रताप के बारे में किसी से पूछिए तो एक-दो टी.वी. सीरियल के अलावा शायद ही कोई बता पाए। 'हल्दी घाटी युद्ध' की जीत-हार का मामला, जब राजस्थान सरकार के एक फैसले के चलते सोशल मीडिया पर आया तो एक वायरल मैसेज में ये आरोप लगाया गया कि महाराणा प्रताप पर बॉलीवुड ने आज तक कोई फिल्म नहीं बनाई, क्योंकि महाराणा प्रताप केंद्रीय किरदार में होंगे तो अकबर को विलेन दिखाना पड़ेगा, जो बॉलीवुड वालों को मंजूर नहीं। हमने इस वायरल मैसेज की पड़ताल की तो पता चला पिछले कुछ दशकों में केवल एक छोटे बजट की फिल्म ही महाराणा प्रताप की जिंदगी को लेकर बनी है, जिसके बारे में कोई नहीं जानता। उसके भी प्रोडयूसर, डायरेक्टर बॉलीवुड से नहीं थे। लेकिन हमेशा से ऐसा नहीं था, मूक फिल्मों का दौर हो, चाहे उसके बाद रंगीन फिल्मों का दौर, महाराणा प्रताप पर फिल्में बॉलीवुड बनाता ही रहा है। ये अलग बात है कि पचास-साठ सालों से महाराणा प्रताप बॉलीवुड के लिए एक तरह से अछूत हो गए हैं। टी.वी. में तो उनकी जिंदगी पर कई सीरियल्स आए, एक में तो विनोद खन्ना तक ने महाराणा प्रताप का रोल किया, लेकिन बड़े परदे पर उनको लेकर ये हिचक अभी भी जारी है।

महाराणा प्रताप पर सबसे पहली फिल्म वाराणसी में पैदा हुए फिल्मकार भगवती प्रसाद मिश्रा ने बनाई थी। भगवती प्रसाद को पहले पेंटिंग का शौक था, सो पेंटर हुसैन बख्श के साथ एप्रेंटिस की, उसके बाद वे मेरठ के 'व्याकुल भारत नाटक मंडली' से जुड़ गए थे। 1921 में वे स्टार फिल्म्स से बतौर पोस्टर डिजाइनर जुड़ गए। 1924 में भगवती प्रसाद मिश्रा ने अपनी पहली फिल्म बनाई 'रजिया बेगम'। उन दिनों मूक फिल्मों (साइलेंट मूवीज) का दौर था। इस फिल्म के कुछ दृश्यों को लेकर विवाद हुआ और हैदराबाद में कुछ जगहों पर विरोध हुआ, सांप्रदायिक सद्भाव बिगड़ने की बात सामने

आई, मुसलिमों को इस फिल्म के कुछ दृश्यों पर ऐतराज था। 1924 में ही उन्होंने 'वीर दुर्गादास' नाम की फिल्म भी बनाई।

1925 में उन्होंने फिल्म 'राणा प्रताप' बनाई, फिल्म के निर्माण में पटेल ब्रदर्स और रॉयल आर्ट स्टूडियो का सहयोग लिया गया। इस फिल्म के बारे में ज्यादा जानकारी नहीं मिलती, लेकिन ये तय है कि ये मूक (साइलेंट) फिल्म थी, आई.एम.डी.बी. (फिल्मों की मशहूर वेबसाइट) और बॉलीवुड इतिहास सहेजने वाली कई किताबों मसलन एनसाइक्लोपीडिया ऑफ इंडियन सिनेमा (लेखक—आशीष राज्याध्यक्ष और पॉल विलरमेन) में इसका जिक्र मिलता है।[1] डायरेक्ट्री ऑफ इंडियन फिल्म मेकर्स एंड फिल्म्स में भी भगवती प्रसाद मिश्रा और उनकी फिल्मों के बारे में विस्तार से जानकारी दी गई है। उन्होंने कई फिल्में बनाईं, जिसमें 'द्रौपदी', 'सिनेमा गर्ल' और 'जालिम जवानी' ज्यादा चर्चा में रहीं। हालाँकि ऐतिहासिक विषयों पर उनकी फिल्मों में राणा प्रताप, रजिया बेगम और वीर दुर्गादास के अलावा मेवाड़ नूँ माटी, सम्राट् अशोक और धार्मिक विषयों पर अहिल्या बाई और सती मदालसा जैसी फिल्में भी थीं। जिसमें 'द्रौपदी' में अर्जुन के रोल में थे—पृथ्वीराज कपूर तो 'सिनेमा गर्ल' में भी वही हीरो थे, तो 'जालिम जवानी' फिल्म में उनके हीरो थे 'आलम आरा' वाले मास्टर बिट्ठल। मूक फिल्मों के दौर में उनका नाम बड़े फिल्मकार के तौर पर जाना जाता था।[2]

महाराणा प्रताप पर दूसरी फिल्म हिंदी फिल्म इंडस्ट्री में बनाई थी जयंत देसाई ने, वे सूरत के रहनेवाले थे और मुंबई से उन्होंने ग्रेजुएशन किया। 1929 में उन्होंने रंजीत स्टूडियो में काम करना शुरू किया और कई बड़ी फिल्में निर्देशित कीं, जिनमें 'तूफानी टोली' (1937), 'तानसेन' (1943) और 'हर हर महादेव' (1950) के साथ-साथ 1946 में आई फिल्म 'महाराणा प्रताप' भी शामिल है। इस फिल्म में जिन कलाकारों के नाम मिलते हैं, वे थे—ईश्वर लाल, मुबारक, खुर्शीद, सीता देवी, रेवाशंकर, नूरजहाँ और भगवान् दास। फिल्म के गीत लिखे थे स्वामी रामानंद ने और संगीत राम गांगुली ने दिया था। फिल्म इतिहास से जुड़ी सभी किताबों में इस फिल्म का जिक्र है, लेकिन इस बात का नहीं कि इस फिल्म में महाराणा प्रताप का लीड रोल किसने किया था, हालाँकि अशोक राज की किताब 'हीरो' के वोल्यूम वन में इस बात का इशारा मिलता है कि ईश्वर लाल महाराणा की भूमिका में रहे होंगे, क्योंकि जयंत देसाई उनके मेंटर थे, जो इड्डी विल्मोरिया के साथ 'रंगीला राजा' में और पृथ्वीराज कपूर के साथ 1940 में बनी 'आज का हिंदुस्तान' में उन्हें दूसरे हीरो के रोल में ले चुके थे। वैसे भी उस वक्त 'महाराणा प्रताप' के दूसरे अभिनेता मुबारक उनसे बड़ा चेहरा नहीं थे। ईश्वर लाल का असली नाम हरिप्रसाद जोशी था और वे भी गुजरात के ही रहनेवाले थे, बाद में जयंत देसाई ने फिल्में प्रोड्यूस करके उन्हें डायरेक्टर बनने का भी मौका दिया था।[3]

1961 में आई फिल्म 'जय चित्तौड़'। इस फिल्म के डायरेक्टर थे—जसवंत झवेरी। फिल्म में हीरो, यानी महाराणा प्रताप के रोल में थे—पी. जयराज। पी. जयराज का नाम हिंदी फिल्म इंडस्ट्री में सबसे लंबे कॅरियर के चलते गिनीज बुक ऑफ रिकॉर्ड में दर्ज हुआ था। 1930 में उनकी पहली फिल्म थी 'जगमगाती जवानी' और उनकी आखिरी फिल्म आई 1995 में, जिसका नाम था 'गॉड एंड गन'। अगर आपने 'शोले' देखी तो याद कीजिए, वे पुलिस कमिश्नर के रोल में थे। वे 'मुकद्दर का सिकंदर' और 'डॉन' जैसी फिल्मों में भी थे। लेकिन एक दौर था, जब बड़े अभिनेताओं में उनकी गिनती होती थी। 'जय चित्तौड़' में उनके साथ निरूपा रॉय रानी के रोल में थीं। फिल्म के गीत लिखे थे—भरत व्यास ने और संगीत दिया था—एस.एन. त्रिपाठी ने। शायद महाराणा प्रताप से जुड़ी ये सबसे पुरानी फिल्म है, जिसके गाने आप आसानी से यू-ट्यूब पर ढूँढ़ सकते हैं। लता मंगेशकर की आवाज में गाया गीत 'ऐ पवनवेग से उड़ने वाले घोड़े...' हल्दी घाटी युद्ध से ठीक पहले का गाना है, जिसमें निरूपा रॉय पहले चेतक को तिलक लगाती हैं और फिर महाराणा राणा प्रताप, यानी पी. जयराज को। इसी तरह आशा भोंसले की आवाज में महाराणा की शान में भी एक गीत इस फिल्म में है, जिसके बोल हैं, 'हो जियो जियो महाराज, धन्य धन्य मेवाड़पति'। एक गीत मन्ना डे की आवाज में भी है, जिसके बोल हैं—'चिनगारी आज बनी ज्वाला, ज्वाला अंबर तक'। ये सारे गीत आप यू-ट्यूब में देख सकते हैं।[4]

राणा प्रताप का किरदार तो थोड़ी-बहुत देर के लिए अकबर से जुड़ी कुछ फिल्मों में हो सकता है। ये अलग बात है कि हृतिक रोशन और ऐश्वर्या राय की फिल्म 'जोधा अकबर' में महाराणा का किरदार नहीं था। लोग कह सकते हैं कि अकबर का महाराणा से टकराव बाद के दिनों में हुआ था, ऐसे में दिलीप कुमार और मधुबाला की 'मुगल-ए-आजम' में होना चाहिए था, लेकिन उस फिल्म में भी निर्देशक ने महाराणा प्रताप का किरदार लेने का जोखिम मोल नहीं लिया। जोखिम ये था कि अगर आप अकबर को महानायक के तौर पर प्रस्तुत कर रहे हैं, तो महाराणा को कमतर दिखाना पड़ेगा, जिसको देश की जनता बरदाश्त नहीं करती। ऐसे में उनके किरदार को न छूना ही बेहतर था। लेकिन बाद के फिल्मकारों ने तो महाराणा प्रताप के किरदार को महानायक बनाने में भी जोखिम समझा, और कोई भी फिल्म उनको लेकर नहीं बनाई गई। 1961 की 'जय चित्तौड़' के 51 साल बाद यानी 2012 में एक फिल्म की जानकारी मिलती है, उसका नाम है 'महाराणा प्रताप, द फर्स्ट फ्रीडम फाइटर'। लेकिन फिल्मी दुनिया के किसी बड़े फिल्मकार ने इसे नहीं बनाया, बल्कि महाराणा के चाहने वालों ने बनाया। डॉ. प्रदीप कुमावत ने ही कहानी लिखी, निर्देशक भी वही थे, कुलदीप चतुर्वेदी मुख्य भूमिका में थे। फिल्म का संगीत एलबम टी-सीरीज से आया, जिसे तत्कालीन राष्ट्रपति प्रतिभा पाटिल

ने रिलीज किया। फिल्म के लिए रूप कुमार राठोड़, साधना सरगम, भूपिंदर सिंह आदि ने गाया, जगजीत सिंह का एक गीत 'याद आएगा' भी इस फिल्म में है। लेकिन कोई बड़ा चेहरा न होने के चलते ये फिल्म राजपूताना के कुछ इलाकों में ही रिलीज हो सकी।

ऐसे में सवाल उठता भी है कि क्यों महाराणा प्रताप जैसे किरदार पर हर कोई फिल्म बनाने से डरता है, जबकि उनकी जिंदगी में सौतेली माँ, सौतेले भाई, पत्नियाँ, बेटे, चेतक, जीवन का संघर्ष, घास की रोटी, मेवाड़ की आन-बान-शान, उनके कवच, भाले और गोरिल्ला पद्धति की रोमांचक युद्ध कला और उदयपुर जैसा खूबसूरत शहर और खतरनाक ढंग के दर्रे और किले भी हैं, जो एक बॉलीवुड फिल्म के लिए अच्छा मसाला साबित होंगे। उससे भी ज्यादा है एक ऐसा नायक, जो तब भी नहीं झुका, जबकि पूरा देश झुक गया। यहाँ अच्छे डायलॉग्स की संभावना बनती है। चेतक की मौत के बाद गद्दार भाई का उनको अपना घोड़ा देना इमोशंस के पारावार पर ले जा सकता है। लेकिन बॉलीवुड के निर्देशकों को डर है कि अगर महाराणा प्रताप हीरो होंगे, महानायक होंगे तो खलनायक कौन होगा? वो होगा, जिसे देश के नेताओं ने सबसे बड़ा नायक बना दिया है। लेकिन 'पद्मावत' जैसी फिल्म के बाद उनको समझना होगा कि अब ये जोखिम नहीं रह गया है, जनता सच जानने के लिए पर्याप्त वयस्क हो चुकी है।

टी.वी. पर शायद महाराणा प्रताप का किरदार सबसे पहले पुनीत इस्सर ने निभाया होगा। जब श्याम बेनेगल ने 1988 में 'भारत एक खोज' सीरीज को निर्देशित किया था, तो 53 एपिसोड्स की योजना बनाई गई थी। जिसके 32वें एपिसोड में राणा प्रताप का किरदार रखा गया था। अकबर सीरीज का ये पहला एपिसोड था, अकबर का किरदार कुलभूषण खरबंदा ने निभाया था तो महाराणा प्रताप का किरदार पुनीत इस्सर को दिया गया था, शायद ये पुनीत का पहला पॉजीटिव रोल रहा होगा। आप यू-ट्यूब पर आसानी से इस एपिसोड को ढूँढ़ सकते हैं। वैसे महाराणा प्रताप को लेकर जो टी.वी. सीरियल बने उनमें प्रमुख हैं—'जोधा अकबर' सीरियल, जिसे एकता कपूर के बालाजी फिल्म्स ने बनाया और ये जी-टी.वी. पर 18 जून, 2013 से प्रसारित होना शुरू हुआ, 2015 तक पाँच सौ से भी अधिक इसके एपिसोड प्रसारित होते रहे। इस सीरियल में महाराणा प्रताप का किरदार अनुराग शर्मा नाम के टी.वी. कलाकार ने निभाया था।

27 मई, 2013 से सोनी टी.वी. पर मशहूर टी.वी. प्रोडक्शन हाउस कोंटिलो को अभिमन्यु राज सिंह ने महाराणा प्रताप की जिंदगी पर 'भारत का वीर पुत्र, महाराणा प्रताप' नाम से एक सीरियल शुरू किया। पहले एपिसोड में महाराणा प्रताप के किरदार के बारे में बताने के लिए बतौर सूत्रधार अमिताभ बच्चन की आवाज का इस्तेमाल किया गया। 10 दिसंबर, 2015 तक ये सीरियल चलता रहा, करीब 539 एपिसोड दिखाए गए। 2017 में 'आरंभ' नाम से एक सीरियल स्टार प्लस पर शुरू हुआ था, जिसमें कि तनुजा, रजनीश

दुग्गल, तेज सप्रू, शाहबाज खान जैसे बॉलीवुड कलाकार भी काम कर रहे थे, लेकिन 24 एपिसोड्स में ही बंद करना पड़ा, क्योंकि लोगों को पसंद नहीं आया, टी.आर.पी. नहीं आई। ऐसे में 'भारत का वीर पुत्र, महाराणा प्रताप' अगर 539 एपिसोड तक चलाया जाता है, इसका मतलब है कि वो लोगों को पसंद आ रहा था, चैनल को फायदा हो रहा था और ये भी कि लोगों के दिलों में महाराणा प्रताप का गहरा सम्मान है। इस सीरियल में महाराणा प्रताप के बचपन और जवानी के किरदार को अलग-अलग अभिनेताओं शरद मल्होत्रा और फैजल खान ने निभाया।

हालाँकि एक न्यूज चैनल ए.बी.पी. न्यूज की 2018 में प्रसारित टी.वी. सीरीज 'रक्त रंजित' में दो एपिसोड्स में हल्दी घाटी का युद्ध दिखाया गया, जहाँ मशहूर इतिहासकारों के हवाले से पूरे युद्ध के बारे में बताया गया, ये भी बताया गया कि कैसे हल्दी घाटी के युद्ध के बाद मान सिंह के मुगल दरबार में प्रवेश पर प्रतिबंध लगा दिया गया, इससे साफ होता है कि मान सिंह अकबर की उम्मीदों पर खरा नहीं उतरा, यानी खुद अकबर ने हल्दी घाटी के युद्ध में अपनी जीत नहीं, बल्कि हार मानी थी। दिल्ली दूरदर्शन (डी.डी.) के लिए अकबर खान ने 1988-89 में 'अकबर दि ग्रेट' के नाम से एक टी.वी. सीरीज भी बनाई थी, जिसमें महाराणा प्रताप का किरदार भी हो सकता है, लेकिन ज्यादा जानकारी नहीं मिल पाई।

ऐसे में एक सीरियल महाराणा प्रताप पर और बना, जिसकी चर्चा नहीं होती। जो बी.आर. चोपड़ा के 'महाभारत' में शकुनि का रोल करनेवाले गूफी पेंटल ने बनाया था। 'शूरवीर महाराणा प्रताप' के नाम से शुरू हुए इस सीरियल का नाम बाद में कर दिया गया था—'महाराणा प्रताप, प्राइड ऑफ इंडिया'। इस सीरियल की योजना गूफी पेंटल ने मशहूर अभिनेता विनोद खन्ना के साथ बनाई थी। विनोद खन्ना ने कई एपिसोड्स भी शूट किए, डी.डी. के लिए बन रहे इस सीरियल को लेकर विनोद खन्ना काफी उत्साहित थे। उनके साथ पूनम ढिल्लन को इस सीरियल के लिए लिया गया था। फिर किसी वजह से ये सीरियल अटक गया, कई बार विनोद खन्ना का इंटरव्यू भी अखबारों में आया कि जल्द ही सीरियल पूरा होकर प्रसारित होगा। लेकिन पता नहीं चल पाया कि वो सीरियल प्रसारित हुआ भी कि नहीं, क्योंकि गूफी पेंटल ने 2017 में दैनिक जागरण के दिए एक इंटरव्यू में कहा था कि सीरियल प्रसारित हो गया था। लेकिन 2008 में विनोद खन्ना का 'द हिंदू' में एक इंटरव्यू छपा था कि मैं जल्द सीरियल पूरा करूँगा। कुल 156 एपिसोड की योजना इस सीरियल के लिए बनाई गई थी।

ऐसे में चूँकि बाजीराव मस्तानी, पद्मावत जैसी फिल्में बनी हैं, जिनमें हिंदू नायकों की कहानियों को तमाम जोखिम लेते हुए भी बनाया गया और उनके जरिए कमाई भी की गई। 'मोहनजोदाड़ो' को बिना आर्य आक्रमण सिद्धांत के दिखाया गया, साउथ में भी

गोतमी पुत्र शातकर्णि पर हाल ही में फिल्में बनी हैं। उम्मीद है कि बॉलीवुड का शुरुआती दौर वापस आएगा और बिना किसी डर या झिझक के वो महाराणा प्रताप जैसे महानायकों की महागाथाओं को भी बड़े परदे पर लाएँगे। हालाँकि सोशल मीडिया खासकर यू-ट्यूब इसका बड़ा जरिया बना है, महाराणा प्रताप और मेवाड़ की वीर गाथाओं पर कई एलबम और शॉर्ट फिल्में यू-ट्यूब पर उपलब्ध हैं।

संदर्भ—

1. इनसाइक्लोपीडिया ऑफ इंडियन सिनेमा, संपादक आशीष राजाध्यक्ष, पॉल विलेमेन, पृष्ठ 147
2. डायरेक्टरी ऑफ इंडियन फिल्म मेकर्स एंड फिल्म्स, लेखक संजीत नारवेकर, पृष्ठ 188
3. इनसाइक्लोपीडिया ऑफ इंडियन सिनेमा, संपादक आशीष राजाध्यक्ष, पॉल विलेमेन, पृष्ठ 84
4. ग्रेट मास्टर्स ऑफ इंडियन सिनेमा : द दादा साहेब फाल्के अवार्ड विनर्स, लेखक डी.पी. मिश्रा, सूचना एवं प्रसारण मंत्रालय, प्रकाशन संभाग, पृष्ठ 34

□

आगरा के लाल किले में रखे सोमनाथ मंदिर के दरवाजों का राज!

सोमनाथ मंदिर को अगर सरदार पटेल ने दोबारा बनाने का बीड़ा उठाया, एल.के. आडवाणी ने सोमनाथ को अपनी ऐतिहासिक यात्रा के लिए चुना, गजनवी से लेकर खिलजी और औरंगजेब तक ने उसे लूटा, मोदी वहाँ जाने का कोई मौका छोड़ते नहीं और राहुल को भी वहाँ जाना ही पड़ा, इन सब बातों से आप समझ सकते हैं कि सोमनाथ मंदिर क्यों हर पीढ़ी को, भारतीयों को ही नहीं विदेशियों तक को अगर आकर्षित करता आया है तो कोई तो वजह होगी ही। सोमनाथ मंदिर ही नहीं मंदिर का मुख्य द्वार भी इतिहास के पन्नों में खास अहमियत रखता है, जिनको वापस लाने की दो अहम सेनानायकों ने कसमें खाईं एक मराठा नायक और दूसरा अंग्रेजी अफसर और दोनों ने ही कसमें पूरी कीं, लेकिन फिर भी उन्हें कामयाब नहीं कहा जाता।

दरअसल सोमनाथ मंदिर पर इतने आक्रमण सदियों में हो चुके थे कि कोई भी ये ठीक से दावा नहीं कर सकता कि उसके मुख्य द्वार को कौन सा हमलावर उखाड़कर ले गया था। मंदिर की मूर्तियाँ तो गजनवी भी लेकर गया और अलाउद्दीन खिलजी का सिपहसालार उलूग खान भी, दोनों ही मूर्तियाँ अपने-अपने शहरों यानी गजनी और दिल्ली की मसजिदों की सीढ़ियों में लगवा दी थीं। सोमनाथ मंदिर कैसे इस देश की अस्मिता का प्रतीक बन गया था कि इस पर राज करनेवाले कई सेनानायकों के लिए उसका मुख्य द्वार वापस लाना एक प्रतिष्ठा की बात थी, चाहे वे मराठे हों या फिर विदेशी अंग्रेज।

1761 के पानीपत के तीसरे युद्ध के बाद मराठा ताकत कमजोर हो चुकी थी। ऐसे में एक मराठा वीर ने फिर से मराठा ताकत को झकझोरा और धीरे-धीरे वो नौबत आई कि उसने अपनी मर्जी के मुगल बादशाह को दिल्ली की गद्दी पर बैठा दिया। उस मराठा वीर का नाम था—महादजी शिंदे या सिंधिया। महादजी की वजह से पूरे देश में एक बार फिर मराठों की तूती बोलने लगी थी। ऐसे में महादजी को भी गुजरात दौरे में ये लगा कि सोमनाथ मंदिर का मुख्य द्वार मंदिर में दोबारा वापस आना चाहिए। इसी प्रतिज्ञा के साथ

महादजी ने लाहौर पर हमला बोल दिया। ये घटना 1782 की है, महमूद शाह से सामना हुआ। दरअसल महादजी को सूचना मिली थी कि सोमनाथ मंदिर के मुख्य द्वार लाहौर के महमूद शाह के पास हैं। जीत के बाद वो चाँदी के तीन गेट साथ लाया, लेकिन पुजारियों ने उन्हें लेने से मना कर दिया। हालाँकि इस बात की जानकारी नहीं है कि वे असली थे या नहीं या फिर पुजारी ने क्यों वो मुख्य द्वार लेने से मना कर दिया। उस वक्त के ऐतिहासिक दस्तावेजों में तो ये जानकारी ढंग से नहीं मिली है, लेकिन मध्य प्रदेश के इतिहास और टूरिज्म पर लिखी गई किताबों में इस बात का उल्लेख है।[1] वे दरवाजे बाद में उज्जैन भिजवा दिए गए और महाकालेश्वर ज्योर्तिलिंग और उज्जैन के गोपाल मंदिर में रखे हुए हैं।

इस घटना के करीब 60 साल बाद फिर किसी को सोमनाथ मंदिर के इन दरवाजों की याद आई और इन्हें याद करनेवाला था एक ब्रिटिश अफसर। दरअसल तब तक भारत के ज्यादातर हिस्से पर अंग्रेजों ने कब्जा कर लिया था, जहाँ सीधा शासन नहीं था, वहाँ राजाओं से ऐसी संधियाँ थीं कि अंग्रेजों का ही हुक्म चलता था। तो ऐसे में अंग्रेज अधिकारी भी खुद को भारतीयों का सर्वेसर्वा समझने लगे थे। उनको भी गुजरात के इस सोमनाथ मंदिर की महत्ता, उसके अतीत के वैभव और होनेवाले हमलों की खबर लगी तो उन्हें भी लगा कि सोमनाथ मंदिर के इन ऐतिहासिक दरवाजों को लाकर वे भारतीयों के दिलों में अपनी श्रद्धा और धाक दोनों जमा सकते हैं।

इस अंग्रेज अफसर का नाम था—एडवर्ड लॉ, जो एलनबरो के नाम से मशहूर था। यह भारत में 1842 से 1844 तक अंग्रेजी गर्वनर जनरल था। पद सँभालते ही इसने ब्रिटिश आर्मी को फरमान जारी किया कि गजनी से सोमनाथ मंदिर के दरवाजे लेकर आएँ। उसका ये मानना था कि चूँकि महमूद गनजवी के सोमनाथ मंदिर पर हमले और लूट की कहानी ज्यादा प्रचलित थी, तो वो दरवाजे मूर्तियों और खजाने के साथ वही गजनी लेकर गया होगा। गवर्नर जनरल के आदेश पर अंग्रेजी कमांडर विलियम नॉट ने अफगानिस्तान कूच किया, 43वीं बंगाल नेटिव इनफैंट्री ने नॉट की अगुवाई में 30 अगस्त को गजनी पर हमला किया और 6 सितंबर तक गजनी के किले को जीत लिया।[2]

गजनी से सोमनाथ मंदिर के दरवाजे लेकर वो 17 सितंबर को काबुल पहुँचा, जहाँ कमांडर इन चीफ पॉलक उसका इंतजार कर रहा था। दिसंबर 1842 में सतलज नदी पार की। गर्वनर जनरल नॉट से इतना खुश हुआ कि फौरन उसको लखनऊ का रेजीडेंट ऑफिसर नियुक्त कर दिया गया और एक स्वोर्ड ऑफ ऑनर से भी नवाजा गया, ऑर्डर ऑफ बाथ की उपाधि भी दी गई। गर्वनर जनरल ने सोमनाथ मंदिर के दरवाजों को लाकर भारत से इंग्लैंड तक काफी वाहवाही लूटी, लेकिन फिर गड़बड़ हो गई। सोमनाथ मंदिर के पुजारियों ने उन दरवाजों को सोमनाथ मंदिर का मुख्य द्वार मानने से मना कर दिया। जिन दरवाजों को चंदन की लकड़ी का दरवाजा बताया जा रहा था, वे देवदार के

निकले, जो अफगानिस्तान में बहुतायत से मिलती थी, दूसरे उनकी डिजाइन भी गुजराती या किसी भारतीय शैली से मिलती-जुलती न लगकर इसलामिक शैली की लग रही थी। उन दरवाजों को उठाकर 1843 में आगरा के लाल किले में रखवा दिया गया, जो आज तक वहीं रखे हुए हैं। हालाँकि उससे पहले इन्हें वृंदावन आदि शहरों में भी कुछ वक्त के लिए रखा गया था।[3]

जब ये खबर इंग्लैंड में लोगों को पता चली तो इस व्यर्थ अभियान को लेकर ब्रिटेन के हाउस ऑफ कॉमंस में इस मुद्दे को जोर-शोर से उठाया गया। आखिर इस अभियान में काफी पैसा खर्च हुआ था। विपक्ष ने ब्रिटिश सरकार की नाक में दम कर दिया था। ऐसे में सरकार का गुस्सा गर्वनर जनरल पर उतरा और कई और नाकामियों के चलते अगले साल ही उन्हें उस पद से हटाकर वापस बुला लिया गया। इस तरह आज तक पता नहीं चल पाया कि सोमनाथ मंदिर के असली दरवाजों का क्या हुआ, दो-दो बार उन्हें लेकर चढ़ाई हो गई, विजय भी मिली; लेकिन फिर भी उन दरवाजों को सोमनाथ मंदिर प्रशासन ने नहीं अपनाया। ऐसे में आज भी सोमनाथ मंदिर के दरवाजों का रहस्य बना हुआ है, लेकिन एक दिन जो दरवाजे मराठों या अंग्रेजों द्वारा लाए गए थे, वे भी किसी-न-किसी म्यूजियम का हिस्सा जरूर होंगे और आनेवाली पीढ़ियों को ये कहानियाँ दिलचस्पी से सुनाई जाएँगी।

संदर्भ—

1. भारत में पर्यटन संसाधनों की इनसाइक्लोपीडिया, खंड-1, लेखक मनोहर सजनानी, पृष्ठ 215
2. पुरातात्त्विक या पुरातनता से संबंधित विविध प्रकरण, खंड-30, पृष्ठ 175
3. द एशियाटिक जर्नल और मंथली मिसलेनी, खंड-40, पृष्ठ 368

□

स्वामी विवेकानंद थे जमशेदजी टाटा के इन दो बड़े सपनों की प्रेरणा, एक शिप मुलाकात में रच गया इतिहास

पी.एम. मोदी ने स्वामी विवेकानंदजी के शिकागो भाषण की 125वीं सालगिरह पर एक कार्यक्रम में जिक्र किया कि कैसे विवेकानंदजी ने मेक इन इंडिया का आह्वान करते हुए जमशेदजी टाटा को इसके लिए प्रेरणा दी थी। दरअसल ये बात 1893 की है, जब विवेकानंदजी वर्ल्ड रिलीजन कॉन्फ्रेंस में भाग लेने के लिए अमेरिका जा रहे थे और उसी शिप 'एस.एस. इम्प्रेस ऑफ इंडिया' पर सवार थे, जिसमें कि जमशेदजी टाटा भी थे। शिप जापान के योकोहामा से कनाडा के बेंकूवर जा रहा था। वहाँ से विवेकानंद को शिकागो के लिए ट्रेन लेनी थी। उस वक्त तीस साल के युवा थे विवेकानंद और 54 साल के थे जमशेदजी टाटा, उम्र में इतने फर्क के वाबजूद दोनों ने काफी समय साथ गुजारा।[1]

इस शिप यात्रा के दौरान कई बार स्वामीजी की चर्चा टाटा से हुई। इसी यात्रा के दौरान कई मुद्दों पर स्वामी विवेकानंद और जमशेदजी टाटा में कई बातों को लेकर चर्चा हुई। टाटा ने बताया कि वे भारत में स्टील इंडस्ट्री लाना चाहते हैं। तब स्वामी विवेकानंद ने उन्हें सुझाव दिया कि टेक्नोलॉजी ट्रांसफर करेंगे तो भारत किसी पर निर्भर नहीं रहेगा, युवाओं को रोजगार भी मिलेगा। तब टाटा ने ब्रिटेन के इंडस्ट्रियलिस्ट से टेक्नोलॉजी ट्रांसफर की बात की, लेकिन उन्होंने ये कहकर मना कर दिया कि फिर तो भारत वाले हमारी इंडस्ट्री को खा जाएँगे। तब टाटा अमेरिका गए और वहाँ के लोगों से टेक्नोलॉजी ट्रांसफर का भी समझौता किया। लोग बताते हैं कि इसी से टाटा स्टील की नींव पड़ी और जमशेदपुर में पहली फैक्टरी लगी। इस बात का जिक्र आज भी टाटा बिजनेस घराने से जुड़ी वेबसाइट्स पर मिल जाता है। इस पूरी मुलाकात की जानकारी स्वामीजी ने अपने भाई महेंद्र नाथ दत्त को पत्र लिखकर दी थी।[2]

जमशेदजी टाटा भगवा वस्त्रधारी उस युवा के चेहरे का तेज और बातें सुनकर

काफी हैरान थे, भारत को कैसे सबल बनाना है, इस पर उनकी राय एकदम स्पष्ट थी, न केवल आर्थिक क्षेत्र में बल्कि शिक्षा के क्षेत्र में भी। विवेकानंद ने एक और काफी अहम प्रेरणा जमशेदजी टाटा को इस यात्रा के दौरान दी। वो थी, भारत में एक टॉप लेवल की यूनिवर्सिटी खोलना, जहाँ से वर्ल्ड लेवल के स्टूडेंट्स देश भर में निकलें। जिसमें न केवल साइंस की रिसर्च हो, बल्कि ह्यूमेनिटी की भी पढ़ाई हो। टाटा ने दोनों ही बातों को गंभीरता से लिया भी, उसके बाद टाटा अपने रास्ते पर और स्वामी अपने रास्ते पर। इस मुलाकात में दो बातें टाटा ने स्वामीजी से समझीं, एक गरीब भारतीय युवा को भरपेट खाना मिल जाए और दूसरी शिक्षा मिल जाए तो वो देश की तकदीर बदल सकता है, और टाटा ने रोजगार और शिक्षा को अपना मिशन बना लिया।[3]

हालाँकि दोनों की ये पहली मुलाकात थी, लेकिन टाटा उनसे काफी प्रभावित हुए। स्वामीजी का सम्मान टाटा की नजरों में तब और भी बढ़ गया, जब ब्रिटेन के अखबारों ने उनके भाषण के बाद लिखा कि "After listening him we find how foolish it is to send missionaries to his country." शिकागो भाषण के बाद विवेकानंद के चर्चे पूरे यूरोप और अमेरिका में होने लगे, वहाँ से वे इंग्लैंड चले गए, जहाँ उन्होंने कई लैक्चर वेदांत पर दिए। स्वामीजी 1897 में भारत आए और जब वे लौटे तो लोग उनकी घोड़ागाड़ी में से घोड़े निकालकर खुद जुत गए, ऐसे स्वागत से अभिभूत हो गए स्वामीजी। स्वामीजी ने भारतवासियों में इतना आत्मविश्वास बढ़ा दिया था कि हर कोई उन्हें सुनने को उतावला था। इधर जमशेदजी टाटा ने अपनी जिंदगी के चार मिशन बना लिये थे, एक स्टील मैन्युफैक्चरिंग यूनिट खोलना, एक विश्व स्तर की यूनिवर्सिटी शुरू करना, एक बड़ा होटल खड़ा करना और एक हाइड्रो इलैक्ट्रिक प्लांट बनाना। हालाँकि होटल ताज उनके सामने ही 1903 में बनकर तैयार हो चुका था, बाकी तीनों सपने उनके बाद पूरे हो पाए।

जब टाटा ने स्वामीजी की इतनी प्रशंसा सुनी तो वे काफी खुश हुए और 23 नवंबर, 1998 को उन्हें एक खत लिखा है, वो खत आप यहाँ पढ़ सकते हैं[4]—

"Dear Swami Vivekananda, I trust you remember me as a fellow-traveller on your voyage from Japan to Chicago. I very much recall at this moment your views on the growth of the ascetic spirit in India, and the duty, not of destroying, but of diverting it into useful channels. I recall these ideas in connection with my scheme of the Research Institute of Science for India, of which you have doubtless heard or read. It seems to me that no better use can be made of the ascetic spirit than the establishment of monasteries or residential halls for men dominated by this spirit, where they should live with ordinary decency, and devote their lives to the cultivation of sciences - natural and humanistic. I am of opinion that if such a crusade in favour of an asceticism of this kind were undertaken by a competent leader, it would greatly help asceticism, science, and the good name of our common country: and I know not who would make a more fitting general of such a campaign than Vivekananda. Do you think you would care to apply yourself to this mission of galvanising into life our ancient traditions in this respect? Perhaps, you had better begin with a fiery pamphlet rousing our people in this matter. I should cheerfully defray all the expenses of publication.

With kind regards,
I am, dear Swami.
Yours faithfully,
Jamsetji N. Tata.

इस खत में उन्होंने इंडियन इंस्टीट्यूट ऑफ साइंस की चर्चा की, जिसके लिए बाद में वायसराय लॉर्ड कर्जन ने अनुमति नहीं दी। हालाँकि टाटा ने इस इंस्टीट्यूट के लिए उस दौर में पूरे तीस लाख रुपए का ऐलान कर दिया, और विवेकानंदजी से मदद माँगी। तो रामकृष्ण मिशन के अंग्रेजी अखबार प्रबुद्ध भारत ने इसके लिए लेखों के जरिए मुहिम चलाई। कुछ अखबारों ने टाटा के खिलाफ खबरें भी छापीं कि टाटा इस इंस्टीट्यूट के जरिए पैसा कमाना चाहते हैं, तो स्वामी विवेकानंद की शिष्या सिस्टर निवेदिता ने द स्टेट्समैन में लेखों की झड़ी लगा दी टाटा के इस सपने की तरफदारी में। ब्रिटिश सरकार ने सर विलियम रैम्से को इस बारे में फैसला लेने के लिए नियुक्त किया, लेकिन कर्जन की तरह वो भी राजी नहीं था। जब 1900 में फिर से स्वामी विवेकानंद सिस्टर निवेदिता के साथ इंग्लैंड गए तो उन्होंने एक अलग तरीके से इस इंस्टीट्यूट के लिए मुहिम चलाई, निवेदिता वहाँ एजुकेशन फील्ड के कई लोगों को जानती थीं। वे उनसे मिलीं। एक कार्यक्रम में एजुकेशन डिपार्टमेंट के सर जॉर्ज विरवुड को बुलाया गया, वो भी राजी नहीं हुए, और कोलकाता व मुंबई यूनिवर्सिटी की बदहाली का हवाला देकर प्रोजेक्ट को सपोर्ट करने से मना कर दिया।

निवेदिता ने उनसे कहा ये दोनों यूनिवर्सिटी अंग्रेजी सरकार चलाती है, तो बदहाली की जिम्मेदारी भी उनकी है। दूसरे कोलकाता यूनिवर्सिटी से जगदीश चंद्र बोस जैसे साइंटिस्ट भी तो निकले हैं, हम उनको इस नई यूनिवर्सिटी की कमान सौंप सकते हैं। निवेदिता अपने गुरु के भारत में एक साइंस की रिसर्च यूनिवर्सिटी खोलने के सपने को पूरा करने के लिए कुछ भी करने को तैयार थीं। वे लगातार लंदन के प्रभावशाली लोगों से

मिलकर उस इंस्टीट्यूट के लिए कैंपेन चलाती रहीं। फिर स्वामीजी की मौत 1902 में हो गई, अगले कुछ साल में टाटा भी गुजर गए। लेकिन निवेदिता का मिशन जारी था, कुछ अंग्रेज स्कॉलर और साइंटिस्ट भी दवाब बनाते रहे। जगदीश चंद्र बोस ने भी समर्थन दिया।[5]

आखिरकार 1905 में ब्रिटिश सरकार ने इस प्रस्ताव को हरी झंडी दिखाई और 1907 में स्वामी विवेकानंद के शिष्य मैसूर के महाराजा ने इस इंस्टीट्यूट के लिए जमीन दान देने का ऐलान किया और इस तरह से अगले कुछ सालों में इंडियन इंस्टीट्यूट ऑफ साइंस, बैंगलौर अस्तित्व में आई और आज साइंस के फील्ड में रिसर्च के मामले में वो सबसे आगे है। हाल ही में पहली बार एच.आर.डी. ने यूनिवर्सिटी ग्रेडिंग सिस्टम शुरू किया तो नंबर वन पर इंडियन इंस्टीट्यूट ऑफ साइंस यानी आई.आई.एस.सी., बैंगलौर ही थी।

संदर्भ—

1. प्रबुद्ध भारत : या जाग्रत भारत, खंड-83, लेखक विवेकानंद (स्वामी), अद्वैत आश्रम, पृष्ठ 418
2. माय इंडिया : आइडियाज फॉर द फ्यूचर, लेखक ए.पी.जे. अब्दुल कलाम, अध्याय ड्रीम्स ऑफ स्टील
3. द राइज ऑफ इंडिया : इट्स ट्रांसफॉर्मेशन फ्रॉम पॉवर्टी टू प्रॉस्पेरिटी, लेखक निरंजन राजाध्यक्ष, पृष्ठ 31
4. द वेदांत केसरी, खंड-92, श्रीरामकृष्ण मठ, पृष्ठ 113
5. फॉर द लव ऑफ इंडिया : द लाइफ एंड टाइम्स ऑफ जमशेदजी, लेखक आर.एम. लाला, पृष्ठ 117

□

ताजमहल पर बार-बार बवाल क्यों होता है, जानिए क्या है असली वजह

ये कोई नई बात नहीं है कि ताजमहल पर किसी हिंदूवादी नेता ने कुछ बोला और माहौल गरम हो गया। ये सालों से होता रहा है, लेकिन वक्त ने अंतरराष्ट्रीय स्तर पर ताजमहल को भारत की पहचान से इस कदर जोड़ दिया है कि बड़ी पार्टियाँ खासतौर पर हिंदूवादी छवि वाली बीजेपी भी ताजमहल को अपने एजेंडे में शामिल करने से बचती रही है। फिर भी ताजमहल लगातार एक मुद्‍दा बना रहा है और उसकी वजह है ताजमहल को लेकर लगे आरोपों की कभी जाँच न होना, सरकारों से लेकर न्यायालयों तक इस मुद्‍दे को सुनते ही खारिज कर देना और इतिहास के प्रति उदासीन आज के पढ़े-लिखे युवाओं की गढ़े मुर्दों को उखाड़ने की बजाय भविष्य के भारत में रुचि दिखाना। लेकिन इससे विवाद सुलझ नहीं रहा, बल्कि हर साल छह महीने में सोशल मीडिया और राजनीति में चर्चा का विषय बन जाता है।

आखिर इस मुद्‍दे का आधार क्या है कि ताजमहल एक शिवमंदिर था, उसे तेजोमहालय कहा जाता था? इस पूरे विवाद को उठाया एक ही बंदे ने, इसलिए ताजमहल के विवाद को समझने के लिए उसके बारे में जान लेना निहायत ही जरूरी है। उस बंदे का नाम था—प्रोफेसर पुरुषोत्तम नागेश ओक, यानी पी.एन. ओक। जो एक लेखक थे, फ्रीडम फाइटर थे—आजाद हिंद फौज के चीफ जनरल ए.आर. भोंसले के ए.डी. सी. रह चुके थे और फर्गुसन कॉलेज, पुणे में अंग्रेजी भी पढ़ाते थे, इसी के चलते उनके नाम में प्रोफेसर जुड़ गया था। आजाद हिंद फौज के रेडियो में तो वे कमेंट्रेटर रहे ही[1], बाद में पत्रकार भी बन गए, हिंदुस्तान टाइम्स, स्टेट्समैन में काम किया। यू.एस. एंबेसी की इनफॉरमेशन सर्विस में भी एडीटर रहे, उसके बाद मिनिस्ट्री ऑफ इनफॉरमेशन एंड ब्रॉडकास्टिंग सर्विस में एडीटर भी रहे। ओक इंदौर में पैदा हुए, आगरा से एम.ए. किया, मुंबई से एल.एल.बी. किया और पुणे में 2007 में उनकी मौत हो गई। बाद के दिनों में प्रोफेसर ओक ने एक संस्था ही बना ली, 'इंस्टीट्यूट ऑफ री-राइटिंग इंडियन हिस्टरी'।

कई किताबें इस बारे में प्रोफेसर ने लिखी हैं ओक का मानना था कि भारत का सारा इतिहास गलत तरीके से लिखा गया है।

पी.एन. ओक का शुरू से ही हिंदुत्ववादी लेखन की तरफ रुझान था, उन्होंने एक किताब लिखी, 'द ताजमहल इज ए टेंपल प्लेस'। इस किताब को कोई पढ़ लेगा तो एकबारगी तो लगेगा बंदे की बात में वाकई में दम है, लेकिन सच ये है कि सन् 2000 में सुप्रीम कोर्ट ऑफ इंडिया ने, प्रो. ओक की इस माँग को खारिज कर दिया कि ताजमहल को एक हिंदू मंदिर घोषित किया जाए। लेकिन ये भी सच है कि जिस तरह से बाबरी ढाँचे को लेकर सुप्रीम कोर्ट ने आदेश दिए कि ए.एस.आई. को चैक किया जाए कि इसके नीचे मंदिर था या नहीं, वैसा कोई आदेश ताजमहल के संबंध में सुप्रीम कोर्ट ने ओक की याचिका खारिज करते समय नहीं दिया।[2]

इतना ही नहीं प्रोफेसर ओक ने एक दरख्वास्त भारतीय संसद् को भी दी कि ताजमहल के बंद पड़े कमरों और कब्र के नीचे की जगहों पर जाने की इजाजत दी जाए तो संसद् ने भी उनकी माँग को खारिज कर दिया। इस पर प्रोफेसर ओक ने अपनी इस किताब में ढेर सारे तर्क अपनी बात को साबित करने के लिए रखे हैं, जिनमें से कुछ तो वाकई में इतने लाजवाब हैं कि आप आसानी से खारिज नहीं कर सकते, कुछ ऐसा लगता है—तुकबंदी में गढ़े गए हैं। दिक्कत यही थी प्रोफेसर ओक को सीरियस न लेने की, एक बड़ी वजह अपनी बात को किसी भी कीमत पर साबित करने के लिए वे अजीबोगरीब तर्क भी देने लगते थे। जो काम दो सॉलिड सबूतों या तर्कों से ही हो सकता था, वे उसके लिए पाँच सॉलिड सबूत के साथ दस अजीबोगरीब तर्क या कुतर्क भी जुटाते थे। प्रोफेसर के संधि विच्छेद भी कमाल होते थे, जैसे वे कहते थे कि क्रिश्चिएनिटी यानी कृष्ण नीति या फिर प्रोफेसर का तर्क कि वेटिकन वैदिक शब्द वाटिका से बना था, इसलाम यानी ISHALAYAM था, यानी ईश्वर का घर था तो अब्राहम ब्रह्मा से बना था।[3]

प्रोफेसर ओक ने ताजमहल को मूल इमारत न मानकर तेजोलय महादेव मंदिर की मॉडीफाइड बिल्डिंग माना है, यानी किसी और इमारत को तोड़कर उसके स्थान पर उसी के मलवे से बनाई गई इमारत। उनके तर्क हैं किसी मकबरे को महल नाम क्यों दिया गया? अगर मुमताज महल से लिया गया तो मुम कहाँ गया? फिर खाली ताजमहल क्यों कहा गया? ताजमहल को मकबरा क्यों नहीं कहा गया? जब मुमताज की याद में था तो इसके अंदर बाकी लोगों की कब्रें क्या कर रही हैं? हँसी की बात है, जिस ताजमहल को मलिका मुमताज की कब्र के लिए बनाया गया था, उसी में बाद में एक नौकरानी तक की कब्र बना दी गई? नेशनल जियोग्राफिक के वीडियो के आधार पर प्रोफेसर ओक ने दावा किया कि इसलाम में किसी भी मृत देह को सुपुर्द-ए-खाक करना बेहद जरूरी है, तो मुमताज को क्यों नहीं किया गया? मुमताज की कब्र के नीचे कब्र है और उसके नीचे एक फाउंडेशन

और फिर एक कुआँ, जमीन यानी खाक में तो देह मिली नहीं? किसी भी किताब में मुमताज के मरने की तारीखें क्यों अलग-अलग लिखी हैं, ये कहीं नहीं बताया गया कि बुरहानपुर से मुमताज की लाश को कब ताजमहल में दफनाया गया? जब ताजमहल शाहजहाँ ने बनवाया तो उसका जिक्र बाबर की बेटी गुलबदन बेगम ने एक रहस्यमयी इमारत की तरह क्यों किया? मुमताज की मौत के बाद ही, जब विदेशी यात्री पीटर मुंडी भारत आया तो उसने बन रहे ताजमहल की इतनी तारीफ क्यों की, जबकि एक साल में तो जमीन पर शायद ही कोई ढंग से स्ट्रक्चर खड़ा हुआ होगा? पीटर मुंडी 1632 में आगरा आया था, भारत में 1634 तक रहा था। 1632 में तो ताजमहल बनना शुरू हुआ था, पीटर लिखता है, "The solid gold rail around the tomb (afterwards replaced by a network of marble) was already completed by 1632."[4]

ये थोड़ा चौंकाने वाली बात है कि कुछ ही दिनों या महीनों के काम में मुमताज की कब्र, जो कि बुरहानपुर लाई गई थी, उसके चारों तरफ गोल्ड रैलिंग लगवा दी गई। यही वजह थी कि प्रोफेसर पी.एन. ओक ने अपनी किताब में इसे मुद्दा बना लिया। जरूर पहले से कुछ निर्माण रहा होगा, वरना इतनी तेजी से काम कैसे होता कि पीटर मुंडी ताजमहल की इतनी तारीफ करता, वो भी निर्माण शुरू हुए कुछ ही दिन या महीने हुए होंगे। इतने वक्त में तो नीवें भरना भी आसान नहीं था, नक्शा बनाने में भी समय लगा होगा। ओक ने ये सवाल भी उठाया है कि 22 साल तक ताजमहल बनता रहा तो उसका निर्माण कार्य का ब्योरा, किसी भी साल के लेखे जोखे या किसी किताब में क्यों नहीं है? अगर ताजमहल इतनी ही मजबूत इमारत थी औरंगजेब ने इसकी मरम्मत क्यों करवाने के आदेश दिए?[5]

प्रोफेसर ओक के ज्यादातर तर्क या सवाल ताजमहल को एक हिंदू मंदिर साबित करने को लेकर हैं। डॉ. बी.आर अंबेडकर यूनिवर्सिटी के हिस्टरी डिपार्टमेंट के हैड प्रोफेसर अनिल वर्मा कहते हैं कि "ये तो सही है कि जयपुर के महाराज जय सिंह के कब्जे में वो जगह थी, और शाहजहाँ की उससे उस जगह को लेकर कोई डील हुई थी। लेकिन प्रोफेसर ओक का ये कहना वो तेजो महालय यानी शिवमंदिर ही था, इसका होना या न होना, दोनों ही पक्ष में कोई सबूत नहीं है, या जानकारी नहीं है।" फिर भी प्रोफेसर के उसको हिंदू इमारत साबित करने के पीछे कुछ तर्क हैं, ताजमहल एक अष्टकोणीय इमारत है, हिंदू मंदिर इसी तरह बनते आए हैं, आठों दिशाओं का ध्यान रखा जाता है। इसके पीछे प्रोफेसर ओक ने जावा के प्रंबनन मंदिर कॉम्पलेक्स का उदाहरण दिया है। ताजमहल के शिखर पर कलश में नारियल दिखा साफ लगता है, तो नीचे की तरफ उल्टे कमल के फूल गुदे हैं। प्रोफेसर के मुताबिक इससे साफ पता चलता है कि ये हिंदू इमारत थी। प्रोफेसर ने ये भी लिखा कि आगरा शहर शिव की पूजा का बड़ा केंद्र था, आगरा के हर कोने पर एक-एक शिव मंदिर बना हुआ है, ऐसे पाँच मंदिर कैलाश, बल्केश्वर,

मनकामेश्वर, राजेश्वर और पृथ्वीनाथ पाँच बड़े मंदिर हैं। ऐसे में तेजोलय महादेव मंदिर भी हो सकता है, सावन के सोमवार में इन मंदिरों में भारी पूजा होती है।

लेकिन अरसे से आगरा के पर्यावरण और संस्कृति को सहेजने में जुटे वरिष्ठ पत्रकार ब्रज खंडेलवाल के मुताबिक, "अगर इसलामिक शासकों की कुछ इमारतों पर हिंदू चिह्न मिलते हैं तो ये इस वजह से भी होता है कि उसमें ज्यादातर हिंदू कारीगरों ने काम किया था। बताया जाता है कि कुरान में जन्नत की जो तसवीर खींची गई है, ताजमहल वाली जगह किले से देखने पर बिल्कुल वैसी ही लगती भी थी, मंटोला जो अब नाला बन चुका है, कभी नदी थी, तो ये संगम प्वॉइंट था।" हालाँकि उनका कहना है कि "सालों तक मगज मारने के बाद भी प्रशासन या ए.एस.आई. ताजमहल के बंद पड़े भाग को खोलने को तैयार नहीं है, उसके अंदर कोई-न-कोई राज तो छिपा है।"

प्रोफेसर ओक ने भी अपनी किताब में दावा किया है कि कब्रों के ठीक नीचे शिवलिंग है, ओक का तो ये तक दावा है कि मुमताज अपनी कब्र में कभी दफन की ही नहीं गई। ओक का कहना है कि अगर ताजमहल वाकई में एक मकबरा था तो ये 22 कमरे नीचे और पूरे कैंपस में ये सैकड़ों कमरे क्यों बनाए गए? ये तो महल में बनाए जाते हैं।[6] ये पूरा कैंपस सील क्यों किया गया है। ओक का ये तर्क भी दमदार है कि ताजमहल में छोटी सी बिल्डिंग है नक्कारखाना, यानी म्यूजिक हाउस, आखिर कब्र में सोए लोगों को म्यूजिक की क्या जरूरत थी? ये तो मंदिरों में होता है, ताकि सुबह और शाम आरती या त्योहारों पर म्यूजिक बज सके। ओक ने ताजमहल के गाइडों के उन किस्से कहानियों पर भी सवाल उठाए हैं कि लालकिले में वे टूरिस्ट्स को एक छोटा सा शीशा एक छेद में लगाकर दिखाते हैं कि यहाँ शाहजहाँ को बंद किया गया था और इस शीशे से वो ताजमहल देखता था। ओक का कहना था कि शाहजहाँ को तहखाने में कैद किया गया था और इस शीशे में ऐसा कुछ नहीं दिखता, नंगी आँखों से ताज बेहतर दिखता है। ओक ने अपनी किताब में बताया है कि ये तो दरअसल 1930 में ए.एस. आई. के एक चपरासी इंसा अल्ला खाँ की गढ़ी कहानी है और उसने एक शीशे से किसी को दिखाया और भेड़ चाल शुरू हो गई। ओक ने एक अमेरिकी संस्था द्वारा की गई कार्बन डेटिंग के नतीजों की मदद से भी सवाल अपनी किताब में उठाए कि जो लकड़ी ताजमहल की नींव में लगी है, उसकी उम्र ताजमहल के बनने की तारीख से पाँच सौ साल पहले की निकली थी।[7]

इसके साथ ही उसने मुमताज की कब्र में धतूरे के पौधे को ओम की शक्ल में जिस तरह उकेरा गया है, उसको भी अपने सबूत में शामिल किया है। कहने का मतलब ये है कि ओक ने इतने सारे साक्ष्य और तर्क पेश किए हैं, कि उनको आसानी से खारिज करना मुमकिन नहीं, ये अलग बात है कि तर्क हमेशा सत्य नहीं होते, लेकिन कोर्ट या

सरकार के आदेश पर बाबरी की तरह इन आरोपों की जाँच भी होती तो लोगों का मुँह बंद करना आसान हो जाता। लेकिन ऐसा हो नहीं रहा और अभी तो छुटभैए नेता ही ताजमहल को लेकर तमाम दावे कर रहे हैं, कल को किसी पार्टी के एजेंडे में शामिल हो गया तो ताजमहल के सील पड़े कमरों का खुलना तय है और तब शायद कुछ और सच्चाई सामने आ सके।

संदर्भ—

1. राज, सीक्रेट्स, रिवॉल्यूशन : ए लाइफ ऑफ सुभाष चंद्र बोस, लेखक मिहिर बोस, पृष्ठ 280
2. व्हाट इज तेजो महालया कंट्रोवर्सी, इंडियन एक्सप्रेस, 18 अक्तूबर, 2018, (http://indianexpress.com/article/what-is/what-is-tejo-mahalaya-controversy-taj-mahal-vinay-katiyar-bjp-4896716/)
3. वार्षिक रिपोर्ट और सामान्य बैठक आमंत्रण, इंस्टीट्यूट फॉर रीराइटिंग इंडियन हिस्टरी, 1981, पृष्ठ 71
4. द ट्रैवल्स ऑफ पीटर मुंडी इन यूरोप एंड एशिया, 1608-1667, लेखक पीटर मुंडी, पृष्ठ IVII
5. ताज महल, द ट्रू स्टोरी : द टेल ऑफ ए टेंपल वैंडलाइज्ड, लेखक पुरुषोत्तम नागेश ओक, पृष्ठ 54
6. ताज महल, द ट्रू स्टोरी : द टेल ऑफ ए टेंपल वैंडलाइज्ड, लेखक पुरुषोत्तम नागेश ओक, पृष्ठ 242
7. द आइस एज चैलेंज, लेखक रोल्फ ए.एफ. वित्से, पृष्ठ 106

□

संविधान में जिसने आदिवासियों को दिलाए अधिकार, उसी ने दिलवाया था भारत को पहला ओलंपिक हॉकी गोल्ड

संविधान सभा में जयपाल सिंह मुंडा नाम का वो शख्स जब बोल रहा था तो हर कोई हतप्रभ था, वो कह रहा था, "हम आदिवासियों में जाति, रंग, अमीरी, गरीबी या धर्म के नाम पर भेदभाव नहीं किया जाता, आपको हमसे लोकतंत्र सीखना चाहिए, हमको किसी से सीखने की जरूरत नहीं।" ये वो वक्त था, जब संविधान सभा में देश को संविधान बनाने की प्रकिया चल रही थी। दलित जातियों का मुद्दा खासकर गांधीजी और डॉ. अंबेडकर के पूना पैक्ट के बाद तो इतना ज्यादा बड़ा हो चुका था कि संविधान सभा में उनके आरक्षण पर कब की मोहर लग चुकी थी। लेकिन आदिवासियों को लेकर किसी ने जिक्र तक नहीं छेड़ा था। ऐसे में एक आदिवासी नेता जो लंदन की मशहूर ऑक्सफोर्ड यूनिवर्सिटी में पढ़ा था, उनके हक की इकलौती आवाज के तौर संविधान सभा को गुंजाए दे रहा था।

जयपाल सिंह मुंडा की इस लड़ाई को 'हॉकी से हक की लड़ाई की यात्रा' कहा जाता है। कोई नहीं जानता था कि एक दिन ओलंपिक में जानेवाली पहली भारतीय टीम का कप्तान चुना जानेवाला, ऑक्सफोर्ड यूनिवर्सिटी की हॉकी टीम का सदस्य, भारत को ओलंपिक का पहला हॉकी गोल्ड दिलाने वाला नायक कभी देश की सबसे बड़ी सभा में आदिवासियों के हक की आवाज बन जाएगा।[1] जी हाँ, आज जो देश में आदिवासियों को तमाम तरह के अधिकार, नौकरियों और प्रतिनधित्व में आरक्षण, जंगल की जमीन से जुड़े अधिकार आदि मिले हुए हैं, तो उनकी वजह ये गुमनाम नायक है। ऐसे में जबकि उत्तर पूर्व के आदिवासी नागा उन दिनों भारत में शामिल होना ही नहीं चाहते थे, बिहार के छोटा नागपुर में पैदा हुआ ये आदिवासी युवा भारत में ही आदिवासियों का भविष्य बेहतर करना चाहता था।

वो कहता था कि हमें आदिवासी कहा ही इसलिए जाता है, क्योंकि तमाम तरह के

लोग बाहर से आए; लेकिन हम इस भूमि के आदिवासी हैं, सिंधु सभ्यता से लेकर आज तक। आदिवासी परिवार में पैदा हुए प्रमोद पाहन का नाम बाद में जयपाल सिंह मुंडा कर दिया गया, क्रिश्चियन मिशनरीज के संपर्क में आया तो उसे ऑक्सफोर्ड यूनिवर्सिटी के सेंट जोंस कॉलेज भेज दिया गया। वहाँ से उसने इकोनॉमिक्स ऑनर्स से ग्रेजुएशन किया। इसी दौरान वो डिबेट्स और हॉकी में एक्टिव हुआ और ऑक्सफोर्ड की हॉकी टीम में जयपाल को चुन लिया गया। इसी दौरान जयपाल ने उस वक्त की सिविल सर्विस परीक्षा के लिए टेस्ट दिया और पास करके आई.सी.एस. प्रोबेशनरी अधिकारी बन गया। जिसको दो साल ऑक्सफोर्ड में ट्रेनिंग लेनी थी। क्रिश्चियन मिशनरियों ने उसे अपने अभियान में लगाना चाहा, लेकिन उसने तो खुद को आदिवासियों के लिए समर्पित कर दिया था।

ये 1928 की बात है, तत्कालीन अंग्रेजी वायसराय ने एम्सटर्डम ओलंपिक के लिए भारतीय हॉकी टीम भेजने का मन बनाया। ऑक्सफोर्ड में पढ़ रहे जयपाल सिंह मुंडा को कप्तान चुन लिया गया। जयपाल सिंह की कप्तानी में भारतीय टीम ने 1928 के ओलंपिक में 17 लीग मैच खेले और आप जानकर हैरत में पड़ जाएँगे कि इनमें से 16 मैच भारत की टीम ने जीते और 1 ड्रॉ हुआ और भारत सेमीफाइनल में पहुँच गया। जयपाल मुंडा शुरू से ही स्वाभिमानी और विद्रोही भाव का लड़का था, किसी बात पर टीम के अंग्रेज मैनेजर से बिगड़ गई। बीच ओलंपिक में जयपाल ने टीम छोड़ दी और वापस चले आए। हालाँकि भारत ने फाइनल जीत लिया और गोल्ड भारत के हिस्से ही आया। लेकिन फिर जयपाल को टीम में अगले ओलंपिक में नहीं लिया गया। बावजूद इसके खुद उस वक्त के वायसराय ने जयपाल को तारीफ भरा लैटर लिखा। इस दौरान जयपाल ऑक्सफोर्ड इंडियन मजलिस के प्रेसीडेंट भी रहे और लाला लाजपत राय, सी.एफ. एंड्रयूज, एनी बेसेंट आदि नेताओं से मिलते रहे।

दिक्कत ये हो गई कि वे आई.सी.एस. सर्विस में वापस लौटे तो आई.सी.एस. अधिकारियों ने फिर से उन्हें हॉकी खेलने में खराब की एक साल की ट्रेनिंग करने को कहा। इंटरव्यू में सबसे ज्यादा नंबर आने के बावजूद जयपाल को ये अपमान लगा, उन्होंने नाराज होकर उस समय भारत सरकार की सबसे प्रतिष्ठित नौकरी छोड़ दी और वर्मा शैल में एक्जीक्यूटिव हो गए। कोलकाता में नौकरी करने के दौरान उन्होंने कांग्रेस के पहले और तीसरे अध्यक्ष व्योमेश चंद्र बनर्जी की नातिन तारा मजमूदार से शादी कर ली। उसके बाद वे गोल्ड कोस्ट, घाना में कॉमर्स टीचिंग करने चले गए, वहाँ से रायपुर के राजकुमार कॉलेज के प्रिंसिपल होकर आ गए। लेकिन वहाँ उनकी आदिवासी पहचान के चलते बड़े घर के बेटों ने विरोध किया तो उसके बाद वे बीकानेर रियासत में रेवेन्यू कमिशनर के पद पर चले गए, रियासत ने उनका विदेशी तजुर्बा देखकर विदेश सचिव की नौकरी दे दी।

तब तक जयपाल को ये लगने लगा था कि न तो वे देश के लिए कुछ कर पा रहे हैं

और न अपने आदिवासी भाइयों के लिए। उन्होंने डॉ. राजेंद्र प्रसाद से बिहार में एजुकेशन के लिए कुछ करने को कहा, लेकिन बात नहीं बनी तो उनका मन राजनीति की तरफ मुड़ने लगा। हालाँकि बिहार के गर्वनर मॉरिस हैलेट ने उन्हें बिहार काउंसिल का सदस्य मनोनीत करने का ऑफर दिया, लेकिन उन्होंने कुबूल नहीं किया। लेकिन रॉबर्ट रसेल, जो बिहार के चीफ सेक्रेटरी थे, के सुझाव पर उन्होंने राँची पहुँचकर आदिवासियों के लिए लड़ने का फैसला कर लिया।

जयपाल सिंह ने 'अदिवासी महासभा' बनाई, जिसका नाम बदलकर बाद में 'झारखंड पार्टी' कर दिया। 1952 में बिहार विधानसभा में इस पार्टी ने 32 सीटें जीती थीं। इतिहास में अगर किसी ने सबसे पहले अलग झारखंड की माँग की, उसके नाम पर पार्टी बनाई तो वे जयपाल सिंह मुंडा थे। आज अगर सरायकेला खरस्वाँ जिला झारखंड का हिस्सा है, तो उसकी वजह भी जयपाल सिंह ही थे। उन दिनों उन्होंने उसे उड़ीसा में शामिल होने से रोकने के लिए बहुत बड़ा आंदोलन चलाया था। उन्हें पता था कि ये बिहार में रहेगा, तभी बाद में झारखंड में शामिल हो सकता है, उड़ीसा से नहीं मिल पाएगा।[2]

इतना ही नहीं जयपाल सिंह लगातार संविधान सभा और सरकार को इस बारे में सूचना दे रहे थे कि नागा पहाड़ियों पर क्या चल रहा है? 30 जुलाई, 1947 को भी उन्होंने ऐसी कुछ अप्रिय घटनाओं की सूचना दी। जयपाल सिंह को वहाँ से प्रतिदिन एक टेलीग्राम मिल रहा था। जयपाल सिंह ने ही सभा को बताया कि नागा विद्रोहियों के भड़कने की असली वजह क्या है? उनके मुताबिक नागाओं को भी गुमराह किया गया था कि उनकी स्थिति भी बाकी रजवाड़ों जैसी ही है, यानी एक बार अंग्रेजों के भारत छोड़कर चले जाने के बाद देसी रजवाड़ों की तरह ही वे अपनी संप्रभुता की घोषणा कर सकते हैं। जब नागा समस्या बढ़ने लगी, तो पं. नेहरू ने नागा नेताओं को साफ कह दिया था कि स्वायत्तता तो मिल सकती है, लेकिन आजादी नहीं। जब नागा प्रतिनिधिमंडल पं. नेहरू और गांधीजी से मिलने दिल्ली आया था, तो वो जयपाल सिंह मुंडा से भी मिला था और जयपाल सिंह ने उन्हें साफ समझा दिया था कि नागा पहाड़ियाँ हमेशा से ही भारत भूमि का हिस्सा रही हैं, और रहेंगी भी। उनका देश से अलग होने का सवाल ही नहीं उठता। यानी जयपाल सिंह एकतरफ आदिवासियों को अधिकार दिलाने के लिए देश के नेताओं से लड़ रहे थे, तो दूसरी तरफ वे देश के लिए नागा विद्रोहियों को भी समझाने की कोशिश कर रहे थे।[3] उनका ये देश पर बड़ा उपकार था, क्योंकि नागा समस्या से देश दशकों तक जूझता रहा, सैकड़ों की जानें गईं; लेकिन झारखंड के आदिवासियों ने ये रुख नहीं अपनाया।

तो देश के उस वक्त के नेताओं ने भी जयपाल की बातों की गंभीरता और उपेक्षित आदिवासी समाज के दु:ख को समझा और तय किया गया कि ऐसे 400 समुदायों को अनुसूचित जनजाति का दर्जा दे दिया जाए। इनकी कुल आबादी देश की आबादी का 7

फीसदी थी। उनको विधायिकाओं और सरकारी नौकरियों में आरक्षण की बात मान ली गई और संविधान का पाँचवाँ पूरा भाग आदिवासियों के नाम ही समर्पित कर दिया गया। कई और प्रावधानों का ऐलान भी किया गया, मसलन महाजनी प्रथा पर रोक, दीकू यानी बाहरी आदमियों पर आदिवासी इलाकों में जमीनें खरीदने पर रोक, आदिवासी सलाहकार परिषद् बनाने का ऐलान आदि शामिल हैं। संविधान का छठा भाग उत्तर पूर्व के आदिवासियों के बारे है। आदिवासियों के साथ खनिज आय भी शामिल करने का प्रावधान किया गया। जिस जयपाल की मुहिम से ये सब ऐलान हुए, उन्होंने कहा कि इनका लाभ तभी मिलेगा, जब आदिवासियों के लिए अलग से राज्य मिलेगा, झारखंड।

19 दिसंबर 1946 को जयपाल सिंह मुंडा ने संविधान सभा में अपना ऐतिहासिक भाषण दिया, कहा—"As a jungli, as an Adibasi," said Jaipal, "I am not expected to understand the legal intricacies of the Resolution. But my common sense tells me that every one of us should march in that road to freedom and fight together. Sir, if there is any group of Indian people that has been shabbily treated it is my people. They have been disgracefully treated, neglected for the last 6,000 years. The history of the Indus Valley civilization, a child of which I am, shows quite clearly that it is the new comers — most of you here are intruders as far as I am concerned — it is the new comers who have driven away my people from the Indus Valley to the jungle fastness...The whole history of my people is one of continuous exploitation and dispossession by the non-aboriginals of India punctuated by rebellions and disorder."[4]

जयपाल काफी अच्छे वक्ता थे और किसी भी डिबेट में वे आदिवासियों की बात रखने का बहाना ढूँढ़ ही लेते थे, करीब 8 महीने के बाद जब नेशनल फ्लैग पर चर्चा चल रही थी तो फिर से जयपाल सिंह मुंडा को बोलने का मौका मिला तो जयपाल ने कहा, "इस सभा के अधिकांश सदस्य यही समझते हैं कि आर्यों में झंडा फहराने की परंपरा रही है, लेकिन मैं आप सबको बता देना चाहता हूँ कि आदिवासी झंडा फहराने का काम हजारों सालों से कर रहे हैं, वे पहले हैं। हर कबीले का अपना अलग झंडा होता है और वे उसके लिए लड़-मर भी जाते हैं। अब उनके दो झंडे होंगे, एक वह जिसे वे 6000 साल से फहराते आ रहे हैं, और एक नेशनल फ्लैग जो इस बात का प्रतीक होगा कि अब उनकी 6000 साल की गुलामी खत्म हो गई है और अब वे भी उतने ही स्वतंत्र होंगे, जितने कि बाकी लोग हैं।" दरअसल उस वक्त आर्यों के बाहर से आने की थ्योरी काफी चर्चा में थी।

ऐसे ही संविधान के ड्राफ्ट पर हो रही चर्चा के दौरान जब नीति निर्देशक तत्त्वों में

शराबबंदी की बात आई तो जयपाल सिंह मुंडा फिर खड़े हुए, बोले—"हजारों सालों से शराब आदिवासियों की दिनचर्या का एक जरूरी अंग रही है। पश्चिम बंगाल में अगर संथालों को राइस बीयर नहीं मिलेगी तो उनका क्या होगा? वे पूरे दिन घुटने से ऊपर पानी और कीचड़ में रहकर काम करते हैं, ये राइस बीयर है, जो उन्हें जिंदा रखती है। मैं मेडिकल अथॉरिटीज से कहना चाहूँगा कि वो रिसर्च करें कि ऐसा क्या है राइस बीयर में, जो आदिवासियों की जरूरत बन गई है, और उन्हें हर बीमारी से दूर रखती है।" जयपाल के आदिवासी परंपराओं और रहन-सहन के ज्ञान और वाकपटुता का किसी के पास भी कोई जवाब नहीं हुआ करता था। तभी तो आदिवासियों को उनका हक दिलाने के उद्देश्य से एक सब कमेटी सोशल वर्कर ए.वी. ठक्कर की अगुआई में बना दी गई थी। जिसकी सिफारिशों पर आदिवासियों को संविधान में तमाम अधिकार मिले। तभी तो जयपाल को मरांग गोमके, यानी महान् नेता कहा जाता है। कई बार जयपाल लोकसभा के सदस्य भी रहे, लेकिन उनकी उपलब्धियाँ आज की पीढ़ी को शायद ही पता होंगी।

संदर्भ—

1. सैवेज अटैक : ट्राइबल इनसरजेंसी इन इंडिया, लेखक क्रिस्पिन बेट्स, अल्पा शाह, पृष्ठ 12
2. अनसंग हीरोज ऑफ झारखंड-मूवमेंट, लेखक अनुज कुमार सिन्हा, अध्याय- अनदर जलियावाला बाग इनसिडेंट
3. इंडिया आफ्टर गांधी, लेखक रामचंद्र गुहा, अध्याय-13 (आदिवासी समस्या)
4. डेमोक्रैट्स एंड डिसेंटर्स, लेखक रामचंद्र गुहा, अध्याय-7 (ट्राइबर ट्रैजेडीज इन इंडिपेंडेंट इंडिया)

□

महायोगियों की तीन वायरल तसवीरों का सच!

योग की जड़ें भारत में कितनी गहरी हैं, ये इस बात से अंदाजा लगाया जा सकता है कि लगभग सारे जैन या बौद्ध गुरुओं की मूर्तियाँ योग मुद्राओं में ही मिलती हैं। लेकिन जैसे ही यू.एन.ओ. ने भारत सरकार की पहल पर 21 जून को इंटरनेशनल योग दिवस घोषित किया, देश में पक्ष विपक्ष में उसका श्रेय लेने और योग को बदनाम करने की भी सोशल मीडिया पोस्ट्स शेयर की जाने लगीं। ऐसे में कई लोगों ने कहा कि पहले योग मुद्रा में भी लोग समाधि ले लेते थे। किसी ने सोशल मीडिया पर लोकमान्य गंगाधर तिलक की भी एक तसवीर शेयर की, योग मुद्रा में समाधि लेते हुए तिलक। तो किसी ने योग मुद्रा में एक कंकाल तक की तसवीरें शेयर कीं। किसी ने ये भी दावा किया कि हड़प्पा सभ्यता में एक मुद्रा पर भगवान् शिव की तसवीर भी योग मुद्रा में मिली है। तीनों ही तसवीरें योग की एक खास मुद्रा में थीं, पदमासन मुद्रा में। हमने इन तीनों तसवीरों की पड़ताल की।

जब आप गूगल में 'Lokmanya Tilak was cremated in the sitting legs crossed position' सर्च करते हैं तो आपको वो तसवीर एक-दो नहीं सैकड़ों साइट्स पर मिल जाती है। इस तसवीर में तिलक की आँखें बंद हैं, गले में फूलमालाएँ पड़ी हुई हैं। तिलक पदमासन मुद्रा में हैं, योग की एक खास मुद्रा, जिसमें पालथी मारने के बाद पैरों को एक-दूसरे के ऊपर चढ़ा लेते हैं। उनकी गोद में उनके अखबार केसरी और मराठा की कुछ कॉपियाँ रखी हुई हैं। आस-पास लोगों का हजूम साफ दिख रहा है। ये तसवीर कई वेबसाइट्स पर मौजूद है, जिसमें प्रतिष्ठित अखबार टाइम्स ऑफ इंडिया समूह की इंडिया डॉट कॉम भी है।

गिरिगाँव चौपाटी, मुंबई पर उनका अंतिम संस्कार होना था। ऐसा लगा था पूरा महाराष्ट्र उमड़ पड़ा हो। सरदार गृह, क्रॉफर्ड मार्केट से गिरिगाँव चौपाटी तक सारा रास्ता लोगों से भर गया था, उन दिनों बताया जाता है कि कम-से-कम दो लाख की भीड़ थी। गांधीजी, नेहरू, शौकत अली और सैफुद्दीन किचलू ही नहीं उस वक्त मुंबई की तमाम हस्तियाँ भी चौपाटी पहुँची थीं। उनके सबसे बड़े बेटे अनुतोष ने मुखाग्नि दी थी। उससे पहले उनकी इच्छानुसार पदमासन में बैठी अवस्था में ही चिता पर बैठाया गया था।[1]

दूसरी तसवीर सिंधु सभ्यता से जुड़ी है। ये 1928-29 की बात है, जब पुरातत्त्वविद् ई.जे.एच. मैके मोहनजोदाड़ो में खुदाई का काम कर रहे थे। तब मोहनजोदाड़ो साइट के दक्षिण में ब्लॉक 1 में जमीन से 3.9 मीटर नीचे एक मुद्रा मिली, जो सेलखड़ी की बनी है। ये वही DK-G इलाका था, जिसमें विशाल स्नानागार मिला था। माना जाता है कि ये मुद्रा 2350 से 2000 साल ईसा पूर्व की है। इसकी लंबाई और चौड़ाई क्रमशः 3.56 और 3.53 सेमी है और .76 सेमी मोटाई है। इस मुद्रा पर पदमासन की मुद्रा में बैठे एक व्यक्ति का चित्र खुदा है। उसके सिर पर सींगों का मुकुट है और वो एक सिंहासन पर हठ योग की कमल मुद्रा में पैरों को करके बैठा है। पूरी सिंधु सभ्यता में योग का ये एकमात्र उदाहरण मिला था, जो कि मुद्रा पर था। हाथों में 8 बड़ी और 3 छोटी चूड़ियाँ या कड़े बने हुए हैं। छाती एक नेकलेस जैसे किसी आभूषण या माला से ढकी हुई है, कमर में दो परतों में कोई कपड़ा जैसा लिपटा हुआ है। क्योंकि इसे नक्कासी के जरिए बनाया गया है। इसलिए केवल अनुमान ही लगाया जा सकता है।

इस व्यक्ति के चित्र के आस-पास चार जानवरों के चित्र भी हैं, जो नीचे शांत मुद्रा में बैठे हुए हैं। जिनमें से हाथी और चीता एक तरफ हैं और एक भैंस और गैंडा दूसरी तरफ हैं। सबसे नीचे दो हिरणों या जंगली जानवरों के भी चित्र बने हुए हैं, दो पीछे की तरफ देख रहे हैं। जानवरों के इन चित्रों की वजह से ही इसे पशुपति सील कहा गया माना जाता है कि हिंदू देव भगवान् शिव का ये चित्र हो सकता है। उस वक्त आर्किलॉजिकल सर्वे ऑफ इंडिया के डायरेक्टर जनरल जॉन मार्शल ने मान भी लिया था, इस सील पर योग मुद्रा में शिव ही अंकित हैं। मार्शल का मानना था कि इस पुरुष आकृति के तीन सिर थे और वह उन्नत-शिश्न था। उसे इस देवता और परवर्ती हिंदू धर्म के शिव में आश्चर्यजनक समानता दिखाई दी, जो महायोगी और पशुपति (पशुओं का स्वामी) के नाम से जाना जाता है"।[2]

तीसरी तसवीर थी एक कंकाल की, जो योगमुद्रा में बैठे हुए हैं। यानी या तो उसने उसी मुद्रा में समाधि ली थी, या मरने के बाद उसको उसकी इच्छानुसार उसी मुद्रा में दफनाया गया था। चूँकि उसका कंकाल का सिर नहीं है, तो हो सकता है कि योग करते वक्त उसका सर काट दिया गया हो। जिसके आसार काफी कम हैं, क्योंकि ऐसी स्थिति में जो पदमासन की स्थिति उस कंकाल की है, वो बिगड़ गई होती। पड़ताल की गई तो पता चला कि ये कंकाल नब्बे के दशक में मिला था, जो मिला था राजस्थान के बालाथल में। कार्बन डेटिंग से इस कंकाल की उम्र निकाली गई, जो करीब 2700 साल पहले की आई। हालाँकि ये सिंधु सभ्यता के खत्म होने के बाद के दिनों की हो सकती है, लेकिन फिर भी भारत के इतिहास में एक योगी का योग मुद्रा में कंकाल मिलना वाकई में नई बात थी।

ये भी पदमासन मुद्रा में है, ठीक वैसी ही जैसी सिंधु सभ्यता के हठयोगी की है, राजस्थान के बालाथल में मिला कंकाल भी पदमासन में है, लेकिन ज्ञान मुद्रा में। बालाथल

में जो योगी का कंकाल मिला है, उस साइट को सबसे पहले वी.एन. मिश्रा ने 1962-63 में खोजा था, उसका सर्वे किया था। लेकिन खुदाई शुरू हो पाई 1994 में, जो पुणे के डेक्कन कॉलेज पीजी एंड रिसर्च इंस्टीट्यूट के डिपार्टमेंट ऑफ आर्कियोलॉजी और इंस्टीट्यूट ऑफ राजस्थान स्टडीज ने ज्वॉइंट प्रोजेक्ट के तहत की। दरअसल ये स्थान उदयपुर से 42 किमी. दूर और बल्लभ नगर से केवल 6 किमी. दूर है।

इसे बनास और आहार सभ्यता से जोड़ा गया, जिसका कनेक्शन उस वक्त के हड़प्पा नहरों से हो सकता है। क्योंकि इस जगह का काल 4500 साल पहले करीब लगाया जा रहा है। इस खुदाई में योगी समेत कुल पाँच कंकाल पाए गए थे। जिनमें से एक का सैक्स पता नहीं चल पाया, दूसरा एक पचास साल के पुरुष का था, जिसके घुटनों में कोई समस्या रही होगी। तीसरा एक पैंतीस साल की महिला का था, उसके सिर के पास एक लोटा रखा पाया गया, शायद कोई प्रथा रही होगी। जबकि एक और कंकाल से रिसर्चर्स ने अंदाजा लगाया था कि इसे कोढ़ का रोग रहा हो सकता है। ये भी भारत में कोढ़ का सबसे पुराना मामला माना गया है।

एक और दिलचस्प बात ये है कि इस साइट पर मिला योगी कंकाल अगर 2700 साल से लेकर 4500 साल पुराना है तो वो वैदिक युग से भी पहले चला जाता है। ये भी अचंभे की बात है कि अगर आप कंकाल के हाथों की उँगलियों को ध्यान से देखेंगे तो पाएँगे कि इस योगी कंकाल के अँगूठे सबसे छोटी उँगली को छू रहे हैं, योग में इसे ज्ञान मुद्रा कहा जाता है।[3] करीब तीन हजार साल तक न हड्डियों का कुछ बिगड़ना और न ही योग मुद्रा में रत्ती भर भी बदलाव आना वाकई में चौंकाने वाला है। आप शिव की तमाम मूर्तियों और चित्रों में इसी मुद्रा को देख सकते हैं। शिव को इसीलिए आदियोगी कहा जाता है। मेडिटेशन करने और समाधिलीन होने की ये मुद्रा हजारों साल से प्रचलन में है।

लोकमान्य तिलक की तसवीर हो, बालाथल में मिले कंकाल की तसवीर हो या फिर मोहनजोदाड़ो से मिली पशुपति की मुद्रा, तीनों योग की एक ही अवस्था में थे। ऐसा नहीं है कि इससे पुराने या इनके अलावा ऐसे उदाहरण और नहीं मिलेंगे, पुरातत्त्वविद् लगे हुए हैं। उम्मीद है कि इतिहास में होनेवाले नए खुलासे योगा के इतिहास को और भी समृद्ध करेंगे।

संदर्भ—

1. ऑल अबाउट लोकमान्य तिलक, लेखक वी. वेंकटेश्वरलु, वी. रामास्वामी सशस्त्रुली एंड संस, 1922, पृष्ठ 131
2. प्राचीन भारत का इतिहास (हिंदी), लेखक उपेंद्र सिंह, पृष्ठ 178
3. भारतीय पुरातत्त्व 1999-2000—एक समीक्षा, पृष्ठ 142

□

जानिए ऑपरेशन थिएटर में गांधीजी की वायरल तसवीर की कहानी...!

आपमें से ज्यादातर ने इस तरह की तसवीर पहली बार देखी होगी। ऑपरेशन थिएटर की तसवीर है, गांधीजी ऑपरेशन की टेबल पर बेहोश पड़े हैं और उन्हें डॉक्टर और नर्सेज ने घेर रखा है। इस तसवीर में उनका खुला पेट आपको साफ समझ आएगा। दरअसल पेट के ऑपरेशन के लिए ही गांधीजी को इस हॉस्पिटल में लाया गया था। ये तसवीर 12 जनवरी, 1924 की है और ये ऑपरेशन थिएटर पुणे के ससून हॉस्पिटल का है। इस तसवीर में उनका अपेंडिक्स का ऑपरेशन किया जा रहा है। माना जाता है कि अगर गांधीजी को अपेंडिक्स नहीं होती, तो शायद गांधी के जीवन में एक बड़ा मौका, जो ऑपरेशन के चलते मिला वो नहीं मिलता और शायद वे इतने बड़े आंदोलन नहीं खड़े कर पाते।

आप ये जानकर और भी चौंक जाएँगे कि इस ऑपरेशन के लिए खास तौर पर गांधीजी को जेल से लाया गया था। 10 जनवरी को उन्हें अचानक लाया गया, डॉक्टर कर्नल मैडोक ने उन्हें बताया कि उन्हें एपेंडिक्स है, ऑपरेशन करना पड़ेगा। उनसे पूछा गया कि क्या वे अपनी पसंद के परिचित डॉक्टर्स से ये ऑपरेशन करवाना चाहेंगे। गांधीजी ने दो डॉक्टर्स का नाम लिया, एक थे बड़ोदा के डॉ. जीवराज मेहता और दूसरे थे—मुंबई के डॉ. दलाल। दोनों को ही तार से खबर दी गई, लेकिन उनसे संपर्क नहीं हो पाया और इस तरह 12 जनवरी को गांधीजी की सहमति से कर्नल मैडोक ने ऑपरेशन को अंजाम दिया।[1]

गांधीजी इतने कमजोर हो चुके थे, इतने बीमार थे कि अंग्रेज सरकार ने इस बीमारी के चलते ही उनकी बाकी 4 साल की सजा माफ कर दी। उनको पाँच फरवरी को सूचना दी गई कि आपकी सजा माफ हो गई है। लेकिन कमजोर गांधी हॉस्पिटल से जाने की स्थित में ही नहीं थे। दो महीने तक गांधीजी हॉस्पिटल में ही रहे और 10 मार्च को वे ठीक होकर रिहा हो पाए। अगर ये सजा नहीं माफ नहीं होती तो वे 1928 में पूरी 6 साल की सजा काटकर रिहा होते और तब तक शायद इतना जोश बाकी नहीं रहता। दरअसल

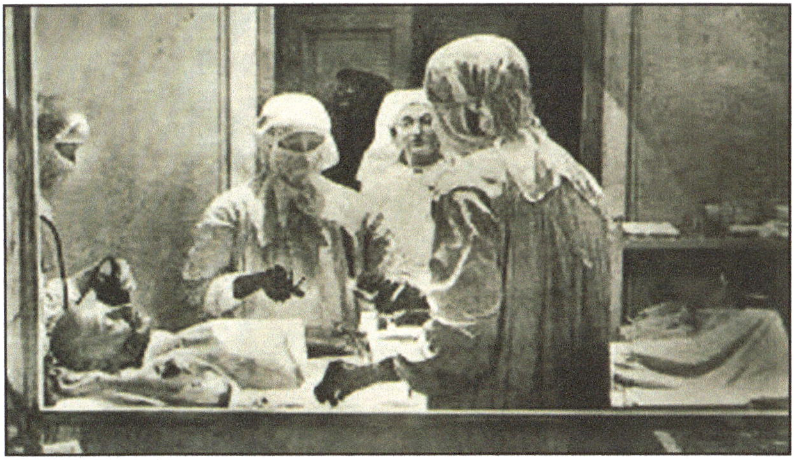

असहयोग आंदोलन के दौरान चौरी-चौरा कांड के बाद उन्होंने आंदोलन वापस ले लिया, लेकिन तीन लेखों के चलते अंग्रेजों ने उन्हें देशद्रोह के आरोप में गिरफ्तार कर लिया था और 1922 में ही 6 साल की सजा सुना दी गई थी। इस बीमारी ने उन्हें मौका दिया बाहर आने का और उसी साल यानी 1924 में वे कांग्रेस के पहली और आखिरी बार कांग्रेस अध्यक्ष भी चुने गए थे—कर्नाटक के बेलगाँव अधिवेशन में।[2]

गांधीजी को 10 मार्च, 1922 को देशद्रोह के आरोप में गिरफ्तार किया गया था, 6 साल की सजा सुना दी गई और 5 फरवरी, 1924 को बाकी सजा माफ दी गई। गिरफ्तारी से ठीक 7-8 साल पहले जाएँगे तो पाएँगे कि इसी ब्रिटिश सरकार ने उन्हें पहले विश्वयुद्ध में मदद करने के लिए सम्मानित किया था। 1918 में ब्रिटिश वायसराय ने उन्हें एक वॉर कॉन्फ्रेंस में बुलाया और एक लीफलेट 'अपील फॉर एनलिस्टमेंट' में गांधीजी ने लिखा—"To bring about such a state of things we should have the ability to defend ourselves, that is, the ability to bear arms and to use them...If we want to learn the use of arms with the greatest possible dispatch, it is our duty to enlist ourselves in the army." गांधीजी ने नौजवानों से ब्रिटिश सेना में भरती होने का कैंपेन चलाया और इसके लिए ऐसी कई दलीलें दीं और लोग उनको कहने लगे—'भरती करनेवाला सार्जेंट'। ये अलग बात है कि वायसराय इससे काफी खुश हुआ, उन्हें 'कैसर ए हिंद' का खिताब भी मिला।[3]

अब देखिए उन तीनों लेख में से वो एक लेख, जिसके लिए गांधीजी पर 1922 में देशद्रोह का मुकदमा चला। ये लेख 'यंग इंडिया' में गांधीजी ने 19 सितंबर, 1921 को लिखा था। टाइटल था—'Tampering With Loyality'। दिलचस्प बात ये है कि

ये भी ब्रिटिश आर्मी में भारतीय नौजवानों के लिए ही था, लेकिन इसमें वे लिख रहे थे, "that it is sinful for anyone, either soldiers or civilian, to serve this Government which has proved treacherous to the Mussalmans of India, and which has been guilty of the inhumanities of the Punjab. I have said this from many a platform in the presence of sepoys." "I shall not hesitate (when the time is ripe), at the peril of being shot, to ask the Indian sepoy individually to leave his service and become a weaver. For, has not the sepoy been used to hold India under subjection, has he not been used to murder innocent people at Jalianwala Bagh, has he not been used to drive away innocent men, women, and children during that dreadful night at Chandpur, has he not been used to subjugate the proud Arab of Mesopotamia, has he not been utilized to crush the Egyptian? How can any Indian having a spark of humanity in him, and any Mussalman having any pride in his religion, feel otherwise than as the Ali Brothers have done?"[4]

गांधीजी के लिखने की टोन चार साल के अंदर बिल्कुल बदल चुकी थी। आखिर वजह क्या थी ? दरअसल गांधीजी पहले विश्वयुद्ध के दौरान नहीं चाहते थे कि अंग्रेजों की मजबूरी का फायदा उठाकर अपनी आजादी की लड़ाई लड़ी जाए, अपनी इसी सोच के चलते अहिंसा के इस पुजारी ने आर्मी और हथियारों तक के समर्थन की वकालत कर दी। लेकिन बाद में उनको लगा कि अंग्रेज आसानी से देश छोड़कर जानेवाले नहीं तो उन्होंने असहयोग आंदोलन का ऐलान किया। अपने आंदोलन को सफल बनाने के लिए वे मुसलमानों को भी साथ लेना चाहते थे, लेकिन उस वक्त देश का ज्यातादर मुसलमान अली बंधुओं की अगुवाई में खिलाफत आंदोलन चला रहा था। खिलाफत आंदोलन तुर्की के खलीफा की बादशाहत बरकरार रखने में ब्रिटिश सरकार से कुछ माँगों से जुड़ा था, जिसका भले ही भारत की आजादी से कोई लेना-देना नहीं था, लेकिन भारतीय मुसलमान खलीफा को बहुत मानते थे, इसलिए गांधीजी ने उनके आंदोलन से हाथ मिला लिया। खलीफा की बहाली के लिए अली बंधुओं की रैलियों में हजारों हिंदुओं ने हिस्सा लिया और बदले में हजारों मुसलमानों ने गांधीजी के असहयोग आंदोलन को मजबूत किया। ऐसे ही मौके पर खिलाफत के मंच से भाषण देते वक्त अली बंधुओं ने अंग्रेजी सरकार के खिलाफ काफी आपत्तिजनक बोल दिया और अंग्रेजी कानून के हिसाब से इसे देशद्रोह मानकर गिरफ्तार कर उनको कराची जेल भेज दिया गया।

इधर गांधीजी को दूसरा झटका लगा चौरी-चौरा की घटना से, गोरखपुर के

पास चौरी-चौरा थाने में पुलिस वालों से नाराज होकर स्थानीय लोगों ने थाने में आग लगा दी, कई सिपाही उसमें जिंदा जल गए। ये 4 फरवरी की घटना थी, गांधीजी ने आंदोलन को हिंसात्मक रूप में तब्दील होते देखकर फौरन आंदोलन को वापस लेने का ऐलान कर दिया। इस घटना से दो बड़ी बातें हुईं, एक तो रामप्रसाद बिस्मिल, चंदशेखर आजाद, सचिन सान्याल, रोशन सिंह, अशफाक उल्ला खाँ जैसे कई युवाओं का गांधीजी से मोहभंग हो गया। जो भी कांग्रेस में थे, उन्होंने उससे नाता तोड़ लिया और सबने मिलकर क्रांतिकारी गतिविधियों के जरिए ही आजादी पाने का रास्ता अख्तियार कर लिया। दूसरे अंग्रेजों को लगा कि अब गांधीजी पर लगाम कसनी जरूरी है, जिस तरह से असहयोग आंदोलन इतने व्यापक स्तर पर हुआ था, उससे ब्रिटिश अधिकारियों की नींदें उड़ गई थीं। लेकिन गांधीजी को गिरफ्तार करना आसान नहीं था, ऐसे में सबूत चाहिए थे, तो उनके अखबारों 'यंग इंडिया' और 'नवजीवन' में लिखे लेखों को आधार बनाया गया।

अगले ही महीने यानी 10 मार्च, 1922 को रात 10 बजे अहमदाबाद में गांधीजी को देशद्रोह के आरोप में गिरफ्तार कर लिया गया। गांधीजी की पहली ही प्रतिक्रिया थी, "Oh...the happy Day...best thing has happened."[4] अहमदाबाद के सैशन जज मिस्टर ब्रूमफील्ड की अदालत में 18 मार्च को पेश किया गया। ब्रूमफील्ड ने माना कि उनकी अदालत में आज तक इतना प्रभावशाली व्यक्ति कभी नहीं आया, जिसे उसके देश में सबसे बड़ा देशभक्त माना जाता है और उसके इतने ज्यादा समर्थक हैं, लेकिन जज का कहना था कि मैं गांधीजी को केवल एक आरोपी की तरह ही मानकर अंग्रेजी कानूनों के दायरे में परखूँगा। गांधीजी पर कुल तीन लेखों को लेकर मुकदमा हुआ था, इनमें से पहला आर्टिकल था—अली बंधुओं के समर्थन का, जिसमें उन्होंने ब्रिटिश सेना में काम कर रहे भारतीय युवाओं से नौकरी छोड़ने का आह्वान किया और मुसलमानों के प्रति ब्रिटिश सरकार के रुख पर सवाल उठाया था।

दूसरा लेख गांधीजी ने लॉर्ड रीडिंग की इस पब्लिक स्पीच के जवाब में 15 दिसंबर, 1921 को लिखा था, "I felt perplexed and puzzled by the activities of a section of the Indian community. I ask myself what purpose is served by flagrant breaches of the law for the purpose of challenging the Government and in order to compel arrest?" गांधीजी ने रीडिंग की इस स्पीच का जवाब एक लेख से दिया, "We seek arrest because the so-called freedom is slavery. We are challenging the might of this Government because we consider its activity to be wholly evil. We want to overthrow the Government. We want to compel its submission to the people's will. We desire to show that the Government exists to serve the people, not the people the Government." गांधीजी ने इस लेख में काफी सख्त तेवर अपनाए थे। जो अंग्रेजों के लिए भले ही देशद्रोह था, लेकिन भारतीयों के लिए देशभक्ति थी।

गांधीजी ने 23 फरवरी, 1922 को लिखे तीसरे लेख में लिखा था, "No empire intoxicated with the red wine of power and plunder of weaker races has yet lived long in this world, and this 'British Empire' which is based upon organised exploitation of physically weaker races of the earth, and upon a continuous exhibition of brute force, cannot live, if there is a just God ruling the universe." गांधीजी ने यूँ तो ये लेख पिछले तीन साल में अलग-अलग मौकों पर लिखे थे, लेकिन बौखलाई अंग्रेजी सरकार ने गांधीजी को लंबे समय तक जेल भेजने की योजना बनाकर इन लेखों को आधार बनाया था। इस तरह से पहले अली बंधुओं को जेल भेजकर, फिर गांधीजी को जेल भेजकर उन्होंने अपना मकसद पूरा कर लिया। गांधीजी ने अपने बचाव में सफाई देने या माफी माँगने की बजाय सरकार के आरोपों को मान लिया। गांधीजी को कुल 6 साल की सजा हुई। खिलाफत के बाद असहयोग आंदोलन भी बिखर चुका था। इधर मोतीलाल नेहरू और चितरंजन दास ने भी गांधीजी के जेल जाते ही बड़ा फैसला लिया, 48 साल के इतिहास में उन्होंने वो कर दिया, जो लाल-बाल-पाल के जमाने में भी नहीं हुआ यानी पहली बार कांग्रेस को तोड़ दिया।

जेल में बंद गांधीजी ने कांग्रेस के स्थानीय चुनावों में लड़ने से मना कर दिया, जबकि मोतीलाल और चितरंजन चुनाव लड़ना चाहते थे, उन्होंने कांग्रेस को तोड़कर स्वराज पार्टी बना ली, इस तरह कांग्रेस पहली बार टूट गई। इधर बिस्मिल, आजाद, रोशन सिंह, अशफाक उल्ला आदि क्रांतिकारियों ने अपनी गतिविधियाँ तेज कर दीं और काकोरी ट्रेन डकैती को अंजाम दे डाला। इधर गांधीजी पूरे 6 साल अगर अंदर रहते तो शायद कांग्रेस वाकई में खत्म हो जाती, लेकिन वे थोड़े नरम पड़ गए और कांग्रेस को किसी भी बड़े आंदोलन से परहेज करने को कहा। इधर जेल में उनको अंपेडिक्स की परेशानी हो गई, जिसके चलते उनकी तबीयत काफी खराब हो गई। इधर विदेशी मीडिया में भी ब्रिटिश सरकार की काफी आलोचना हो रही थी। देश में कई क्रांतिकारी घटनाएँ भी हो गईं, अब देश एक तरह से नेता विहीन था और अंग्रेजों के पास उनसे बात करने के लिए कोई चेहरा भी नहीं था। सो जब 12 जनवरी, 1924 को गाधीजी का अपेंडिक्स का ऑपरेशन पुणे के ससून हॉस्पिटल में हुआ तो उसके बाद ब्रिटिश सरकार ने उनको छोड़ने का मन बना लिया और बाकी सजा माफ कर दी गई, यानी दो साल के अंदर ही छोड़ दिया गया।

बाहर आते ही गांधीजी ने सबसे पहले कांग्रेस को पटरी पर लाने की योजना बनाई, उसको रचनात्मक कार्यों की तरफ बढ़ने की प्रेरणा दी। अहिंसा, सत्याग्रह, खादी, स्वेच्छा अभियान और ग्राम स्वराज जैसे कार्यक्रमों के जरिए ज्यादा-से-ज्यादा लोगों को कांग्रेस से जोड़ने की अपील की। यहाँ तक कि वे एक बार ही कांग्रेस अध्यक्ष बने थे, वो भी जेल से आने के ठीक बाद, यानी 1924 में बेलगाँव अधिवेशन में, इसी शर्त के साथ कि हर कांग्रेस प्रतिनिधि अधिवेशन में हाथ से बुनी खादी का कपड़ा पहनकर आएगा। गांधी ने इसी गिरफ्तारी के बाद से ये जो फॉर्मूला अपनाया, उसे संघर्ष-विराम कहा गया यानी कि आंदोलन के बाद रचनात्मक कार्यों के जरिए आम लोगों को कांग्रेस से जोड़ना और फिर एक बड़े आंदोलन का ऐलान, उसके बाद फिर रचनात्मक कार्यों के जरिए अगले आंदोलन की तैयारी। असहयोग आंदोलन, सविनय अवज्ञा आंदोलन और भारत छोड़ो आंदोलन के बीच आप जो कई-कई साल का फासला पाते हैं, वो उसकी वजह से होता था।

संदर्भ—

1. गांधी : द मैन, हिज पीपुल, एंड द एंपायर, लेखक राजमोहन गांधी, पृष्ठ 264
2. गांधी एंड द कांग्रेस, लेखक श्रीराम बख्शी, पृष्ठ 2
3. एन ऑटोबायोग्राफी : द स्टोरी ऑफ माय एक्सपेरिमेंट्स विद ट्रुथ, लेखक एम.के. गांधी, पृष्ठ 714
4. महात्मा गांधी, लेखक शंकर घोष, पृष्ठ 149

□

जब गोवा में एक भी विधायक के बिना कांग्रेस ने बना ली थी सरकार...!

जी हाँ...यह बिल्कुल सच है। वर्ष 2017 में भले ही बीजेपी की या मनोहर पर्रिकर की जमकर आलोचना हो रही थी कि 13 विधायक रहते हुए भी गोवा में सरकार बना ली, जबकि कांग्रेस के 17 विधायक थे। इस बात को लेकर बीजेपी की सोशल मीडिया पर काफी किरकिरी हुई, तब जवाब में बीजेपी की तरफ से भी एक सोशल मीडिया पोस्ट वायरल हुई कि हमारे पास तो फिर भी 13 हैं, एक बार तो इंदिरा ने बिना एक विधायक कांग्रेस के जीते गोवा में सरकार बना ली थी। क्या था इस वायरल पोस्ट का सच ? क्या वाकई यह मुमकिन था ? इस लेख में आप वो सच्चाई जानेंगे, जो इतिहास के पन्नों छिपी है।

यह शायद भारत के इतिहास में अपनी तरह का पहला और काफी अनोखा मामला था, जब बिना विधायक के किसी पार्टी ने सरकार बना ली हो, वो भी बिना राष्ट्रपति शासन लगाए। दरअसल वर्ष 1961 में गोवा की मुक्ति के बाद 1963 में पहले चुनाव से लेकर 1979 की जनता पार्टी सरकार तक गोवा में एक ही पार्टी का शासन रहा और जनसंघ (बीजेपी) या कांग्रेस अपनी जड़ें जमाने में नाकाम रहीं। ये पार्टी थी, महाराष्ट्रवादी गोमांतक पार्टी और इस पार्टी के ही दो पिता-बेटी इतने दिनों तक गोवा के सी.एम. रहे। ये पिता-बेटी थे—दयानंद बांडोडकर और शशिकला काकोडकर। लेकिन 1979 में पार्टी में बगावत के बाद राज्य में राष्ट्रपति शासन लगा दिया गया, जो करीब 264 दिनों तक चला। इधर शशिकला से बगावत करने वाले एम.जी.पी. के कद्दावर नेता प्रताप सिंह राणे ने एक नई पार्टी ज्वॉइन कर ली। इस पार्टी का नाम था, कांग्रेस (उर्स)।[1]

दरअसल इस पार्टी को कांग्रेस से तोड़कर साउथ के नेता देवराज उर्स ने शुरू किया। उर्स दो बार कर्नाटक के चीफ मिनिस्टर रह चुके थे। जब सन् 1969 में कांग्रेस में विभाजन हुआ तो वो इंदिरा गांधी के साथ खड़े रहे। मैसूर के कई राजकुमारों की शादियाँ उर्स कम्युनिटी से ही हुई थीं। ऐसे समय में जब बड़े-बड़े दिग्गज कांग्रेस नेता इंदिरा को

छोड़कर कांग्रेस (ओ) में जा चुके थे, देवराज ने इंदिरा का कांग्रेस (आर) का नाता थामे रखा और सन् 1971 के चुनाव में कर्नाटक की सारी लोकसभा सीटें कांग्रेस को दिलवा दीं। लेकिन बाद में उनकी इंदिरा से भी बिगड़ गई और उन्होंने एक नई पार्टी बना ली, वो भी तब जब इमरजेंसी के बाद इंदिरा बुरी तरह हार गईं। इस पार्टी का नाम रखा, इंडियन नेशनल कांग्रेस (उर्स)। इस पार्टी में कर्नाटक, केरल, महाराष्ट्र और गोवा के तमाम विधायक शामिल हो गए। हर किसी का इंदिरा से मोहभंग हो गया था।[2]

इस पार्टी में शामिल होनेवाले कुछ बड़े नेताओं के नाम आपको चौंका देंगे। ये नाम थे—शरद पवार, प्रियरंजन दास मुंशी, ए.के. एंटनी, यशवंतराव चाह्वाण, देवकांत बरुआ और के.पी. उन्नीकृष्णन आदि। इसी लहर में गोवा के प्रताप सिंह राणे ने भी उर्स की कांग्रेस को ज्वॉइन कर लिया। सन् 1980 में इंदिरा कांग्रेस और कांग्रेस (उर्स), दोनों ने गोवा में चुनाव लड़ा। दिलचस्प बात यह है कि इंदिरा गांधी ने भी गोवा में सभाएँ की और ऐसी ही एक सभा में इंदिरा गांधी ने पहली बार इमरजेंसी लगाने के लिए गोवा और देशवासियों से माफी भी माँगी, लेकिन गोवा पर प्रताप सिंह राणे का रंग चढ़ा था। सभी इंदिरा से बगावत करनेवाले देवराज (उर्स) के कायल थे। विधानसभा चुनाव के नतीजे आए तो कांग्रेस की उम्मीदों पर पानी फिर गया। कांग्रेस के लिए इंदिरा के कैंपेन के बावजूद एक भी सीट पर जीत न हासिल होना शर्मनाक था।

जी हाँ, कांग्रेस का एक भी विधायक उस विधानसभा में जीत कर नहीं आया था। उस वक्त गोवा विधानसभा में कुल तीस सीटें होती थीं और जिनमें से बीस सीटें कांग्रेस (उर्स) ने जीत ली थी और सात सीटें महाराष्ट्रवादी गोमांतक पार्टी के हिस्से में आई थीं। तीन सीटों पर निर्दलीय भी चुनाव जीत गए थे, लेकिन कांग्रेस के हिस्से में एक भी सीट नहीं आई थी। इंदिरा ने इस प्रतिष्ठा का सवाल बना लिया। वैसे भी सन् 1980 के लोकसभा चुनावों में इंदिरा गांधी केंद्र की सत्ता में फिर से वापस आ चुकी थीं, उर्स के अरमानों पर पानी फिर गया था। उसके सिपहसालारों को भविष्य डाँवाडोल दिखाई दे रहा था।

सबसे पहले ए.के. एंटनी ने पार्टी छोड़ी और कांग्रेस (ए) नाम से एक नई रीजनल पार्टी बना ली। उसके बाद शरद पवार, जो कि देवराज उर्स की बीमारी के चलते कांग्रेस (उर्स) के प्रेसीडेंट बन चुके थे, पार्टी का नाम बदलकर कांग्रेस एस यानी कांग्रेस (सोशलिस्ट) रख लिया। हालाँकि उससे पहले ही इंदिरा गोवा में अपना खेल शुरू कर चुकी थीं। पी.एम. होने के नाते सी.एम. प्रताप सिंह राणे से उनका बात करना लाजिमी थी। इंदिरा ने प्रताप सिंह राणे को प्रलोभन देना शुरू कर दिया। गोवा में सत्ता उर्स के नाम पर आई थी। ऐसे में प्रताप सिंह का कोई भी फैसला लेना आसान नहीं था। इंदिरा के संपर्क में गोवा की कांग्रेस उर्स के कुछ सीनियर नेता और विधायक भी आने लगे। प्रताप

सिंह राणे को समझ आ गया था कि उनकी पार्टी केंद्र स्तर पर कमजोर हो चुकी है और इंदिरा ताकतवर हो चुकी हैं। मुश्किल परिस्थितियों में अपनी पुरानी पार्टी एम.जी.पी. से भी उन्हें समर्थन की उम्मीद नहीं थी।

इंदिरा ने वायदा किया था कि प्रताप सिंह राणे ही गोवा में कांग्रेस के सर्वेसर्वा होंगे, उनकी सी.एम. पोस्ट भी बरकरार रहेगी। ऐसे में प्रताप सिंह राणे ने बड़ा फैसला किया। वो फैसला, जिसकी पूरे देश में मिसाल नहीं मिलती। प्रताप सिंह राणे ने गोवा में कांग्रेस (उर्स) का वजूद ही खत्म कर दिया और पूरी-की-पूरी गोवा कांग्रेस उर्स का इंदिरा कांग्रेस में विलय कर दिया। दो तिहाई बहुमत से जीतने के बावजूद प्रताप सिंह राणे ने अपनी पार्टी का विलय दूसरी पार्टी में कर दिया और अब वो इंदिरा कांग्रेस के सी.एम. बन गए, जो बाद में असली कांग्रेस कहलाई।[3]

इंदिरा गांधी यहीं रुकने वाली नहीं थी। उस चुनाव में एम.जी.पी. के सात विधायक जरूर थे, लेकिन उनकी नेता शशिकला चुनाव हार गई थीं। शशिकला के हारते ही महाराष्ट्रवादी गोमांतक पार्टी एक तरह से नेतृत्व विहीन थी। कांग्रेस ने उसके पाँच विधायकों को तोड़ लिया और कांग्रेस में ही शामिल करा दिया। इंदिरा गांधी गोवा से कांग्रेस के विपक्षियों का नामोनिशान मिटा देने के मूड में थीं। इस बार चुनाव हारने वाली शशिकला पर डोरे डाले गए। शशिकला को भी लग गया कि अब वो मेनस्ट्रीम पॉलटिक्स से दूर होने जा रही है और उसकी पार्टी का कोई भविष्य नहीं है। शशिकला ने भी अपने समर्थकों के साथ कांग्रेस में शामिल होने का ऐलान कर दिया। लेकिन उसकी पार्टी के वरिष्ठ नेताओं को यह रास नहीं आया। शशिकला पार्टी का विलय कांग्रेस में करना चाहती थी, लेकिन बाकी दो विधायकों ने साफ मना कर दिया। शशिकला को भी कांग्रेस में मनमाफिक जगह नहीं मिली, उसने नई पार्टी खड़ी कर दी। पार्टी का नाम पिता के नाम पर रखा, भाईसाहेब बांडोडकर गोमांतक पार्टी लेकिन 1984 के चुनाव में उसकी बुरी तरह हार हुई। खुद शशिकला दो जगहों से लड़ी और हार गई और वापस महाराष्ट्रवादी गोमांतक पार्टी में अपनी पार्टी के विलय के साथ शामिल हो गई। इधर दोबारा से बहुमत के साथ प्रताप सिंह राणे की सरकार आ गई।

इस तरह इंदिरा गांधी ने बिना एक भी विधायक के प्रलोभन और दवाब के सहारे न केवल गोवा में अपनी सरकार बना ली, बल्कि अपनी पार्टी का ढाँचा भी केवल एक इसी कदम से गोवा में मजबूती से खड़ा कर दिया। उसके बाद प्रताप सिंह राणे गोवा में कुल पाँच बार चीफ मिनिस्टर बने। ऐसे में जिन लोगों ने पर्रिकर या बीजेपी पर तमाम सवाल उठाए, लेकिन इंदिरा गांधी के इस कदम को जानना उनके लिए वाकई दिलचस्प होगा।

संदर्भ—

1. गोवा में कैबिनेट सरकार, 1961–1993 : गोवा में सरकार और राजनीति के 30 वर्षों का कालक्रम आधारित विश्लेषण, लेखक ऑरेलियानो फर्नांडिस, पृष्ठ 84
2. माइनॉरिटी गवर्नमेंट्स इन इंडिया : द पजल ऑफ इल्युसिव मेजॉरिटीज, लेखक कसाबा निकोलेनी, राजनीतिशास्त्र के प्राध्यापक, पृष्ठ 159
3. गोवा टुडे, खंड–14, पृष्ठ 90

□

गांधीजी की चलती तो भारत के पहले पी.एम. होते मोहम्मद अली जिन्ना

यह अगस्त 2018 की बात है। अचानक दलाई लामा ने गोवा के एक कार्यक्रम में यह बयान दिया कि बड़े-बड़े बुद्धिमानों से भी गलतियाँ हो जाती हैं, अगर गांधीजी की यह बात मान ली गई होती कि देश के पहले पी.एम. जिन्ना बनें, तो इस देश के टुकड़े नहीं होते, लेकिन नेहरू ने साफ मना कर दिया। यह बयान तो फौरन सोशल मीडिया पर तैरने लगा। इसे पंडित नेहरू के खिलाफ समझा गया। बहुत से लोगों ने दलाई लामा के इस तथ्य पर ही सवाल उठाने शुरू कर दिए। नौबत यह आई कि दो दिन बाद यानी 10 अगस्त को दलाई लामा ने इस बयान के लिए खेद जता दिया और इससे किनारा कर लिया।[1]

लेकिन आम लोगों को मन में यह सवाल सवाल ही रह गया कि क्या वाकई गांधीजी जिन्ना को देश का पहला प्रधानमंत्री बनाना चाहते थे? या दलाई लामा ने कोई मनगढ़ंत कहानी वहाँ सुना दी थी? अगर गांधीजी ने सोचा भी होगा तो वो परिस्थितियाँ क्या रही होंगी, जिनके चलते उनके दिमाग में यह ख्याल आया? इस लेख में आप न केवल इस सवाल के जवाब से रू-ब-रू होंगे, बल्कि उस वक्त की परिस्थितियों को भी ढंग से समझ पाएँगे। पहले और मूल सवाल का जवाब है—हाँ, वाकई में गांधीजी ने यह प्रस्ताव कांग्रेस कार्य समिति और उस वक्त के बड़े नेताओं के सामने रखा था कि जिन्ना को देश का पहला प्रधानमंत्री बना देना चाहिए।

अब जानिए कि ऐसी नौबत क्यों आई? जब कैबिनेट मिशन को लेकर कांग्रेस से मुसलिम लीग की मन की बात नहीं हुई तो जिन्ना ने 16 अगस्त, 1946 को 'डायरेक्ट एक्शन डे के रूप में मनाने का ऐलान कर दिया। अगले 72 घंटे के अंदर अकेले कोलकाता में ही 4,000 लोग मारे जा चुके थे, हजारों लोग बेघर हो चुके थे। नोआखली, बिहार, यूनाइटेड प्रॉविंस, पंजाब और नॉर्थ वेस्ट फ्रंटियर दंगों की चपेट में आ गए। जिन्ना पाकिस्तान से कम पर राजी नहीं था। गांधीजी दंगा प्रभावित क्षेत्रों में दौरा करने लग गए, कुछ कांग्रेस के नेता बिहार भी गए, लेकिन यह आसान नहीं था। आदमी आदमी के ही

खून का प्यासा हो गया था। जो हिंदू विभाजन के लिए राजी नहीं थे, वो शांति की कीमत पर विभाजन के लिए तैयार होते जा रहे थे।

गांधीजी यूँ तो प्रधानमंत्री के पद के लिए पंडित जवाहर लाल नेहरू के नाम पर मोहर लगा चुके थे, लेकिन अब वो विभाजन से देश को रोकने के लिए कुछ भी करने के तैयार थे। 19 मार्च, 1947 को उन्होंने कहा भी, "मुझे पता है, जब तक मैं इस समस्या का कोई हल नहीं निकाल लूँगा, तब तक शांति नहीं होगी।" जिन्ना बंगाल और पंजाब का विभाजन न करके पूरा चाहता था और गांधीजी देश का ही विभाजन नहीं चाहते थे। गांधीजी ने सोचा कि सेंट्रल असेंबली में अगर कांग्रेस का बहुमत रहेगा तो जिन्ना पी.एम. भी बन जाए तो भी जिन्ना के लिए गलत फैसले या एकतरफा फैसले लेना आसान नहीं होगा। वैसे भी सन् 1944 में जिन्ना से हुई बातचीत में गांधी को याद था कि पाकिस्तान की कोई स्पष्ट तसवीर जिन्ना के पास नहीं थी और वो संयुक्त भारत में ही कोई बड़ा रोल चाहता था। गांधीजी को लगता था कि इससे न केवल लाखों लोगों की जान बच सकेगी, बल्कि देश भी एक रह सकेगा और लाखों लोग शरणार्थी होने या बेघर होने से भी बच जाएँगे।

गांधीजी ने अपने प्रस्ताव को पाँच बिंदुओं में रखा। पहला यह कि जिन्ना को अंतरिम सरकार बनाने का मौका दिया जाए, जिसमें उसकी मर्जी हो कि कौन-कौन शामिल होगा, चाहे तो केवल लीग नेताओं को लेकर ही बनाए, बाहर वालों को शामिल करे या न करे। दूसरा यह कि जब तक वायसरॉय आदि लीग सरकार को राष्ट्रीय हितों की विरोधी न ठहराएँ, तब तक कांग्रेस सेंट्रल असेंबली में सरकार को समर्थन देगी। तीसरा—निजी समझौतों, साझेदारी को खत्म कर दिया जाना चाहिए। चौथा यह कि मुसलिम ग्रुप्स भारत में बनाए जा सकते हैं, लेकिन आसाम, पश्चिमी बंगाल, पूर्व पंजाब और फ्रंटियर प्रॉविंस को छोड़कर, जब तक कि लीग इन इलाकों को राजी नहीं कर लेती। पाँचवाँ बिंदु था कि अगर जिन्ना और मुसलिम लीग इन शर्तों के साथ अंतरिम सरकार बनाने के लिए तैयार नहीं होती तो यही मौका नेहरू और कांग्रेस को मिलना चाहिए।[2]

गांधीजी ने दिल्ली आकर 31 मार्च, 1947 को वायसरॉय लॉर्ड माउंटबेटन से 90 मिनट की मुलाकात की। 1 अप्रैल को वो फिर मिले और माउंटबेटन को अपनी पूरी योजना का प्रस्ताव सौंप दिया। माउंटबेटन के दिमाग में कोई अलग ही योजना चल रही थी। उसने गांधीजी से उनकी योजना के बारे में नेहरू और आजाद से चर्चा करने की इजाजत माँगी। गांधीजी ने 'हाँ' कर दिया। वैसे भी माउंटबेटन कई मामलों में पटेल को दूर ही रखते थे। उसी शाम को गांधीजी ने अपनी प्रार्थना सभा में यह भी कहा था कि कांग्रेस में अब मेरी कोई नहीं सुनता। मेरी सुनते तो इतने दंगे नहीं होते। उनको शायद आभास हो गया था कि यह योजना भी कांग्रेस को शायद ही पसंद आए।

अगले दिन भी 2 अप्रैल को गाँधीजी वायसरॉय से मिले। वायसरॉय ने कहा भी कि आप लीग की सरकार का प्रस्ताव देकर कांग्रेस की सरकार बनाना चाहते हो, क्योंकि जिन्ना इस प्रस्ताव को स्वीकार करेगा ही नहीं। लेकिन गांधीजी ने जोर देकर अपनी बात तो समझाया कि वो जिन्ना की सरकार बनाने के लिए किसी भी तरह की मदद करने को तैयार हैं। गाँधीजी के जाने के बाद अबुल कलाम आजाद से मिला माउंटबेटन, जो उस वक्त कांग्रेस अध्यक्ष थे, आजाद को गाँधीजी ने सुबह ही उस प्रस्ताव के बारे में बता दिया था। वो भी शांति के लिए जिन्ना को पी.एम. बनाने के इस प्रस्ताव से तैयार हो गए थे। लेकिन यह माना जाता है कि खुद माउंटबेटन इस प्रस्ताव से खुश नहीं था। शायद ब्रिटिश सरकार भारत को रूस के प्रभाव से दूर रखने के लिए पाकिस्तान बनाने का मूड बना चुकी थी। फिर माउंटबेटन ने नेहरू से इस मामले में बात करने का मन बनाया। वायसरॉय के कहने पर नेहरू के करीबी वी.के. कृष्णा मेनन और वायसरॉय के चीफ ऑफ स्टाफ इस्मे गांधीजी के सिफारिश पर लंबी बातचीत करने बैठे।[3]

माउंटबेटन, मेनन, नेहरू, आजाद आदि में कई दौर की बातचीत हुईं। फिर माउंटबेटन ने 9 अप्रैल को जिन्ना को बातचीत के लिए बुलाया। तीन घंटे जिन्ना से बातचीत करने के बाद वायसरॉय माउंटबेटन को लगा कि जिन्ना को गांधीजी का यह प्रस्ताव पसंद तो आ रहा है। हालाँकि इस मीटिंग में गांधीजी का प्रस्ताव पूरी तरह से जिन्ना को नहीं सौंपा गया था। केवल उसके इरादे जानने के लिए, मन की थाह लेने के लिए माउंटबेटन ने उसे बुलाया था। हो यह भी सकता है कि माउंटबेटन की नेहरू से हुई बातचीत में कोई योजना तय हो गई हो, लेकिन गांधीजी को संतुष्ट करने के लिए जिन्ना से भी बातचीत की गई। अगर जिन्ना इस प्रस्ताव को इसी मीटिंग में नकार देता तो शायद कांग्रेस नेताओं को यह सब करने की जरूरत ही न पड़ती।

दो दिन बाद ही यानी 11 अप्रैल को कांग्रेस के नेताओं ने ही गांधीजी के प्रस्ताव को खारिज कर दिया। 11 अप्रैल को गांधीजी ने एक खत माउंटबेटन को लिखा कि "मैंने नेहरू और अपने बाकी साथियों से देर रात तक इस प्रस्ताव पर चर्चा की, नेहरू से एक घंटे अलग से बात की। वर्किंग कमेटी के कई सदस्यों से बात की। मुझे यह बताते हुए दुःख हो रहा है कि बादशाह खान के अलावा कोई और नहीं था, जो इस मुद्दे पर मेरे साथ हो।" हालाँकि गांधीजी ने अपने खत में केवल नेहरू और बादशाह खान का ही नाम लिखा, बाकी किसी और का नहीं। जबकि आजाद तो तैयार थे, जैसा कि माउंटबेटन ने अपनी डायरी में लिखा भी था। राजगोपालाचारी ने भी अपनी डायरी में 13 अप्रैल को लिखा था, "Gandhiji's ill-conceived plan of solving the present difficulties was objected to by everybody and scotched।"[4]

इसका मतलब साफ था कि एक बार फिर कांग्रेस ने गांधीजी की योजना का

प्रस्ताव मानने से साफ इनकार कर दिया था। गांधीजी के नाती राजमोहन गांधी तक ने इस घटना वाले चैप्टर को अपनी किताब में 'DEFEAT' नाम दिया है। भले ही आज हम सबकी नजरों में जिन्ना भारत विभाजन का दोषी हो, विलेन हो, लाखों लोगों की मौत और उनको बेघर करने का जिम्मेदार हो, लेकिन गांधीजी के इस प्रस्ताव पर विचार किया गया होता तो शायद भारत इस विभाजन और विभाजन की त्रासदी, दोनों से बच जाता और पाकिस्तान जैसे एक स्थायी दुश्मन से भी छुटकारा मिल जाता और कश्मीर समस्या से भी। वैसे भी जिन्ना ज्यादा दिनों तक जिंदा रहना वाला था नहीं। यह अलग बात है कि पी.एम. बनने के बाद की उसकी योजनाएँ या इरादे भी किसी को पता नहीं थे, शायद ऐसा इससे भी ज्यादा बुरा होता।

संदर्भ—

1. हिंदुस्तान टाइम्स, वेब संस्करण, 10 अगस्त, 2018
2. ए टू स्टोरी ऑफ ए मैन, हिज पीपुल एंड एन एंपायर, लेखक राजमोहन गांधी, पृष्ठ 604 (प्राथमिक स्रोत : महात्मा गांधी के संगृहीत लेख)
3. एल.न. कैंपबेल-जॉनसन, मिशन विद माउंटबेटन (1962 संस्करण, लंदन : रॉबर्ट हेल), पृष्ठ 57
4. राजगोपालाचारी पेपर्स, 13 अप्रैल, 1947

□

जब पी.एम. नेहरू के वित्त मंत्री को उनके दामाद के चलते देना पड़ा था इस्तीफा

अकसर जब भी सोनिया गांधी के दामाद रॉबर्ट वाड्रा पर जमीन घोटालों के आरोप लगते हैं, तो ये भी चर्चा चलती है कि एक यह दामाद है और एक वो दामाद था। तमाम तरह की पोस्ट सोशल मीडिया पर चलती हैं कि पंडित नेहरू के दामाद ने देश का पहला कॉरपोरेट स्कैम उजागर किया था, यहाँ तक कि नेहरू के वित्त मंत्री को ही इस्तीफा देना पड़ गया था। संसद् को सिर पर उठा लिया था फिरोज गांधी ने। सोशल मीडिया की ये पोस्ट तब-तब वायरल होती हैं, जब जब वाड्रा के केस में नया कुछ होता है। हमने भी फिरोज गांधी के इस वायरल पोस्ट की पड़ताल की।

यह वाकई दिलचस्प बात है कि आजाद भारत के पहले वित्तमंत्री से नेहरू इतने नाखुश थे कि दूसरा बजट पेश करते ही उनसे इस्तीफा ले लिया, जबकि देश के चौथे वित्त मंत्री के दामाद और इंदिरा गांधी के पति फिरोज गांधी ने इस्तीफा देने पर मजबूर कर दिया। यह वाकई में सच है, लेकिन पूरी कहानी समझने के लिए विस्तार से आपको समझना पड़ेगा कि माजरा था क्या?

सन् 1947 से पहले नेहरू की अंतरिम सरकार में लियाकत अली खान बतौर वित्त मंत्री काम कर रहे थे। उन्हें मुसलिम लीग ने सरकार में नॉमीनेट किया था। लियाकत अली ने मार्च 1947 में अंतरिम सरकार का बजट पेश भी किया था।[1] दोनों देशों के बँटवारे और आजादी के बाद लियाकत अली खान पाकिस्तान चले गए और पाक के पहले प्रधानमंत्री बने जबकि गांधीजी ने आजाद भारत के पहले वित्त मंत्री के लिए वो नाम चुना जो नेहरू को कतई पसंद नहीं था। उस बंदे के बारे में माना जाता था कि उसे अंग्रेजी शासन से कोई समस्या नहीं थी, लेकिन वो फाइनेंस के फील्ड में महारथी था। नाम था आर.के. शणमुखम चेट्टी। कोयंबटूर में उनके परिवार के पास कई मिलें थीं। इकोनॉमिक्स और लॉ की पढ़ाई के बाद चेट्टी ने वकालत करने के बजाय बिजनेस सँभाला और राजनीति की राह पकड़ ली। पहले 'जस्टिस पार्टी' और फिर 'स्वराज पार्टी' के जरिए कई चुनाव जीते और अंग्रेजों से नजदीकी के चलते कई देशों में इकोनॉमी और पॉलटिकल सिस्टम पर कई कॉन्फ्रेंस में हिस्सा लिया। बीच में वो कोचीन के दीवान भी रहे।

वो सेंट्रल असेंबली के प्रेसीडेंट भी रहे। गांधीजी की सिफारिश पर नेहरू ने उन्हें फाइनेंस मिनिस्टर बना तो लिया, दो बजट पेश भी करने दिए; लेकिन खुश नहीं रहे। पहला बजट चेट्टी ने 26 नवंबर, 1947 को पेश किया, जो 15 अगस्त, 1947 से 31 मार्च, 1948 तक के लिए ही था, यानी केवल साढ़े सात महीने। लेकिन दूसरे बजट के बाद उनसे इस्तीफा ले लिया गया और वो अपने स्टेट की राजनीति में वापस लौट गए। हालाँकि उस वक्त ये आरोप लगे कि उनकी किसी गलती की वजह से बजट के जो प्रस्ताव थे, वो बजट से पहले ही लीक हो गए। हालाँकि नेहरू सजग थे। इस्तीफे का गलत मैसेज न जाए और बाकी लोग गलती न करें, इस वजह से पी.एम. नेहरू ने देश भर के सभी मुख्यमंत्रियों को इस बारे में खत लिखा। खत में लिखा, "I do not think that Shri Chetty was guilty of anything more than a grave error of Judgment...।"[2] फिर साउथ के ही जॉन मथाई, जो भारत के पहले रेल मंत्री थे, उनको वित्त मंत्रालय की कमान सौंप दी गई। उन्होंने भी दो बजट पेश किए, लेकिन 1950 में उन्होंने योजना आयोग को ज्यादा ताकत दिए जाने के चलते इस्तीफा दे दिया था। तब तीसरे वित्त मंत्री बनाए गए सी.डी. देशमुख, जो योजना आयोग के सदस्य भी थे। ये पहले आर.बी.आई. के गवर्नर रह चुके थे, सिविल सर्वेंट चुने गए थे, उनके वक्त में ही पहली पंचवर्षीय योजना लाई गई।

लेकिन नेहरू के चौथे वित्त मंत्री को उनके दामाद फिरोज गांधी के चलते इस्तीफा देना पड़ा था। दरअसल माना जाता है कि स्वतंत्र भारत का यह पहला कॉरपोरेट स्कैम था, जिसे उजागर किया था नेहरू के दामाद ने। बतौर रायबरेली सांसद, उन्होंने जमकर संसद् में दबाव बनाया और उस स्कैम में तत्कालीन वित्त मंत्री टी.टी. कृष्णामचारी का हाथ होने का आरोप लगाकर उन्हें इस्तीफा देने पर मजबूर कर दिया। आज सोनिया के दामाद रॉबर्ट वाड्रा की इमेज इसके ठीक उलट बन गई है। ये आरोप मुद्रा स्कैम के तहत लगाए गए थे।

हरिदास मुद्रा कोलकाता का बिजनेसमैन था। उसने शुरुआत नाइट बल्ब बनाने से की थी, लेकिन वो तेजी से अमीर बनना चाहता था। एक बार उसे बॉम्बे स्टॉक एक्सचेंज में भी गड़बड़ी का दोषी पाया गया था। उन्हीं दिनों सरकार ने एल.आई.सी. का राष्ट्रीयकरण कर दिया था। अगले ही साल यानी 1957 में एल.आई.सी. ने मुंद्रा की घाटे में चल रही 6 कंपनियों के शेयर जब सवा करोड़ से ज्यादा में खरीदे और बजट के बाद इन कंपनियों के शेयर जिस तेजी से गिरे, उससे एल.आई.सी. को बड़ा नुकसान हुआ।[3] शेयर्स भी बाजार भाव से ज्यादा दरों पर खरीदे गए थे। यह 1956-57 की बात है। उन दिनों फिरोज गांधी लगातार सरकारी विभागों में भ्रष्टाचार या लापरवाही का कोई भी मुद्दा हो, उसे फौरन लपक लेते थे। मुद्रा स्कैम के बारे में तब अखबारों में छपने लगा था, लेकिन संसद् में किसी को कोई फिक्र नहीं थी। फिरोज गांधी को लगा कि यह बेहतरीन मुद्दा है, क्योंकि इसमें सीधे-सीधे एक बड़ा सरकारी कंपनी ही नहीं, शेयर बाजार के कर्मचारी और वित्त मंत्रालय के लोगों तक की मिलीभगत की बात सामने आ रही है।[4]

तत्कालीन वित्त मंत्री टी.टी. कृष्णामचारी मूल तौर पर मद्रास के एक बिजनेसमैन थे। नेहरू के बेहद करीबी एन. गोपालस्वामी आयंगर के वो खास थे। आयंगर ने डॉ. अंबेडकर के मना करने पर कश्मीर से संबंधित धारा 370 ड्राफ्ट करने और सदन में पेश करने में अहम रोल अदा किया था। वो नेहरू कैबिनेट में बिना विभाग के मंत्री के तौर पर कश्मीर मामलों में नेहरू की मदद करते रहे थे। जब नेहरू ने टी.टी. कृष्णामचारी को भी कैबिनेट में लेने की सोची थी, तो पटेल ने श्यामा प्रसाद मुखर्जी का नाम बढ़ा दिया था। जब सन् 1952 में श्यामा प्रसाद मुखर्जी ने सरकार से इस्तीफा दे दिया था तो उनकी जगह टी.टी. कृष्णामचारी को नेहरू बतौर कॉमर्स एंड इंडस्ट्री मिनिस्टर कैबिनेट में ले आए थे। ऐसे में जाहिर था कि वो नेहरू के काफी करीबी थे। सन् 1956 में उन्हें वित्त मंत्रालय भी नेहरू ने इसीलिए दिया था। लेकिन फिरोज गांधी ने उन्हीं के खिलाफ मोर्चा खोलकर पंडित नेहरू की दुखती रग पर हाथ धर दिया था।[5]

फिरोज गांधी के मैदान में कूदते ही मीडिया ने भी इस स्कैम को एक बड़ा मुद्दा बना लिया और एक दिन टी.टी. कृष्णामचारी को भी आखिर में इस्तीफा देना ही पड़ गया।[6] कुछ दिन वित्त मंत्रालय का प्रभार नेहरू के पास ही रहा, लेकिन बाद में मोरारजी देसाई को दे दिया गया। हालाँकि बाद में छागला कमीशन की जाँच में वित्त मंत्री पर शक ही किया गया, उन पर कोई एक्शन नहीं लिया गया। मुंद्रा को जेल भेज दिया गया। सन् 1960 में फिरोज गांधी की मौत के बाद सन् 1962 में नेहरू ने उन्हें अपनी कैबिनेट में वापस ले लिया, हालाँकि वित्त मंत्रालय नहीं दिया गया। बाद में सन् 1964 से 1966 तक वो फिर वित्त मंत्री रहे।

संदर्भ—

1. इंडिया सिंस इंडिपेंडेंस : मेकिंग सेंस ऑफ इंडियन पॉलिटिक्स, लेखक कृष्णा अनंत, पृष्ठ 32
2. लेटर्स फॉर ए नेशन : फ्रॉम जवाहरलाल नेहरू टू हिज चीफ मिनिस्टर्स 1947-1963, लेखक जवाहरलाल नेहरू, पत्र तिथि 1 सितंबर, 1948
3. सिक्योरिटी एनालिसिस एंड पोर्टफोलियो मैनेजमेंट, लेखक धनेश कुमार खत्री, पृष्ठ 488
4. फिरोज गांधी, लेखक शशि भूषण, पृष्ठ 197
5. जवाहरलाल नेहरू, ए बायोग्राफी, शंकर घोष, पृष्ठ 338
6. मॉडर्न गवर्नमेंट्स एंड पॉलिटिकल सिस्टम्स : इंडियन पॉलिटिक्स एंड..., खंड-1, संपादन एस.एल. कौशिक, रामा पटनायक, पृष्ठ 93

□□□

इतिहास के
50
वायरल सच

इतिहास के 50 वायरल सच

विष्णु शर्मा

प्रभात
पेपरबैक्स
www.prabhatbooks.com

प्रकाशक

प्रभात पेपरबैक्स

4/19 आसफ अली रोड, नई दिल्ली–110002

फोन : 23289777 • हेल्पलाइन नं. : 7827007777

इ–मेल : prabhatbooks@gmail.com ❖ वेब ठिकाना : www.prabhatbooks.com

संस्करण

प्रथम, 2019

अ.मा.पु.स. 978-93-5322-151-5

★

ITIHAS KE 50 VIRAL SACH
by Shri Vishnu Sharma

Published by **PRABHAT PAPERBACKS**
4/19 Asaf Ali Road, New Delhi-110002
by arrangement with Srishti Publishers

ISBN 978-93-5322-151-5